**El ladrón no viene más que a robar,
matar y destruir . . .**

Como lo citara el apóstol Juan
Juan 10.10

ELOGIOS PARA LAS NOVELAS DE TED DEKKER

«Como siempre ocurre con una novela de suspenso de Ted Dekker, los detalles nos dejan pasmados al señalar meticulosas investigaciones en gran cantidad de campos: policía y métodos del FBI, medicina forense, reseñas psicológicas... en resumen, todo lo que acompaña una cacería federal de un asesino en serie. Pero Dekker revela totalmente su magia en la parte final del libro, cuando presenta ingeniosamente su trama más tétrica y aterradora. Todo es pavorosamente convincente. Debemos estar recordándonos que se trata de ficción. Al mismo tiempo, no podemos dejar de pensar que eso no solo *podría* suceder sino que *sucederá* si no tenemos cuidado».

—David M. Kiely y Christina McKenna, autores de *The Dark Sacrament*

«Si este año usted lee una novela de suspenso... que sea *Adán*. Se trata de un misterio dinámico que pone al descubierto la batalla entre el bien y el mal, en tal forma que deja atónito al lector».

—Lis Wiehl, analista legal del noticiero Fox y
co-presentador de *The Radio Factor with Bill O'Reily*

«Las palabras de Ted saltan de la página con un nivel totalmente nuevo de estridente intensidad y de espeluznante realismo. Usted puede sentir que el autor disfruta cada palabra, y cada vez que usted cree que esto es lo más intenso que puede soportar, Dekker aprieta la tuerca aun más. No lo formulo a la ligera: *Adán* es en realidad la mejor obra de la carrera de Ted. Me obsesioné desde la primera página».

—Robin Parrish, autor de *Relentless*

«Tanto adultos como jóvenes disfrutarán esta última creación. Los admiradores de Dekker se complacerán en esta nueva historia del Círculo del universo, y sin duda los nuevos lectores se verán absorbidos dentro de la grandeza que constituye Ted Dekker. [*Chosen*] es un magnífico inicio a lo que con seguridad será una serie fantástica».

—*Bookshelf Reviews*

«Haga de lado todas sus expectativas, porque *Showdown* es una de las lecturas más originales, más reflexivas, y más apasionantes que he tenido en años. … Rompiendo todos los patrones establecidos de historias o fórmulas de tramas, usted se encontrará sintiendo una y otra vez que no hay manera de predecir lo que sucederá a continuación. … El ritmo es preciso, fluye en tensión, y el relato principal se va desenvolviendo con verdadera sutileza. Dekker se destaca por hábiles historias que son difíciles de dejar, pero *Showdown* es la más fuerte».

—Revista *Infuze*

«Como productor de películas llenas de mundos increíbles y de personajes heroicos, tengo elevados principios para la ficción que leo. Las novelas de Ted Dekker presentan grandes alucinaciones y apasionantes giros de trama. Una justa advertencia: esta trilogía lo absorberá a usted a un ritmo vertiginoso y no lo soltará. Cancele todos los planes antes de empezar porque no podrá detenerse una vez que ingrese a *Negro*».

—Ralph Winter, productor de *X-Men, X2; X-Men United* y *El planeta de los simios*

«Dekker entrega [en *Showdown*] su firma de exploración del bien y el mal en el contexto de una verdadera novela de suspenso que podría agrandar su ya considerable audiencia».

—*Publishers Weekly*

«Los admiradores de Dekker y del suspenso sobrenatural se deleitarán con esta creativa novela de suspenso».

—Reseña de *Library Journal* acerca de *Saint*

«[*En un instante*] se empieza y no se puede dejar … usted quedará atónito».

—Jean Sasson, autor de *Princess*, laureado por el *New York Times* como autor de gran éxito

«Dekker entrega [con *Tr3s*] otra apasionante obra maestra que lleva a los lectores por un recorrido de vuelcos y giros de trama. … Un persuasivo relato del juego al gato y al ratón. … Una mezcla casi perfecta de suspenso, misterio y horror».

—*Publishers Weekly*

ADÁN

TED DEKKER

Grupo Nelson
Una división de Thomas Nelson Publishers
Desde 1798

NASHVILLE   MÉXICO DF.   RÍO DE JANEIRO

VARÓN DE DOLORES:
UN VIAJE A LAS TINIEBLAS

por Anne Rudolph

La revista Crime Today *se complace en publicar el informe narrativo de Anne Rudolph sobre el asesino conocido ahora como Alex Price, presentado en nueve entregas, una cada mes, y titulado «Varón de dolores: Un viaje a las tinieblas». La galardonada cobertura investigativa de Rudolph nos proporciona una visión casi sin precedentes del bien y el mal en acción dentro de nuestra sociedad moderna.*

1964

Nadie, ni los trabajadores extranjeros que recuerdan haber visto al bebé con regordetas piernas que pataleaban mientras yacía sobre una cobija color café al lado de los campos, ni los agricultores de Arkansas que reían mientras descubrían la pancita del niño, ni sin duda tampoco sus adorables padres, Lorden y Betty Price, se podían imaginar que el bebé de ojos castaños llamado Alex Price, nacido el 8 de agosto de 1964, iba a andar un día con paso inocente como un lobo al acecho de un cordero herido.

Nuevamente, en 1964 faltaban más de cuatro décadas para que Alex Price comenzara el ciclo deliberado de terror que acabaría con las vidas de muchas jóvenes mujeres.

Como hijos de trabajadores extranjeros, Lorden y Betty Price se criaron con la misma ética laboral firme que tenían muchos obreros extranjeros de los campos en todo el sur durante las décadas de los cuarenta y los cincuenta. Católicos devotos, pensaron en inculcar amor y buena sensibilidad moral en los hijos con los que Dios los bendijera.

Iban a misa con regularidad a una pequeña catedral en la cercana Ruta 78 de Conway, donde los fieles se congregaban todos los domingos. Según aquellos que lo conocían, Lorden pudo haber abierto su propio taller mecánico con solo un poco más de suerte, un poco más de educación, y unas cuantas personas más serviciales. Él tenía una habilidad con las máquinas que impresionaba a los hacendados locales.

La pequeña familia de tres vivía sin pagar alquiler en una casa móvil en la parte trasera de la granja Hope, en un arreglo con Bill Hope a cambio de la ayuda extra de Lorden en el mantenimiento de todos los vehículos de la granja. Incluso Bill le prestaba a Lorden su camioneta Dodge 1953 para sus desplazamientos. Considerando todo esto, a los Price les iba muy bien cuando el pequeño Alex vino al mundo.

«El diablillo de muchacho más listo que usted viera alguna vez —recuerda Constance Jersey con suave sonrisa y ojos cansinos—. Solían llevarlo a todas partes en uno de esos cochecitos de alambre que Lorden encontró en la basura y arregló. Dondequiera que lo pusieran, no se podía lograr que ese chico dejara de sonreír y cautivar como si se tratara del alma más afortunada en todo el amplio mundo».

Otros trabajadores recuerdan a Lorden corriendo tarde un día de arriba abajo por las carreteras del campo de algodón, sacando la cabeza por la ventanilla de la camioneta, llamando a gritos a Betty y exigiendo saber dónde estaba Alex. Parece que los había perdido momentáneamente a ambos, y se llenó de pánico. Los encontró en el establo, descansando del ardiente sol.

Cuando Alex tenía un año de edad, Betty dio a luz una bebita hermosa de cabello rubio, de siete libras y dos onzas, a quien llamaron Jessica. Lorden era la clase de hombre que se aseguraba que toda persona a la que conocía supiera lo adorables que eran sus hijos, y no tenía que esforzarse para cumplir esa tarea.

«Ellos irán a la universidad», anunció a sus compañeros un cálido día en el campo de algodón. El sector algodonero pasaba una mala racha a mediados de la década de los sesenta, reemplazado por el mercado más rentable del maíz. El trabajo era duro y el salario apenas alcanzaba para mantener viva a la familia. «Juro que irán a la universidad, aunque sea lo último que yo haga».

Los compañeros no le prestaban atención. El idealista de Lorden expresaba a menudo tales anuncios atrevidos, pero la vida como obreros en el condado Faulkner en 1965 no ofrecía mucha esperanza para algo tan insólito como asistir a la Universidad de Arkansas Central cerca de Conway. Sin embargo, Lorden repetía constantemente sus intenciones, afirmando que un día ganarían verdadero dinero en las fábricas del norte, y que enviarían a sus hijos a la universidad.

Exactamente un año después del nacimiento de Jessica, cuando el invierno entraba al centro de Arkansas, Lorden anunció a su esposa que Bill Hope le permitió dejarle llevar la camioneta a

Chicago para una prolongada visita a parientes que habían salido de Arkansas varios años antes, con la esperanza de trabajar en las fábricas. Los Price empacaron sus pertenencias en dos grandes maletas, se despidieron de sus vecinos, y se pusieron en camino por la polvorienta carretera.

La camioneta Dodge regresó casi cinco semanas después, cargada con regalos del norte. José Menéndez, quien vivía con su esposa Estella en otra casa móvil cerca de los Price, recuerda el día con claridad: «Usted debe entender que los Price eran una familia frugal; no gastaban dinero en muchas cosas a menos que fueran para los hijos. La sonrisa en sus rostros cuando regresaron con ese botín nos hizo pensar a todos en ir al norte para trabajar en las fábricas».

Una lavadora en perfectas condiciones; dos maletas nuevas llenas de ropa, sobre todo para Alex y Jessica. Pero la motosierra era el premio de Lorden. José recordó que Lorden cortó tanta leña esa primera semana que les duró para dos inviernos tanto a ellos como a los vecinos.

Los primeros cuatro años de la vida de Alex Price solo se pueden reconstruir a partir de los recuerdos de personas como los Meléndez y los Hope. Al enterarse de todo, uno se pregunta qué habría sido de Alex si a sus padres les hubieran permitido continuar su obtención lenta pero reflexionada de una vida feliz.

¿Se habrían mudado a Chicago y habrían enviado a sus hijos a una escuela pública mientras ahorraban el dinero para una educación secundaria? ¿Se habría criado Alex en la granja, para finalmente abrir la tienda con la que su padre solamente soñaba?

La noche del 15 de enero de 1968 era calurosa para los niveles de Arkansas, casi como unos agradables y templados doce grados centígrados según los registros del servicio meteorológico. Nubes cargadas y negras se cernían sobre la mayor parte del condado Faulkner.

Betty acostó a Alex, entonces de cuatro años, y a Jessica, quien tenía tres, en sus camas gemelas en la habitación trasera, les entonó un suave cántico como hacía todas las noches, les hizo hacer sus oraciones, y apagó las luces. José Menéndez recordó que la casa móvil de los Price, que se encontraba solo como a quince metros de la suya, ya estaba a oscuras cuando él salió a buscar leña a las ocho y treinta.

Los grillos chirriaban en el bosque cercano; por lo demás, la noche estaba en silencio. Lorden despertó aproximadamente a la 1:45 a.m. por un ruido chirriante, un sonido bastante común en la casa de los Price, que estaba colocada sobre una base inestable y que fácilmente se sacudía con el viento. Solo cuando Lorden se dio cuenta de que no soplaba el viento, abrió los ojos y escuchó con más cuidado. La ausencia de viento fue lo que lo despabiló, le contó más tarde a la policía.

La puerta de malla rechinó en la oscuridad y Lorden se incorporó. A sus oídos llegó un débil y sordo sonido.

Llevado ahora por el pánico, Lorden aventó la cobija y corrió hacia la diminuta sala. Vio abierta la puerta de entrada, pero su mente se hallaba en la habitación de los niños. Se precipitó a la puerta y observó algo que lo perseguiría en los años venideros.

Dos camas vacías.

Más tarde recordó: «No lo podía creer. Sencillamente no lo podía creer». Se quedó helado en la puerta, mirando por unos segundos interminables las sábanas blancas vacías antes de gritar y salir corriendo de la casa.

Había una camioneta Ford estacionada en la entrada de gravilla. La puerta del chofer se cerró de golpe y por un instante Lorden vio las figuras en el interior: en el asiento del conductor se encontraba un adulto con sombrero de vaquero, y por el costado del pasajero otro individuo con cabello largo metía a empujones a Alex y Jessica dentro de la camioneta. Libres de las manos que los amordazaban, los dos niños comenzaron a gritar.

Lorden corrió hacia la camioneta, pero iba solo a mitad de camino por el césped cuando esta retumbó y arrancó bruscamente, arrojando gravilla.

Ahora con inconsciente pánico, Lorden corrió hacia la Chevy, prendió el motor y salió detrás de la camioneta que se alejaba. Betty salió de la casa, llamándolo. Él tuvo la fortaleza para abrir de un empujón la puerta del pasajero y gritarle que informara del secuestro al comisario del condado. Ella debía hacer la llamada desde la casa principal de la granja.

A Lorden le costó recordar lo que sucedió a continuación. «¡Yo no lograba pensar! —repetía más tarde—. ¡Sencillamente… me era imposible imaginar, no lo podía creer!»

En un comprensible estado de ansiedad, el padre corrió por la entrada, giró a la izquierda en la primera bifurcación, siguiendo el polvo que levantaba la camioneta Ford, y aceleró a fondo la vieja Chevy. Tenía los ojos fijos en el par de luces traseras delante de él.

La siguiente esquina giraba noventa grados a la izquierda, y Lorden se salió por completo de la vía. La camioneta fue a estrellarse contra la cuneta al fondo.

Incapaz de volver a prender el motor, Lorden salió del vehículo y corrió tras las lejanas luces traseras, gritando hacia la casa móvil de los Menéndez a su izquierda. José salió corriendo, y un jadeante Lorden anunció a gritos que alguien se acababa de llevar a Alex y Jessica.

Pero sin una camioneta, José estaba impotente para salir en persecución. Y para cuando llegó a la casa de la granja Hope a fin de llamar a la policía, la camioneta Ford ya se encontraba muy fuera de la vista.

Bill Hope informó el secuestro al comisario del condado Faulkner a la 1:56 a.m., luego saltó a su auto con José y se dirigió a la carretera vecinal casi a ochocientos metros de distancia. Encontraron a Lorden Price caminando en la intersección, observando la inmensa franja vacía de asfalto que se extendía en ambas direcciones.

«Fue lo más horrible que nunca vi —recuerda José—. El hombre había corrido casi kilómetro y medio, y estaba al borde de una crisis nerviosa. Había una mirada de muerte en él».

Sin ninguna pista de la dirección en que los secuestradores habían huido, Lorden no lograba decidir dónde retomar la persecución, así que Bill Hope se dirigió al este. La carretera pasaba por una región forestal sin lámparas de calle, y las nubes negras bloqueaban la última insinuación de luz del cielo. Ellos corrían hacia el este, siguiendo lo que abarcaban sus luces delanteras, y nada más.

En esos primeros diez minutos no habrían podido calmar a Lorden Price si hubieran querido hacerlo. Pero pronto él se fue quedando en silencio en el asiento trasero a medida que la carretera no aportaba ninguna promesa. Después de quince minutos Bill disminuyó la marcha del auto y preguntó a Lorden si quería que buscaran en la otra dirección.

Lorden no respondió. Simplemente se tendió en el asiento y sollozó. «Fue horrible —comentó José—. Fue sencillamente horrible».

La casa de los Price en Arkansas

El comisario Rob Green recibió la orden de investigar un secuestro en la granja Hope a la 1:59 a.m. Dejó su café frío y salió de inmediato. El oficial Peter Morgan del departamento de policía de Conway también respondió al llamado. Los dos habían llegado a la escena cuando Bill Hope, José Menéndez y Lorden Price regresaron.

Mientras Lorden hacía lo posible por tranquilizar a su histérica esposa, los funcionarios comenzaron a procesar la escena del crimen. Rápidamente radiaron un anuncio completo de una camioneta que correspondía a la descripción de Lorden. Aunque el secuestro no era algo frecuente, todos los representantes de la ley sabían lo importantes que eran las primeras horas de búsqueda. Un rastro es solo un rastro mientras se pueda percibir.

Con la ayuda de patrullas de carreteras, se instalaron bloqueos apresurados en cuatro de las seis carreteras vecinales de Conway y sus alrededores. La oficina del FBI de Little Rock fue informada del incidente al amanecer, y el agente especial Ronald Silverton estuvo de acuerdo en ayudar al comisario local a iniciar la búsqueda. Los secuestros estaban clasificados como de intervención federal, pero en su mayor parte el FBI solo seguía aquellos casos en que se podía interponer una acción judicial. El secuestro de los Price no era prometedor, pero Silverton creyó que si se movían con la

Esbozo policial de Adán y Jessica Price

suficiente rapidez podrían tener una posibilidad.

Se inició una exhaustiva búsqueda de los niños perdidos, con el agente Silverton en la coordinación de los recursos del FBI, y el comisario Rob Green a cargo de la investigación en la región. No se halló evidencia en campos y zanjas, canales y conductos. Docenas de periódicos y estaciones de radio de Arkansas extendieron la noticia del secuestro de Alex y Jessica a través de un amplio círculo. Los Price no tenían fotografías de sus hijos por la sencilla razón de que no disponían de una cámara. Habían ahorrado para ese año en Navidad hacerse sacar en Conway un retrato de la familia, pero aún estaban a fines de la cosecha.

Del departamento de policía de Little Rock llevaron un dibujante, cuyo retrato de los dos niños se imprimió en periódicos y octavillas, que fueron clavados en cientos de postes cubriendo un radio de trescientos kilómetros. Mientras tanto, las autoridades montaron un escenario probable basado en las evidencias reunidas en la escena del crimen.

Era evidente que los sujetos desconocidos, o UNSUB (siglas en inglés), como se denomina comúnmente a autores desconocidos de un crimen, se acercaron tanto a la casa de la granja Hope como a la de los Menéndez antes de dirigirse a la vivienda de los Price. También se encontraron múltiples huellas de botas correspondientes a las del exterior de la ventana de los niños Price en el terreno de las ventanas exteriores de los hogares de los Hope y de los Menéndez.

«Supimos entonces que estábamos tratando con la peor clase de secuestro —recuerda el agente especial Silverton—. La evidencia sugería que los autores del crimen no tuvieron en cuenta objetos de valor a la vista en la ventana de los Hope y que se dirigieron al hogar de los Menéndez. Al no encontrar nada de interés se acercaron a la vivienda de los Price, donde hallaron aquello por lo que habían ido: los niños».

Hay dos clases principales de secuestradores: los que raptan para pedir recompensa, y los que secuestran víctimas para su uso personal.

De inmediato se hizo claro para Silverton que trataban con la última clasificación. Era obvio que los Price tenían poco o nada para dar a un secuestrador a cambio de sus hijos. No trabajaban en cargos de influencia ni tenían acceso a información que un criminal pudiera estar buscando.

Con toda probabilidad, Alex y Jessica fueron raptados por alguien que deseaba tener hijos pero que no podía procrearlos, o por alguien que pretendía usar a los niños para un propósito no identificado.

Además, la evidencia sugería que los delincuentes no eran novatos en el crimen que cometieron. Una vez que hallaron a los niños retiraron concienzudamente de la pared el marco de la ventana, tornillo a tornillo, tarea en que pudieron haber tardado una hora.

No se obtuvieron huellas digitales en el cuarto. No hubo gritos de alarma de los niños hasta que estuvieron fuera de la casa, lo que sugería que los levantaron con sumo cuidado de sus camas mientras dormían profundamente. Igual que muchos padres, a veces los Price permitían a sus hijos dormir en el sofá y luego los llevaban a sus camas, lo cual podría explicar por qué ni Alex ni Jessica hicieron antes un escándalo. Es probable que el frío de afuera despertara a los niños, pero para entonces tenían las bocas tapadas y sus raptores corrían hacia la camioneta.

Imaginando que los secuestradores no fueran de los que se ocultaban cerca mientras hacían saber sus demandas de una recompensa, Silverton amplió su búsqueda a los estados vecinos de Arkansas. De inmediato se inició una extensa pesquisa de los registros del FBI de casos de secuestro correspondientes a esta descripción. Para un examen detallado se enviaron al laboratorio criminal del FBI en Quantico moldes de las marcas de las llantas e impresiones de las botas.

Pasó una semana sin ninguna pista firme. Lorden y Betty se desesperaron aún más. La esperanza de un rescate rápido dio paso a la seguridad de una larga búsqueda.

Lorden no había dejado de pensar en el hecho de que solamente la clase más vil de ser humano podría raptar a un niño. Su temor de lo que pudieran estar enfrentando los niños fue reemplazado por una ira continua contra los animales que cazaron a tales tiernas e inocentes criaturas.

Pasó un mes, y Silverton visitó a los Price con algunos consejos que ellos se negaron a aceptar. Era insignificante la cantidad de casos en que recuperaban niños secuestrados después de estar desaparecidos por más de un mes. Con discreción el agente animó a Lorden y Betty a prepararse para vivir sin sus hijos.

Pasaron dos meses, y ni una sola pista firme llevó a identificar o localizar a los UNSUB. Las autoridades sabían que los zapatos que ellos usaban, botas de trabajo Bigton tallas once y seis, probablemente pertenecían a un hombre y una mujer. Quizás un equipo de esposo y esposa. Basados en los moldes de las llantas concluyeron que el vehículo usado para el secuestro era una camioneta F150 fabricada entre 1954 y 1957. Un expediente de evidencia circunstancial sugería que los raptores vivían en un ambiente rural, que eran hábiles con herramientas, que tal vez no tenían educación formal, y que viajarían distancias extraordinarias para conseguir un niño. Pero ninguna de estas evidencias llevó al FBI o a las autoridades locales hasta los secuestradores mismos.

Los dos meses se extendieron a seis, Lorden renunció poco a poco a la esperanza y comenzó a seguir el consejo del agente Silverton. Betty quiso tener inmediatamente otro hijo, pero él insistió en que esperaran. «Lorden temía que ellos regresaran y se llevaran también este hijo —comentó José Menéndez—. Les aseguro que él nunca se recuperó. Después de eso se encerró en sí mismo. Como si no se pudiera sacar vida del hombre por mucho que se intentara».

Alex y Jessica habían desaparecido. Por lo que Lorden y Betty sabían, sus hijos estaban muertos.

Pero Alex y Jessica no estaban muertos.

Se hallaban en Oklahoma.

Y no se reincorporarían al mundo durante trece años.

UNO

2007

UNA CÁLIDA Y HÚMEDA NOCHE en Los Ángeles. Afuera el tráfico de la ciudad era pesado y un millón de almas luchaban por abrirse paso en otra hora pico, preocupadas por inflados pagos de hipotecas e intolerables exigencias sociales. Dentro de la oficina del FBI de Los Ángeles el zumbido del aire acondicionado tenía en aquel momento más importancia para Daniel.

A través del amplio escritorio de arce, el agente especial Daniel Clark miró fijamente los ojos de Frank Montova, hundidos detrás de hinchadas mejillas, como uvas pasas. El pescuezo del hombre sobresalía de un cuello de camisa dos tallas más pequeñas. De las cincuenta y seis oficinas regionales del FBI, solo cuatro eran suficientemente grandes para ser manejadas por un subdirector encargado (ADIC, por sus siglas en inglés), a diferencia de un agente especial encargado. Los Ángeles era una de esas cuatro. La broma continua era que a veces Montova cumplía su sigla profesional (adicto).

—No digo que yo no utilizaría otros recursos a nuestra disposición —comentó Daniel.

—Sin *mucha* ayuda no atrapas a un asesino con patrón metódico que ha dejado un rastro de quince víctimas en nueve estados. No me importa lo bueno que seas. Te mueves solo, rompes la custodia de la cadena de evidencias, y echarás por tierra nuestras posibilidades de obtener juntos una acción judicial, y mucho menos una condena.

—No solo se trata de obtener una condena —indicó Daniel—. Se trata de detener al asesino en el caso Eva antes de que mate a otra mujer. Se trata de entrar a la mente del asesino sin que él lo sepa. Creo que puedo hacer eso mejor estando solo que teniendo un equipo. Sigamos el protocolo, y quizás nunca lo encontremos. Debemos anticiparnos a él, no solo perseguirlo.

—¿Estás seguro de que no se trata de la muerte de Mark White?

Mark era el patólogo forense que había trabajado con Daniel, dejando al descubierto las claves que podían a partir de los cuerpos de las víctimas. Dos semanas antes resultó muerto en un accidente automovilístico, que aún no se dictaminaba como accidental. Daniel había considerado a Mark más amigo que compañero.

—Puedo entender cómo pudo llegar usted a esa conclusión, pero no. Mark y yo habíamos discutido el asunto de ir de incógnito. Se trata de hacer una investigación anticipándonos a Eva, no solo de esperar para estar al nivel de sus escenas criminales.

—Yo estaría más preocupado con la legalidad y la prioridad judicial —cuestionó Montova, y torció los labios—. Al director no le gusta esto. Existen razones para que el departamento investigue del modo en que lo hace.

—¿Está usted negando mi solicitud? —preguntó Daniel después de respirar lentamente, serenándose.

—Se trata de mi motivo. Y, sí, a eso me estoy inclinando.

Daniel se levantó de la tapizada silla para visitantes y se dirigió a la ventana. Como muchas de las oficinas del departamento, el mobiliario era anticuado, asunto postergado desde la última serie de cortes presupuestarios. Dos estanterías llenas de registros en carpetas negras y resúmenes legales atados con cuero. Un árbol de caucho sintético en un rincón. Una mesa redonda de conferencias con cuatro sillas metálicas. Alfombra industrial gris.

Afuera resaltaba la ciudad, montones grises de concreto proyectados hacia el cielo más allá del Boulevard Wilshire como una polvorienta barra gráfica tridimensional.

—Quince mujeres han muerto debido a nuestra incapacidad burocrática para hacer lo necesario. Él mata en cada ciclo lunar, lo cual significa que ya tiene su próxima víctima. Si la investigación es correcta, ya la expuso a la enfermedad. Mañana son veintiocho días. Y no ha habido interrupciones, ¿de acuerdo?

—Continúa.

—Si esta vez no conseguimos nada, déjeme ir de incógnito. Deme acceso a cualquier información que necesite… trabajo estrictamente a través de un canal que usted elija. Sáqueme oficialmente del caso. Ponga en juego una capa de protección legal para no poner en peligro las evidencias o el caso, y luego inicie el procedimiento judicial como crea conveniente. Pero déjeme hacer lo que sé hacer mejor. *Solo.*

Montova lo contempló largamente. Volteó a mirar hacia la estantería a su izquierda. Daniel le siguió la mirada. Dos libros sobresalían de una larga hilera de obras, uno rojo y uno negro, lado a lado.

El interior de la mente criminal.

Cómo solucionar la división entre nosotros.

Ambos escritos por el mismo autor. Dr. Daniel Clark.

Los escribió después de recibir su doctorado a los treinta y cinco años de edad. Los cinco años subsiguientes de conferencias y viajes condujeron a su divorcio de Heather, después de lo cual él exigió y recibió una reasignación al campo. Eso fue hace casi dos años.

Al principio, el caso Eva le brindó una vía de escape del dolor del

TED DEKKER

divorcio. Pero el caso pronto se transformó en obsesión porque, como insistía Heather, Daniel *solo* conocía la obsesión.

Por eso él entendía tan bien la mente criminal. Por eso había vuelto a la facultad para obtener su doctorado. Por eso había hecho caso omiso a su esposa al dictar cien conferencias sobre el mismo tema. Se necesitaba una mente obsesiva para conocer a otra.

Los patrones de conducta, como evidencia forense, no solo podían llevarlos a una convicción sino también a una nueva comprensión de la psicología del asesinato en serie. El Programa federal de Arresto de Criminales Violentos tenía en desarrollo continuo una base de datos acerca de la naturaleza intrínseca de los criminales violentos. Una onza de prevención contra una victoria arrolladora de futuros psicópatas.

El asesino Eva era un caso emblemático para las conclusiones presentadas en ambos libros de Daniel, si es que alguna vez hubo una.

La mirada de Montova se volvió a posar en Daniel.

—Hacer lo que mejor haces, ¿eh?

—Sí.

—¿Y qué *es* lo que mejor haces, Daniel?

—Trabajo mejor solo. Sin todas las distracciones que me mantienen fuera.

—¿Fuera?

—De mi mente —contestó Daniel después de titubear.

—La mente de Eva.

—Sí.

Pocos entendían la disciplina y concentración requeridas para entrar en la mente criminal.

—¿No es eso algo peligroso de hacer? ¿Solo?

Daniel cambió de posición en la silla, incómodo por primera vez. Recordó las palabras de Heather: *Ellos son tu adicción, Daniel. ¡Vives en las mentes de ellos!*

—Si yo no lo hago, ¿quién entonces? —señaló—. Si usted quiere fuera de las calles a este trozo de basura, tome algunos riesgos.

El subdirector sujetó firmemente con las manos el calendario de escritorio frente a él. Su ordenado cabello, normalmente peinado hacia un lado, formaba un rizo sobre una oreja. Montova era un hombre respetado, una reversión a la generación anterior, prefería una estilográfica y un calendario a una Palm Pilot. Como le gustaba expresarlo, la mente era más aguda que cualquier poder que pudiera tener una computadora.

—En vez de preocuparte las víctimas, te interesa más ganarle a Eva en su propio juego —manifestó Montova.

—Usted olvida que estuve en el caso Diablo en Utah —cuestionó Daniel cruzando las piernas—. He visto lo que un asesino compulsivo puede hacer en el lapso de siete horas. No me diga que no me importan las víctimas. Me importa detener al asesino, no solo andar detrás de él con un recogedor de basura y llenar formularios de informes de crimen.

—No estoy diciendo que no te importan las víctimas sino que ellas no te motivan.

Daniel empezó a objetar, pero las palabras se le atoraron en la garganta.

—¿Importa eso?

—En realidad sí —contestó Montova.

El teléfono de su escritorio lanzó dos pitidos.

—Eso me dice *por qué* tu motivación se ahonda tanto. Esto no es para ti solo un trabajo, y eso mismo te convierte en un riesgo para esta investigación, incluso en una desventaja. Tu lealtad a los protocolos es crítica... no me importa que los hayas escrito.

El teléfono volvió a sonar dos veces antes de que él estirara la mano hacia el auricular y se lo llevara al oído.

—¿Sí?

Escuchó, interrumpiendo solo una vez para pedir aclaración.

Daniel miró los libros que había escrito. Heather le había hecho reiteradamente la misma acusación de Montova. La exactitud de esa acusación les había costado su matrimonio.

Montova colgó y pulsó el botón de otra extensión.

—Envíala aquí —ordenó y volvió a depositar el auricular en la base.

—¿Enviar aquí a quién?

La puerta se abrió y entró una mujer. Cerró la puerta detrás de ella.

—Daniel, te presento a Lori Ames. Lori, este es Daniel Clark, nuestro principal agente especial de investigación criminal.

—Mucho gusto en conocerla —manifestó Daniel levantándose y dándole la mano.

—Conozco su trabajo —expresó Lori—. Es un placer conocerlo al fin.

—Supongo que nuestra conversación terminó —dijo Daniel volviéndose hacia el jefe del departamento—. Espero que podamos...

—Siéntate, Clark —ordenó Montova, y luego se dirigió a la mujer—. Toma asiento.

Lori lo rozó al pasarlo, esbozando una suave sonrisa. Ojos de suave color castaño y cuerpo esbelto abrigado con oscuro traje formal. Tacones negros. Cabello rubio que le colgaba por sobre los hombros.

Pero la manera en que lo miró fue lo que llamó la atención de Daniel. Quizás ella sabía más de lo que él había supuesto.

La siguió a las sillas de visitantes y se sentó.

Puesto que ninguno de los dos hizo comentarios, Montova se dirigió a ellos.

—La agente Ames es patóloga del equipo de respuesta ante evidencias en la oficina regional de Phoenix. Ella conoció a la decimocuarta víctima, Amber Riley, y desde entonces se ha enterado mucho del caso. Nos gustaría reasignártela.

Estaban reemplazando a Mark White dos semanas después de su muerte. ¿Pero por qué no alguien de la localidad? Había al menos cinco patólogos cualificados en la oficina de Los Ángeles. Daniel la

observó. Falda ajustada, una pierna bronceada cruzada sobre la otra.
No exactamente la vestimenta de una agente regional.

—Supongo que esa es su orden, señor.

—Así es, yo lo dispuse así. Ella empieza hoy. Y he cambiado de opinión. Te estoy concediendo tu petición. Suponiendo, es decir, que no objetas trabajar a través de Lori. Ella permanecerá en el caso pero te seguirá de cerca en todo sentido.

—¿Así sin más? —preguntó Daniel sin saber qué contestar.

—Sí, así. Trabajar dentro de estos nuevos parámetros que propones, desde luego. ¿A quién sugieres que le entregue el caso?

—A Brit Holman —contestó sin dudar; el hombre era competente y casi estaba tan enterado del caso como Daniel—. ¿Está usted indicando que me dejará ir de incógnito estando solo, mientras mi único contacto es una agente novata en el caso?

Montova miró a Lori, quien evidentemente tomó su mirada como una invitación a hablar.

—Se cree que la primera víctima fue descubierta hace dieciséis meses en el sótano de la Iglesia Católica Todos los Santos en Cincinnati, Ohio. Maria Stencho, de veintitrés años de edad encargada de limpiar el templo. Su cuerpo presentaba contusiones y ampollas, y en la sangre le hallaron rastros de una bacteria antes desconocida similar a la *streptococcus pneumoniae*. Normalmente se asocia a la SP con meningitis, la cual infecta el fluido que rodea el cerebro y la médula espinal, y puede matar en horas al receptor en una manera que concuerda con la muerte de Maria Stencho. Sin señales de lucha, sin indicio de trauma por fuerza directa. Ninguna evidencia de daño causado por arma. Según el médico local examinador, la causa de la muerte fue encefalitis aguda, más estrechamente asociada con síntomas que concuerdan con ICD-10, código A-85, *meningoencefalitis*. El trabajo del laboratorio detalló leucocitos en el fluido cerebroespinal después de una punción lumbar, y confirmó que la enfermedad estaba presente con efecto total en el momento de la muerte. Al principio se supuso que Stencho murió por una forma de meningitis. ¿Continúo?

—Entiendo —contestó Daniel.

Pero Montova levantó la mano.

—Por favor, continúa —pidió.

—La siguiente víctima fue encontrada veintiocho días más tarde en San Diego. Mormona, de veinte años. Esta vez en el sótano de una iglesia de Los Santos de los Últimos Días. Casi idéntico juego de circunstancias, excepto que esta vez el nombre *EVA* estaba pintado en rojo en la pared de cemento al lado del cuerpo. El laboratorio obtuvo los mismos resultados en el fluido raquídeo, y el juez de instrucción local encontró evidencia de la misma presión intracraneal, así como avanzada infección de las meninges. Ella murió de presión cerebral que produjo hemorragia en el cerebro. Una nueva víctima se ha encontrado cada luna nueva… es evidente que al asesino le gusta la oscuridad. Todas las quince han sido mujeres, entre diecinueve y veinticuatro años. Todas halladas en subterráneos: siete en sótanos de iglesias, cuatro en bodegas abandonadas en granjas desocupadas, cuatro en cavernas naturales preseleccionadas por el asesino.

Lori cambió la mirada hacia Daniel. Él la había catalogado de única. Era lozana. Sus ojos centelleaban con un misterio contagioso. Si él no se equivocaba, ella tenía menos de cuarenta años.

—Las evidencias recuperadas de cada escena incluyen huellas de zapatos talla trece… botas Bigton disponibles en cualquiera de las grandes cadenas en todo Estados Unidos de América. La longitud de los pasos indican una altura de un metro noventa y ocho centímetros, y la profundidad de la pisada lo coloca entre cien y ciento quince kilos. Cerca de dos de los sitios se recuperaron diferentes furgonetas blancas. Muestras de cabello y de células de piel encontradas en cada una identifican al asesino como caucásico, tipo de sangre B positivo, sexo masculino. El laboratorio lo revisó a través de la lista del sistema combinado de ADN (CODIS, por sus siglas en inglés), y su perfil de ADN no ha aparecido en ninguna otra investigación fuera de esta serie. El cabello revela que tiene más de cuarenta años. No hay huellas latentes. Tampoco saliva, sangre, semen o ningún otro fluido que se pudiera rastrear de fuente distinta a la víctima. El asesino no es un secretor. Efectivamente es un recién aparecido o un fantasma.

Una pausa. Luego ella siguió entregando la información con practicada exactitud.

—El hecho de que el tipo haya ido tan lejos para tratar de no dejar ninguna huella sugiere que cree que sus huellas están en la base de datos del sistema automático de identificación de huellas (AFIS, por sus siglas en inglés). Lo cual a su vez sugiere que se trata de un profesional. Sus asesinatos son organizados, con un patrón, premeditados y claramente con motivación religiosa. Está matando con motivos que concuerdan con un clásico perfil psicopático… reconoce lo bueno de lo malo, y escoge lo malo. Seguirá asesinando hasta que lo capturen o lo maten. Su perfil indica que posiblemente nunca se lo capturará vivo. Nada más se sabe acerca de Eva.

Breve pausa.

—¿Le gustaría ahora hablarme de *usted*? Un caso aun más fascinante.

—Me conozco, gracias —contestó Daniel, ofreciéndole una sonrisa cortés.

—¿Verdad?

Lori lo expresó con total sinceridad, como si ella fuera su terapeuta y estuviera interesada solo en la verdad.

—Espero que no —señaló ella después sonriendo—. Mi madre siempre me dijo que los hombres que creen conocerse son solo versiones sacadas de quienes no se conocen.

—Inteligente dama.

El suave silbido del aire acondicionado se extendió por el salón.

—Como dije, Lori está enterada del caso —añadió Montova.

El teléfono del subdirector sonó, y tomó la llamada. Asintió de forma cortante y volvió a depositar el auricular en la base.

—Tendrás tiempo para despejar tus dudas en el camino.

—¿Señor?

—La policía local de Manitou Springs, Colorado, acaba de recibir un informe de una furgoneta blanca abandonada, hallada por dos espeleólogos cerca de la Cueva de los Vientos. Encontraron una entrada a una cueva cercana sin nombre. El reporte establece una señal del perfil de Eva correspondiente al Programa de Arresto de Criminales Violentos. Las autoridades locales están preparando un cerco, pero tienen órdenes de no entrar a la escena hasta que llegues.

Daniel continuó sentado, se había quedado sin habla. *Eva.*

Hielo le recorría las venas.

Se puso de pie y atravesó el salón en tres zancadas. Agarró la manija de la puerta, y estaba a punto de salir cuando lo detuvo la voz de Montova.

—Lori va contigo.

Él giró y vio que ella ya estaba lista detrás de él.

—Está bien.

DOS

HEATHER CLARK OBSERVÓ su reloj por quinta vez en varios minutos. *Once en punto*, decía la nota. *Información por la que matarías. El bar en el Club Esmeralda. Limusina.* Por eso ella estaba aquí por primera vez desde el divorcio.

Su amiga, Raquel Graham, una de las mejores abogadas defensoras de Santa Mónica, se sentó a su lado en el bar, balanceándose con discreción ante el tono rítmico que resonaba por el sistema de sonido del Club Esmeralda. Heather la denominaba la nueva música. Diferente a la música antigua, que colmara las ondas radiales cuando ella y Raquel se iniciaban en Santa Mónica contando con poco más de veinte años.

A las dos les gustaba la música nueva, solo que no sabían los nombres de los grupos musicales. Ni tampoco de las canciones. Nada tan apreciable como Red Hot Chili Peppers, que decía las cosas de forma clara y contundente. ¿Qué indicaban nombres como Sky Block Streak? Quizás más de lo que a ella le importaba conocer.

El Club Esmeralda servía a la multitud profesional del centro de la ciudad: abogados vestidos con elegancia y otros por el estilo, a la mitad de los cuales Heather reconocía de las importantes empresas alrededor de la ciudad. Un año antes ella se había hecho socia de Biggs & Kofford, diez años después de enrolarse como abogada defensora. Otros dos años y su nombre se uniría a los de Jerry Biggs y Kart Kofford en la papelería. Suponiendo que se quedara.

Sinceramente dudaba que lo hiciera. El año pasado la arruinaron sus litigios comunes y corrientes.

Raquel sacudió su oscura cabellera, tomó otro sorbo del Tom Collins que tenía frente a sí, y miró a Simon, un fiscal de Los Ángeles, mientras atravesaba el salón en dirección al baño. Ellos habían estado saliendo por todo un mes, todo un récord para Raquel, quien tenía treinta y nueve años y aún no había tenido algo que se pareciera una relación permanente. La mujer tendía a aproximarse a los hombres del modo que abordaba los casos: moviéndose de uno a otro, esperando siempre el siguiente gran día de pago.

—Así que este es, ¿eh? —inquirió Heather, mirando el reloj sobre la pared.

—Podría ser, nunca se sabe —contestó Raquel con una sonrisa enigmática.

—Un mes y sigue el conteo.

—Yo no hablaría, encanto.

Raquel levantó una ceja y tomó otro sorbo. Con la cabeza hizo señas a un hombre rubio al otro lado del bar, absorto en una conversación con un amigo. Jake Mackenzie, a quien las dos conocían con reputación de ejemplar de éxito.

—Ahí vas. Siempre te gustaron los rubios.

—Por favor, él no tiene ni un día más de treinta.

—¿Y es eso un problema? Solo tienes treinta y siete, bebé, y cualquier tipo de este lugar puede verte poner en vergüenza al resto de la competencia.

Los ojos de Heather se dirigieron al reloj.

—¡Deja de hacer eso! —exclamó Raquel bajando su trago.

—¿Dejar qué?

—¿Estás saliendo recientemente con alguien, y yo no lo sé? ¡El reloj!

—¿Es pecado mirar un reloj?

—Estoy tratando de ayudarte aquí, encanto. Llevas tiempo divorciada...

—Por favor, no vuelvas a hablar del divorcio —suplicó Heather.

—Exactamente. Olvídate ya del divorcio. Ya hace dos años que dejaste a ese maníaco egoísta por un buen motivo. Pero no, no renunciarás a él, ¿verdad? No, debemos llamarte Heather *Clark* porque una vez estuviste casada con un dios llamado Daniel *Clark*. ¿Por qué lo dejaste?

—Porque era un maníaco egoísta —contestó Heather, dando un sorbo—, del que me enamoré.

—Escúchame —pidió Raquel moviendo suavemente hacia ella el rostro de Heather con una mano—. Míranos. ¿Qué ves?

—Dos mujeres, en un bar, a las once en un miércoles, cuando la mayoría de los abogados razonables de nuestra edad están en la cama.

—¿Desde cuándo eres razonable? ¿Sabes qué veo? A la abogada defensora más inteligente del sur de California, tan encerrada en el triste pasado que ha olvidado cómo vivir el futuro. El hecho de que tengas un cuerpo que luce tan tentador con camiseta sin mangas y *jeans* rotos como con un traje formal, hace aun más trágica tu desesperación, depositada en quien no la merece. Aprende a vivir, querida. Confía en mí, naciste para volverlos locos.

—Hablas como una demandante experimentada.

Raquel se centró de nuevo en el bar. Ella tenía razón, por supuesto. El tiempo seguía su curso, y Heather se había dejado arrastrar por el pasado. Si alguien supiera solo a cuánta profundidad, lo más probable es que concertaría una terapia.

La manecilla larga del reloj de Budweiser atravesaba el gran doce en lo alto. Heather revisó una vez más a los clientes, pero no vio a ninguno que se fijara en ella. Quienquiera que hubiera dejado la nota se le aproximaría.

A menos que no quisiera ser visto por Raquel. Heather había estado trabajando en el caso Mendoza durante los últimos tres meses, un prominente caso de drogas en que participaba una mexicana de sesenta años de edad, a quien habían acusado de lavar dinero a través de un negocio de tintorería del que era propietaria. Toda la evidencia indicaba un caso clarísimo, pero después de pasar una tarde con Marie Mendoza, Heather no podía creer que la mujer fuera capaz, y mucho menos culpable, de cometer el crimen.

Había alguien más entre bambalinas. Alguien con mucho que ocultar.

Si la nota se refería a información sobre el caso Mendoza, como Heather suponía, sería preferible que viniera de una fuente interesada en la más estricta confidencialidad.

Pero también se podría estar topando con alguien que la quisiera fuera del caso, y sencillamente la estaría atrayendo a un callejón en que pretendieran darle una paliza.

—Tenemos que conseguirte una cita, Heather. Dame ese gusto.

—He salido con muchas personas.

Su contacto se atrasaba. Buscó en el salón un indicio de algún hombre o alguna mujer que la reconociera.

—¿Quiénes, dos desde que Daniel se fue?

—Daniel no se fue. Yo lo dejé.

Un hombre de cabello negro con mandíbula pronunciada y cejas espesas entró al bar, examinó la multitud, y se fijó en Heather. Su rostro parecía como si lo hubieran golpeado una o dos veces con una pistola. Ella pensó en echarse para atrás.

—Así que lo dejaste. ¿Cuál es la diferencia? —inquirió Raquel.

—La diferencia es que él aún me ama —contestó Heather agarrando la cartera—. Y tienes razón, debo tener más citas. Como la que tengo esta noche.

Raquel la miró.

—¿Tienes una cita? ¿Con quién? —preguntó y después siguió la mirada de Heather a través del salón.

—Chofer de limusina en la puerta. No mires.

—¿Él?

—Él —respondió Heather, poniéndose de pie—. Si no regreso en media hora, llámame. Si no contesto, llama a la policía.

Se fue dejando a Raquel siguiéndola con la mirada.

EL CHOFER DE LA LIMUSINA, con rostro grisáceo, guió a Heather desde el bar sin pronunciar palabra. Ella no sabía adónde la llevaba, pero le pareció absurda la idea de que debía seguirlo. ¿En qué estaba pensando ella?

—¿Adónde vamos? preguntó Heather deteniéndose en la acera a diez metros de la puerta principal del bar.

El hombre siguió caminando, sin darle explicación, como si no le importara que ella lo siguiera. Sencillamente estaba haciendo lo que le ordenaron.

—Discúlpeme —comentó ella dando unos pasos más—, quizás esté equivocada, pero no voy a seguirlo sin saber adónde me está llevando.

Él siguió su camino. Un joven y su novia o esposa que cruzaban la esquina de la acera miraron a Heather, y después al hombre con quien ella hablaba. Ella asintió cortésmente y continuó, sin muchos deseos de hacer una escena.

El hombre giró a su izquierda, caminó hasta un antiguo sedán negro, abrió la puerta y regresó a mirarla. Aún sin decir una palabra.

Curiosa, ella miró hacia atrás, vio varios transeúntes observando, y decidió acercarse al auto. No entraría, por supuesto. Pero volverse ahora solamente la dejaría sin pistas de esta información «por la que mataría».

Se detuvo a metro y medio de la puerta abierta, quitó la mirada del individuo que ahora la observaba y regresó a ver el interior.

El auto estaba vacío.

—Entre —expresó el chofer señalando el asiento trasero.

—¿De qué se trata? —exigió saber ella.

—Por favor. Solo estoy haciendo aquello por lo que me pagan.

—¿Dejó usted la nota?

—Por favor...

—Si usted tiene información, la tomaré. De otro modo temo que debo ir donde mis amigos. Me están esperando.

—Me indicaron que le dijera que se trata de Daniel Clark —dijo el hombre—. Esto podría salvarle la vida a él.

El terror reemplazó la irritación en Heather.

—¿De qué se trata? ¿Quién lo envió a usted?

—Eso es todo lo que sé. Por favor, señora. No me pagarán a menos que usted entre.

Otras personas observaban ahora en la acera, a ella no le interesaba si eran curiosos o personas preocupadas por lo que veían. Haciendo caso omiso de los espectadores, entró al vehículo negro y se corrió para evitar que la puerta le pegara al cerrarse de golpe.

El chofer se deslizó detrás del volante y se alejó de la acera; pulsó un número en su teléfono celular, escuchó por unos instantes, y luego colgó sin hablar.

—¿Adónde estamos yendo? —indagó Heather.

—A casa.

—¿Sabe usted dónde *vivo*?

Un celular se iluminó sobre el asiento al lado de ella.

—Contéstelo —sugirió el chofer.

Ella vaciló, y luego lo alzó lentamente. Lo desplegó y se lo llevó al oído.

—¿Amas a tu esposo, Sra. Clark? —preguntó una voz suave y baja en el parlante.

—¿Quién habla?

—¿Amas a tu esposo?

—Estamos divorciados.

Una pausa llena de estática.

—¿Es por eso que has conservado su apellido?

—En realidad no creo que eso le importe a usted.

—A mí no me importa —objetó la voz—. Pero a ti sí. Contéstame, por favor.

Todo el asunto era desconcertante. Pero había maneras mucho más fáciles de lastimar a alguien. Ella dudó que quien estuviera detrás de esto quisiera hacerle daño. Se había molestado en contactar con ella en un ambiente controlado y con una llamada celular imposible de rastrear.

—Por supuesto —expresó ella, al no ver que hubiera algo malo en darle una respuesta.

—Sí, por supuesto. ¿Matarías por él?

La pregunta la desconcertó.

—Por tenerlo de vuelta —clarificó la voz—, sano, sin esta ridícula obsesión que él tiene por... Eva. Para tener su amor y su afecto. ¿Matarías?

Quizás, pensó ella, pero luego rechazó la idea.

—La verdad es que amas mucho a tu esposo.

Esta vez ella contestó lo que le vino a la mente.

—Sí.

—Tal vez debas hacerlo antes de que sea tarde. En esto hay más de lo que todos ven a primera vista —expresó la voz respirando en el teléfono—. No se puede detener a Eva.

Ella no tuvo palabras para contestar.

—Daniel morirá si trata de detener a Eva. Morirá esta noche, mañana, en una semana, o en un mes, pero al final estará muerto.

¿Era Eva quien le hablaba? Ella vio cómo le temblaban los dedos.

—Usted no puede saber eso.

—Estás tan obsesionada con Eva como él —expresó con voz baja el interlocutor después de esperar que ella terminara de hablar.

¿Sabría acerca del sótano la persona al otro lado de la línea?

—Eva es un asesino sádico que está cazando mujeres jóvenes e inocentes —afirmó ella.

—No, inocentes no. Pero este asunto no es acerca de dieciséis jovencitas. Es acerca de Daniel. Acerca de ti. Acerca de mí. Y de lo que el mundo crea de todos nosotros cuando esto haya acabado.

—¿Dieciséis?

No hubo respuesta.

El auto se detuvo frente a la casa de Heather.

—Aunque todo esto fuera verdad, no veo cómo yo pueda hacer algo. Lo que usted está sugiriendo... ¡no tiene nada que ver conmigo!

—Buenas noches, Heather.

Se desconectó la línea

Ella cerró el aparato, aturdida.

—Deme el teléfono —ordenó el chofer estirando la mano.

Ella se lo entregó.

—No pierda su tiempo tratando de localizarme. Solo soy el mensajero que a cambio de mucho dinero le dejó una nota. Nunca me he topado con el tipo ni lo haré. Salga.

Heather abrió la puerta y descendió. Sin más explicación, el conductor hizo desaparecer el auto en la noche.

El vecindario suburbano estaba oscuro, excepto por unas cuantas luces encendidas en porches. Heather se sintió irritada. Confundida. Mareada.

TRES

MEDIANOCHE

EL PUEBLO DE Manitou Springs estaba enclavado en las sombras del pico Pikes a una hora de viaje al sur de Denver.

El Citation del FBI había llevado a Daniel, Lori y otros tres agentes de división al aeropuerto municipal en Colorado Springs, donde se reunieron con la unidad táctica del Departamento de Policía de Colorado Springs. Tres Suburban negras serpentearon por la carretera 24 hacia la salida en la avenida Manitou.

Daniel seguía al auto delantero. Lori sentada a su derecha y Brit Holman detrás. Las llantas del vehículo zumbaban debajo de ellos. Ninguno hablaba. Ya habían dicho todo lo necesario durante el vuelo sobre las Rocosas. Triunfar hoy sería todo cuestión de suerte, y la esperanza era que en su descaro el sujeto desconocido hubiera cometido una equivocación.

Las apuestas estaban claras. Suponiendo que los excursionistas hubieran identificado la escena del próximo asesinato, Eva estaría presente o

TED DEKKER

no. O tenía una víctima con él o no. Si tenía una víctima, probablemente estaba muerta, como las otras quince que habían encontrado.

Si estaba viva, ellos tendrían su primera oportunidad verdadera en el caso. Un testigo.

Si estaba muerta, estarían otra vez donde empezaron: con otra muchacha muerta pero sin más evidencia de quién era Eva que el hecho de que usaba botas, que era blanco, que a veces conducía furgonetas con matrículas falsas, que tenía más de cuarenta años, que sabía una o dos cosas acerca de la enfermedad, y que tenía algo importante contra las mujeres jóvenes.

Necesitaban una oportunidad... si no un testigo, al menos una colección un poco mejor de evidencia, por lo cual las autoridades locales resguardaban el perímetro sin acercarse. Lo que menos necesitaban era un equipo SWAT que contaminara una escena virgen de crimen.

Las paredes de las oficinas de crímenes importantes del FBI en Los Ángeles estaban cubiertas con reseñas de Eva, la mayor parte especulación basada en lo que tenían, y más que nada en lo realizado por Daniel. Reseñas mentales, religiosas, físicas y de educación. Lo suficiente para producir un ser vivo que pudiera pararse y salir del salón a matar a su próxima víctima.

Pero la especulación no produce algo vivo.

—Por aquí es —indicó Lori, mirando el letrero adelante en la avenida Manitou.

Daniel siguió al vehículo guía por la curva de una salida muy apretada a mano derecha, que confluía en una calle desierta que atravesaba el pequeño pueblo que dormía. Las dispersas farolas centelleaban por encima de ellos con color amarillo, esparcido por una suave niebla nocturna.

Pasaron por el centro de Manitou Springs, giraron en la avenida Canon, serpentearon por debajo de un puente de carretera a treinta metros en lo alto y entraron a un estrecho cañón, dejando atrás el último rayo de luz.

Oscuridad. Eva tenía inclinación por la oscuridad.

Daniel miró a Lori, vestida ahora con pantalones informales negros y zapatos tenis. Él portaba su arma en una pistolera en el sobaco, una Heckler & Koch 40. En el vuelo se había enterado de la carrera de Lori en el FBI. Nueve años en el Cuerpo, cursando medicina. Debido a sus preocupaciones, el agente pasó por alto otra gran cantidad de detalles.

Con algo de suerte, nada de eso importaría. Si fallaban esta noche Daniel sacaría tiempo para entender a su nueva socia, pero por ahora Lori solamente lo acompañaba en el viaje.

El cañón William se estrechó. Condujeron más profundamente, siguiendo las luces traseras del vehículo táctico que conducía el policía de Manitou Springs, Nate Sinclair, quien fue el primero en confirmar la ubicación de la furgoneta abandonada, con la ayuda de los dos excursionistas. Era evidente que las colinas que rodeaban el cañón estaban ocupadas por ilegales que se ocultaban en un sistema de cavernas y cuevas de las que recién se estaban trazando mapas. La Cueva de los Vientos atraía turistas, pero los sistemas no descubiertos de cuevas eran la atracción para los espeleólogos serios.

Pinos y álamos emergían de la niebla a cada lado, apenas visibles con las cegadoras luces del vehículo.

Daniel levantó su radio.

—¿A qué distancia?

—Como ochocientos metros —crepitó una voz que él supuso que pertenecía a Sinclair.

El cañón serpenteaba con curvas cada cincuenta metros, lo cual quizás les ocultaría la llegada.

—Apaga las luces —insinuó Lori, tuteándolo.

Daniel la miró. Ella le había leído la mente.

—Creo que él espera cerca hasta asegurarse de que su víctima esté muerta —comentó ella—. No con la víctima sino bastante cerca para mantener la vigilancia.

—Lo sé, yo escribí la reseña —concordó él mientras levantaba otra vez la radio—. Apaguen las luces.

La radio permaneció en silencio por unos segundos.

—Va a ser difícil ver con esta niebla.

No era posible que alguien fuera de los autos oyera las radios, pero de todos modos la voz de Nate apenas emitió un susurro. Gran día para el oficial Sinclair.

—Apaguen las luces —repitió Daniel—. Deténganse a cien metros del lugar. Seguimos a pie. Los del equipo táctico pueden usar su visión nocturna, pero que *no se acerquen* hasta que yo lo ordene. ¿Advertidos?

—Entendido.

—¡Comprendido! —exclamó el jefe del equipo táctico detrás de ellos.

Las luces adelante titilaron. Daniel hizo girar una perilla que creyó que controlaba las luces, y en vez de eso fue premiado con un silbido de los limpiaparabrisas. Invirtió el interruptor e intentó otro.

Las luces delanteras se apagaron.

—¿Los ves? —preguntó Lori.

Él bajó la velocidad a paso de tortuga hasta que los ojos se le acostumbraron a la oscuridad. El contorno del vehículo de adelante cortaba las líneas de los bosques al deslizarse por la siguiente curva.

—Más despacio —ordenó Daniel.

—Entendido.

Unas luces traseras rojas brillaban adelante.

—Bueno, amigos. Es hora de jugar —manifestó Brit, hablando por primera vez desde que dejaron atrás Colorado Springs.

—Recuerden, que nadie se me adelante. Eso incluye al equipo táctico. Mantenlos atrás, Brit. Por allá. No quiero ninguna clase de contaminación en el sitio. Ninguna.

Daniel no había ocultado su convicción de que no debían utilizar un equipo táctico en esta acción, mucho menos un equipo que él no conocía. Brit estuvo de acuerdo, pero el protocolo prevaleció: sospechoso armado más escenario hostil era igual a suministro táctico.

—El equipo alfa está subiendo media brigada a la falda —anunció Brit mientras ponía una bala en la recámara de la pistola—. El resto permanecerá a veinte metros detrás de mí a menos que se ordene otra cosa.

—Simplemente mantenlos fuera de mi escena hasta que yo esté adentro —contestó Daniel, alzando la mirada al espejo retrovisor.

El inflexible agente especial que oficialmente habría dirigido el caso si Daniel siguiera de incógnito era nada más una figura fantasmagórica cerca de la luz ámbar del tablero. Cabello negro, mandíbula de rasgos firmes... un receptor de fútbol universitario que se había graduado con honores antes de ser reclutado por el FBI.

En varias ocasiones Daniel le había confiado su vida al hombre. Al tener la posibilidad de elegir compañero habría escogido a Brit Holman por sobre cualquier otro sin dudar un instante.

—Es allá afuera —informó Brit—. A mi retaguardia. Entraré detrás de ti.

Daniel asintió.

—Solo mantenlos fuera de nuestro camino.

—¿Y yo? —preguntó Lori.

Una simple pregunta hecha sin ninguna expectativa, que Daniel no había considerado. En un caso tan dependiente de la información que aportaran las víctimas, algunos sostendrían que ella era más importante para la investigación que él.

—¿En cuántas redadas has estado?

—Ocho —contestó ella casi antes de que él hubiera preguntado; no había un ápice de duda en Lori.

—Te quedas conmigo —expresó él.

Ella asintió.

—Se están deteniendo.

Daniel detuvo el vehículo justo detrás del guía, se puso un chaleco

Kevlar, agarró una H&K MP5 de detrás del asiento, le metió una bala en la recámara y le quitó el seguro. Cargar armas en ciertos momentos era un camino fácil a una sepultura temprana. El sonido de las cámaras llegaba a todos los oídos.

Lori ya había preparado su pistola.

Ella esperó que él se bajara antes de salir despacio por su puerta. Daniel rodeó el auto, haciendo caso omiso a todos menos a Nate Sinclair, quien estaba saliendo de la cabina.

—Quédese en el asfalto —le susurró—. No hable a menos que se le indique. ¿A qué distancia?

Los ojos de Nate eran blancos en la noche.

—Cerca de la próxima curva. A la izquierda, a cincuenta metros de la carretera. Usted sí comprende que en realidad no he visto la furgoneta. Nos ordenaron permanecer en la retaguardia. Por allá.

—La cueva, no la furgoneta. Me informaron que usted podía llevarnos a la cueva.

Nate sacó una unidad GPS y la encendió.

—Suponiendo que son correctas las coordenadas que me dieron los excursionistas. Un cálculo rápido…

—Vamos —ordenó Daniel, observando el equipo que se había reunido detrás de él, esperando en uniformes y cascos tácticos, armados para entrar, listos para la pelea. Listos para iniciar una guerra.

Él asintió.

Las suelas de sus botas sonaron sobre el negro asfalto. Se oía chirrido de grillos, Daniel no sabía si ese era un cántico de vida o muerte. Pero su mente ya estaba en la tumba.

¿Quién eres tú, Eva? ¿Qué te motiva a tomar las vidas de estas jóvenes? ¿Estás en tu agujero, parado sobre otro cadáver?

Los árboles se separaban a la izquierda y Nate se detuvo. Buscó aprobación mirando a Daniel y viró hacia el claro abierto cuando el agente fijó la mirada en esa dirección.

La furgoneta se hallaba en el claro, oscura y helada con pintura blanca oxidada. Parabrisas roto. Llantas lisas. Era una vieja Caravan Dodge de los noventa. Números de serie limados sobre el cristal, el chasis, y sin duda el motor, como las otras furgonetas que él había descubierto. Esto mantendría feliz por unas horas al equipo de análisis de evidencias.

Daniel le hizo una seña a Brit y cada uno agarró por un lado del vehículo, observando sin suerte hacia el interior de las ventanillas. Daniel esperó a que Brit lo cubriera, colocó la mano en la puerta corrediza y la abrió deslizándola de golpe para que su compañero tuviera una clara visión del interior.

La furgoneta estaba vacía. Sin asientos traseros, sin herramientas, sin cuerdas ni restricciones. Sin Eva.

Sin chica.

Lori se acercó, examinó los oscuros árboles adelante y habló con una voz que no perturbaba la noche más que las alas de una mariposa.

—Él está aquí.

Con esas palabras Lori ingresó al espacio de él. Ella sentía la escena del mismo modo que él.

—Tienes razón. Tranquila.

Un murallón rocoso se levantaba al final de un sendero de venados, a cincuenta metros más adelante. La boca de la cueva estaba precisamente donde la ubicaban las coordenadas del GPS. Un enorme pino y una gran roca del doble de la altura de Daniel protegían una fisura de sesenta centímetros en el frente del murallón.

Daniel hizo una seña a Brit para enviar el equipo táctico a lo largo del murallón en ambas direcciones, luego le echó una larga mirada a Lori, quien tenía los ojos fijos en los suyos.

Espero que estés lista para esto.

Entonces se deslizó hacia el interior.

Presionó la mano izquierda contra la lisa superficie de piedra en el muro sur y avanzó paso a paso en la oscuridad. La pistola lista en el hombro, y el cañón hacia abajo. Lori exactamente detrás, respirando a ritmo constante.

La mano extendida de ella le agarró el codo. Lo soltó. Lo volvió a tocar.

El sonido de agua goteando en una caverna era la primera evidencia de que se habían introducido en algo más que una fisura larga y estrecha. Un olor húmedo a moho de tierra le inundó las fosas nasales. Un aroma que había impregnado los sótanos que Eva había utilizado en otras dos ocasiones.

De repente el terreno se inclinó; y fue allá abajo donde él primero vio la tenue pista de luz. Apenas más que un cambio en la oscuridad, del negro más denso a una sombra de café oscuro.

Instintivamente, retrocedió para detener a Lori. Su mano le topó el estómago. La agarró de la blusa y la acercó, con el corazón en la garganta.

—Está aquí —le articuló para que ella le leyera los labios—. Ten cuidado.

Entonces la soltó y decidió bajar. Hacia un muro, donde el túnel giraba bruscamente a la derecha.

La luz brillaba al final de un largo corredor, titilando en anaranjado sobre granito.

Daniel contuvo el impulso de dar la vuelta a la esquina hacia la fuente de esa luz. Esperó hasta que Lori y Brit estuvieron a su lado. El crujido de piedras anunció la presencia de dos hombres de la unidad táctica detrás. Daniel intentó hacerles señas para hacerlos retroceder, pero aunque pudieran verle la mano, ellos ya bajaban la pendiente.

Él abrió una palma a Brit y le articuló que los mantuviera detrás.

La voz de Montova le rondó la mente. *¿Qué haces mejor, Daniel?*

Trabajo solo. Entro solo a la mente de Eva.

¿Por qué entras solo a la mente de Eva, Daniel?

Porque lo conozco. Sé cómo fue hecho y sé cómo deshacerlo.

Daniel se apresuró a bajar por el largo corredor. El terreno era principalmente arcilla, desparramada por el viento durante siglos. Evitó piedras sueltas, avanzando agachado, con la pistola lista.

Entonces llegó a la próxima curva, frente a una pared que titilaba con luz que solo podía venir de flamas. Daniel levantó la pistola y llegó agachado a la esquina, cortando cada vez más el reflejo con la visión frontal de su MP5, respirando y examinando, de arriba a abajo, de izquierda a derecha.

La amplia caverna tenía cincuenta metros y terminaba en una pared plana. Dos antorchas ardiendo colgaban de un cable incrustado al techo en el extremo opuesto.

A ambos lados había caballerizas, como las que se ven en un establo; delimitadas por listones de diez centímetros de ancho por cinco de grueso que iban del techo al piso. Ningún olor, sonido o indicio de animales.

La imagen de un ermitaño fulguró en la mente de Daniel. Habían reportado que toda una tribu de ellos habitaba estos cañones. Este no era Eva. La guarida estaba ocupada por ilegales. Ellos mantenían aquí sus animales.

Una sensación cálida de pánico le agarró los omoplatos. ¿Se habían equivocado?

—Una prisión —susurró Lori.

La mente de él reaccionó bruscamente ante las palabras.

En alguna parte había un goteo constante de agua. Daniel dio un paso adelante, y enfocó el cañón de la pistola a la derecha, dentro del primer corral. La luz en este lado era tenue. Giró, y examinó el redil.

Piso de piedra. Vacío.

Volvió a girar e investigó el corral a lo largo de la pared opuesta. Igual.

Daniel corrió por la caverna, mirando dentro de los corrales a cada lado. Vacíos. Todos vacíos.

Pero no el cuarto. Una cabra muerta yacía en medio. Supo que se hallaba muerta, no dormida, porque estaba sobre el lomo, con las cuatro patas estiradas hacia arriba. El cadáver estaba intacto, pero habían cortado y extendido el tórax, y parecían haber sacado los órganos internos en una macabra demostración de patología... una clásica incisión en Y. No había sangre en el piso. Mataron al animal en otra parte y lo trajeron aquí, o lo mataron aquí con riguroso esmero.

Daniel continuó, la mirada fija en los corrales a su izquierda, caminando de lado, los nervios tensados como cuerdas de arcos, las palmas ahora sudadas sobre su pistola. Más luz aquí. Las llamas se movían rápidamente ante el humo que soltaban.

El penúltimo redil de este costado estaba vacío.

Y también el último, excepto por una cobija gris que colgaba de un alambre estirado entre los postes de madera y la pared trasera.

Daniel miró rápidamente hacia atrás y vio que Brit ya había revisado los corrales del otro lado. Brit le articuló una palabra: *vacíos*.

Lo cual, ¿qué significaba? ¿Que Eva se había llevado a su víctima? ¿O que no se trataba de Eva?

—Daniel.

Él giró y vio que Lori ya se le había adelantado y que estaba mirando el rincón del último redil. Donde la cobija gris colgaba como una cortina. No contra la pared como él supuso, sino a varios decímetros de ella. Se acercó para ver lo que había atraído la atención de Lori.

Impulsada por algo cercano al pánico, ella corrió frente a él, golpeó el pasador de rústica madera y se metió a toda prisa en el cubículo.

Daniel observó entre los listones y entonces vio a la víctima. Sentada sobre una silla metálica entre la cobija y el muro de piedra con *Eva* garabateado en rojo detrás de ella. Vestida con la misma bata blanca sucia de hospital con que hallaron a todas las víctimas de Eva.

Solo que esta víctima tenía un saco de yute sobre la cabeza.

Y temblaba.

Viva.

—¡Espera! —advirtió Daniel, avanzando, girando dentro de la jaula, y adelantándose a Lori.

Con el corazón latiéndole como una bomba de vapor, fue hasta la cobija, la jaló hacia atrás y miró a la muchacha.

—Se encuentra en estado de shock —susurró Lori.

—Es obra de Eva —comentó Daniel girando hacia Brit, quien había entrado detrás de él—. Acordona un perímetro al sur hasta Pueblo, al norte hasta Monument. Vigila veinticuatro horas al día en ambas direcciones, ochenta kilómetros a la redonda. Haz que un equipo táctico registre estos murallones. Quiero que encuentren rutas que suban o bajen, específicamente hacia la carretera. Haz que encuentren y marquen cualquier huella grande, cualquiera parecida a nuestro perfil.

Brit repitió rápidamente las órdenes a otros dos hombres que los habían seguido en el túnel.

—Él estuvo aquí en los últimos treinta minutos —manifestó Lori, señalando un rastro húmedo de sangre en el piso—. Hay que usar guantes. Quizás la mujer sea contagiosa. Un estornudo y podría convertir su enfermedad en un aerosol.

—No tenemos tiempo —se oyó decir Daniel a sí mismo.

Eva nunca había dejado una víctima como esta; no podrían arriesgarse a perderla. Lori no puso objeción, a pesar de la rotura de protocolo.

La caverna se quedó en silencio, excepto por el goteo de agua y por el ruido apenas perceptible de la silla metálica debajo de la víctima de Eva.

La mujer era delgada… ni una onza más de cuarenta y cinco kilos. Pálida. Venas azules trazaban la carne debajo de la piel traslúcida y llena de manchas de los brazos, síntomas de la variante de meningitis que había matado a las otras. Manchada, los dedos temblorosos le colgaban libremente a sus costados. Descalza.

No había señales de que estuviera consciente de la presencia de ellos.

—Está moribunda —interrumpió Lori el silencio—. Debemos llevarla a un hospital, Daniel. ¡Quizás ya sea demasiado tarde!

Lori extendió la mano enguantada hacia el brazo de la muchacha, y le tocó suavemente la piel llena de manchas.

—Todo estará bien, cariño —le dijo—. Estamos aquí para ayudar. ¿Nos puedes oír?

Daniel se inclinó hacia adelante, agarró entre sus dedos la esquina de la bolsa café, y la jaló. Debían mantener con vida a la chica... ella era el único vínculo vivo con Eva.

El saco se deslizó hacia arriba, revelando el delgado cuello de la mujer, luego la barbilla. Labios temblorosos, brillando con baba. Mandíbula apretada.

Daniel retiró toda la bolsa.

Los ojos de la muchacha estaban totalmente abiertos, pero se habían volteado tanto dentro de la cabeza que los iris estaban ocultos. Sus blancos globos oculares estaban enfocados al frente, ciegos.

De las dos fosas nasales salía moco que se mezclaba con baba espumosa que se le filtraba de la boca. El grasiento cabello rubio le colgaba de las orejas, temblando.

La cabeza de la muchacha se movió. Giró lentamente hacia ellos. La boca se abrió y comenzó a succionar aire en boqueadas cortas y fuertes. Las fosas nasales se ensanchaban con cada inhalación.

La escena de esta víctima torturada por una condición tan anormal fijó a Daniel contra el suelo. Mil análisis acerca de causas de muertes en la investigación Eva no habían preparado al agente especial para ver realmente los estragos de la enfermedad en una víctima viva.

Lori se echó hacia atrás.

—Sus ojos... —exclamó Daniel, sin saber cómo expresar su preocupación por la gravedad que indicaban los ojos en blanco.

—La fotofobia es un síntoma clásico de la meningitis —anunció Lori—. Está reaccionando a la luz.

La boca de la muchacha se abrió más y les gruñó. En la comisura de los labios le reventaron burbujas.

Entonces las mandíbulas se cerraron bruscamente y ella comenzó a gemir. Un clamor desesperado por ayuda que salía de un rostro arrugado. Por un instante se le enderezaron los ojos, con el iris gris a causa de la enfermedad que la estaba matando, luego se volvieron a meter en el cráneo.

Daniel sintió que el corazón se le subía a la garganta. Sus propios dedos le temblaban, quizás más que los de ella.

Lori se colocó detrás de la muchacha, con los ojos abiertos de par en par.

—Tenemos que ayudarla —exclamó, y cautelosamente puso una mano encima de cada uno de los hombros de la muchacha.

No hubo respuesta. Solamente la mueca de hiperventilación.

—¡Daniel!

—¿Cómo? —contestó él con voz que parecía un mezclador de gravilla.

—Debemos llevarla al hospital.

Él nunca había visto una condición que se presentara en forma tan perturbadora, y no sabía de qué era capaz la muchacha, pero no tenían tiempo para la prudencia... ya habían perdido mucho tiempo evaluando el mal de la joven.

Él intervino, le deslizó un brazo por debajo de las piernas y el otro por detrás de la espalda. La mujer no opuso resistencia. Tampoco se tranquilizó.

Daniel levantó el tembloroso cuerpo y se paró torpemente. La mandíbula de la muchacha se estiró en un grito silencioso; el cuerpo se le sacudió con tal fuerza que por un instante Daniel creyó que se le iba a caer.

Lori puso sus dos manos en las mejillas de la chica.

—Shh, shh... todo estará bien, cariño. Todo va a salir bien.

Pero los ojos de Lori se le llenaron de lágrimas. Una cosa era tratar con la muerte, y otra era ver a un ser humano atormentado, incluso para una patóloga.

—Sus músculos axiales están totalmente relajados —comentó Lori—. No hay espasmos musculares, ni está convulsionando.

Daniel no sabía el significado de la evaluación de Lori. Los ojos de ella se toparon con los de él, nublados por la preocupación.

Luego se pusieron en marcha, corriendo hacia la entrada. Regresaron a la cavidad. Subieron por el oscuro corredor, iluminado ahora con la luz de la antorcha de Lori. La muchacha se sacudía en los brazos de él como una licuadora.

Eva estaba liquidando a sus víctimas con una enfermedad extraña relacionada con la meningitis... eso lo habían establecido más de un año atrás. Asesinato en primer grado, que consistía en exponer intencionadamente a otra persona a una sustancia que le amenazara la vida.

Salieron a toda prisa del murallón para hallar a Brit Holman en una urgente discusión con Nate Sinclair acerca de la carretera 24. Nate intentaba lograr que la patrulla de caminos de Colorado cerrara el paso.

—Llama al FBI de Denver —exclamó bruscamente Daniel—. Diles que cierren este sitio y el perímetro.

Luego se dirigió a Nate.

—¿A qué distancia está el hospital más cercano? —le preguntó.

—A veinte minutos —contestó Nate con la mirada fija en el tembloroso cuerpo que Daniel llevaba en los brazos.

—Usted venga con nosotros. Y tú Brit cierra el lugar, no me importa lo que se necesite. Él está cerca.

—¿Y tú?

—Ella es una testigo. Tengo que mantenerla viva.

CUATRO

NECESITO LA RUTA MÁS rápida —soltó bruscamente Daniel.

—Depende de...

—¡La más rápida, ahora! ¿Volvemos por el mismo camino?

—Sí, de vuelta.

Nate se sentó en el asiento de pasajero al lado de Daniel, impresionado aún por la condición de la muchacha. Detrás de Nate, Lori sostenía contra su regazo la cabeza de la chica mientras preparaba una jeringuilla intravenosa con una combinación antibiótica de cefalosporina y ampicilina que llevó precisamente por este motivo. Pronto sabrían si la meningitis era viral, bacteriana o si existía de veras. Si a Lori le molestaban los gruñidos, los ojos blancos, o la boca espumosa de la chica, no lo demostraba para nada. Su capacitación médica contribuía a ello.

Daniel lanzó una exclamación en una curva cerrada y pisó el acelerador a fondo. Debían llegar al hospital antes de que los órganos internos de la muchacha sufrieran una hemorragia. Altas dosis de antibióticos podrían evitar un asalto bacteriana, pero solo si se administraban antes de que hubiera daño irreversible. Y eso si se tratara de una infección bacteriana. Esto era simplemente una fracción de lo que Daniel había aprendido acerca de la meningitis el último año.

Lori le dio una palmada al brazo de la muchacha para distender una vena.

—Luz, ¡necesito luz!

Daniel se echó hacia atrás y encendió la luz del techo.

—Aguanta, cariño. Estás con nosotros. Todo va a salir bien —le decía Lori a la chica mientras presionaba la aguja en una vena secundaria y le administraba toda la dosis.

Ojalá se detuviera la infección.

En este momento a Daniel no le importaba lo que intentaran, mientras aumentara la oportunidad de supervivencia de la muchacha. Incluso podrían querer un sacerdote, alguien que pudiera administrar terapia psiquiátrica. A pesar de su desprecio por la religión, Daniel también estaba muy consciente de los efectos calmantes que brindaba a la mente; y la mente a veces necesitaba tranquilizantes.

—Consiga un sacerdote—le dijo a Nate Sinclair, mirándolo—. Necesito un sacerdote en el hospital cuando lleguemos allá.

—¿Un sacerdote? —inquirió Lori—. Esto es una enfermedad.

—Quizás ella no lo sepa —objetó él.

Nate levantó la radio y dio la orden a gritos a través de la frecuencia abierta.

El vehículo anduvo a toda velocidad por la angosta calzada de asfalto, ladeándose en cada curva. Daniel se secó las palmas húmedas en los pantalones y agarró firmemente el volante.

—¿Está ella respondiendo?

—No lo sé. Es demasiado pronto. No, aún no.

—¿Puedes darle más?

—Necesita una transfusión. Estamos en un vehículo, no en una unidad de cuidados intensivos.

—Dale más. Más…

—¡Frena, frena, frena!

Daniel giró bruscamente la vista y vio la razón por la que Lori había gritado. Las luces del auto iluminaban a un hombre en medio del camino, caminando hacia ellos.

Nate estaba en una línea directa de emergencia; las palabras se le atragantaron en la garganta.

Daniel tenía el acelerador a fondo, los músculos paralizados.

—¡Frena! ¡Frena! —gritaba Lori a todo pulmón.

Él movió el pie hacia el pedal del freno y lo presionó hasta el piso. Las llantas se bloquearon, produciendo un largo chirrido mientras el auto se deslizaba. Lori fue a dar contra el respaldo del asiento de su compañero.

El hombre siguió caminando, sordo y ciego, o sin importarle que enfrentaba la arremetida de una mole metálica que lo aplastaría contra el asfalto.

—Tenemos un civil en la carretera —anunció Nate por la radio, a toda prisa—. ¡Está exactamente en medio de la vía! Caminando hacia nosotros.

Todo se hizo más lento en la mente de Daniel, y minuciosos detalles cobraron vida.

El tipo era alto y desgarbado. Vestía overol oscuro y camisa sucia de manga larga abierta que colgaba sobre su pecho pálido y desnudo. Usaba botas cafés de trabajo. Tenía cabello despeinado y ralo. Rubio mugriento.

El brazo derecho le colgaba al costado. Un reflejo metálico. Tenía una pistola.

El auto coleó a la izquierda, luego corrigió a la derecha y chirrió hasta detenerse a menos de treinta metros del hombre. Nate se golpeó contra el tablero, y perdió la radio. Lo rebuscó, aturdido.

El sujeto siguió caminando, resuelto, demacrado rostro reflexivo y tranquilo, sosteniendo la pistola holgadamente a su lado. Sus ojos estaban hundidos, debajo de cejas pronunciadas, acentuados por una mandíbula cuadrada y pómulos sobresalientes.

Este era Eva, ¿verdad? Debía serlo.

Daniel pensó por un breve momento en volver a acelerar a fondo y dirigirse directo hacia el hombre, pero sabía que, si lo intentaba, Eva simplemente se apartaría y desaparecería.

En su prisa por mantener el vehículo en el camino, el agente especial había puesto el brazo entre el asiento y el apoyabrazos, y ahora intentó agarrar el arma. Aún había tiempo para un disparo limpio.

Pero su mano agarró la pistolera Kydex, no el arma. ¡Tenía que sacar la pistola!

—¡Dispárele! —gritó.

Arrancando su propia pistola, vio que Nate Sinclair aún estaba desorientado. Lori se hallaba de espaldas, ocupada con la víctima, quien se había volcado al piso con ella. La voz de Brit resonó en la radio, exigiendo más información.

Daniel debía sacar la pistola del auto para el disparo. Disparar a través del parabrisas de cristal templado desviaría la bala del blanco.

Buscó a tientas el seguro de la puerta, la abrió, colocó la pierna izquierda en el suelo, y movió la pistola hacia arriba y a través del volante al tiempo que se apoyaba entre el vehículo y el marco de la puerta a fin de disparar apoyado.

Estaba consciente de que Lori se encaramaba al asiento trasero. Consciente de Nate, quien miraba en silencio con su radio presionada a los labios. Consciente de los latidos de su propio corazón.

Entonces el asesino movió su pistola, mientras el arma de Daniel salía del parabrisas para disparar. Sin aminorar su paso rápido, Eva levantó tranquilamente la pistola y disparó directamente hacia el rostro del agente a una distancia como de diez metros. La bala que salió del destello de la boca del arma no erraría el blanco.

Daniel no sintió miedo, solo un lamento por una fracción de segundo.

Y luego un punzante destello de dolor mientras la bala le pegaba en la cabeza.

En el momento antes de que terminara su vida, Daniel se preguntó si Heather lo recibiría otra vez. Y entonces se sumió en un estanque de oscuridad.

LORI OYÓ QUE LA puerta se abría y giró sobre una rodilla. No logró tener una visión clara del rostro del asesino. Solo su cuerpo y la pistola en la mano.

Eva.

La muchacha en sus brazos le impedía cualquier movimiento eficaz pero, la verdad sea dicha, no estaba segura de poder detenerlo aunque tuviera ahora una pistola en la mano.

Una helada calma la envolvió. La muchacha era demasiado joven para que le arrebataran la vida cuando esta acababa de empezar.

En la mente le resplandeció la imagen de Amber Riley, la pelirroja a quien conoció de cerca en la facultad de medicina. La decimocuarta víctima de Eva. Antes de recibir la llamada de que un asesino en serie conocido como Eva había matado a Amber en California, el caso Eva no se le había cruzado por el horizonte. El mundo de Lori cambió al ver el hermoso cutis de Amber descolorido en tan mala manera por la enfermedad.

Y ahora su mundo estaba a punto de acabar.

Pensó que estas eran las cosas que venían a la mente de las personas que enfrentaban la muerte. Pensamientos inútiles que reemplazaban a los necesarios para sobrevivir. Por esto muchos morían cuando hubieran podido evitar la muerte.

—¿Daniel?

La mirada de Lori se posó en la pistola de Eva mientras este la levantaba. El cañón lanzó fuego, y la cabeza de Daniel se echó bruscamente hacia atrás como movida por un resorte. El costado de la ventanilla se roció de sangre, la cual se esparció del impacto de la bala desviada.

Como una marioneta en una cuerda, Daniel se ladeó y se derrumbó. Al caer, la barbilla se golpeó en el apoyabrazos sobre la puerta. Lori había visto más de unos cuantos cuerpos muertos, y sabía que estaba viendo otro.

El asesino no dejó de dar zancadas. Viró del resplandor de las luces hacia la puerta del pasajero y disparó a Nate Sinclair a través de la ventanilla lateral mientras el policía buscaba a tientas su pistola.

La puerta lateral se abrió, e instintivamente Lori se escudó en la muchacha. Se iluminó la moldura del asiento. Por detrás venía un vehículo... alguien había respondido al llamado.

Va a matarme, comprendió Lori. *Me matará y se llevará su víctima.*

Ella se movió con solo un pensamiento: empujar a la muchacha contra la puerta abierta. Su única esperanza de sobrevivir ahora era obligar al hombre a titubear.

Eva agarró a la muchacha de un brazo, y de un tirón la sacó del auto mientras Lori se arrojaba al suelo, encogiéndose.

Detrás de ellos chirriaban llantas. El estrépito del disparo del asesino retumbó en todo el vehículo, y Lori sintió una punzada de dolor en el brazo izquierdo.

Si Brit Holman no hubiera llegado en el momento en que lo hizo, es posible que un segundo disparo hubiera matado a Lori. Pero evidentemente la víctima era más importante para Eva.

La agente levantó la cabeza y a través del anillo de luz irradiada por las luces del otro auto vio que el asesino se metía entre los árboles, con su víctima echada por encima del hombro; como si el equipo táctico, la patrulla estatal y el FBI fueran poco más que una fastidiosa interferencia.

Luego desapareció.

Lori salió del auto y lo rodeó. Agarró la puerta del chofer y la abrió de un tirón. El cuerpo de Daniel desplomado sobre un charco de sangre sobre el asfalto.

—¡Daniel! —gritó Brit Holman llegando a toda velocidad, tenía la pistola agarrada con las dos manos—. ¿Daniel?

—¡Ayúdeme! —exclamó Lori, cayó de rodillas y tiró del cuerpo flojo de Daniel—. Le dispararon, ¡ayúdeme!

El cuerpo rodó. Rápidamente ella buscó pulso en el cuello. No lo halló.

—¿Qué sucedió? —preguntó Brit, mirando.

—¡Está muerto! —gritó Lori—. Está muerto, eso es lo que sucedió. No se quede parado allí, ¡ayúdeme!

Ella sintió la herida en el costado de la cabeza de Daniel. La bala había dejado un corte superficial en forma radial, ocasionándole inconsciencia instantánea, pero no había penetrado la parte anterior media del cráneo. Probablemente la sacudida hidrostática del impacto ocasionó una concusión en el tejido cerebral y puso en estado de shock el sistema nervioso de Daniel, seguido por fibrilación ventricular.

Le habían disparado en la cabeza y estaba muriendo de un ataque cardíaco.

Había muerto de un ataque cardíaco.

Brit se colocó en una rodilla, sintió el pulso radial, y luego se paró.

—Está muerto —dictaminó, moviéndose al instante y ordenando a gritos a los hombres detrás de ellos—. Sospechoso en el perímetro. Hagan que el equipo se movilice. En parejas. Visión nocturna y extendida. ¡Ahora! Reporten cada cien metros. Denme una linterna. ¡Muévanse!

Brit enfocó la linterna en el parabrisas.

—¡Tenemos otro policía derribado! —gritó, y corrió alrededor del vehículo para revisar al oficial Sinclair.

Lori miró por breves momentos el cuerpo a sus pies. Sangre roja le enredaba las cortas ondas de cabello en el costado derecho de la cabeza donde lo había golpeado la bala. Aparte de eso parecía un hombre en paz.

Su piel era suave, juvenil pero firme. Vestía la misma camiseta negra de punto y la misma chaqueta que siempre usaba. Pantalones café oscuros. Un hombre que vivió poniendo cuidadosa atención a detalles tanto en su arreglo personal como en su trabajo.

Ella había llegado a conocerlo a través de sus libros, observándolo a la distancia en los tres últimos meses, analizando cada caso en que él había trabajado, cada conferencia que alguna vez dictó. Y en el proceso había llegado a respetar la obsesión de él con el asesino Eva.

Lori inhaló profundamente y dejó que sus venas se llenaran de determinación. Actuando con rapidez, con practicada calma, inclinó hacia atrás la cabeza del hombre, le apretó las fosas nasales entre el pulgar y el índice, bajó la boca hasta la de él y le inundó los pulmones con aire. Otra vez.

Luego se inclinó sobre él, le presionó las dos palmas sobre el esternón y bombeó a un ritmo aproximado de cien palpitaciones por minuto.

Uno, dos, tres, cuatro... treinta veces antes de infundirle más aliento.

Vamos, ¡Daniel! Ella apretó la mandíbula. *¡Vive!*

No hubo reacción.

A ella le latía su propio corazón en los tímpanos. El de él permanecía como una lápida. Ella necesitaba un desfibrilador, y lo necesitaba ahora.

Brit Holman corría alrededor del auto, hablando por su radio.

—¿Está usted diciendo que el tipo simplemente desapareció? ¡Encuéntrelo!

Se detuvo en seco cuando vio que Lori luchaba febrilmente sobre el cuerpo inerte de Daniel.

—¿Hay algo?

Ella volvió a soplar en la boca de él. Luego le bombeó el pecho.

—Debemos llevarlo al hospital —manifestó, agarrando a Daniel de la chaqueta y jalándolo hacia arriba—. Lléveme a un hospital.

—Una ambulancia acaba de salir...

—No tenemos tiempo para esperar una ambulancia. Hay veinte minutos al hospital más cercano. Nos toparemos con la ambulancia —afirmó ella mientras arrastraba por la capucha el cuerpo inerte—. Ayúdeme. Metámoslo al auto. ¡Rápido!

Brit titubeó por un momento, luego agarró a Daniel por las piernas. Rodearon la Suburban y colocaron el cuerpo en el asiento trasero.

—Necesito que alguien me lleve.

—Lori...

—Ahora. ¡Ahora!

Brit ordenó que uno de los policías locales fuera al auto.

Ella entró, vio que ya habían sacado el cuerpo de Nate Sinclair del asiento delantero, y siguió administrando reanimación cardiorrespiratoria a Daniel. Habían pasado cinco minutos. La agente conocía las estadísticas: menos del dos por ciento de los adultos que hubieran padecido ataque cardíaco habían regresado después de cinco minutos... y eso en hospitales, bajo cuidados de emergencia. Entre estos, menos de uno de cada veinte finalmente salía vivo del hospital.

—¡Rápido!

Ella misma se vio respirando a un ritmo muy fuerte. Él no podía morir, no ahora.

Uno de los policías vestido de civil que acompañaban al equipo táctico se deslizó detrás del volante.

—Hay una ambulancia en camino —anunció ella bruscamente—. Averigüe dónde.

—Se encontrarán con usted en la 24 —contestó Brit, apareciendo en la puerta—. Canal 9.

Él cerró la puerta de un tirón y golpeó el costado del auto al salir este a toda prisa.

CINCO

HEATHER CLARK SE SENTÓ A la mesa de la cocina a la una de la mañana con una taza de té de menta, tratando de no tener en cuenta la impresionante voz de la llamada telefónica de dos horas antes. El archivo Mendoza yacía abierto, pero este se negaba a brindarle alguna distracción.

¿Cuántas veces se había sentado allí, mirando un archivo, diciéndose que diera el asunto por terminado, que se centrara en el futuro, que defendiera el caso, que viviera, que dejara de ser una de esas débiles mujeres agotadas por el divorcio? ¿Por qué sufrir el sentimentalismo negativo de la vida cuando se puede encontrar un nuevo sendero y caminar por él?

Su terapeuta, la Dra. Nancy Drummins, había inculcado una docena de veces el mejor consejo en su dura cabeza; Heather conocía las declaraciones repetitivas de autosuficiencia como si ella misma hubiera escrito el libro.

Había estado tentada a hablar con Raquel acerca de la llamada telefónica, pero se contuvo, sin estar totalmente segura de por qué. Todo estaba bien. Sí, ella obtuvo alguna información. Gracias, Raquel.

—¿Estás segura de que estás bien?

Raquel debió gritar por su celular para acallar el ruido del bar.

—Por supuesto. Qué bueno tener una amiga. Estoy bien, de veras.

Y aquí se encontraba ella sentada, casi dos horas después, sabiendo que nada estaba bien.

Heather se paró de la mesa, levantó sus grises pantalones deportivos, dos tallas más grandes después de que perdiera nueve kilos, y se sirvió otra taza de té. El pico de porcelana tintineó contra la taza. El juego había sido un regalo de Raquel, una delicada tetera negra con una rosa en cada lado… imagen que habría sacado interminables análisis de Daniel durante el desayuno.

Regresó a la mesa. La voz le susurró por centésima vez a través de la memoria.

No se puede detener a Eva.

Debería decírselo a Brit. Él siguió estando cerca de la amistad de ellos después del divorcio, más cerca de lo que cualquiera podría saber. Pero Eva había acudido a ella, no a Brit. Ni a Daniel.

El teléfono celular sonó sobre la mesa. Ella revolvió el té. ¿Eva?

Bajó la taza y agarró el celular. Brit Holman. Desplegó el teléfono.

—¿Aló?

—Soy Brit.

No en el tono acostumbrado.

—¿Qué pasa?

—Se trata de… Eva…

—Se llevó a otra muchacha —expresó ella, medio suponiendo, medio sabiéndolo.

—Lo encontramos. Sí. Él…

—¿Encontraron a *Eva*?

—Encontramos a la víctima. Y a Eva. Pero él desapareció. Aún no estamos seguros…

La voz del agente titubeó.

Heather se puso de pie.

—¿Dónde está Daniel?

—Eva le disparó.

—¿Qué quieres decir? Es... ¿qué quieres decir con *le disparó?*

—Recibió un disparo en la cabeza, Heather. Está muerto. Están trabajando en él, pero no se ve bien. Lo siento. Sé...

—¿Cuándo?

Las emociones comenzaron a surgirle en el pecho, primero benignas, luego violentas.

—Hace como diez minutos. Lo siento, Heather. Sé cuánto...

Heather cerró bruscamente el teléfono. El mundo se le inclinó. Lentamente giró el rostro hacia la sala. Todo era Daniel. Los muebles que ella y Daniel compraron con la casa cinco años atrás. La chimenea que él insistió que necesitaban a pesar de los moderados inviernos. El retrato encima de la chimenea; los elegantes rinocerontes verdes que se hallaban sobre el sofá, propiedad de Daniel desde que estaba en tercer grado; incluso el archivado juego de libros de leyes que él le había comprado durante el segundo año de ella en la facultad de derecho.

Todo era Daniel. ¿Y estaba muerto?

Heather obligó a que sus piernas la llevaran a través de la sala, al pasillo que daba a la puerta del sótano.

Confusión y dolor le recorrieron la mente. La puerta se cerró con un ruido sordo detrás de ella, y se quedó parada en el oscuro hueco de la escalera, titubeando sobre piernas entumecidas. Pulsó el interruptor de la luz y empezó a bajar las escaleras.

Esta noche Eva se había llevado sus víctimas dieciséis y diecisiete. Y ahora la dieciocho, porque Heather también estaba muerta.

Eva.

Las lágrimas brotaron a través del dolor mientras bajaba a tropezones las escaleras; al atravesar la oscura sala de juegos; al entrar al inconcluso salón en la esquina sur de la casa. Se paró en la puerta, respirando el aire viciado. Luego abanicó la mano sobre el interruptor en la pared cercana.

Brillaron luces en lo alto.

A lo largo de cada pared había grandes mesas con patas metálicas plegables. Dos computadoras de alta velocidad a la derecha, ahora con los monitores oscuros.

Las paredes de concreto estaban cubiertas con pizarras de corcho, cubiertas a su vez con fotografías de Daniel y recortes nuevos de prensa. Expedientes para cada una de las quince víctimas, provistos por Brit Holman.

Eva. El último en una larga línea de asesinos, quien le había quitado a su esposo. Todo este cuarto giraba en torno a Eva. Todo movimiento que había hecho, estaba aquí rastreado por Heather.

¿Cuántas noches había pasado ella aquí, analizando metódicamente a través de las minucias, buscando una clave a las motivaciones del asesino, a su próxima jugada, a su identidad? Ella no había podido recuperar a Daniel de su obsesión, así que hizo lo único que la consolaba.

Sin que Daniel lo supiera, después del divorcio ella se le había unido en su obsesión. Eva era tanto el enemigo de ella como el de cada víctima que él había expuesto a la muerte.

Heather cayó de rodillas y sollozó abiertamente.

SEIS

EL POLICÍA PILOTABA el auto como un kart sobre un trayecto protegido, pero la seguridad circulatoria era lo menos importante en la mente de Lori. Ella siguió con la reanimación cardiorrespiratoria, rogando que con cada respiración, con cada bombeo de sus palmas contra el esternón de él, Daniel Clark saliera del oscuro hoyo al que lo habían arrojado.

Ella pronto tendría acceso al oxígeno, a la epinefrina y el desfibrilador que había en toda ambulancia. Preferiría un monitor cardíaco, pero ahora el tiempo era más importante que el equipo adicional que podía ofrecer un hospital. La resucitación era un juego de largos intentos en poco tiempo.

¿Y si estás equivocada? ¿Si ha de morir hoy?

El pensamiento la detuvo en medio de su labor. Estiró con fuerza las manos hacia abajo. El asiento donde se sentaba se sacudía cada vez que ella presionaba las palmas. Con el puño le golpeó el pecho a Daniel.

—¡Despierta!

Él no despertó. Ella miró su reloj.

Diez minutos.

Lori alcanzó a oír el gemido de la sirena mientras el auto se lanzaba por la carretera 24, a media distancia entre Manitou Springs y Colorado Springs. El policía hablaba por la radio con el conductor de la ambulancia.

Una tranquila voz masculina habló por el altavoz.

—Muy bien, los tenemos. Salga de la vía y espérenos. ¿Cuánto tiempo ha estado la víctima en paro cardíaco?

—Más de diez minutos —contestó bruscamente Lori.

—Más de diez minutos —repitió el policía.

—¿Edad?

—Cuarenta y uno. Un metro ochenta. Setenta y siete kilos. Empezaremos con fibrilación, y necesitamos un choque eléctrico rítmico. Tengan listo un milímetro de epinefrina.

El policía transmitió la información. Lori sabía que los paramédicos harían el intento por su cuenta, pero ella no se lo iba a permitir.

El auto se detuvo de repente a un lado de la carretera y Lori continuó con la reanimación.

Estás equivocada. Está muerto.

La puerta del auto se abrió y el chirrido de llantas anunció la llegada de la ambulancia. Un paramédico vestido con camisa blanca hizo a un lado al policía. La mirada en la figura inerte de Daniel. Regresó a mirar a su compañero, quien empujaba a toda prisa una traqueteante camilla.

—Ayúdeme con él —pidió Lori, sin aliento por el bombeo constante.

Entre los dos lo deslizaron y, con la ayuda del segundo paramédico, subieron el cuerpo inerte a la camilla. Luego corrieron de vuelta hacia la ambulancia.

Luces azules y blancas de emergencia les centelleaban en los ros-

TED DEKKER

tros. La parte trasera de la ambulancia estaba abierta de par en par, y una gran caja negra reposaba en el suelo, ya abierta. Un desfibrilador automático, o exprimidor portátil, como algunos preferían llamarlo.

—¿Es usted médico? —preguntó el primer paramédico.

—Patóloga forense. ¿Tiene usted un monitor cardíaco en ese desfibrilador? —inquirió a su vez ella—. ¿Un interruptor manual?

—Ambas cosas —contestó el primer paramédico—. Mi nombre es Dave, él es José. La herida en esa cabeza se ve muy mal.

Lori sabía lo que él quiso decir. Sencillamente no se regresa a los muertos después de... ¿Qué? ¿Trece minutos? En particular quienes han recibido una herida de bala en la cabeza.

—La bala no le penetró el cráneo. Con un poco de suerte tenemos fibrilación ventricular arrítmica ocasionada por estado de shock. Mantenga presionada esa herida, deme su desfibrilador y póngale una intravenosa, bien abierta. D5-W, vamos a necesitar una dosis elevada de epinefrina.

—¿Casi quince minutos? —preguntó el paramédico llamado José.

Deslizaron la camilla hasta detenerse, y los paramédicos juntos soltaron las patas desplegables de la camilla y la bajaron a tierra.

Lori se puso de rodillas, agarró la camiseta negra de Daniel y la rompió con un gruñido.

—Engánchenlo. Esto no termina hasta que yo lo decida. ¿Han hecho antes reanimación cardiorrespiratoria avanzada?

—Hemos estado presentes, doctora —contestó Dave.

No lo han estado en esto, pensó ella.

—Pónganle ahora una intravenosa. Tengan lista la epinefrina.

José ya tenía el desfibrilador en tierra y había lubricado las paletas. Dave estaba trabajando en la válvula de la máscara sobre el rostro de Daniel. Los dos paramédicos habían hecho esto bastantes veces como para desarrollar una perfecta eficacia, pero Lori no logró hallar consuelo en ese hecho. Daniel estaba mucho más allá de los beneficios de la eficacia metódica. Con medicamentos, electricidad y una suerte salvaje, quizás lograrían que su cuerpo volviera a la vida. Como darle una patada a una rocola.

—Listo.

Ella agarró las paletas y las colocó en la posición anterior-ápex: el electrodo anterior en la derecha, debajo de la clavícula, y el electrodo ápex en la izquierda, exactamente debajo del músculo pectoral.

—Espere —indicó Dave mientras fijaba tres electrodos autoadhesivos al torso de Daniel para medir la actividad cardiaca. Alargó la mano a través del cuerpo y pulsó un interruptor. Se encendió la pantalla de nueve pulgadas sobre el desfibrilador electrónico automático. Líneas grises oscuras atravesaban el fondo gris más claro. No se trataba de fibrilación ventricular, y a Lori se le fue el alma a los pies. Asístole: línea recta continua de muerte.

Está bien, aún podría funcionar. Ella se volvió a mirar las manos.

—Descarga.

—Tenemos actividad cardiaca —anunció Dave.

Lori giró la cabeza hacia la pantalla del desfibrilador. La línea recta se agitaba esporádicamente. El ventrículo del corazón de Daniel se estaba moviendo de modo poco uniforme, negándose a contraerse. Pero los músculos lo estaban intentando.

A excepción de lo que pasaba en las películas, casi nunca se usaba desfibrilación en pacientes con línea recta continua. Prácticamente era imposible la recuperación.

—¡Descarga!

—Descarga.

José pulsó un botón y doscientas unidades de corriente eléctrica corrieron por el pecho de Daniel. Los músculos se le estremecieron como se esperaba. No se arqueó la espalda ni hubo un salto violento. Pero era suficiente corriente para que el corazón respondiera si estuviera en capacidad de hacerlo.

El monitor mostró un pequeño pitido de aumento de actividad del nódulo sinoatrial, y luego volvió a la línea garabateada.

—Otra vez, descarga.

—Descarga.

José esperó otros tres segundos mientras se recargaba el desfibrilador electrónico, entonces volvió a pulsar el interruptor.

Los músculos de Daniel volvieron a reaccionar. Esta vez sin ninguna respuesta del monitor cardiaco.

—¡Dele la epinefrina!

Dave ya había enganchado la jeringuilla a la línea intravenosa. Presionó el émbolo hasta el tope, inundando la vena de Daniel con el límpido medicamento.

—Golpéelo de nuevo.

El monitor cardiaco pitó una vez, dos veces, y luego regresó a una línea gris recta.

—Revise los contactos —resolló Lori—. Revíselos.

Dave lo hizo. Las líneas seguían rectas.

Lori miró el reloj.

¡Diecinueve minutos!

—¡Descarga!

—Descarga.

Otra oleada de electricidad. Otra pequeña sacudida cuando los músculos respondieron.

Esta vez no hubo reacción del monitor. Solo un tono agudo no que señalaba nada de actividad. Continuó la asístole.

Dave siguió esforzándose diligentemente con el respirador, bombeando oxígeno dentro de los pulmones de Daniel. José seguía alistando el desfibrilador para otra oleada de corriente. Lori seguía inclinándose sobre el cuerpo inerte, los nudillos blancos sobre los mangos de las paletas.

Pero entonces algo cambió en la mente de Lori. Las fuerzas de lo inevitable se desconectaron, vaciando de ella las últimas reservas de esperanza.

—Descarga —expresó; luego susurró, suplicando—. Vamos, Daniel. Por favor. No me hagas esto.

—Descarga.

El cuerpo se sobresaltó un poco. Luego se quedó inerte.

La línea en el monitor corría como una hebra delgada.

Se hizo silencio entre ellos. Lori miró a un lado y vio que el policía la observaba. Los dos paramédicos también observaban.

—Yo creo... —empezó Dave a romper el silencio.

—Dele más epinefrina —lo interrumpió ella.

—Más lo podría matar.

—¡Está muerto! —gritó ella, poniéndole ambas paletas en el pecho—. ¡Usted no lo puede matar! Ya está muerto. ¡Dele más!

Dave intercambió una mirada con su compañero, extrajo una segunda jeringa y vació su contenido dentro de la intravenosa.

—Descarga —señaló, más débil esta vez.

—Descarga —contestó la maquinal respuesta de alguien que revisaba una lista que había chequeado cien veces antes.

Esta vez Lori no se molestó en mirar el monitor. Simplemente esperó oír un cambio en el tono. Volteó a mirar solo cuando esto no ocurrió después de cinco segundos.

Ningún cambio.

—Descarga.

La mente de ella giraba con pensamientos imprecisos. Todo era un error. No había de ser esta noche la muerte de Daniel. Ella había estado muy segura, muy atosigada por el prospecto de lo que yacía por delante.

Ellos no habían respondido.

—Descarga.

—Doctora, él está... inactivo. Está fijo y dilatado. Oficialmente reconocido como muerto. Sus nódulos están totalmente despolari...

—¡Dele energía! —gritó ella—. ¡Sé que está muerto! ¡Dele energía ya!

—Descarga —contestó José.

Cuando el cuerpo brincó esta vez, Lori sabía que todo había terminado.

Él yacía sobre la colchoneta blanca, muerto. Muerto durante veintiún minutos completos. El historial médico estaba salpicado con raros casos de resucitación después de períodos largos de muerte, siendo el más prolongado de cuarenta y nueve minutos en Tyler, Texas, ocho años atrás. Un hombre atacado por un rayo había vuelto a vivir por su cuenta después de ser transportado a la morgue.

Había vivido otros cuatro días en coma, y luego murió.

Se reportaron varios casos de personas que volvieron a vivir después de treinta minutos, incluyendo uno en Polonia en que la víctima había vuelto a llevar una vida relativamente normal a pesar de la parálisis de su pierna izquierda.

Además, muchos miles de casos en que personas resucitaron después de varios minutos. Millones de casos en que participó alguna forma de experiencia cercana a la muerte. Pero Lori sabía muy bien que las posibilidades de que alguien volviera a vivir en alguna clase de estado normal después de estar muerto por veintiún minutos eran tan raras como para considerarlas imposibles.

La figura inactiva frente a ella confirmaba esa imposibilidad.

Ella se puso en cuclillas, apretando aún las paletas en cada mano. Las soltó y las oyó sonar contra el asfalto. Con la mente entumecida, levantó las manos a la cabeza, se cubrió el rostro e intentó pensar.

Sus dedos temblaban, y su respiración no era cálida en su cara. Por varios largos segundos la envolvió la oscuridad.

Lori bajó las manos y miró la figura inerte que había sido Daniel Clark. Entonces le tocó el vientre desnudo. Presionó su palma contra la carne húmeda.

Se inclinó lentamente hacia delante, extendiendo la otra mano y tocándole el pecho. Lo que ocurrió a continuación fue producto de sus más viles deseos e instintos, no debido a ninguna premeditación o pensamiento consciente.

Lori se movió hacia adelante, empujando a un lado el paramédico, y quitando el respirador del rostro de Daniel, le inclinó la cabeza, y presionó su boca contra la de él.

Le llenó los pulmones con el contenido de los suyos.

—Respira —balbució, en parte como un sollozo y en parte como un susurro.

Otra respiración profunda, cerrando las fosas nasales como había hecho en el auto durante diez minutos antes de encontrarse con la ambulancia.

—Respira, Daniel —repitió, soplando hondamente a través de los labios fríos de él.

Deslizó la mano por la barbilla del hombre y los labios se le cerraron en la mandíbula. Le agarró el mentón y lo jaló, hastiada de su propia desesperación.

La boca de él se levantó por su cuenta y un grito le inundó la boca de ella.

Por un instante, Lori no estuvo segura de si el grito fue de ella o de él. Luego el agente aspiró profundo y volvió a gritar.

Lori saltó hacia atrás.

La mandíbula de Daniel se abrió estirándose en un grito que hizo temblar a los dos paramédicos.

Los ojos se mantuvieron cerrados y el rostro se le contorsionó del dolor. Se cerró su mandíbula, y luego comenzó a gritar. Estaba respirando. Con rápidos y cortos jadeos a través de sus fosas nasales.

El monitor al lado de Lori estaba pitando. *Rápido.* Taquicardia ventricular. Estaba palpitando como un tren de carga. Los ojos dilatados, el rostro lanzaba sudor, los pulmones acaparaban oxígeno. Ya no privado de pulso ni aliento, de pronto se animó, frenético y convulsivo, una resurrección total de vida y energía.

Daniel estaba vivo.

VARÓN DE DOLORES: UN VIAJE A LAS TINIEBLAS

por Anne Rudolph

La revista Crime Today *se complace en publicar la segunda entrega del informe narrativo de Anne Rudolph sobre el asesino conocido ahora como Alex Price, presentado en nueve entregas, una cada mes.*

1983

LOS DETALLES de lo que les ocurrió a Alex y Jessica después de ser arrancados a la fuerza de su pequeño hogar en Arkansas no se han reconstruido con facilidad. Los recuerdos de los involucrados han sido encubiertos por el dolor.

El relato que usted está leyendo ahora fue elaborado cuidadosamente durante varias prolongadas entrevistas con Jessica en un tranquilo rincón de la sala de estar de la facultad en la UCLA, donde ahora Jessica dicta clases. La Dra. Karen Bates, una experta consultada a menudo por el FBI sobre temas de psicología conductual, y yo llevamos a cabo las entrevistas con el total apoyo del FBI, como parte de la investigación criminal dirigida hacia los secuestradores de Alex y Jessica. Nuestra prioridad siempre fue la estabilidad emocional de Jessica.

Quizás el cautiverio de Alex y Jessica durante trece años se entienda mejor por la influencia que esto tuvo en sus vidas después de su escape de las remotas regiones boscosas de Oklahoma.

No es posible determinar la fecha exacta de su huida, pero fue a finales de octubre de 1981. A los diecisiete y dieciséis años de edad, Alex y Jessica sabían solo una fracción de lo que la mayoría de los adolescentes conocen a su edad. Sabían leer la Biblia y cómo sobrevivir un día más. Conocían el sufrimiento. Sabían que una mirada a destiempo a Padre o Madre Dios, Cyril y Alice, podía acabar en tormento. Sabían que Eva, el espíritu maligno que Alice conjuraba cada luna nueva, los vigilaba constantemente y una y otra vez juró matarlos si alguna vez lo contrariaban.

Ellos sabían además que dos veces diarias, una a media tarde y otra a altas horas de la noche, un tren retumbaba por el bosque al sur de la choza en que dormían.

Siempre los desanimaron rigurosamente a hacer preguntas de cualquier clase, de lo contrario mucho antes hubieran sabido acerca de trenes. Pero la curiosidad que lleva a la mayoría de los niños a descubrir su mundo fue acallada desde el principio.

Alex tenía quince años cuando se animó a preguntar a Cyril una tarde acerca del sonido distante que pasaba.

—Tren —contestó Cyril.

—¿Qué es un tren? —volvió a inquirir Alex.

—No es asunto tuyo, eso es todo —señaló Cyril; luego agregó después de un momento—. Lleva bueyes al matadero.

Pasó todo un año antes de que Alex le contara la conversación a Jessica. Aunque no podía animarse a hablar de los detalles de lo ocurrido ese día, o quizás no lograba recordarlos, Jessica afirmó que fue un día muy malo. Alice la castigó, y Alex intervino para recibir ese castigo, lo cual siempre se permitía bajo las reglas de Alice.

Más tarde esa noche, mientras dormían los demás en la casa, el débil ruido del tren que pasaba llegó al dormitorio de ellos. Cada uno tenía un colchón, se-parados escasamente por dos metros y, tarde en la noche, mientras yacían quietos sobre sus espaldas como se les exigía, Alex a veces le susurraba algunos de sus pensamientos a su hermana.

Esa noche Alex le dijo a Jessica que había estado pensando en el tren. Creía que este iría a alguna parte. Cuando ella le preguntó adónde, él se quedó en silencio por un buen rato antes de contestar.

—Lejos de aquí.

Jessica creyó al principio que Alex debió de haber enloquecido al hablar de ese modo. No había más lugar que aquí. Y aunque lo hubiera, no era asunto de ellos. Ella no quiso hablar al respecto y finalmente se quedó dormida.

Sin embargo, el comentario de Alex se quedó en la mente de la joven, y ella lo volvió a sacar varios meses después mientras ponían agua en un balde para el baño semanal de Alice.

Esta vez él le dijo que se callara. No había tren, y no era asunto de ella adónde pudiera ir el tren, aunque hubiera uno.

Jessica creyó que él estaba enojado porque la noche siguiente era luna nueva. La luna nueva, cuando el cielo estaba más negro, siempre era un tiempo difícil. Así que ella decidió quitar el tren de su mente. En su estado fracturado, ninguno de los dos lograba vislumbrar la esperanza que un día les podía ofrecer el tren. Y si la vislumbraban, trataban inmediatamente con esa esperanza como Madre trataría con cualquiera de las indiscreciones de los jovenzuelos.

Alex volvió a sacar a relucir el tema del tren seis meses después. Alice y Cyril tuvieron esa semana una pelea violenta por una mujer a quien poco antes habían llevado a casa. Tanto Madre como Padre salieron ensangrentados de la casa mientras Alex y Jessica miraban.

—¿Has visto a la ramera de Alice? —preguntó Alex a Jessica dos días después, hablando de la mujer.

—No —contestó ella.

El lejano ruido sordo del tren llegó hasta ellos. Alex no mostró reacción alguna ante la posibilidad de que la ramera de Alice se hubiera ido, pero el sonido de ese tren le produjo un raro destello en los ojos.

Entonces Alex le preguntó a Jessica si confiaría en él. En ese momento ella no sabía lo que él en realidad le estaba pidiendo, pero supo que su vida dependía de su hermano. Habría muerto mucho antes sin la protección de Alex. Le dijo que siempre confiaría en él y luego no volvió a pensar nada más al respecto.

El recuerdo de la noche anterior a la próxima luna nueva era más vívido en Jessica que cualquier otro que hubiera tenido. En algún momento después de medianoche, supuso ella, los dos estaban despiertos, acostados como se les ordenaba, mirando al techo. La ventana estaba oscura sin luz de luna en ella.

Jessica oyó moverse a Alex, volteó a mirarlo y vio que se deslizaba de debajo de la sábana que le permitían a cada uno en las noches durante los meses más fríos. Observó, asombrada, cuando él se puso las arruinadas botas de trabajo y gateó hasta el colchón de ella.

Alex le susurró que se vistiera y lo siguiera tan silenciosamente como pudiera. Ella empezó a preguntarle la razón, pero él la acalló tapándole la boca con la mano.

—Confía en mí —le susurró.

Aunque aterrada por lo que podría ocurrirles si los descubrían, ella hizo lo que él le indicó por el simple hecho de que siempre confiaba en Alex.

Se pusieron los pantalones cafés y las camisas blancas que usaban a diario, agarraron las sábanas para mantenerse abrigados y salieron por la ventana. El temor a las represalias de Alice dejó paralizada a Jessica, temblando afuera bajo la delgada sábana. ¿Qué se le había ocurrido a Alex? ¿No tenían una cama caliente donde dormir y buena comida para comer, como siempre decía Cyril?

—La mejor de las suertes —solía gritarles.

Este era un pensamiento absurdo que indicaba el cuadro mental de Jessica.

Pero Alex la jaló de la sábana, y Jessica lo siguió por el patio y dentro del bosque, donde él empezó a correr. Ella le habría gritado que se detuviera de no haber pensado que la oirían, la agarrarían y la castigarían. Pero, sin duda, ahora Madre había revisado el dormitorio y lo había encontrado vacío. Incapaz de pensar en enfrentar a Madre Dios furiosa, Jessica corrió tras Alex, profundamente dentro del bosque.

Llegaron a la cerca que les marcaba los límites. Ninguno de los dos había pasado jamás de esa cerca. Pero después de pasarla bajaron corriendo por una larga pendiente, atravesaron árboles, subieron una colina, y siguieron alejándose, hasta que Jessica estuvo segura de que estaban totalmente perdidos. Pero también tenía miedo de pronunciar palabra. Los oídos de Alice estaban en todas partes.

Jessica no pudo recordar cuánto tiempo corrieron, solo que sintió más temor al correr detrás de Alex del que recordaba haber sentido alguna vez. Aunque había sufrido años de maltrato a manos de Alice, huir de ella era lo que Jessica más temía. No recordaba a sus padres naturales ni sus primeros tres años. Todo lo que sabía acerca de la vida y de cómo se suponía que se viviera lo aprendió de Alice. Tenía poca información del mundo exterior y de cómo vivían otras familias.

Sintió la huida del que fue su hogar durante trece años como si se zambullera en una terrible maldad.

Pero ya habían cometido el pecado, y a los pocos minutos tropezaron con dos largas vías férreas que dividían el bosque. Creyendo que ahora era seguro hablar, Jessica exigió saber si Alex estaba tratando de que los mataran. Los dos estaban conscientes de que no serían las primeras víctimas.

Alex no le hizo caso y empezó a caminar por los rieles. Ella lo volvió a seguir, haciendo caso omiso de las voces interiores que insistían en que dejara a su hermano y volviera a enfrentar cualquier consecuencia que le esperara.

El tiempo volvió a perderse para Jessica, pero cuando finalmente apareció detrás de ellos el enorme y ruidoso tren, ella y Alex corrieron a los árboles. De cuclillas en lugar seguro, su temor a Alice fue reemplazado por un respeto de que esa cosa tan larga y poderosa hubiera pasado por la casa durante tantos años, y cautelosamente se asomó para observar.

El deseo de Jessica de saber cómo podría ser la vida sin Alice superó por primera vez en su vida el temor a fallarle. Y cuando Alex le gritó que lo siguiera y corrió directo hacia el tren, ella comprendió que el temor de perder a su hermano ante ese tren también era mayor que su temor a Alice.

El tren al que Alex y Jessica se las arreglaron para treparse a finales de octubre de 1981 era el Union Pacific 98 que iba en dirección oeste, un tren de carga que principalmente llevaba trigo, aceite y ganado. Con frecuencia la

La bodega subterránea usada para castigo

enorme locomotora jalaba más de cien vagones a través de Texas, Nuevo México, Arizona y el Sur de California. De haber sido este más corto ellos no habrían podido treparse.

El vagón al que lograron subir era una estructura plana, y la noche estaba fría, lo que los obligó a acurrucarse al frente, detrás de un enorme contenedor que bloqueaba la mayor parte del viento. Estuvieron de cuclillas en la oscuridad bastante tiempo, viendo pasar árboles.

El tren comenzó a disminuir la velocidad. Temiendo que los vieran, Alex se desesperó. Insistió en que debían en-

contrar una manera de entrar a uno de los otros vagones. Se las ingeniaron para arrastrarse por una ventanilla de ventilación en un vagón de trigo que solamente estaba lleno a medias. Se enterraron hasta los brazos para calentarse y observaron el cielo nocturno, el cual lograban ver a través de la ventanilla.

Decir que Alex y Jessica habían tropezado con su primer momento de suerte en trece años sería quedarse corto. Es sorprendentemente obvia la cantidad de aspectos que pudieron haber salido mal esa noche.

Alice o Cyril los pudieron haber oído abriendo la ventana y detenerlos antes de que atravesaran el patio. Cualquiera de ellos se pudo haber lastimado mientras corrían por el bosque en la oscuridad, o haber muerto cuando intentaban asirse del tren. Pudieron no haberse topado con un raro vagón de trigo, solo medio lleno, y con la ventanilla de ventilación abierta para que los gases tóxicos no inundaran el espacio. Los pudieron haber visto al apearse del tren en la siguiente parada y devolverlos a los Brown.

Solo podemos preguntarnos cómo los acontecimientos pudieron haber cambiado para bien o para mal el mundo de los chicos si les hubiera fallado su escape. Algunos han sostenido que la huida de Alex y Jessica fue la única tragedia mayor que su secuestro. Pero ver llorar a Jessica años más tarde mientras narraba con voz entrecortada lo que podía recordar de su cautiverio sugiere algo distinto.

Alex y Jessica sí escaparon. Y cuando finalmente bajaron del tren tres noches después se hallaron en un mundo tan extraño para ellos como podría ser Marte para el estadounidense promedio.

DE NO SER POR el Ejército de Salvación, los comedores de caridad, y los pocos refugios para desamparados diseminados por Los Ángeles en 1981, Alex y Jessica quizás no habrían sobre-vivido al repentino y drástico cambio al que se vieron obligados al salir del cautiverio rural a la animada ciudad.

_____

«No hay crisis más grande frente a la humanidad que el ateísmo. Una hora a altas horas de la noche con un hombre endemoniado hará añicos la desobediencia de un ateo incondicional».
—Padre Robert Seymour
La danza de la muerte

_____

Una transcripción de la entrevista de Jessica con las autoridades capta mejor ese primer mes: «No sabíamos lo que hacíamos. ¿Sabe? Sencillamente anduvimos por ahí, temerosos de hablar con nadie, vestidos con esas ridículas ropas que todos se quedaban mirando. Al principio comimos en basureros, hasta que alguien nos habló de los comedores de caridad. Con eso fuimos felices. ¿Sabe? Alex era como un nuevo individuo».

Y era una persona completamente nueva y con un apellido que él insistió en que tomaran los dos puesto que no conocían el de Alice. Serían Alex y Jessica Trane.

El tren que los llevó a Los Ángeles los dejó en las afueras de Union Station en la calle Vignes del antiguo barrio chino. El sendero de callejones donde dormirían y los comedores de caridad que buscaron los llevaron a paso seguro al norte hacia Pasadena. Un desamparado que dijo llamarse Elvis les habló de la fundación Union Station en el boulevard Colorado en Pasadena, afirmando que era el mejor lugar para una pareja de vagabundos perdidos como ellos. Permaneció con los muchachos una semana antes de desaparecer.

Nancy Richardson, quien sirvió como voluntaria en la fundación desde 1975 hasta 1983, recuerda claramente a Alex y Jessica Trane. «Simplemente eran chicos inocentes, de solo dieciocho años si se les creía. Al principio estábamos seguros de que eran fugitivos, pero fallaron todos nuestros esfuerzos por averiguar su pasado o encontrar a sus familiares. No nos quedó más remedio que confiar en lo que decían».

Nancy recuerda que Alex era el caballero perfecto, nerviosamente callado la mayor parte de tiempo, apuesto cuando se aseaba. Siempre estaba observando, fascinado con las cosas más sencillas, como un muchacho de la mitad de su edad.

Al principio los trabajadores de la fundación creyeron que él podría ser retardado, porque prefería mirar a las personas en vez de hablar con ellas. Pero cuando lograron que se abriera un poco se dieron cuenta de que Alex solo sufría de ingenuidad, no de alguna falta de inteligencia. Tanto Alex como Jessica

eran socialmente ineptos, en especial entre miembros del sexo opuesto. Alex en particular parecía no tener interés en las mujeres.

«Recuerdo una vez que entré al baño mientras Alex se aseaba, como una semana después de que acudieran a nosotros —recordó Nancy—. Tenía la camisa más abajo de los hombros, y vi que la parte superior de su espalda estaba cubierta con gruesas cicatrices. La escena era tan impresionante que lancé una exclamación. Él se levantó la camisa y se dio vuelta. Antes de que pudiera abotonarse le vi más cicatrices en el pecho. Sin que yo se lo preguntara dijo que había sufrido un grave accidente automovilístico, y se fue rápidamente. Pudo haber sido así, pero yo no estaba convencida».

Horrorizada por lo que había visto, y preguntándose si las cicatrices tenían algo que ver con el desinterés de Alex por las mujeres, Nancy interrogó a Jessica, pero la muchacha no quiso hablar del asunto.

—No es asunto suyo —contestó.

Los dos se negaban a hablar de su pasado, excepto para decir que sus padres, Bob y Sue Trane, murieron cuando un tren los arrolló en Los Ángeles.

Al confrontarlos con el hecho de que las autoridades no habían registrado un accidente como ese, Alex explicó que sus padres también eran desamparados y que el accidente ocurrió durante la noche; que alguien más les había hablado del accidente pero que en realidad nunca vieron los cuerpos. No era posible corroborar las muertes de sus padres ni el accidente automovilístico de Alex. Sin tener más alternativa, Nancy y el director de la fundación hicieron lo único que podían hacer por los chicos: alimentarlos, darles una cama cuando la necesitaban y llevarlos hacia una nueva vida.

El año siguiente estuvo tan lleno de primicias para Alex y para Jessica que pudieron eficazmente hacer a un lado la mayor parte de la influencia del cautiverio con que los habían oprimido. Como dos mariposas que lograron escapar de sus capullos, revoloteaban de un descubrimiento a otro, comprendiendo la libertad con una pasión recién descubierta por la vida.

Los dos iban sin rumbo y venían a la fundación, desapareciendo por días a la vez, siempre callados acerca de adónde fueron o qué habían hecho. Nancy sabía que era necesario conseguirles un ambiente más estable, pero su preocupación la mitigaba el entusiasmo con que Alex y Jessica recibían los desafíos de la vida.

Habían descubierto los libros y rara vez se les veía sin una bolsa que contuviera al menos dos o tres volúmenes… de todo, desde novelas, que eran las favoritas de Jessica, hasta libros de historia y, sin falta, una antigua Biblia a la que habían arrancado partes.

Un cálido día de agosto de 1982, Nancy Richardson presentó a Alex y Jessica al padre Robert Seymour, un sacerdote de Nuestra Señora de la Alianza, una iglesia católica en el costado sur de Pasadena. El padre Seymour había visto a la pareja holgazaneando por el refugio y se interesó en ellos cuando Nancy le habló de la sed de Alex por aprender.

El padre Seymour les hizo a los Trane una oferta sencilla: si aceptaban empleos que él les iba a conseguir y convenían en quedarse en los apartamentos para personas de bajos ingresos de la calle Holly, él les pondría a su disposición un plan de estudios, tanto para Alex como para Jessica, y les ayudaría a obtener un GED.

¿Qué era un GED? Alex quiso saber. El padre Seymour explicó que son las siglas de equivalencia general de diploma, aproximadamente lo mismo que el título de bachiller.

Los ojos de Alex se iluminaron ante la sugerencia y, después de una rápida consulta con Jessica, convino de manera entusiasta. Dándole de refilón una mirada a Nancy, Alex bajó por la calle con Jessica «para hacer algunas cosas», prometiendo estar en la iglesia a las nueve en punto la mañana siguiente. Fue la última vez que Nancy vería a Alex. La madre de ella enfermaría pronto y se vería obligada a salir del refugio para ir a cuidarla.

«Aún puedo ver la mirada en los ojos de Alex —expresó Nancy años después—. Esos mismos conmovedores ojos castaños que parecían devorar el mundo».

Ni el padre Seymour ni Nancy Richardson ni nadie del personal de la fundación Union Station en el boulevard Colorado lograban comprender la magnitud de la ira y el dolor que se ocultaban detrás de esos ojos conmovedores, debajo de las cicatrices que habían conformado a Alex Price, conocido durante los ochenta como Alex Trane.

SIETE

2008

HEATHER CLARK ANDUVO de un lado al otro sobre la alfombra del cuarto, con una mano temblorosa en la barbilla. El dolor que le aporreaba el pecho se negaba a disminuir. Miró el reloj. 1:55 a.m. ¿Dónde estaba Raquel? Incluso la posibilidad de otro minuto a solas expedía rayos de temor a su corazón.

Daniel estaba muerto.

Sonó el timbre y Heather se sobresaltó. Raquel.

Corrió hacia la puerta principal, observó la mirilla y, al ver el largo cabello negro de su amiga, buscó a tientas el seguro para abrir. Raquel entró, miró el rostro bañado en lágrimas de Heather y la estrechó con fuerza.

—Lo siento mucho, querida.

La puerta se cerró detrás de ellas y, con el suave *tas*, Heather sintió que volvía a perder su dominio propio. Inclinó la cabeza en el hombro de Raquel y comenzó a sollozar suavemente. *No tiene fondo*, pensó. *No logro encontrar el fondo de este dolor.*

TED DEKkER

Por algunos minutos Raquel solamente la sostuvo, susurrándole sus sinceras condolencias. Demostrando el mismo carácter firme en que Heather siempre había confiado, Raquel la llevó con dulzura a la sala y anunció que las dos tomarían una taza de café.

Varios minutos después Heather le agradecía, tomaba un sorbo de la bebida caliente, y la depositaba sobre la mesa de centro. Había mucho que decir pero ninguna razón para hacerlo.

—En realidad lo amabas —comentó finalmente Raquel, mirando un retrato gigante encima de la chimenea; una representación artística de Daniel y Heather en el Muelle del Pescador en San Francisco—. Quiero decir de veras.

Heather empezó a llorar. Se odió por hacerlo, pero parecía impotente para detener las lágrimas. Respiró profundamente, se secó los ojos, y se apretó las manos.

—Por desgracia. Habrás creído que para este instante yo estaría acabada —expresó, intentando obligar una sonrisa, pero de los labios le salió una mueca—. Yo lo dejé. Le dije que esto lo mataría...

—No es culpa tuya —la consoló Raquel poniéndole una mano en la rodilla—. Comenzaste a pensarlo, y personalmente te reñiré por eso, ¿me oyes? Así fue Daniel todo el tiempo. Por mucho que todos lo amáramos por su confianza, estaba totalmente ciego al respecto.

—¡No! ¡El no fue quien quiso el divorcio! Me suplicó que regresara y que no presentara los papeles. Hace dos meses, la última vez que hablamos, me pidió que lo reconsiderara. Pero no, no lo hice. No a menos que él me prefiriera por sobre todo lo demás...

Se le hizo un nudo en la garganta, por lo que dejó de hablar.

—Y tenías razón —la tranquilizó Raquel—. Querida, tenías más razón de lo que posiblemente podías saber. Tienes que renunciar a esto y dejar de culparte. Nunca he visto que una mujer ame a un hombre como amaste a Daniel. Pero él nunca renunció a lo suyo.

Heather se reclinó y se esforzó por mantener al menos una apariencia de autocontrol.

—Yo lo aparté, Raquel.

—*Él* te abandonó. ¿Cuántas veces me llamaste, sola, mientras él dictaba clases acerca de los pecados de la religión?

El tema las estancó.

—Nada de eso importa ahora —continuó después Raquel—. Lo que importa es que lo perdiste. Y lo siento. Al final el dolor pasará, tú lo sabes. ¿De acuerdo?

Heather levantó la mirada al retrato y decidió entonces que Raquel debía saberlo todo. Ocultar ahora su propia obsesión la hacía sentir hipócrita.

—Debo mostrarte algo —anunció—. Algo que yo... que sé que es un poco maniático.

—Aquí me tienes, Heather —replicó Raquel.

Ella se puso de pie y fue hasta el hueco de la escalera. Raquel la siguió sin comentar nada. Bajaron las escaleras y atravesaron el sótano. Al acercarse a la puerta, Heather casi se regresa. Nadie había visto este lado de su relación con Daniel. El salón Eva era más un altar que los esfuerzos de una buena ciudadana por tratar de ayudar a las autoridades.

Empujó la puerta. Encendió las luces. Ingresó.

Los quince casos estaban ordenados de izquierda a derecha, con la fecha de la muerte de cada mujer anotada sobre las respectivas fotografías y recortes periodísticos.

—Estás bromeando... —balbució Raquel adelantándose a Heather y observando lentamente el salón, la mirada fija en las fotografías.

Todas las víctimas estaban en la misma posición: boca arriba, manos colocadas delicadamente en el piso, piernas extendidas cerca de treinta centímetros, vestidos sucios alisados. Piel pálida. Frágiles. Aparte de las vastas magulladuras, ninguna señal de trauma.

—Tienes que estar bromeando —comentó Raquel, yendo hacia los expedientes—. ¿Es de Daniel todo esto?

—No —contestó Heather después de una pausa.

—¿Qué entonces está haciendo todo esto aquí? Esto es...

Raquel se volvió del expediente que había abierto.

—Es mío —confesó Heather—. Supongo que es mi manera morbosa y enloquecida de conectarme con Daniel.

Ahora las lágrimas se le filtraban silenciosamente, sin que intentara detenerlas.

—Creíste que ayudarlo a encontrar a Eva crearía de alguna forma un vínculo.

Heather pensó que su silencio hacía suficientemente claro su asentimiento, así que no contestó.

—¿Has encubierto algo que no sepa el FBI?

Ella encogió los hombros.

—Fui tras unos cuantos presentimientos míos. Nada concreto.

—Está bien, escúchame ahora, Heather —objetó Raquel mirando la pared de las fotografías—. Sé que estabas enamorada de él. Sé que todo esto es alguna manera excéntrica de conectarte con él. Pero ahora se acabó. Esto... no puede ser saludable. No puedes...

Los ojos de Raquel se posaron en una foto de la víctima número doce de Eva, una muchacha delgada y de cabello oscuro, cuyos labios parecían confusos entre una suave sonrisa y una mueca espantosa.

—Hay más —confesó Heather—. El hombre al que se suponía que debía conocer esta noche terminó siendo una llamada telefónica. Creo... creo que pudo haber sido Eva. Él sabía acerca de esto, de Daniel, del asesino; y me indicó que Daniel iba a morir porque nadie podía detener a Eva.

—Tu informante... ¿se trataba de esto?

Heather asintió

—Me expresó que si yo no lograba encontrar una manera de detener a Daniel, él moriría —afirmó ella, yendo hasta uno de los pocos recortes periodísticos que mostraba a Daniel en una escena de crimen en San Diego—. No es que eso importe ahora.

—*Sí* importa ahora —afirmó Raquel tocándole el brazo—. Importa, cariño. Tienes que ir al FBI con esto. Allá afuera hay un asesino en serie, ¡y te reuniste con alguien que aparentemente sabe su identidad!

—Quizás. Daniel está muerto, Raquel.

—¿Te amenazó?

—No. No —negó Heather, y miró a su amiga—. Parece que creyó que Daniel reaccionaría ante mí.

—¿Por qué dices eso? Tú trataste de persuadir a Daniel incluso desde que se encargó del caso.

El silencio inundó el salón.

—Porque era una amenaza velada contra ti —respondió Raquel a su propia pregunta—. Él sabía que Daniel habría reaccionado si tu vida se viera amenazada.

—Él no dijo eso.

Heather caminó hasta la puerta, apagó la luz y salió de la habitación.

—Ahora ya no importa.

Raquel la siguió en silencio escaleras arriba. La casa se sentía como una tumba, pero al menos había amainado el aluvión de lágrimas. La vida como la conocía Heather había cambiado esta noche. Raquel no lo afirmaba, pero estaba segura de que finalmente Heather vería el lado prometedor de todo esto. Sin Daniel en perspectiva, no había motivo para obsesionarse con él. Era hora de seguir adelante.

—Quiero que me prometas algo —manifestó Raquel, adelantándosele en la sala, y esperando tener la total atención de Heather—. Prométeme que lo primero que harás mañana será llamar a Brit Holman o a alguien más en quien confíes en el departamento de policía y le contarás todo. La llamada, todo lo que hayas averiguado, algunas de tus teorías… Por descabelladas que parezcan. Luego abandonas todo esto.

—Eva aún está allá afuera, Raquel.

—Exactamente —concordó su amiga mirándola.

—Mató a Daniel.

—¡Y vendrá detrás de ti si no renuncias a esto! Eres abogada, no agente federal.

Heather no había procesado hasta ahora sus opciones con relación a Eva. Raquel era naturalmente razonable. La idea de renunciar a su propia búsqueda de él la aliviaba y la asustaba al mismo tiempo. Tal vez era adecuado que tanto Eva como Daniel desaparecieran de su vida en la misma noche.

—Está bien.

Su teléfono celular sonó sobre una repisa, donde Heather lo había enchufado al cargador. El reloj marcaba 2:27 a.m.

Fue hasta la repisa y levantó el teléfono. Vio que se trataba de Brit Holman.

—Hablando de…

—¿Quién? ¿Es *él*?

—Hola, Brit —contestó Heather después de desplegar el celular.

—Heather… está vivo.

Sus palabras no tuvieron sentido inmediato. *Está vivo*, significaba que Eva estaba vivo. Daniel estaba muerto, y que no lograron atrapar a Eva.

—He tenido una mala noche, Brit. En realidad no creo que yo pueda…

—Daniel está vivo.

Las palabras sonaron extrañas, como caracteres chinos que significaban algo para alguien, solo que no para ella, no en este momento.

—Lo resucitaron —confirmó Brit, luego hizo una pausa—. ¿Lo estás escuchando, Heather?

—¿Vivo? —preguntó ella, su voz pareció un eco.

—Lo llevaron a la unidad de cuidados intensivos del Memorial de Colorado Springs, pero el pronóstico preliminar es bueno. Creen que se pondrá bien.

La cabeza de Heather zumbó con pensamientos mezclados, surtidos, de locura patas arriba.

—¿Heather? Tengo que irme, pero quiero que me llames en la mañana. Él va a estar bien, solo quise que lo supieras lo más pronto posible.

Ella cerró su teléfono sin hacer mención de la solicitud de Brit.

—¿Quién está vivo? —preguntó Raquel.

—Daniel —contestó Heather mientras los brazos comenzaban a temblarle como una vía férrea debajo de un tren.

OCHO

DANIEL YACÍA EN LA cama de hospital la mañana siguiente, mirando el suave tono de la iluminación indirecta que llenaba su cuarto. Hospital Memorial, Colorado Springs. Una sombra oscura bordeaba el blanco centro que moldeaba aquello oculto que él supuso que eran tubos fluorescentes. Tinieblas que invadían la luz.

Muerte acechando la vida.

Recordó haber encontrado la decimosexta víctima de Eva en las cavernas de Manitou Springs. Informaron que el asesino había desaparecido.

Los estaba esperando, observando a su víctima. Había salido de la noche y le hizo frente a la Suburban, en confrontación directa.

Luego mató a Daniel, a un policía, y perforó el brazo de Lori con un disparo. Se había llevado a la muchacha. Aún estaba desaparecido.

Lori había corrido con Daniel a encontrar una ambulancia y se las arregló para resucitarlo después de varios minutos. De muerte a vida.

Así se lo contaron, pero Daniel no recordaba nada de eso. Ni la escena de Eva saliendo de la oscuridad, ni el disparo a su cabeza, mucho menos agonizar o estar muerto. Ni despertar. Sus recuerdos terminaron con Lori sosteniendo en sus manos a la víctima dieciséis de Eva mientras bajaban a toda prisa de la montaña, luego se restablecieron al despertar en esta cama.

Se abrió la puerta a su derecha y Lori entró con un hombre que Daniel supuso que era médico. Sin bata, solo pantalones caqui y camisa azul con cuello abotonado. Cuando la puerta se cerraba, Daniel logró ver un guardia parado afuera.

—¿Cómo te sientes? —le preguntó Lori poniéndole la mano en el brazo y sonriendo dulcemente.

—Con un poco de dolor de cabeza. Y un tanto grogui.

—Probablemente se deba a la morfina —informó el médico, extendiendo la mano—. Soy el Dr. Willis.

Luego miró el lado derecho de la cabeza de Daniel.

—Si usted no cree en la intervención divina, ahora podría ser un buen momento para reconsiderar. Eso, o usted tiene tanta suerte como para salir de Las Vegas siendo un hombre rico.

—¿Les importaría decirme qué sucedió? —preguntó Daniel recorriendo con la mirada al médico y a Lori.

El doctor extendió la mano hacia el vendaje que rodeaba la cabeza del agente especial y comenzó a despegarlo hacia atrás.

—La bala le pegó exactamente por encima y al lado de su ceja izquierda, donde es más grueso el hueso superior de la cuenca orbital. Tres milímetros más arriba o abajo, y usted estaría muerto.

—Creía que lo estuve.

—Lo estuvo —asintió el médico—, pero menos mal que su cerebro no recibió daño irrecuperable. El hueso desvió lateralmente suficiente energía de la bala, alrededor de su cabeza, de tal modo que en realidad no penetrara al cráneo. Se desplazó por debajo del cuero cabelludo y salió detrás de la oreja izquierda.

—A veces viene bien tener una cabeza dura —comentó Lori, y

luego continuó como si hablara perfectamente en serio—. La bala recuperada del costado de la Suburban fue disparada por un 38 especial. Aún la están examinando, pero bastante del tronco de la bala está intacto para hacer una especie de identificación. Probablemente una Colt Cobra de las de la policía, la cual dispara una bala de corte semirelleno... usada principalmente para dianas, no para humanos.

—A él no le gusta matar con pistola —señaló Daniel, y dirigió la mirada al techo—. Su patrón tiene que ver más con cómo y por qué mueren, no con *que* mueran. La muerte es apenas el desafortunado final.

Lo miraron, perplejos.

—Podría ser —comentó finalmente Lori—. Tu mente no ha sido abatida, y eso es bueno.

—Como yo estaba diciendo —añadió el Dr. Willis—, usted es muy afortunado. He visto peores casos, pero este es digno de un reportaje.

—¿Y qué me mató?

—Un shock hidrostático —informó Lori—. La energía de la bala se transmitió al tejido blando de tu cabeza y envió una falla a tu sistema nervioso. Tu corazón y tus pulmones entraron en un paro cardíaco y pulmonar.

—Me mató el shock.

—El shock mata a muchas personas, nada excepcional —dijo ella, se puso de pie, le miró el cráneo ahora expuesto por el Dr. Willis, luego le pasó un espejo a Daniel—. Dale una mirada.

Al principio él creyó que el espejo estaba invirtiendo los costados de su cabeza, pero al mirar a la derecha vio que no habían afeitado ningún lado de su rizada cabeza rubia. La frente estaba suturada en la izquierda, exactamente encima de la ceja. Una magulladura trazaba una línea a través de su sien izquierda. Tendría un ojo negro por algunos días.

—¿Es eso todo?

—Eso es todo —contestó ella.

—Entonces puedo irme —indicó él sentándose en la cama; sintió un dolor punzante de cabeza, pero dejó que le pasara.

—No tan rápido —objetó el Dr. Willis, instándolo a acostarse de nuevo al ponerle una mano en el pecho—. Tenemos que mantenerlo bajo observación.

—¿Observación? ¿Por su bien o por el mío?

—Usted estuvo muerto hace seis horas, Sr. Clark. Su cerebro no recibió oxígeno por más de veinte minutos. Hipoxia aguda. Se le ve bastante racional, pero no hay manera de saber qué daños ocurrieron.

—¿Daños? ¿Como cuáles?

El médico frunció el ceño.

—¿Aparte de efectos más graves, los cuales evidentemente no se han presentado? Perturbación de ciertas habilidades motoras, pérdida de memoria, posibles alucinaciones. No hay manera de saberlo.

Daniel estiró los dedos, preguntándose si se habían afectado sus brillantes habilidades motoras. Ninguna señal aparte de un leve zumbido que le recorría todo el cuerpo. Al mirarse los dedos le molestó la idea de que hubiera cambiado algo. Su capacidad de digerir alimentos, quizás, su sentido del humor, su competencia en construcciones lógicas, sus conductos lagrimales, los músculos de su pierna izquierda.

Algo.

—Lo importante es que estás vivo. Montova estará aquí pronto —anunció Lori, luego se reclinó, cruzando los brazos debajo del pecho—. Así que... ¿cómo se siente eso?

—Sinceramente, no recuerdo. Mi mente está en blanco. Recuerdo que le hacías reanimación cardiorrespiratoria a la víctima en el asiento trasero, y recuerdo haber despertado hace una hora en esta cama.

—¿Nada en absoluto entre un recuerdo y otro?

Daniel negó con la cabeza.

—Nada. ¿Por qué?

—Porque lo viste. Tienes una imagen de Eva encerrada en alguna parte de tu mente.

—¿Estás segura? —inquirió él; la mente le dio vueltas con las repercusiones.

—Estuvo a tres metros de ti. Debiste verlo. Iluminado por las luces altas del vehículo.

—Entonces tenemos una identificación positiva —analizó él; Eva ya no estaba en código, una visualización positiva les podría conducir a la primera oportunidad verdadera de obtener la identidad—. ¿Cómo era? ¿Cerquillo rubio sobre ojos profundos? ¿Mandíbula firme y marcada? ¿Alto? ¿El granjero vecino?

Daniel había construido una imagen de Eva basado en una historia hipotética extraída de su propio perfil del hombre.

—No sé —contestó Lori, mirándolo con ojos comprensivos y sin parpadear—. No lo vi. Me estaba levantando del piso cuando te disparó. La muchacha me obstaculizó la vista de la puerta lateral.

Daniel parpadeó, buscó en su mente una insinuación de algo que no correspondiera. Algo que pudiera encender su memoria. Pero su mente estaba en blanco.

—Por tanto, la primera oportunidad verdadera en el caso está encerrada en mi mente. Tenemos que hallar una forma de sacarla.

—¿Una oportunidad? ¿Cómo?

—Yo podría proveer los detalles para un retrato exacto de dibujante. Hacemos conocer ampliamente el caso y ponemos su foto en toda pantalla de computadora de Estados Unidos de América. La información es la más fabulosa arma que tenemos en la era de la Internet.

—Me parece que Eva también sabría eso. En consecuencia, ¿por qué se arriesgó a ser visto?

—Porque él no contaba con que alguno de nosotros sobreviviera.

Ella asintió.

—Él te mató, y me habría matado si Brit no hubiera aparecido.

—Así parece.

—¿Qué se siente? —le preguntó Lori, volviendo otra vez a lo de su muerte—. No recuerdas; sin embargo, ¿sientes algo? ¿Crees que viste algo? En el ojo de la mente, es decir.

—Te refieres a una experiencia cercana a la muerte —contestó Daniel—. No. No es que una alucinación como esa nos ayude de algún modo.

—No, pero pulsar los botones correctos podría estimular tu memoria propiamente dicha. Solo tendremos que esperar, ¿verdad?

—¿Esperar qué?

—Que vuelva a salir a la superficie tu recuerdo de Eva. Los recuerdos están vinculados a químicos. El más probable en tu caso es DMT. Dimetiltriptamina. Excretada en dosis masivas de la glándula pineal durante el trauma alrededor de la muerte. La droga alucinógena que se creía responsable de las experiencias cercanas a la muerte. Es parte de lo que podría haber causado el bloqueo en tu memoria.

—Estás diciendo que crees que hay una forma de provocar este recuerdo escondido que tengo de Eva. ¿Está ahí?

—No sé. Tiempo. El tiempo trae el recuerdo.

—Volvamos a colocar esto —informó el Dr. Willis sosteniendo la venda en alto.

—¿Es necesario? Se trata solo de un par de puntos en la frente.

—Usted tuvo suerte, pero no tanta. Tiene contusión craneal y un buen desgarrón en la parte trasera de la cabeza. Realmente creo...

—Por favor, doctor, no soy un niño. No se me está desmoronando la cabeza. Deme unos cuantos Advil y me pondré bien.

—Si usted insiste —replicó el Dr. Willis encogiéndose de hombros y poniendo la venda en la mesa sobre la cama—. Lo volveré a revisar al mediodía.

—Si no meto en problemas a alguien, debo visitar la escena del crimen, mientras esté relativamente fresca —expresó Daniel; el dolor le pinchó la cabeza, pero la única reacción de él fue recostarse sobre la almohada—. Quizás algo me refresque la memoria. ¿Tiene usted problemas con eso?

—Por todo lo que sabemos, usted dará cinco pasos y caerá muerto de un aneurisma —informó el Dr. Willis—. Descanse un poco. Volveré a mediodía.

El médico se disculpó y salió del cuarto.

Daniel se quedó mirando la puerta cerrada por un instante, con la mente en blanco de manera extraña. Aventó las sábanas, se quitó la intravenosa del brazo, se sentó, y balanceó los pies hasta el suelo, haciendo caso omiso de que la cabeza le diera vueltas.

—¿Y qué, soy un muerto que anda?

Se puso de pie, e instintivamente Lori extendió la mano para afirmarlo.

—Por favor, Daniel. Hay mucho en juego para que empieces a actuar de manera atolondrada.

—¿En juego? Eva está en juego. La vida de su próxima víctima está en juego. ¿Qué sabes tú de qué está en juego?

—Tu vida está en juego —objetó ella, con la mandíbula firme—. ¡Ahora siéntate!

Él no se sintió ofendido por la frustración de Lori. Si algo le daba una pequeña medida de consuelo… esta nunca había sido un juego para los débiles.

Haciendo caso omiso de la orden, Daniel dio cinco pasos al frente y se detuvo. Ningún mareo ni otro síntoma de advertencia que pudiera sentir. Atravesó la puerta, la abrió, y salió al pasillo. La puerta se cerró detrás de él.

El puesto de la enfermera estaba a tres metros a su derecha, actualmente atendido por tres asistentes, quienes levantaron la mirada hacia Daniel. Solo entonces él bajó la mirada y recordó que aún estaba vestido con una bata de hospital cubierta con diminutos estampados azules. Debajo, sus pantaloncillos. Sin camiseta.

Daniel regresó a su habitación y entró. Lori se hallaba cerca de la cama de hospital donde él la había dejado, con una leve sonrisa en los labios.

—¿Olvidaste algo?

—¿Dónde pusieron mi ropa? —preguntó él.

—En el clóset. Pero yo no saldría antes de hablar con Montova.

—Sabes tan bien como yo que la escena del crimen es lo único que tenemos ahora. ¿Se sabe algo de la víctima?

—Están peinando la zona —contestó ella.

—Él tenía otro vehículo escondido. Brit está en eso, ¿de acuerdo? —afirmó Daniel, se dirigió al clóset y jaló la puerta—. Debo estar allá.

—Por supuesto, Brit está en el auto —respondió ella—. Su primera suposición fue que Eva siempre planifica sus escenas hasta el último detalle, probablemente meses por adelantado. Conoce toda posible vía de escape y tiene rutas alternativas preparadas. Ellos se están encargando. La pregunta es: ¿en qué estás tú?

—Estoy en el caso.

—También estás con una sobredosis de DMT.

Daniel se abotonó los pantalones y bajó los brazos, haciendo caso omiso de la camisa por el momento. Allí estaba de nuevo. Su memoria. La manera más obvia de encerrar a Eva.

El celular de Lori sonó y ella lo desplegó, volviéndole la espalda a Daniel después de una prolongada mirada.

—Ames.

Daniel agarró su camiseta negra desgarrada, la desechó, y se preguntó si le caería bien una ducha. Pero le recorrió un escalofrío debajo de la piel al pensar en el equipo de análisis de evidencias escarbando en la cueva antes que él.

La cabeza le iba a estallar. Una bala lo había golpeado con tanta fuerza como para provocarle un paro cardiaco y respiratorio. Él debía estar conectado a una máquina o refrigerado en el sótano. No le correspondía estar levantado, mucho menos ir a la escena del crimen.

Daniel terminó de vestirse, recogió la billetera y el teléfono celular del pie de la cama y se puso frente a Lori mientras ella terminaba su conversación.

—Entiendo, inmediatamente —dijo ella, y cerró bruscamente el teléfono.

—Encontraron el cadáver.

El cadáver dieciséis de Eva. Daniel dejó que su bien alimentada obsesión con Eva se le desarrollara en el estómago y encontrara su camino por el pecho. Los cuerpos habían venido uno por mes durante dieciséis meses, y cada vez él había ingresado un poco en la mente de Eva al analizar cada cuerpo inerte.

Daniel avanzó involuntariamente un paso hacia la puerta.

—Está bien, yo…

A mitad de zancada lo cubrió la oscuridad tan de repente que lo obligó a detenerse cuando el pie derecho llegó al suelo, a sesenta centímetros del izquierdo. La oscuridad lo abatió como un émbolo, atacándole violentamente los oídos con un golpe de percusión que le dejó zumbando la cabeza.

En esa oscuridad vio una forma anodina que venía hacia él.

Luego desapareció.

Lori lo había alcanzado y tomado del brazo para afirmarlo.

—¿Estás bien?

No tuvo mareo, ni se prolongaron las tinieblas. El corazón se le esforzaba fatigosamente como entre gruesa melaza.

—Diles que permanezcan lejos —pidió, dirigiéndose a la puerta—. Ningún técnico en evidencias hasta que yo haya tenido un poco de tiempo.

—¿Y Montova?

—Lo llamaremos en el camino.

—El médico…

—Tú eres médico —objetó Daniel, abriendo la puerta de un jalón—. Dime si no estoy bastante bien para lucir como un cadáver.

—Intenta mantener bajo tu ritmo cardiaco —dijo finalmente ella asintiendo.

NUEVE

DANIEL SUPO ANTES de poner un pie fuera del hospital que Lori tenía razón al sugerir que no le correspondía a él caminar por un cuarto, mucho menos recorrer la escena de un crimen. Un dolor agudo le alcanzó el cráneo con la persistencia de un perro ladrando. Pero la morfina lo calmó un poco y no ocurrió el desvanecimiento que había sufrido en el hospital, así que se quedó callado e intentó concentrarse en Eva.

Eva. Un nombre ligado tanto a las víctimas del asesino como a él. Mujeres jóvenes atrapadas entre la inocencia y la culpa. Y como muchos asesinos en serie, sin duda Eva era motivado por ideología. Fe. Religión. Dios. Satanás. Ideas probablemente inculcadas por su madre.

Daniel opinaba que, igual que la religión, la ignorancia nutre a los asesinos. Una vez que una persona empieza a buscar respuestas en un lugar no ligado por las limitaciones de la ciencia y la lógica, se abre a aceptar edictos religiosos que desafían la razón. Para combatir en una nación vecina o bombardear el World Trade Center. O para matar mujeres inocentes cada ciclo lunar.

Mientras los humanos utilicen la religión para destruir a otros, la religión es un enemigo. Daniel exploró detenidamente esta idea en *Cómo solucionar la división entre nosotros*.

—¿Seguro que estás bien? —preguntó Lori, poniéndole la mano en la rodilla. Se sentaron al lado de Joseph, un chofer local que les había asignado el FBI.

Daniel exhaló un poco de aire y tocó la banda que Lori había insistido que usara para proteger las heridas.

—Es solo...

El pensamiento se desvaneció.

—¿Solo qué?

—Nada, de veras. Eva.

—Eva —convino ella asintiendo—. Se ha metido dentro de ti, ¿verdad? Vive allí.

—Ahora te pareces a Heather. Mi esposa.

—Sé quién es ella. Quién fue.

—Fue —asintió Daniel mirándola y viendo que ella observaba por la ventanilla lateral.

—Umm.

—¿Qué?

Ahora le llegó a ella el turno de jugar a las evasivas.

—Nada, de veras —contestó ella, mirándolo—. Eva.

La Suburban serpenteó por la misma carretera que recorrieron anoche. Un equipo de análisis de evidencias del FBI de Denver ya había acordonado un perímetro que permitía solo un acceso a la escena, limitando potencial contaminación. El chofer bajó su ventanilla, habló con el policía que vigilaba el punto de ingreso y luego entró al cañón.

Habían establecido el perímetro varios centenares de metros del sitio en que estaba la furgoneta abandonada, extraño para Daniel hasta que vio atravesada en la carretera la Suburban negra que estuvo conduciendo anoche, bajo inspección de un par de agentes.

Una mancha oscurecía el asfalto al lado de la puerta del conductor. Su sangre, Daniel comprendió.

—¿Recuerdas algo? —inquirió Lori.

Él negó con la cabeza.

—¿Quiere usted que me detenga, señor? —averiguó el chofer, mirando por sobre el hombro.

—Ahora no. Lléveme hasta el cadáver.

Tres furgonetas estaban estacionadas a cincuenta metros más lejos en la carretera, como a doscientos metros de la cueva a la que Daniel entrara anoche. El chofer se estacionó al lado de ellas.

—Exactamente a través de los árboles. El agente especial Holman está esperando.

Daniel siguió un corredor de cintas amarillas a lo largo de los árboles, hacia el murallón. Lori lo seguía de cerca.

—Él la sacó del auto y la llevó cincuenta metros carretera abajo, se dirigió directo a los árboles y se las arregló para subir el murallón —afirmó Daniel—. Este no fue el punto de entrada de Eva.

Lori no contestó. Varios agentes los miraron cuando salieron del sendero. Solo entonces fue que Daniel consideró cómo su aparición en la escena, después de recibir un balazo mortal, debió dejar pasmados a todos los que sabían de la experiencia. Y sin duda eran todos los involucrados.

Daniel bajó la mirada y pasó entre ellos hacia Brit Holman, quien observaba el murallón, fumando un cigarrillo. Las viejas costumbres no se pierden fácilmente entre quienes enfrentaban a diario la muerte.

Ninguna cueva que Daniel pudiera ver.

—¿Dónde está?

Brit se dio la vuelta. Apagó su cigarrillo en una caja metálica roja de caramelos Altoids que llevaba para ese propósito. Metió la caja en el bolsillo de la chaqueta y caminó hacia adelante.

TED DEKKER

—Si serás un hijo de su madre. Tienes que estar bromeando —comentó, estirando la mano.

—Mejor que un hijo muerto de su madre —contestó Daniel deteniéndose y buscando una abertura en el murallón—. Parece que le debo la vida a quien estudia la muerte para ganarse la vida.

Miró a Lori, quien sonrió.

Reflexionando en la comprensible observación que acababa de oír, Brit bajó la mirada por el cuerpo de Daniel.

—Estuviste muerto, amigo mío. Sin embargo, ella te trajo de vuelta, ¿no es así? He tenido mi parte en salvarme por un pelo, pero... —Brit movió la cabeza de lado a lado—. ¿Tienes algún... tú sabes... sucedió algo?

—¿Túneles de luz? No. ¿Dónde está la víctima?

—Por aquí.

Holman se dirigió a una roca enorme, la bordeó y pasó a cuatro policías que esperaban para entrar a la escena del crimen. Hizo señas a uno de ellos para que les dieran linternas a Daniel y a Lori, luego ingresó a la entrada de una oscurecida cueva iluminada ahora por luces fluorescentes de batería, instaladas a lo largo del piso.

—Es una cueva sin nombre. Hallamos primero la salida en lo alto del murallón, luego retrocedimos por este camino. Ten cuidado, es más pequeña que la cueva que encontramos anoche.

Brit los guió, recorriendo los muros con su luz.

—No se sabe cuántas rutas más de escape tenía el asesino. Él escoge la que le sirve. Asombrosa manera de pensar, no impulsiva. Tenía un auto esperando en el otro extremo... las marcas de las llantas indican un sedán. De ninguna manera habríamos encontrado esta cueva o el vehículo en la oscuridad. Y él lo sabía. Nos lleva unas buenas seis horas de ventaja. Para ahora podría estar en Utah.

—Aguanta, Brit —pidió Daniel deteniéndose; sintió a Lori muy cerca detrás de él.

El agente miró hacia atrás. Daniel asintió y lo pasó.

—Si no te importa.

Brit no objetó que Daniel tomara la delantera. Este no volteó a mirar, pero oía la respiración de Lori cerca detrás de él, y supo que ella también había pasado a Brit. La joven patóloga deseosa de aprender. Joven a más no poder. Se lo preguntaría en el momento adecuado.

Él siguió adelante lentamente, escuchando el suave crujido del polvo y la gravilla debajo de sus zapatos. Eva se habría echado el cuerpo al hombro para no golpearle la cabeza ni los pies en las paredes laterales. Un tipo fuerte, de un metro ochenta. Sereno, de paso lento. Esto después de arrebatarles la presa como un padre que arrebata a su hijo del peligro.

Extraño pensamiento.

Siguieron la cueva en una inclinación como de cuarenta y cinco grados y se detuvieron a la entrada de una bóveda como de cinco metros de ancho, la que diez metros más adelante se volvía a estrechar. Más allá la cueva subía serpenteando hacia la salida por encima del murallón donde habían descubierto las marcas de las llantas, pero a Daniel no le interesaba cómo había escapado Eva sino qué había hecho él aquí, en esta bóveda.

El cuerpo de la muchacha yacía en una plataforma adelante a la izquierda del agente. Aún vestía la sucia ropa blanca. Sin zapatos. Sin nada que le cubriera la cabeza. Sobre la espalda, mirando al techo, cuidadosamente colocada.

Daniel estaba enterado de que el fotógrafo ya había registrado la escena, siguiendo el protocolo. Ahora el FBI tenía un registro permanente de la cueva. A no ser por eso, no se había alterado la zona desde la salida de Eva en ningún momento antes del amanecer.

Un olor a humedad se filtró por las fosas nasales de Daniel. Detrás flotaba un hedor más fuerte pero menos penetrante. Fuerte como el de la bilis. Él siguió adelante, pasó sobre una huella clara y bordeó de izquierda a derecha la plataforma de la roca.

Examinó el cuerpo de pies a cabeza. Colocado exactamente como

TED DEKkER

Eva había puesto los cuerpos de las otras quince víctimas. Las manos a los costados, los dedos suavemente curvados, los pies ligeramente separados. Los ojos cerrados.

Un olor acre se levantaba del cadáver. La víctima había vomitado antes de relajarse y finalmente morir. Por su hombro izquierdo una mancha húmeda que no contenía sólidos obvios.

—Él no las odia —comentó Lori al lado de Daniel.

—¿Qué te lleva a esa conclusión?

—La muerte de la chica provino de la enfermedad en su interior, no de él.

—Muy bien, Dra. Ames. Sin embargo, cuando hagas tu autopsia creo que descubrirás que su arma asesina es mucho peor que una bala en la cabeza. ¿Por qué las infecta?

—Porque merecen ser infectadas. Pero no las culpa ni utiliza violencia. Él no está enojado con sus Evas.

Lori se puso un par de guantes verdes quirúrgicos y los chasqueó sobre las muñecas. Inclinándose, separó los labios de la víctima, le bajó el labio inferior hasta dejar al descubierto los dientes y las encías.

—Sangre —indicó ella—. De una cortada en el interior del labio de la muchacha que no estaba anoche. Le comprimieron los labios con tanta fuerza que les sacaron sangre.

Levantó la mirada hacia Daniel.

Él le correspondió la mirada.

—La besó en los labios al final.

—Él necesita verlas morir —añadió ella.

—Está obsesionado con ver cómo las extingue la enfermedad.

—Y está allí para saborear el último aliento.

—¿Por qué? —preguntó Daniel.

Hablaban sincronizados como compañeros de tenis. Lori había seguido un sendero que la llevó hasta un empleo y un título conocido como patóloga forense, pero él no se habría sorprendido de saber que a lo largo del sendero ella había estudiado mucho más allá que el cuerpo humano.

—¿Y las otras víctimas? —indagó ella—. ¿Cortes similares?

—Contusiones. Algo de sangre. Pero siempre se atribuyó a la enfermedad.

—¿Cuándo la podemos llevar a Los Ángeles? —preguntó ella poniéndose de pie y mirando por encima del cuerpo.

—Tan pronto como se le procese aquí —contestó Brit—. Estará en hielo y en un avión dentro de dos horas. A menos que quieras usar el laboratorio de Denver.

—No.

—¿Por qué arriesga él la vida besándolas? —inquirió Daniel en voz alta, pero se estaba planteando la pregunta para él mismo—. ¿Qué hay en la respiración de ellas que lo motiva? Eva no dudó anoche en arriesgar su vida para quitarnos a la chica. ¿Por qué? Así pudo terminar lo que había iniciado. Terminar quitándole la vida por medio de una enfermedad.

—O terminar tomando el aliento de ella —añadió Lori.

Ellos estaban parados al lado de Brit, quien les respetaba la conversación. Una vez con el equipo de análisis de evidencia, él tomaría el liderazgo.

—Montova está en el primer sitio con equipo de rastreo terrestre —manifestó Brit después de un extenso silencio—. Quiere hablar contigo, Clark.

—Denme un minuto, ¿de acuerdo?

Lori le tocó el brazo, luego salió con Brit. Solo con el cadáver. Respiró profundamente, caminó a lo largo de la plataforma de roca, formó una torre con los dedos, y se tocó los labios.

Eva había besado a su víctima. Le chupó el aliento. O la sofocó enérgicamente con sus labios, pero evidencias adicionales debilitarían casi con seguridad la tesis de un asesinato con fuerza. Eva nunca había expresado su pasión por medio de violencia personal.

—No *quieres* matarlas, ¿verdad? —resonó la voz del agente a través de la bóveda—. Sientes pena por ellas.

Un dolor le atravesó la cabeza, y luego se desvaneció. La morfina perdía su efecto y el naproxen se diluía. ¿Por qué Lori había revisado los labios de la víctima?

Pero vio la razón. Una delgada línea de sangre seca se trazaba en el labio inferior. La patóloga de Phoenix era excepcionalmente observadora.

Daniel dejó la víctima número dieciséis de Eva exactamente como había muerto, boca arriba sobre una plataforma, y se unió a los demás fuera de la cueva.

Brit se dirigió a uno de los técnicos vestidos con traje Tyvek, que examinaba el suministro de energía hasta una luz negra.

—Es todo tuyo, Frank. Desglósalo en cuadrantes y remueve toda piedra. Hazme saber lo que encuentres antes de llenar el informe.

Las luces negras ocasionarían foto reacción de fluorescencia o fosforescencia en diferentes artículos de evidencia. Una vez examinada totalmente la caverna para buscar elementos de rastreo, secreciones y fibras, llevarían luces artificiales para una búsqueda visual meticulosa. Astillas en la roca, raspaduras, artículos de ropa, armas y toda la gama. Para cuando la cueva fuera empolvada en busca de huellas, sería inmaterial cualquier molestia creada por el polvo mismo.

—Por aquí —ordenó Brit, llevándolos a lo largo del murallón, donde la cacería había dejado un delgado rastro a través de la maleza.

—¿Estás bien? —indagó Lori.

—¿Tienes un poco más de Advil?

AHORA LA CUEVA con corrales para animales parecía un zoológico, llena de técnicos equipados con las herramientas del oficio. La evidencia reunida se pondría en bolsas, se etiquetaría y se llevaría a toda prisa al laboratorio para ser examinada. Solamente la policía de Tokio y de

Scotland Yard igualaban las capacidades del FBI en sacar muestras de las evidencias. Pero las sugerencias hechas entre líneas era lo que interesaba a Daniel.

Ninguna señal de Montova.

Daniel pasó diez minutos recorriendo los corrales, caminando entre técnicos que se movían a través de paja y suciedad. Ya habían levantado de la escena una abundancia de pruebas, pero nada que los pudiera acercar a la identidad de Eva. Podrían captar algún cambio, pero quince meses tras el rastro del asesino habían dejado a Daniel con una comprensión clara: no había un rastro verdadero.

Eva solo dejaba evidencias que confirmaban el perfil del que ya disponían. Había tenido cuidado de no suministrar el más leve indicio que pudiera expandir el conocimiento que el FBI tenía de él, y Daniel dudaba que esta vez algo se le hubiera escapado al asesino.

Había algo en común entre el bolígrafo azul Bic hallado en la tercera jaula, el limpio corte de navaja a lo largo del esternón de la cabra, la silla de metal en la jaula de la muchacha, el barro impreso por el fondo de las botas de Eva, la uña recuperada al lado de la silla, y una docena de otras evidencias empacadas: nada de esto adelantaría la identidad del sujeto desconocido.

Era la séptima vez que encontraban un animal sacrificado cerca de la víctima. Parte del perfil religioso de Eva.

—¿Podría verte en privado, agente Clark?

Daniel se volvió y quedó frente a Montova, quien estaba cerca de la entrada de la cueva.

—Buenos días, señor. Desde luego.

El subdirector encargado llevó a Daniel a su auto, donde Lori se apoyaba en el guardabarros delantero, con los brazos cruzados. Se enderezó cuando los vio acercarse.

Estaban cargando la corroída Dodge Caravan blanca en un camión sin estacas, lista para ser llevada a un local seguro en Colorado Springs a fin de continuar la investigación.

Montova lo miró hacia abajo, frotándose la mandíbula entre su pulgar y su índice.

—¿Sabes por qué estoy aquí?

—No, realmente no.

—Por muchas razones que tienen sentido para el departamento de policía. Primera víctima hallada viva. Primer agente hallado muerto. Para mencionar un par.

Daniel asintió. La cabeza le dolía a pesar del Advil que había tomado. Un grillo en los árboles cercanos parecía anormalmente bullicioso. El cañón estaba lleno de sonidos del FBI que trabajaba en la escena de un crimen: voces acalladas, el chasquido mecánico de una cámara, débil parloteo por la radio. Para el observador casual ellos eran solo atareados cuerpos trabajando en forma metódica, difícilmente una imagen de guerra declarada.

—Considérate fuera del caso, efectivo de inmediato, agente Clark.

—¿Cómo dice? —cuestionó Daniel, sintiéndose momentáneamente pasmado.

—No solo enfrentamos importantes responsabilidades al enviar a un agente en tu condición física —expresó, y luego miró a Lori—, tampoco podemos darnos el lujo de poner un caso de esta magnitud en manos de un hombre vapuleado.

—¿Vapuleado?

Daniel sintió un jalón en el ojo izquierdo, una condición que solo su esposa llamaba una idiosincrasia. Era evidente que el jalón llegaba cuando se ponía furioso, algo poco frecuente que solo notaría alguien que viviera con él por algún tiempo. Así lo decía Heather, su único y verdadero amor.

—Lo siento, señor —intervino Lori—, pero creo que *en riesgo* fue la expresión que utilicé.

—A mi juicio, *en riesgo* de una crisis mental es *vapuleado*, al menos cuando se trata de mi campo del deber. Fuiste asesinado. Al menos acéptalo hasta allí. Tu cuerpo regresó entero, ¿pero tu mente? No estoy deseando sentarme cerca y averiguarlo. Al menos no oficialmente.

—Le puedo asegurar que estoy bien —señaló Daniel brusca-mente—. Aparte de un dolor de cabeza y algún mareo ocasional, todo está funcionando bien. Usted no puede quitarme así no más del caso.

—Estuviste muerto durante...

—Estoy vivo, ¡por el amor de Dios! ¡No me castigue por negarme a morir!

—No lo estamos haciendo. Simplemente dudamos de tu estabili-dad mental.

—Lo siento, yo tenía la impresión de que ella es una *doctora* —cues-tionó, señalando a Lori—. Yo soy el psicólogo de conducta. ¿O también perdí mi doctorado mientras estuve muerto?

—No es aceptable la evaluación personal. Política del FBI. Te estoy dando licencia, sin más discusión —se obstinó Montova, exhalando un poco de aire—. Por otra parte, si decides seguir en este caso por tu cuenta, no te lo impediré.

—Lo cual quiere decir...

—¿Ya lo olvidaste? —preguntó Montova, con una ceja levantada.

—Usted está diciendo que puedo ir de incógnito con la condición de que trabaje con la mujer que me ha declarado inestable —afirmó Daniel mirando a Lori.

Lori tomó con calma la frustración de él, y le devolvió la mirada como una socia maternal y llena de empatía. *Todo saldrá bien, confía en mí.*

—Que hagas todo a través de Lori, sí —informó Montova mirando entre ellos—. Ella te proporcionará acceso a elementos necesarios en la investigación en curso. Y para el expediente, creo que podrías usar a alguien que te ayude a procesar lo que ocurrió aquí.

—Quiere decir que alguien me mantenga controlado —objetó Daniel.

—Llámalo como quieras —expresó Montova inclinando la cabeza de manera casi imperceptible.

Daniel miró el camión sin barandas que estaba transportando la furgoneta blanca.

—Deseo revisar las llantas —manifestó.

—Apégate al juego principal, agente Clark. Deja las llantas al agente Holman.

—Las llantas *son* parte del juego principal —contestó rápidamente Daniel; sintió un dolor punzante en la cabeza y por un momento se oscurecieron los bordes de su visión.

Luego desapareció. *Estable*, pensó. Quizás Montova y Lori estaban siguiendo la pista.

—Las llantas nos dicen dónde ha estado él.

—El laboratorio le dirá a Brit dónde ha estado él —cuestionó Montova—. Brit se lo dirá a Lori. Lori te lo dirá. Tendrás acceso total, y créeme, espero que lo acorrales en uno de sus oscuros y mal olientes agujeros. Pero mi labor es asegurarme de que sea Eva quien termine en el suelo, no tú. Haz las cosas a mi manera.

Daniel decidió aceptar lo que expresaba el hombre. Si fuera totalmente franco, tendría que agradecerles a los dos por darle más de lo que pidió. La participación de Lori podría ser invaluable; solamente en la última hora ella había demostrado todo eso.

—Muy bien —aceptó finalmente.

—A partir de este momento considérate de incógnito —le señaló Montova asintiendo.

DIEZ

HEATHER CLARK CAMINÓ por la acera de concreto, dirigiéndose a los escalones que conducían al juzgado, con la mente aún zumbándole por los acontecimientos que la tuvieron despierta toda la noche. El mundo parecía haber rodado y dejado al descubierto un punto vulnerable que ella aún no podía soportar.

Una hora antes Brit la había puesto al tanto de los detalles de la muerte y la resucitación de Daniel. Heather le había rogado que la dejara hablar con su esposo, pero él insistió en que se debería dejar que Daniel procesara primero el asunto. La muerte. Su salud, cuerpo y mente, o la falta de todo eso. La escena del crimen.

Fue entonces cuando ella se enteró de que él en realidad se había ido a la escena del crimen. Se disiparon todas las preocupaciones persistentes por el bienestar del hombre. Daniel había muerto y regresado de la muerte, pero al final seguía siendo el mismo. Su primera preocupación siempre fue la escena del crimen. Tal vez ni siquiera se detuvo a pensar en el dolor que su muerte le había ocasionado a ella.

—¿Sabe él que estoy enterada? —averiguó Heather.

—No.

Eso le dio un poco de alivio. De haberlo sabido, él habría llamado para ver cómo estaba ella. A menos que Daniel finalmente decidiera que se hallaba harto de las posiciones de ella. Toda persona tenía un límite. Se dice que cuanto más tiempo estén separadas dos personas, menos probable es que se vuelvan a unir. Ella y Daniel llevaban dos años de separación.

Heather subió los peldaños, considerando hasta ahora llamar a la oficina para encargar a Cynthia o a otro de los nuevos abogados la continuación de su juicio.

Su teléfono sonó y ella lo extrajo del gancho en su cinturón. Raquel.

—¿Estás bien? —preguntó su amiga.

—Hasta donde puedo. ¿Descubriste algo?

—Bobby examinó las placas y resultaron falsas —contestó después de hacer una pausa.

Bobby Nuetz trabajaba para la Patrulla de Carreteras de California, un buen amigo de Raquel que, en más de una ocasión, había echado mano a sus recursos estatales a favor de ellas. Como era de esperar, Raquel había seguido anoche a Heather al salir del bar, la vio subir al auto negro, luego anotó rápidamente la placa en una servilleta antes de volver a entrar.

—¿Qué quieres decir con *falsas*?

—Quiero decir que no existen. Es obvio que olvidé algo. No recuerdas la marca o el modelo del auto, ¿verdad? Si Bobby hubiera tenido lo uno o lo otro lo podría cruzar con parte del número de la placa y posiblemente tendría éxito.

—No. Era un sedán negro. Pero hubo otros que me vieron subir, estoy segura de eso. Quizás lo sepa el empleado que estaciona los vehículos.

—Revisaré —expresó Raquel y tomó aire—. ¿Has hablado con Daniel?

—Todavía no.

—¿Vas a contarle?

—Aún no lo sé.

—Tienes que darle la vuelta a esto. Juega con fuego y te quemarás, Heather.

Ella saludó con la cabeza a un hombre vestido de negro que abrió la puerta de cristal del edificio del juzgado.

—Gracias —le dijo, e ingresó al abarrotado vestíbulo—. Te llamaré después del juicio. Estoy ante la seguridad.

—Llámame.

Heather metió el teléfono en su cartera, la puso en la banda de rayos X y pasó por el detector de metales. El guardia que la recibió era un policía jubilado llamado Roy Browning, quien levantaba la gorra cada vez que ella llegaba al juzgado.

—Encantadora como siempre esta mañana.

El teléfono de Heather estaba sonando al pasar por el túnel de rayos X... un sonido de timbre tradicional que solía apagar antes de ingresar a cualquier oficina.

—Gracias, Roy. Me siento como si alguien me hubiera restregado con las suelas de sus zapatos.

—Usted parece un ángel. Y puede decirle al juez que yo dije eso.

Ella levantó la cartera, le sonrió, y sacó el teléfono al cuarto timbrazo. Uno más y habría ido al buzón de mensajes.

Heather desplegó el celular, pensando que la llamada podrían ser más noticias de Brit, quien había prometido contactar con ella si algo cambiaba en Colorado Springs.

—¿Aló?

El auricular se llenó de estática.

Ella se apuró, corriendo hacia la recepción.

—¿Aló?

Solo estática.

Miró el indicador de señal en la pantalla, vio que tenía tres barras, y volvió a presionar el aparato contra el oído.

—Lo siento, no le puedo escuchar.

Sonó un suave clic. Una voz apenas audible entre resoplidos.

—Heatherrrr.

Se detuvo en el pasillo. Varias personas, la mayoría con traje, se movían alrededor de ella, pero se quedaron en silencio mientras ella se concentraba en escuchar el pequeño altavoz afirmado a su oído.

—Heather. Heather... ¿estás ahí?

Una voz masculina, la misma que había llamado antes, si ella no estaba equivocada. Susurrando esta vez. En voz baja.

—Heather, Heather. ¿Me hiciste una promesa?

—¿Quién habla? —exigió ella; pero ya lo sabía, ¿verdad que sí?

—Soy tu salvador Jesús —contestó la voz, aún susurrando—. Soy tu peor pesadilla. Soy Lucifer. Depende de lo que desees que yo sea. De lo que hagas.

La voz se le hundió en la mente y le envió un temor diferente de cualquiera que Heather pudiera clasificar del todo a través de sus nervios.

—¿Eva? —preguntó ella, la voz le salió áspera, muy suave.

Aún mientras hablaba, Heather dudó que él pudiera oír.

—Amo a Eva —volvió a susurrar la voz—. ¿Amas a Daniel? Él está olvidando su promesa. Va a morir si no logras detenerlo.

—¿Cuál promesa? —objetó ella, ahora en voz tan alta como para que regresaran a mirar dos hombres que pasaban.

—No puedes detenerme. Me arrancaron de mi papi, de mi hermana, de mi sacerdote. Nadie puede detener a Eva.

Respiración.

—¿Quién es usted?

El teléfono hizo clic.

—¡Espere! ¿Cuál promesa?

Esta vez ella gritó la pregunta y una docena de transeúntes se volvieron a mirarla. Heather permaneció pegada al piso de mármol. Abandonada y expuesta, cerró el teléfono y obligó a sus pies a seguir adelante.

La advertencia de Raquel le recorrió la cabeza. *Juega con fuego y te quemarás, Heather.*

Dio dos pasos antes de girar lentamente y dirigirse hacia la salida.

METIERON LA FURGONETA al garaje para inspeccionarla. Daniel salió de la cabina de la Dodge Caravan, miró alrededor y luego se fue a la parte de atrás, saludando con una inclinación de cabeza al mecánico encargado. Se agachó y pasó el dedo por el borde de la llanta trasera derecha.

—Banda de rodamiento decente. ¿Podemos levantarla un poco?

—Claro que sí —contestó el mecánico dirigiéndose a las palancas en la pared.

Daniel y Lori habían llegado antes que los técnicos que esta tarde trabajarían en la furgoneta. Lori había insistido en que Daniel volviera al hospital para un chequeo después del almuerzo. Era obvio que el médico quería que se quedara toda la noche para una serie de exámenes. Daniel convino, pero no antes de pasar algún tiempo en la furgoneta.

Observaron juntos al mecánico operar un elevador hidráulico que levantó la furgoneta hasta quedar exactamente sobre las cabezas de ellos.

—¿Así que no hubo suerte con los demás vehículos abandonados por Eva? —preguntó Lori.

—Por desgracia no. Las muestras de tierra correspondían a terreno local. Desechos típicos de las carreteras. Nada distintivo. Pero las llantas en ambos vehículos estaban muy gastadas.

—Menos banda de rodamiento, menos desechos y polvo recogido y esparcido en el interior de los guardafangos.

—Correcto.

Daniel agachó la cabeza y se colocó debajo de la llanta trasera derecha. Ciento sesenta mil kilómetros de uso habían hundido los resortes y corroído el chasis. Pasó la mano por la irregular superficie metálica.

Sintió algo como asfalto, lo cual no les aportaría nada. La mayor parte de las carreteras en Estados Unidos las hacían con alquitrán.

El agente enfocó una lámpara de trabajo en la llanta y la giró. Los técnicos quitarían las cuatro llantas y buscarían residuos en cada una. Pero Daniel iba tras algo distinto.

—¿En qué estás pensando? —preguntó Lori de tal modo que el mecánico no pudiera oír.

—Un asesino se hace en la mente —contestó él levantando la mirada hacia ella y viendo la fascinación en los ojos femeninos—. Años de maltrato, una crisis nerviosa traumática. Todo tiene que ver con la mente.

—Estás mirando una llanta —expresó ella.

—¿Sí? —replicó él volviendo a mirar el caucho negro—. Tú ves una llanta, yo veo la decisión del asesino. Más importante aún, yo miro cómo la decisión ingresó al mundo de él. Las carreteras que recorre. Las tiendas en que compra. Las mujeres a las que acecha.

—Imaginación: el asesino en ciernes; el sacerdote en potencia —aportó ella, citando del segundo libro de Daniel.

—Uno y el mismo. Por suerte, la misma imaginación que lleva a un asesino a matar permite que lo entendamos seres como nosotros. Imaginemos mucho y alguna vez tendremos suerte y lo agarraremos. Eso es lo que estoy haciendo. Estoy tratando de tener suerte.

—Umm.

Daniel volvió a enfocar en la llanta que giraba lentamente. Había diminutas piedrecillas alojadas en la banda, varias ramitas, probablemente de pino de los arbustos donde él dejara abandonado el vehículo cerca de la Cueva de los Vientos. Goma de mascar o...

—¿Tienes una navaja?

Lori desapareció y regresó con una navaja y un sobre para evidencias. Su atención a los detalles era natural para una patóloga, pero ella parecía desarrollarse mucho en el trabajo de campo. Daniel agarró la navaja y curioseó una mancha lechosa de lo que parecía goma de mascar fuera del espacio entre dos bandas de rodamiento.

—Parece plástico.

—O cera —añadió ella.

Daniel cortó el material. Metidos en la confusa sustancia había pequeños granos negros de algo que parecía asfalto. Depositó la evidencia en el sobre e inspeccionó la otra llanta trasera y luego las dos llantas delanteras. Tres de ellas contenían al menos una muestra de un material parecido.

—Sea lo que sea, él atravesó un amplio camino lleno de esto.

—Suponiendo que fue Eva, no el dueño anterior, quien conducía en ese entonces —señaló Lori.

¿Dónde has estado, Eva?

—Él ya eligió el siguiente agujero; quizás dos o tres. Se nos adelanta en el pensamiento y pone componentes extra en el lugar. Tres o cuatro vías de escape, más de un medio de transporte, al menos dos posibles agujeros de matanza. Ha pensado en todo como un jugador de ajedrez. Calculado, no apasionado.

—¿Por costumbre?

—No. Porque debe hacerlo. Porque es su ritual y lo debe observar con reverencia.

—¿Trabaja solo?

—Sí —contestó Daniel después de titubear—. Al menos cuando mata.

Lori alargó la mano y Daniel le puso la muestra en la palma. Se miraron. Su esposa lo había acusado de hacer rápidos juicios de carácter, y él nunca le discutió el punto. Años de estudiar patrones conductuales le habían enseñado a interpretar cada movimiento, cada mirada, cada palabra y cada aliento de una persona.

Pero al mirar dentro de los ojos de Lori sintió tanto al asunto como a ella. Ella lo estaba analizando, estructurándole su perfil, decidiendo si confiaría en él, si continuaría con él. Los dos compartían una palpable intensidad ligada por la misma pasión de descubrir.

El teléfono de Daniel le vibró en el bolsillo. Parpadeó y se alejó de Lori.

—Diles que necesito lo más pronto posible el análisis espectrométrico de masa en eso. Tal vez no sea nada, pero podríamos tener suerte.

—Considéralo hecho.

Él desplegó el teléfono y vio el número. *Heather Clark.*

Daniel observó el aparato negro vibrando en su mano. Solo una explicación para una llamada de ella: Brit le contó lo de su muerte. Daniel sabía que Heather y Brit hablaban de vez en cuando, y que Brit la mantenía al corriente de todo avance con Eva. Pero la última vez que Daniel había hablado con ella fue dos meses atrás. Ella nunca lo llamaba. Aducía que para protegerse. ¿De qué? De algún enredo emocional innecesario. No parecía que ella no lo amara.

El teléfono dejó de sonar. Él pulsó el botón de aceptar, esperando que no fuera demasiado tarde.

—¿Aló?

Línea muerta.

—¿Estás bien? —inquirió Lori.

—Muy bien —contestó, alejándose y pulsando el número de Heather.

Con toda sinceridad, él ya no estaba muy seguro de cómo se sentía respecto de ella. Había llegado a aceptar el hecho de que su ex esposa tenía razón acerca de la barrera entre los dos. No solo Eva, sino su obsesiva compulsión de darle caza.

—¿Daniel?

—Hola, Heather.

La línea dejó pasar estática, y él supo de inmediato que algo estaba mal.

—¿Qué pasó?

—¿Estás bien? —preguntó ella—. Brit me contó lo sucedido.

Así que se trataba de su muerte.

—Una locura, ¿verdad? No se pueden librar muy fácilmente de mí.

—No, tú siempre fuiste obstinado. ¿Seguro que te encuentras bien?

—Aparte de una abertura en el cuero cabelludo, de un persistente dolor de cabeza que no se quiere calmar y de algunos mareos, estoy vivo.

—Estoy asustada, Daniel.

Ella no se molestaba con temas triviales. Nunca lo había hecho.

—Estoy bien, Heather. En serio. Y si te hace sentir un poco mejor, no he cambiado mi testamento. El Ford Pinto es para ti.

Él no tenía un Ford Pinto, ni siquiera sabía si se podría conseguir uno de esos ridículos autos viejos.

—¡Yo no quiero ningún estúpido Ford Pinto!

—¿Qué quieres, Heather?

La línea se silenció. Calculado.

—Necesito hablar contigo.

—No sé si eso…

—No. Escúchame. Debo hablar contigo lo más pronto posible —rogó ella, con un pálpito—. Se trata de Eva.

—Siempre se trata de Eva. Tú quieres que yo renuncie a Eva. Quieres que abandone el caso. Dime si me equivoco.

—¡Basta, Daniel! ¡Estoy aterrada!

Daniel pensó que el apremio en la voz de Heather era nuevo. Algo había ocurrido. Entonces recordó que él había muerto, y su preocupación se desvaneció.

—Mañana estaré en Los Ángeles. ¿Te puedo llamar luego?

—Sí. ¿Puedes venir a la casa?

Definitivamente pasaba algo.

—¿A qué hora?

—¿A las ocho?

—Allí estaré.

ONCE

L A SERIE DE EXÁMENES a los que se sometió Daniel solo reveló lo que se podría esperar de un terrible golpazo en la cabeza. Su pérdida de memoria era normal al considerar la conmoción cerebral, su dolor de cabeza desaparecería, la esporádica limitación de su vista era coherente con el trauma a la corteza visual.

Tanto el Dr. Willis como Lori estaban más interesados en descubrir manifestaciones sintomáticas de muerte y resucitación, nada de lo cual era remotamente previsible.

Según resultaron las cosas, regresar de la muerte, como ocurrió, no era algo comprendido con facilidad. La desfibrilación de un corazón dentro de unos cuantos segundos hasta un minuto completo no era un verdadero misterio, pero más allá de eso la reanimación era más cuestión de suerte que obra de la ciencia.

Las experiencias cercanas a la muerte eran distintas; más previsibles y mejor conocidas por la ciencia, sin importar que la mayoría de las personas prefiriera deleitarse en las posibilidades sobrenaturales de la vida después de la vida, antes que aceptar la razón médica para la experiencia común.

Daniel sabía que la ciencia médica calculaba que ocho millones de estadounidenses vivos ahora habían tenido experiencias cercanas a la muerte, con túneles de luz y todo eso. Algunos mientras estaban clínicamente muertos, otros durante sufrimientos traumáticos... todo, desde dar a luz hasta padecer una enfermedad aguda.

Por otra parte, el agente especial no tuvo una experiencia cercana a la muerte, a menos que se hubiera suprimido su recuerdo de esto. De mucho mayor interés era si él quedó mentalmente estable después de un golpe así. Y la respuesta llegó clara con cada examen adicional: vapuleado pero estable.

Lori lo dejó a las once, prometiéndole regresar a las siete de la mañana para abordar un vuelo privado hacia Los Ángeles. La investigación de la escena del crimen no había revelado nada nuevo sobre Eva. Por todos los indicios parecía que Eva realizaba el propósito para el cual creía estar en la tierra y luego escapaba para hacerlo de nuevo.

El único cambio tras el cual aún podían ir era la visión que Daniel había tenido de Eva. Él vio el rostro del asesino y vivió; no así sus recuerdos. Con el tiempo esos recuerdos podrían emerger intactos. Quizás. Podrían pasar días o semanas. Más probablemente meses, o nunca.

La hipnosis, aunque una ciencia inexacta, le podría sacudir la memoria. En este momento él intentaría cualquier cosa.

Daniel ingirió cuatro Advil y se recostó, sintiéndose derrotado. Medio muerto. Atrapado por el desesperanzado ciclo del cual él era la víctima más prolongada.

No era verdad. Eva era una víctima. Un asesino malicioso, sí, pero también prisionero de sus propias estratagemas. La profunda psicosis de la mayoría de los asesinos en serie los llevaba finalmente a reclamarse como su última víctima, si no en muerte, cediendo entonces de manera subconsciente a una creciente necesidad de ser atrapados.

Era obvio que Eva no padecía tal compulsión. Todavía no. Pronto iniciaría sus preparativos finales para atrapar a su próxima víctima seleccionada.

La última vez que Daniel había mirado el reloj despertador, este mostraba en resplandecientes números rojos la 1:12 a.m. Luego cayó en un sueño irregular.

Lo despertó un grito.

No se trataba de una distante petición de ayuda a gritos, sino de un alarido que se le coló en la mente, repitiéndose como un rápido rasgado de guitarra a todo volumen. Detrás del desgarrador chillido, cascabeleó un susurro. Una voz poco definida. Surgió temor como nube tóxica.

Daniel comprendió que el grito venía de él. No así el susurro, pero el grito sí. El terror lo despertó. Y ese temor fue como un mazazo cuando se dio cuenta de que en realidad no estaba despierto en absoluto.

Se hallaba consciente, pero aún atrapado por el sueño. Una figura negra revoloteaba al final de su cama. Una sombra contra la oscurecida pared de la habitación del hospital.

Sin rostro. Solo una forma descomunal en silencio, mirándolo sin ojos. Susurrando.

Eva.

Daniel se encogió de miedo, paralizado. Su grito emergió, y luego regresó, rasgándole las cuerdas vocales.

Curiosamente, él sabía lo que estaba ocurriendo. Vio con los ojos de su mente lo que más temía: la forma oculta del hombre que había dado muerte a dieciséis mujeres.

Algo se estrelló contra su mejilla, liberándolo de su fijación. ¿Lo había cacheteado la oscura figura?

—Te veo, Daniel Clark.

Otra cachetada, en la otra mejilla.

—Señor Clark... Señor Clark...

Abrió los ojos y lanzó un grito ahogado. Una enfermera lo miraba, hablándole en murmullos.

—Señor Clark. Todo está bien. Puedo verlo, usted está bien. Es solo un sueño. Solo relájese. Shh, shh, shh.

Daniel se sentó, agarrando las empapadas sábanas que se adherían a su pecho desnudo. Difícilmente lograba reconocer el rostro que lo miraba desde el espejo del tocador. Tenso y pálido… el rostro de un hombre mayor a quien la luz del sol no había tocado en un año. Puntas de cabello sobresalían de la cinta negra para la cabeza. El pecho de Daniel se expandió y se contrajo con los músculos que se habían formado en incalculables horas disciplinadas en el gimnasio. Del cuello para abajo se trataba de él, sosteniéndole la mirada.

De la cabeza hacia arriba…

Daniel respiró profundamente, aclaró la garganta, y se movió hacia un lado.

—Pesadilla.

—No bromee —contestó la enfermera.

La mujer era un pájaro viejo y delgado con corto cabello rojo. En realidad, el rostro de él se había visto un poco como el de ella. Muerte alrededor. Menos por su colorete rubí.

—¿Está usted bien?

—Bien. Lo siento.

—Nos sucede a todos. Sin embargo, lo suyo fue único. ¿Necesita algo para la cabeza?

El agente especial se tocó el vendaje. Ahora que pensaba en el asunto, el dolor de cabeza había desaparecido.

—Estoy bien. ¿Qué hora es?

—Las seis y media.

—Debo alistarme —manifestó Daniel aventando la sábana y poniéndose de pie solo con los pantaloncillos puestos—. A las siete pasan por mí.

DANIEL TIRÓ LA BANDA negra y se puso la gorra gris que Lori había comprado para él, abordó el Cessna Citation, y ya aterrizaban en el aeropuerto de Los Ángeles antes de que el temor lo volviera a visitar.

Se trataba apenas de algo más que un resplandor que le atravesó la mente mientras el avión se alineaba con la pista, pero para ese momento a Daniel lo había atrapado un terror tan abrumador que perdió el conocimiento.

Solo por un instante. Enfrentando una figura oscura al final de su cama.

—Te veo, Daniel Clark —como un insecto chillando—. Te veo- ooo...

Abrió los ojos de repente. Lori se hallaba en el asiento del frente, observándolo con esos ojos centelleantes.

—¿Estás bien?

Una mirada por fuera de la ventanilla mostraba la tierra acercándose; se había ido por un segundo o dos.

—Bien. Solo me quedé dormido —confesó él, obligándose a respirar a través de sus fosas nasales.

Uno no empieza a hiperventilarse cuando se queda dormido.

—Parece como si necesitaras beber algo —le sugirió ella pasándole una botella de agua—. ¿Está en calma la cabeza?

—¡Te dije que estoy bien!

Daniel tomó una bocanada de aire. Cerró los ojos. Se puso cómodo y se obligó a calmar su comportamiento hasta donde pudo.

—Lo siento. Solo estoy cansado.

Él miró hacia fuera y se dispuso a encontrar paz. La mente era una pieza de arte misteriosa y a menudo malinterpretada que apenas empezaba a revelar sus secretos a investigadores diligentes.

Los resultados recién publicados de un estudio de placebos clarificaban el asunto más de lo que alguien pudiera imaginar. El poder de creer en una medicina (que en realidad solo era una pastilla de azúcar) había eliminado gran cantidad del dolor en sesenta y ocho por ciento de sujetos examinados. Eso explicaba que la mayoría de las «curaciones» espontáneas se atribuían a creer en lo sobrenatural. Una oración o una píldora, usted elige. Ambas pueden engañar a la mente con curación espontánea y verdadera.

Eso era lo que Daniel necesitaba ahora al mirar por la ventanilla del Citation. Cualquier enfermedad que afligía a quienes ansiaban oraciones sacerdotales no podía ser mentalmente más molesta que el temor que él ya había sentido dos veces. Que el cielo lo ayude.

La mente sobre la materia. Daniel decidió entonces, mientras las llantas del avión tocaban tierra, que él sencillamente no permitiría que el temor regresara.

Este volvió una hora después, cuando se hallaba en su oficina, como un tren de carga que lo azotaba de manera horrible y luego le rugía por encima.

En esta ocasión el cuerpo se le retorció una vez, descontrolado. Un frío se le extendió por los miembros. Manteniendo cerrada la boca logró amortiguar el grito hasta un suave quejido.

Una vez más, el terror se fue tan rápido como había venido.

Regresó a ver la puerta de su oficina, aliviado de encontrarse solo. Lori había empezado la autopsia y Daniel se le uniría después de recoger algunas cosas para llevar de vuelta al apartamento de él.

Se sentó pesadamente y calmó sus temblorosos dedos.

—Contrólate, hombre. Te estás descontrolando.

—Un poco de exageración, ¿no crees? —preguntó Brit, quien entraba sonriendo.

—¿Qué?

—Estás hablando solo. Recibiste un buen golpe. Permítete un descanso —explicó Brit, luego puso una mano en el escritorio de Daniel—. ¿Así que es cierto?

—¿Qué es cierto? —inquirió Daniel, sacando su expediente Eva del archivador lateral.

—Montova dice que te estás tomando una licencia para curarte. No es que no deberías. ¡Qué diablos! Hasta donde recuerdo, nunca te has tomado un día libre. Sencillamente es difícil de imaginar. Tú fuera del caso, quiero decir.

—Tendré todo bajo control, créeme. No es como si es como si me hubiera muerto.

—De acuerdo —reconoció Brit tamborileando el escritorio con los dedos—. Si aparece algo, serás el primero en saberlo.

—Mi contacto principal es Lori. ¿Te lo dijo Montova?

—Sí —contestó Brit arqueando la ceja y brindándole una sonrisa enigmática.

Daniel puso en una caja a lo largo de la foto enmarcada de Heather siete carpetas relacionadas con Eva, luego buscó en el salón algo más que pudiera necesitar. Tendría acceso remoto a su computadora, donde se almacenaba la mayor parte de información que necesitara. Esta era su vida: carpetas de Eva, recuerdos de Heather.

Apagó la luz y se dirigió a la morgue, con la caja bajo el brazo.

Atravesó el pasillo, entró al hueco de las escaleras, bajó por ellas, y estaba a mitad de camino hacia la puerta metálica con la palabra *Morgue* pintada en letras negras sobre una pequeña ventana de observación, cuando volvió a golpearlo el tren.

Esta vez volcó involuntariamente la caja y cayó sobre una rodilla.

Presionó la palma de la mano en el frío concreto para afirmarse. *Tranquilo. Está bien, solo tranquilízate.* El temor ciego había desaparecido, pero ahora afloraba a sus venas otra emoción.

Pánico.

Estaba perdiendo el control. Una cosa era una pesadilla. Esto era una repetición, incluso un tercer episodio. Pero ahora entraban en escena los ataques de pánico. Él no podía hacer caso omiso a la posibilidad de que su mente hubiera sufrido más de lo que estaba dispuesto a admitir.

Daniel se puso de pie tambaleándose y corrió hacia la puerta.

Reimpreso de la revista Crime Today, *2008*

VARÓN DE DOLORES:
UN VIAJE A LAS TINIEBLAS

por Anne Rudolph

La revista Crime Today *se complace en publicar la tercera entrega del informe narrativo de Anne Rudolph sobre el asesino conocido ahora como Alex Price, presentado en nueve entregas, una cada mes.*

1983–1986

ALEX Y Jessica Price, conocidos en el sur de California como Alex y Jessica Trane, se mudaron al apartamento 161 en los Departamentos de la calle Holly el 21 de agosto de 1983, con la ayuda del padre Robert Seymour. Para quedarse era necesario que al menos uno de los dos se mantuviera empleado. La misma semana Alex empezó a trabajar como lavaplatos en Barney's Steak House, en la calle Union.

«Estaba aterrado de ir a trabajar el primer día —recordó Jessica, sentada balanceando una pierna sobre la otra en el comedor de la Universidad de California en Los Ángeles; sus ojos tenían una mirada distante mientras desenterraba los detalles de su memoria—. No es que le asustara trabajar... pues había trabajado mucho, sino hacerlo para personas que le sacaran de casillas. Le producía miedo tener que trabajar con una mujer. Nunca tuvo mucha suerte al hablar con mujeres».

Y así fue, la cocina tenía personal totalmente masculino y, como lavaplatos, él no se relacionaba mucho con las meseras. Una semana después el padre Seymour encontró un trabajo para Jessica, limpiando oficinas en la noche.

Y tal como lo prometió, el padre Seymour les consiguió un curso por correspondencia que les daría un título en educación general si pasaban los exámenes, los cuales Alex tenía plena confianza en que aprobarían.

Ahora con diecinueve y dieciocho años respectivamente, Alex y Jessica iban por buen camino para lograr una sana transición hacia una vida bien adaptada a solo dos años de escapar del cautiverio. O así les pareció a aquellos que no tenían ni idea del abuso que los muchachos sufrieron en Oklahoma.

El apartamento amoblado que los hermanos llamarían hogar por los nueve años siguientes tenía una cocina básica con mesones de color amarillo claro, una refrigeradora, una estufa y un fregadero blanco esmaltado. Los muebles consistían en once piezas inventariadas: una mesa de cocina con cuatro sillas, un sofá marrón, una mesa de centro de roble, dos camas (una en cada dormitorio) y dos mesitas de noche. Lo demás les pertenecía.

Los dormitorios, uno con ventana y el otro no, estaban en lados opuestos a la sala. Dormir siempre representó un problema para ambos, en particular dormir en la oscuridad, lo cual era poco menos que imposible. Cuando finalmente se quedaban dormidos, con frecuencia los despertaban las pesadillas. Según Jessica, la política de luces apagadas fue la razón principal de que Alex se hubiera negado a pasar mucho tiempo en el albergue. Prefería más bien hallar una lámpara de calle para dormir debajo.

Cada uno de los dormitorios tenía una bombilla incandescente, pero ellos no podían darse el lujo de tenerlas prendidas toda la noche, o así lo razonaban. No había forma de que Alex pu-

diera dormir en el cuarto sin ventana. En realidad, Jessica tampoco estaba segura de poder dormir sola en su habitación.

Alex ideó inmediatamente una solución: Los dos dormirían en la sala, ella en el colchón de él, el cual Alex sacaba del dormitorio sin ventana, y el muchacho en el sofá. Mantendrían su ropa y sus artículos personales en sus respectivos dormitorios pero, hasta que resolvieran la situación, tendrían que dormir en la sala. Con la luz de la cocina prendida.

Poco a poco el apartamento comenzó a tomar forma. «Alex llevaba a casa toda clase de cosas —recuerda Jessica—. Es decir, si no era un destartalado escritorio que, según él, le habían dado en la iglesia, o una lámpara sacada del basurero de alguien, era algún otro mueble o baratija. Yo también llevé algunas cosas a casa».

Entre estas baratijas había una variedad de cuadros enmarcados. No importaban las pinturas; de todos modos ambos preferían los marcos ornamentales a las pinturas. Pronto comenzó a tomar forma la decoración del apartamento. Lo llenaron con velas y cualquier cosa fabricada de cristal de colores, además de coloridos tapices para cubrir la alfombra café.

Y cruces. Dos o tres en cada dormitorio. Alex tenía obsesión con las cruces, algo que había aprendido de Alice,

Madre Dios. «Excepto que él insistía en que debían colgarse al revés —expresó Jessica—. Siempre creímos que la parte larga era para arriba, pero todas las iglesias las tenían del otro modo, y aprendimos a hacerlo de la forma correcta».

Jessica clarificó desde el primer día que se mudaron al apartamento que no harían nada del modo que se hacía en su antiguo hogar. A Alex no le hizo falta que lo animaran.

«No culpo a quienes no creen en el diablo; los compadezco. Los habitantes de este planeta también creyeron una vez que la tierra era plana. Fue su falta de experiencia, no la falta de inteligencia, la que les mantuvo ignorantes de la verdad.»

—Padre Robert Seymour
La danza de la muerte

Más tarde Jessica indicó: «Ese primer año que vivimos en la calle Holly fue el más feliz de mi vida. Los dos trabajábamos, los dos estudiábamos, a menudo juntos. Ambos éramos muy libres y optimistas. No es que no tuviéramos nuestros problemas, pero comparados con lo que vivimos al lado de Alice prácticamente estábamos en el cielo».

Y Jessica tenía razón. Mirando hacia atrás, 1984 parece haber sido el mejor año que tuvieron. Los problemas a los que Jessica se refería eran relativamente mínimos comparados con los que vendrían.

El padre Seymour resume su parte con relación a los hermanos ese año: «Yo era consciente de que había detalles que solamente podían ser explicados por un pasado tenebroso que ninguno de ellos quería revivir, pero Alex en particular progresaba a pasos agigantados. Parecía firme en dejar atrás el pasado y forjarse una nueva vida. Los dos demostraron ser estudiantes ejemplares».

¿Qué clase de detalles? Para empezar, las pesadillas continuaron. Es más, sin que lo supiera el padre Seymour, Alex las padecía con creciente intensidad. Dormía menos, se volvió más irritable y luchaba con la depresión. Pequeños incidentes lo hacían estallar, como la vez que su jefe contrató a una mujer para que trabajara en la cocina. Jessica recordó: «Alex llegó a casa y lanzó una de las sillas contra la pared. Luego se encerró en su cuarto por varias horas para calmarse. Por suerte la muchacha renunció al día siguiente. Creo que se debió a algo que él le dijo, aunque no me contó qué».

Hubo otros detalles: La aversión inesperada de Alex por las luces en lo alto, que lo motivó a que llevara a casa siete u ocho lámparas viejas y las colocara en todos los rincones. Se volvió más sensible en cuanto a su espacio personal. Al sugerirle Jessica que podrían pensar en volver a sus respectivos dormitorios, él ni la oyó. En vez de eso, él quiso que ella mantuviera impecable su lado en la sala. Todo tenía su lugar, y él se volvió más sensible acerca de cuáles eran esos lugares.

Si Alex no podía controlar el desorden que se desenmarañaba en su mente, lo compensaba controlando su ambiente.

Aunque Alex no quiso ir a dormir al dormitorio, comenzó a usarlo como su santuario personal, un lugar al que se retiraba para escapar de los demonios que lo rondaban. Pero siguió inmutable, usando una fachada de bienestar que engañó incluso a Jessica.

Mientras tanto, Jessica hacía una transición más equilibrada a una vida normal, ganando firmemente confianza en su capacidad de unirse a la sociedad. Ella sufría un nerviosismo comprensible entre los hombres, y prefería concentrarse en un libro que pasar tiempo con alguien a quien se podría considerar un amigo, pero reía más y hasta comenzó a disfrutar su trabajo de limpiar oficinas.

Ninguno de los dos se relacionaba más que con lo que se podrían considerar conocidos, y muchos menos con miembros del sexo opuesto. Al mismo tiempo, Alex era un feroz protector de Jessica, y ella de él. Y Alex no consentiría que fuera de otro modo.

El 17 de enero de 1986, Alex y Jessica se presentaron a la prueba de desarrollo de educación general bajo la supervisión del padre Seymour. Ambos pasaron con facilidad. Fue un momento de júbilo y lo celebraron yendo juntos a un restaurante por primera vez en sus vidas.

Alex pidió una botella de vino y cada uno tomó dos vasos, aunque ninguno de los dos era bebedor de vino. Sencillamente parecía que hacer esto era lo correcto. Ahora Jessica tenía veintiún años y Alex veintidós. Estaban dentro de la ley, tenían empleos y educación, y les sonreía la vida.

Volvieron al apartamento un poco mareados como a las diez y se durmieron, él en el sofá, ella en su colchón en la esquina, como siempre. Poco después de medianoche, según el antiguo reloj del abuelo que Alex encontró en alguna parte, Jessica despertó por el sonido de un grito. Temerosa de que despertara a todo el edificio, corrió al sofá y despertó a Alex de su pesadilla.

Él se retiró a su santuario y cerró la puerta. Salió la mañana siguiente con oscuras ojeras debajo de los ojos y dictaminó una nueva regla. Bajo ninguna circunstancia, Jessica no debía volver a entrar al cuarto de él. Cuando ella le preguntó la razón, él expresó que necesitaba el espacio para sanar, y que debía realizar la sanidad estando solo. Luego se dirigió al trabajo, llevándose la llave del dormitorio.

Jessica regresó del trabajo a casa ese miércoles a las diez y descubrió que Alex ya dormía, agotado por la noche anterior en vela y un largo día de trabajo.

Dos horas después la volvió a despertar un grito terrible. De nuevo corrió hacia él y lo despertó antes de que molestara a los vecinos. Él se volvió a encerrar en su santuario.

Jessica comenzó a preocuparse cuando el jueves en la noche se repitieron las circunstancias. Las pesadillas de Alice no eran nuevas para ellos, pero ella las padecía con menos intensidad, mientras que a Alex lo estaban abatiendo.

«Le sugerí que hablara con el padre Seymour respecto a las pesadillas, pero contestó que se taparía la boca con cinta antes de poner toda su basura a los pies de "ese proxeneta". Esas son exactamente las palabras que utilizó: "ese proxeneta". Fue la primera vez que lo oí expresarse así acerca del padre. Imaginé que simplemente estaba cansado».

Esa noche Alex cumplió su promesa. Cuando Jessica llegó a casa vio que él se había tapado la boca con cinta de conducto antes de quedarse dormido.

Por absurdo que le pareciera a Jessica, la cinta funcionó. Al no poder abrir la boca, los gritos de Alex se mitigaron y lo despertaron antes de que ella se diera cuenta. Las pesadillas no amainaron, pero al menos no se despertó al vecindario. Él se metía a su cuarto, cerraba la puerta y pasaba a solas el resto de la noche, a menudo sin volver a dormir. Jessica no recordaría haber vuelto a ver a Alex dormir sin cinta gris de conducto tapándole la boca.

Pasaron seis meses sin mayores incidentes. Pero sin estudios en qué ocupar la mente de Alex, pasaba más y más tiempo a solas en su dormitorio, hundiéndose en una depresión de la que no lo sacaba ninguna clase de estímulo por parte de Jessica. Él se obligaba a enfrentar la vida cada mañana con una debilidad que a ella le partía el alma.

El primer cambio importante en la relación entre ellos ocurrió un sábado a finales de agosto de 1986. Los dos tenían la noche libre. Jessica sugirió que salieran a la ciudad, y que tal vez bebieran otra botella de vino. Ella lo persuadió, presionándolo un poco.

Caminaron hasta el bulevar Colorado y deambularon por la calle, animada con vida nocturna. Pero cada vez que Jessica sugirió que entraran a uno de los bares o restaurantes, Alex rehusó. Para esta época en su vida,

Jessica había empezado a interesarse más en los hombres... no hasta el punto de entrar en una relación, pero ella no podía pasar por alto el modo en que la mayoría de los hombres la miraban con interés. La atención empezaba a levantarle la confianza.

Alex, por otra parte, no solo se alejaba completamente de las mujeres sino que obviamente le molestaba el hecho de que Jessica parecía estar más cómoda entre los hombres. Esa noche, como cualquier otra noche de sábado, el bulevar Colorado estaba lleno de hombres y mujeres al acecho.

Exactamente después de medianoche, cuando pasaban por un callejón al lado del Sister's Bar en el lado silencioso de la calle, un grupo de cuatro mujeres jóvenes que evidentemente habían bebido demasiado, lanzaron risitas reprimidas mientras Alex y Jessica pasaban.

Jessica recordó: «Simplemente eran jovencitas, quizás de dieciocho o diecinueve años que tan solo se divertían, eso era todo».

Una de ellas hizo al pasar un comentario entre dientes, insinuando que Alex «dejara a esa ramera para divertirse de verdad».

«Alex se detuvo y se volvió hacia ellas. Le dije que siguiera caminando. Que no había problema, que solo siguiera caminando. Y él lo hizo hasta que ellas soltaron la carcajada. Allí es

cuando se estropeó todo».

Enfurecido por el insulto a su hermana, Alex fue hasta la muchacha más cercana y exigió que se disculpara. Como ella torció los ojos, él la golpeó en la boca. La chica se tambaleó, asombrada.

Las otras tres gritaron indignadas, lanzando insultos no solo a él sino a Jessica. «Fue lo que dijeron de mí lo que lo sacó de casillas —analizó Jessica—. No le preocupaba mucho lo que dijeron de él, pero era un maniático acerca de protegerme».

Llevado por la ira, Alex golpeó a otra mujer en la cabeza con suficiente fuerza para dejarla inconsciente. Pero no se detuvo ahí. Fue tras las otras en una furia ciega, lanzándole golpes a cada una en rápida sucesión.

Todo ocurrió con tanta rapidez y ferocidad que Jessica no se animó a gritar, mucho menos a detenerlo. No es que ella no pudiera hacerlo. La paliza terminó en diez segundos, y Alex quedó jadeando sobre cuatro figuras derribadas.

Alguien gritó en la calle y Alex reaccionó. Agarró la mano de Jessica y la sacó del callejón. No dejaron de correr hasta que llegaron al apartamento.

Jessica recordó: «Para entonces resonaba una sirena, y yo sabía que era por esas pobres chicas. Insistí en que llamáramos a la policía y les contáramos lo sucedido, pero él me dijo que no podíamos hacerlo. Él solo caminaba, llorando, diciéndome que lo apresarían y que no podía ir a la cárcel. Si esas rameras estaban heridas realmente, él le contaría todo el asunto al padre Seymour en la mañana».

Finalmente Jessica estuvo de acuerdo. Y cuando supieron en la mañana que, aparte de dos narices rotas, ninguna de las muchachas había salido gravemente herida, Alex la persuadió de no entregarlo.

Jessica señaló: «Esa noche él lloró y expresó verdadero arrepentimiento. Parte de mí creyó que este podría ser en realidad un momento decisivo, porque por primera vez en meses Alex durmió toda la noche en el sofá. No lo despertó una pesadilla».

Pero las pesadillas regresaron la noche siguiente y en un par de semanas Alex había caído en una depresión aun más profunda. Fue entonces cuando empezó a hacer pequeñas cosas que a Jessica le recordaron a Alice. «Sobre todo lo que expresaba. Alice solía decirnos que teníamos mucha suerte, y Alex comenzó a decirme que yo tenía mucha suerte de tenerlo a él para que me protegiera. Pero lo decía exactamente como Alice lo expresaba».

Otras cosas que Alex decía le molestaban a Jessica. Se volvió quisquilloso con respecto a la comida y empezó a llamar «porquería» a cualquier alimento que no encontraba aceptable,

usando la misma entonación que tenía Alice. Los policías se convirtieron en «cerdos». Nada de eso era suficiente para desencadenar preocupación alguna en Jessica, pero el cambio en él comenzó a causarle ansiedad.

Ellos habían jurado nunca volver a hablar de Alice, pero cuando Jessica llegó una tarde a casa y vio que Alex había puesto patas arriba una de las cruces, ya no pudo contener más su irritación.

«¿Qué pasa contigo? —le preguntó—. ¡Estás empezando a convertirte en Alice!»

Ella supo al mirarle el rostro que había dicho lo que no debía. Alex permaneció callado por un largo instante, con ojos bien abiertos y lustrosos. Jessica comenzó a disculparse de inmediato, jurando que no había querido decir eso y prometiendo no volver a decirlo. Sin pronunciar una palabra, Alex agarró su chaqueta y salió del apartamento.

Jessica se preocupó a medida que entraba la noche. A él no le gustaba estar fuera hasta tarde debido a su temor a la oscuridad. Ella no podía recordar la última vez que él había salido solo hasta tarde. Llegó y pasó la medianoche.

Ella finalmente estaba entrando en un agotado sueño a las cuatro de la mañana, cuando se abrió la puerta, despertándola. Alex permaneció un rato en la entrada antes de ingresar a la casa y cerrar la puerta detrás de él. Tenía el rostro untado de tierra, y Jessica pudo ver que había estado llorando.

«Le pregunté si estaba bien, y empezó a llorar». Alex corrió hacia Jessica, cayó de rodillas, y empezó a besarle las manos, rogándole que lo perdonara.

«Se me partió el alma por él. Ambos nos pusimos a llorar, aferrándonos uno del otro y sollozando». Meses y años de sufrimiento rebosaron de Alex y Jessica mientras se asían mutuamente temprano en la mañana. Jessica juró nunca más mencionar a Alice, y Alex intentó hacerla callar, insistiendo en que fue culpa de él. Ella tenía razón, ahora que él pensaba al respecto, ella tenía razón. Él no estaba consciente de lo que le ocurría.

Esa noche Alex dijo más. Siguió disculpándose, diciendo que no quiso hacer eso. Él estaba tan lloroso que Jessica se preguntó si se refería a algo más que al comentario de ella acerca de Alice. Le preguntó dónde había estado, pero él no se lo dijo.

Alex finalmente se quedó dormido, enroscado al lado del colchón de ella. Esa noche no lo molestaron las pesadillas.

DOCE

LA DECIMOSEXTA VÍCTIMA de Eva yacía desnuda sobre la acanalada mesa de acero inoxidable, cadavérica debajo de las resplandecientes luces en lo alto. Lori Ames estaba inclinada sobre el cadáver, vestida con bata blanca y guantes de cirujano.

Regresó a mirar a Daniel cuando la puerta chirrió cerrándose detrás de él, luego volvió a su trabajo sin pronunciar palabra.

Daniel miró alrededor de la conocida sala mortuoria. Una espeluznante inquietud lo sobrecogió. De no ser por los irrazonables esfuerzos de Lori en revivirlo, ella muy bien podría estar examinándole el cuerpo en este momento. En este mismo salón.

Las herramientas del oficio se hallaban en sus estantes: sierras, escalpelos, cinceles, taladros. Aquí se desbarataban cuerpos, no se arreglaban. Se calmaron los pensamientos de sus propios temores sofocantes. En ninguna parte la cacería de evidencias críticas era tan visceral como en la mesa de acero, bajo la cuchilla de la patóloga.

La ropa de la víctima estaba en una mesa lateral, esperando el meti-

TED DEKkER

culoso examen del equipo de análisis de evidencias. Ya habían terminado otros preliminares: revisión de la base de datos del sistema automatizado de identificación de huellas digitales; muestras de sangre para
las pruebas de laboratorio: toxicológica, viral, bacteriológica.

—¿Quieres echar un vistazo? —preguntó Lori mirándolo otra vez.

Daniel agarró una bata del perchero a su derecha, se puso un par
de guantes y se acercó a la mesa. La piel de la víctima estaba traslúcida
y bastante magullada, igual a las otras víctimas que Eva había abandonado. A diferencia de las demás, a la dieciséis de Eva la habían puesto
en hielo lo suficientemente pronto como para detener la descomposi-
ción.

Lori bajó un micrófono suspendido y pulsó un interruptor para iniciar la grabación. Dos cámaras registraban la autopsia desde ángulos
opuestos. Ella levantó una tabla y leyó a la grabadora sus conclusiones
hasta el momento.

—Patóloga forense del FBI, Lori Ames. Estoy examinando el expediente federal 62-88730, cadáver de alguien no identificado hasta
ahora. Una mujer caucásica como de veinticinco años, cabello rubio,
ojos castaños. Peso del cuerpo, cuarenta y cuatro kilos, seiscientos gra-
mos, un metro sesenta y tres centímetros de estatura.

Lori puso la tabla en una mesa rodante y comenzó a examinar el
cuerpo con sus manos enguantadas, proporcionando sus conclusiones
con facilidad practicada.

—El examen externo del cuerpo muestra rigidez cadavérica presente en las extremidades. Parece haber contusiones sistemáticas extendidas por ambos antebrazos. En el bajo tronco y las partes superiores de
los muslos parecen presentarse moretones de salpullido. Magulladuras
predominantes en el torso y las extremidades. Posible presencia de síntomas de meningitis.

Daniel la miró, asombrado por su propia fascinación al observar a
Lori. Ella parecía estar en un mundo exclusivamente suyo, como
cuando él analizaba patrones de conducta.

—No parece haber heridas de pinchazos, ni de inyecciones intravenosas. Las únicas perforaciones están en los lóbulos de las orejas.

Ella levantó la mirada hacia él por primera vez.

—Clásico de Eva. Sea lo que sea que la haya matado, no lo introdujeron por vía intravenosa. Ayúdame a darle vuelta.

El cuerpo giró rápidamente bajo las manos de ambos.

—Comienzo punción lumbar.

Lori giró hacia la carretilla de operaciones, levantó una esponja de yodo y empezó a limpiar la parte baja de la espalda. La víctima llevaba muerta más de un día, pero la punción lumbar requería técnica aséptica para asegurar que la muestra CSF no estuviera contaminada. Lori curvó el cuerpo en posición fetal, palpó a lo largo de la columna vertebral hasta que localizó el espacio entre L4 y L5, e insertó la punta de una aguja raquídea, la cual se deslizó con facilidad.

—Membrana exterior pinchada. Extraigo diez centímetros cúbicos de fluido cerebroespinal. Presión acrecentada indica infección. Como se esperaba.

Daniel sabía lo que iban a encontrar. Las meninges son pequeñas membranas que cubren el cerebro y el sistema nervioso central, diseñadas para proteger de infección. Sin embargo, si un virus o una infección bacteriana penetraban la membrana exterior e infectaban las meninges internas, las membranas se hinchaban. Esta hinchazón ponía una gran cantidad de presión en los componentes del sistema nervioso central. La infección se extendía por el cuerpo, descomponiendo capilares, lo cual provocaba contusiones y magulladuras. Si la hinchazón no mató antes a la víctima, lo hizo la desintegración de los órganos.

Daniel ya conocía los resultados; Eva había matado a esta joven, y se había llevado cada vida de la misma manera. Pero Lori enfocó su primera autopsia en el caso con el asombro de un científico que examina el cuerpo de un extraterrestre.

El agente miró su reloj. Veinte minutos y no había vuelto el temor.

Pero el estómago se le revolvió al pensar en que se podría repetir. Él estiró la mano hacia arriba y apagó la grabación.

—¿Sí? —dijo Lori mirándolo a los ojos.

—Solo necesito un segundo.

—Dame media hora y soy toda oídos.

—No. No, de veras, no estoy seguro de poder esperar treinta minutos.

—Está bien —respondió ella, retrocedió de la mesa, se quitó los guantes, los echó al cesto de papeles, y se frotó el rostro—. De todos modos necesitaba guantes nuevos para el trabajo duro. ¿Ocurre algo?

—Yo, eh... —titubeó él, asintiendo—. He tenido unos pocos...

¿Pocos qué? Buscó una palabra apropiada.

—Episodios —concluyó—. Temor. Más como terror.

—¿Los has estado teniendo? —indagó ella, levantando una ceja.

—No son graves o algo así, no hasta donde yo pueda...

El temor lo alcanzó entonces, a mitad de frase, como la cornada de un carnero en el estómago. Por un período interminable supo que se estaba muriendo. Eso es lo que era esto... una repetición del momento de la muerte, de ese instante en que la vida es arrancada por un destino poco grato.

—¡Ay...! —lanzó un grito ahogado y estiró la mano para apoyarse en la mesa.

Sintió que se doblaba.

Y entonces desapareció el temor. Se apoyó en la mesa, agotado.

—¿Daniel? —exclamó Lori, agarrando una silla y deslizándola hacia él.

—No, no, está bien. Solo necesitaba...

—¡Siéntate!

Se sentó.

—Cuéntame.

El agente tomó una bocanada de aire y se frotó las sienes. Un estremecimiento le recorrió por los brazos.

—Con una condición.

—No te ves en condiciones de hacer exigencias.

—Con una condición —insistió él.

—Por supuesto.

—Que esto se quede entre tú y yo, y que no se relacione con mi investigación. No permitiré que me saquen de este caso.

—Oficialmente *estás* fuera de él.

—Tú sabes lo que quiero decir.

—Está bien. Así que habla.

Él le contó lo de la pesadilla y las repeticiones cada vez más violentas de temor que parecían venir de ninguna parte, sofocándolo por algunos segundos, y que luego desaparecían de repente.

Daniel se puso de pie y miró su reloj.

—Veinte minutos. Dime por favor si esto tiene sentido para ti.

—En realidad sí lo tiene.

—Mi muerte.

Lori se sentó en la silla que él dejó vacía, cruzó los brazos y las piernas y miró a la víctima.

—DMT —dijo—. Dimetiltriptamina.

—¿El alcaloide I? ¿*Ese* DMT?

—Aún es una ciencia un poco confusa —explicó ella encogiéndose de hombros—. Pero hay investigaciones que indican que la glándula pineal deposita enormes dosis de DMT en el cerebro al momento de la muerte. Se cree que es la causa principal de las llamadas experiencias cercanas a la muerte. Alucinaciones provocadas por graves traumas. Un depósito químico que genera un reflejo de las creencias de la persona. Los cristianos ven un túnel de luz y a Jesús; los indios estadounidenses ven al gran Espíritu Guerrero. DMT.

La propia investigación de Daniel poniendo en duda el mito de una realidad sobrenatural que encaja en su lugar.

—Las experiencias cercanas a la muerte son provocadas al creer que uno está muriendo. Engañan a la mente haciéndole creer que ha muerto y emergen alucinaciones. ¿Estás insinuando que mi mente aún cree estar muerta?

—Puedo verlo. Pero el DMT es un alcaloide natural ligado con los sueños y los recuerdos. Se cree que la droga podría estar vinculada a desórdenes de estrés postraumático, desencadenando escenas retrospectivas cuando la glándula pineal vierte sobredosis de DMT dentro del cerebro —declaró ella, y encogió los hombros—. Como expliqué, aún no es una ciencia exacta.

—Pero explica algunas cosas, ¿no es verdad? ¿Qué provoca esta liberación de DMT? Además de la muerte.

—Creer que has muerto. Una tabla cae sobre la cabeza de un obrero de construcción y la imagen visual persuade a la mente de que no podrá sobrevivir al impacto. El hombre tiene una experiencia cercana a la muerte, cuando en realidad no está en absoluto cerca de la muerte.

—El punto es que se puede engañar a la mente para tener una experiencia cercana a la muerte —añadió Daniel frotándose la mandíbula y tejiendo pensamientos—. O una pesadilla. O, en mi caso, volver a vivir el recuerdo de estar frente a frente con Eva.

La mirada de Lori estaba fija en él, escudriñándole los ojos, adelantándosele. Era como si ella hubiera especulado mucho desde el principio, pero hubiera querido que él sacara la conclusión. ¿Por qué? ¿Porque deseaba que Daniel intentara algo que solo él podría decidir hacer...?

—Esta forma tenebrosa que ves —expresó de pronto ella, apartando la mirada—. ¿Qué te hace creer que se trata de Eva?

—Nada —contestó él negando con la cabeza.

—A menos, como tú afirmas, que tus recuerdos de esa noche los esté desencadenando algo como el DMT.

Daniel fue alcanzado otra vez por la sensación de que ella lo estaba llevando a alguna parte. O guiándolo.

—El DMT —repitió él—. Estás insinuando que este miedo que

siento podría ser un pequeño problema en mi cerebro... una dosis extra de DMT.

—De ser así, se trata de la punta del iceberg.

—Siendo el iceberg mi recuerdo de Eva exactamente antes de que me matara.

Ella lo miró. Su mirada lo decía todo.

—¿Se puede simular una experiencia cercana a la muerte? —inquirió él.

—Sucede todos los días —contestó ella—. La llamamos un mal viaje.

—¿Ácido?

Lori se paró, fue hasta el aparador, se puso guantes nuevos y se acercó al cuerpo.

—Levántala, ¿quieres?

Él la ayudó a deslizar un bloque de caucho debajo de los hombros, lo que hizo que la cabeza se echara atrás y los brazos oscilaran.

—¿Y qué de la hipnosis? —preguntó él.

—Tú eres el psicólogo, dime tú. Pero algo me dice que los trucos de manos no lograrán nada.

Daniel sabía que la hipnosis, aunque ocasionalmente era una herramienta eficaz para lograr que la mente debilitara sus defensas, no provocaba la recuperación de sucesos traumáticos... excepto en las películas.

—Empiezo la incisión Y —anunció Lori—. Tal vez quieras ayudar.

Ella se cubrió la cara con una mascarilla quirúrgica transparente, alzó de la carretilla de operaciones la sierra Stryker de batería, y presionó el botón de encendido. El chirrido era un sonido que Daniel no apreciaba mucho.

Lori cortó desde la punta de un hombro hasta el otro. Muy poca sangre; casi toda ya se había ido a la parte posterior del cuerpo. Una vez que la circulación se detiene, se instaura la gravedad. La patóloga siguió el primer corte con otro, este desde la base del cuello hacia el tronco, desviando alrededor del ombligo y bajando hacia el hueso púbico. Desaceleró la sierra giratoria y la bajó.

—El DMT es endógeno, creado en el cerebro humano, pero se puede sintetizar —expresó ella levantando la mirada.

El cuerpo de la mujer yacía entre Lori y Daniel, cortado por la sierra, pero ninguno de los dos se fijaba ahora en la autopsia. En el momento, las repercusiones de lo que Lori estaba sugiriendo tenían más relación con el caso.

Lo que se esperaba hallar en el cadáver probablemente no emitiría nueva luz sobre Eva. Lo que aguardaba en la mente de Daniel muy bien podría abrir del todo el caso.

—La forma sintética es tan psicoactiva que es necesario supervisar a quienes usan la droga —continuó Lori—. Su efecto es fuerte y rápido; es probable que quien la usa deje caer la pipa que fuma, o que la consuma por completo. O que deje la aguja en su brazo si se la pone de manera intravenosa. El viaje es sumamente intenso y alcanza su clímax en el primer minuto. Tarda entre cinco y treinta minutos en calmarse. Un poco como una experiencia cercana a la muerte.

—Sugieres que yo considere un viaje —insinuó Daniel respirando superficialmente.

—No sugerí eso.

—Enfrentar al monstruo de mi sueño.

—Eso es ilegal.

—Desenmascararlo. Desmitificarlo. Esclarecer su identidad.

—Podría funcionar —avino ella mirándolo fijamente.

—Como una hipnosis con esteroides. ¿Sentiría yo el temor?

La intensidad de la mirada de Lori perdió concentración. Frunció el ceño y se relajó de forma visible.

—Olvídalo. Es una vía tan peligrosa e irresponsable que ni siquiera se puede considerar. Una cosa es la teoría; otra es enviar a un hombre sano al viaje alucinógeno más radical.

Lori volvió a acelerar la sierra y a centrar su atención en el cadáver.

Con la incisión Y realizada, ella extendió la piel, hizo cortes laterales a través de las costillas, levantó la caja torácica y la puso sobre la carretilla. Ahora estaban a la vista los órganos internos.

Daniel estaba tan distraído con la idea de mirar detrás del velo de su mente, que la disección del cadáver se le asentó en la cabeza como música de ascensor: lejana e incoherente. Lori siguió trabajando, y Daniel no supo si enfrascada en la tarea entre manos o en el dilema de él. Empezando con el corazón y bajando hacia el estómago, ella examinó y extrajo los órganos, buscando señales de trauma, indicios contagiantes, bacterias ingeridas. Aún no habían determinado el método por el cual Eva infectaba a sus víctimas, concluyendo solo que no era por vía intravenosa.

Peor aún, en realidad no habían identificado la meningitis como bacteriana o viral. Todas las presentaciones sintomáticas de meningitis bacteriana estaban allí, pero solo mínimos indicios de la bacteria misma, no necesariamente más de los que el humano promedio era portador en algún momento dado.

—Esta mujer pudo haber vivido noventa años —indicó Lori—. Su cuerpo estaba en perfecto estado.

—¿Ningún indicio exclusivo? —curioseó Daniel.

—Nada nuevo que yo vea. Presentación clásica de meningitis aguda en el tronco. Si tuviera que especular, yo diría que fue inhalada.

Concluido el trabajo en el tronco, Daniel ayudó a Lori a deslizar el bloque de caucho debajo de la cabeza. Trabajando con tranquila precisión, ella hizo una incisión por detrás de la oreja derecha, a través del cuero cabelludo, hasta el mismo lugar de la oreja izquierda. Retiró la piel sobre el cráneo y agarró otra vez la sierra.

Daniel suspiró y se fue hacia la papelera. Se quitó los guantes, feliz de deshacerse de los fríos y pegajosos objetos. La sierra rechinaba detrás de él mientras Lori dejaba al descubierto el cerebro.

Pero la Dra. Lori Ames, patóloga forense de Phoenix, ya había expuesto su mente ante Daniel. Miraba dentro de los ojos de ella y se veía a sí mismo. Ambos estaban cortados con las mismas tijeras. En este momento ninguno de ellos hablaba, pero los dos se habían abierto para hacer lo impensable por la misma pasión. Desenmascarar a Eva.

La sierra se silenció. El agente especial vio a Lori levantando la placa del cuarto frontal del cráneo. Ella observó el cerebro.

—Ven a ver.

Daniel fue hasta la mesa de operaciones y vio lo que Lori veía. Todo el cerebro estaba hinchado hasta el punto de hemorragia peridural. Sangre encharcada en dilatación vascular, casi negra.

—Igual que las demás —anunció él.

El teléfono chirrió y Daniel fue hacia la pared y levantó el auricular.

—Morgue, agente Clark.

—Soy Riley, Dr. Clark. Tuvimos éxito en la base de datos del sistema automatizado de identificación de huellas digitales.

Daniel captó la mirada inquisitiva de Lori y pulsó el botón de altavoz.

—Continúe.

—El nombre de la víctima es Natalie Laura Cabricci, de veinticuatro años de edad, de Phoenix, Arizona. Se está informando ahora a sus padres.

—¿Algún detalle de su secuestro?

—Solo que desapareció hace seis días cuando fue a comprar leche al supermercado.

—¿Religión?

—Católica. Los agentes en la zona tendrán más tan pronto terminen de interrogar a los padres.

—Gracias, Riley.

Daniel cerró la conexión. Lori volvió al cadáver y reasumió su trabajo. La autopsia duraría otra hora, y él ya no soportaba más. Con los familiares ya identificados, otro patólogo cerraría el cuerpo y lo prepararía para ser enviado a Phoenix. A excepción del corazón, el estómago, los pulmones y el cerebro, todos los demás órganos serían incinerados.

Él había pasado dieciséis veces por este mismo réquiem de muerte en los dos últimos años, sintiéndose cada vez a solo una respiración, una mirada, una palabra de la única pieza que podía hacer encajar un cuadro perfecto de este ilógico rompecabezas.

En ese momento, la evidencia desvanecida parecía intrascendente. Lo de verdadera trascendencia se hallaba encerrado en su propia mente. Si hubiera una manera, alguna esperanza posible, sin importar cómo...

El temor vino sobre él antes de poder concluir el pensamiento; igual que una manada de lobos atacándole el cuello y clavándole los colmillos en el corazón y la mente. Aullando de ira a través de un despiadado desgarrón de carne.

Te veo, Daniel...

Entonces desapareció, tan brutal y tan rápido que él no tuvo tiempo de reaccionar hasta que el temor lo abandonó. Luego se le cortó la respiración e instintivamente se agarró el pecho. Cerró los ojos y con un gemido rechazó una punzada de dolor que le atravesó la cabeza.

—¿Estás bien?

Lori estaba frente a él otra vez. ¿Había él perdido el conocimiento? Se le ocurrió que podría tener problemas al conducir.

—Sí.

Daniel caminó hacia el frente con piernas adormecidas. Miró la grabadora. Ella la apagó y volvió a su lado.

—Tienes que ayudarme, Lori. No me importa lo que se necesite, tenemos que hacer algo.

—Quizás no comprendas lo peligroso que es esto —le contestó ella mirándolo por un instante largo—. Por algo se trata de un alcaloide I.

—¡No me importa si es una bala en la cabeza! Debemos intentarlo, con tal de detener esto —exclamó él golpeándose con fuerza la frente.

—Eso sería una violación a la ley de sustancias controladas. Un delito grave.

—Circunstancias especiales. Esto podría llevar a evidencias decisivas para detener a Eva.

—Sus efectos no son previsibles. Hasta donde sé, otro viaje quizás solo empeore las cosas.

—Esa es decisión mía, no tuya.

Lori vaciló. Él no tenía duda de que ella deseaba hacerlo, pero su preocupación por él la hacía dudar.

—No puedo hacer esto solo —rogó Daniel alargando la mano y tocándole ligeramente la de ella.

—Montova no lo aprobaría.

—Ya no trabajo para Montova.

Lori le frotó el dorso de la mano con el pulgar.

—Podría funcionar —afirmó ella, alejando la mirada—. Podríamos empezar con una pequeña dosis.

—¿Puedes conseguirla?

—¿DMT? Estoy segura de que disponen de algo aquí bajo llave. Si no, la hay en el laboratorio de Phoenix.

—Cuanto más pronto mejor, ¿de acuerdo? —expresó él soltándole la mano y alejándose un poco—. Esta noche. Después de nuestra reunión con Heather.

—¿Reunión con Heather?

Él no le había hablado de la llamada telefónica. No estaba seguro de qué lo detuvo, pero ahora el motivo parecía irrelevante.

—Ella tiene algo que contarnos. Esta noche. A las ocho.

TRECE

HEATHER PASÓ LOS quince minutos antes de las ocho tratando de mantenerse ocupada en la cocina. Hizo café. Limpió el mesón. Sacó la leche para el café. Colocó al lado de la leche un montón de galletas con trozos de chocolate que ella había horneado, y luego volvió a poner la leche en la refrigeradora después de decidir que afuera se iba a calentar. Entonces, después de quitar la leche, decidió poner la jarra de café y las galletas sobre la mesa de la cocina, donde ella y Daniel se sentarían y hablarían sin nada que los incomodara.

Para empezar.

Habían pasado dos meses desde que habló con Daniel. Seis meses desde la última vez que lo vio. Considerando el hecho innegable de que, como diría Raquel, Heather estaba verdaderamente loca por él, no era de extrañar que tuviera las palmas húmedas de sudor.

Quizás *loca* era una expresión demasiado fuerte. Ella había sido quien controlaba la relación, no él. Decir que ella estaba sometida, o loca por él, enjuiciaba mal la relación.

TED DEKkER

Quizás obsesionada. Pero eso era peor aun. Mutuamente respetuosos. Enamorada. Agobiada con un caso muy real de afición. Amor. Daniel siempre le había fascinado, no como un simple objeto de interés sino como un hombre apasionado que irrumpió en su vida con un agudo enfoque. Por desgracia, tal enfoque solo beneficiaba una relación cuando el objeto enfocado era la relación en sí.

Ella había sido una vez el objetivo del foco de Daniel. Lo esencial de su vida. Su pasión viva. Y así lo aseguraba él hasta el día de hoy. Pero ella había puesto sus límites para probarle su amor y él había fallado tristemente. Que la dejara siete meses de cada doce para servir a su profesión, a pesar del clamor reiterado de ella pidiendo ayuda, había sido el colmo.

Tal vez ella era una tonta al amarlo; quizás estaba tan confundida como él; es posible que ella fuera quien necesitaba uno o dos años de terapia.

Lo más probable es que ambos estuvieran tan traumatizados que ninguno de los dos merecía más que el sufrimiento que obtuvieron. Su mutua obsesión con Eva había atravesado otra línea. Por primera vez en la vida ella temía de veras por la vida de Daniel. Por la suya propia.

Heather miró el reloj de la cocina, un plato blanco redondo sin marcas. El minutero acababa de pasar la vertical. A Daniel se le estaba haciendo…

El timbre sonó.

…tarde.

Heather respiró profundamente, se frotó las manos en los *jeans*, y atravesó la alfombra. Caminó sobre el piso de madera que conducía a la puerta principal. Durante la remodelación Daniel insistió en madera en vez de alfombra. Una buena decisión.

—Ya voy —anunció ella, respirando y jalando la puerta.

Una mujer estaba en el porche al lado y ligeramente en frente de Daniel. La idea de que él no viniera solo ni siquiera le había pasado por la cabeza. Ella esperaba que él viniera para estar con ella tanto como por lo que ella le diría. Claramente no era así.

Antes de que Heather pudiera procesar adecuadamente su desilusión, la mujer alargó la mano.

—Hola, Heather. Soy la doctora Lori Ames, del FBI. Daniel creyó que me sería útil oír lo que tienes que decir.

Lori vestía *jeans* y botas, una blusa azul con tirantes, cubierta en parte por una chaqueta corta de algodón. El cabello rubio hasta los hombros metido detrás de las orejas dejaba ver aretes de plata.

Heather le dio la mano y miró a Daniel, quien parecía un poco distraído. Hasta preocupado.

—Hola, Daniel. Qué bueno que hayas traído a tu amiga.

Él usaba una gorra gris para cubrir la herida en la cabeza. Con diez años menos se podría parecer a Justin Timberlake.

—Hola, Heather —contestó tímidamente, asintiendo—. ¿Estás bien?

Ella soltó la mano de Lori y retrocedió un paso, negándose a reconocer tal pregunta como tonta. *Fantástica, Daniel, en particular ahora que he conocido a tu encantadora amiguita.*

—Entren.

Entraron. Daniel le dio un beso en la mejilla. Uno de sus dulces hábitos que a ella normalmente le agradaban. En ese momento lo menos que ella podía preguntarse era dónde más se habían posado esos labios. Los celos estaban completamente fuera de lugar considerando lo que Daniel había pasado en los dos últimos días, pero ella no se los pudo quitar de encima.

Heather los llevó a la sala y los observó sentarse en el sofá. Pensó en brindarles las galletas y el café, pero decidió que ir directo al grano les serviría mejor a todos.

—¿Estás bien, Daniel?

—Un poco vapuleado, pero considerando todas las cosas…

—Francamente, está estropeado —lo interrumpió Lori—. Afortunado, pero no en perfecto estado. Considerando todas las cosas.

Ella no parecía atrevida. Solamente la clase de chica «hecha para la cacería». Del tipo de Daniel.

—¿Qué quieres decir?

Lori condescendió. Heather miró al hombre a quien juró amar hasta la muerte y sintió que el corazón se le tensaba de empatía. La confianza que típicamente él mostraba con toda tranquilidad había desaparecido. Ahora se veía canoso y demacrado, con ojeras debajo de los ojos.

—¿Qué pasa, Daniel? —vino ahora la pregunta con más fuerza.

—Bueno, me morí, ¿no fue así? No recuerdo mi muerte, ni los acontecimientos que la rodearon, pero me indican que vi a Eva. Resulta que cuando tu mente cree que has muerto envía químicos y señales eléctricas que provocan algunos estragos. A no ser por un par de heridas en el cuero cabelludo, mi cuerpo está bien. Pero mi mente no parece saberlo todavía. Eso casi lo resume todo.

—Lo que Daniel intenta decir es que está teniendo pesadillas. A veces estando despierto.

—Yo no las clasificaría como pesadillas —explicó Daniel—. Paranoia misteriosa.

El cabello rubio de Daniel se rizaba fuera de la gorra. Debajo de esos suaves rizos, una mente que casi nunca se impresionaba. Hasta ahora. Daniel la miraba con abatidos ojos azules. Él no tenía mucha barba pero, si ella no se equivocaba, no se había afeitado hoy.

—¿Qué clase de pesadillas? —inquirió Heather.

—Simplemente... temor. Como un martillazo en la cabeza.

—Lo cual tendría sentido, ¿de acuerdo? Te dispararon en la cabeza —opinó ella, recostándose y cruzando las piernas—. Estás vivo, eso es lo importante. Me dijeron que habías muerto.

—¿Quieres decir antes de que me revivieran? —preguntó él aclarando la garganta.

—Sí.

—Lo siento —se excusó él, y la comprensión le cruzó el rostro—. No me puedo... ¿Brit?

Ella asintió. Trató de quitarse de la mente esas horas terribles.

—Tienes razón, estoy vivo. Eso es lo que importa.

Intercambiaron unos cuantos comentarios corteses más, principalmente acerca del acertado nombramiento de la nueva doctora como la forense patóloga en el caso Eva. A Daniel le habían pedido que se tomara una licencia, lo cual haría. Pero solo formalmente.

Ni con una camisa de fuerza lo sacarían del caso.

No fue sino después que Heather decidiera servirles el café que Daniel tocó el asunto que revoloteaba en sus cabezas.

—Así que quieres hablar acerca de Eva.

Helo aquí. Ahora sentía distante y tonta la extraña llamada telefónica que la llevó a entregar sus juicios a otro abogado. Daniel padecía los efectos secundarios de un balazo en la cabeza y ella corría asustada por una travesura telefónica.

Ella había pensado en mostrarle el cuarto; y quizás hasta en repasar algunas ideas en que había estado trabajando. Solo eran teorías totalmente al azar, pero todos ellos sabían que las teorías al azar introducen aspectos importantes que finalmente se demuestran ciertos.

Mirando a Lori, supo que no se atrevería a mostrarles el cuarto.

—Probablemente no es nada, pero...

No es cierto, Heather. ¡Desembúchalo!

—Heather, te conozco. Algo te está asustando. Dímelo, por favor.

La manera en que él lo expuso le recordó una época durante el corto compromiso que vivieron en que él exigió conocer a Bill, un abogado que le había hecho a ella algunos comentarios indecentes y potencialmente amenazadores durante un juicio. Daniel confrontó al hombre en un bar y, aunque no quiso decirle de qué hablaron, desde entonces el abogado la había eludido.

—Está bien —concordó ella, bajando su taza de café.

Habló de la llamada que recibió la noche en que murió Daniel. Los dos la observaron con creciente interés. O incredulidad, ella no estaba muy segura.

Cuando terminó, Daniel la miraba con los ojos muy francos.

—¿Es eso todo? —preguntó él poniéndose de pie y caminando—. ¿Ocurrió antes o después de mi muerte?

—Durante. O tal vez después.

—Así que el tipo no lo sabía. Estaba haciendo amenazas vanas. Y sabemos que no pudo haberse tratado de Eva.

—Lo importante es que él sabía que hallaron a la decimosexta víctima de Eva. ¿Cómo sabían eso tantas personas? Y él clarificó que morirías si no te echabas atrás.

Daniel cruzó los brazos.

—A menos que no esté obrando solo —terció Lori—. No es una teoría nueva.

—No, pero nunca nos habíamos topado con algo tan definitivo —opinó Daniel al tiempo que atravesaba la sala hacia el teléfono de la cocina; su mirada de determinación difícilmente se podría asociar con un viaje a la refrigeradora.

—¿Qué estás haciendo? —preguntó Heather, poniéndose de pie—. No puedes llamar.

—No seas ridícula. Debemos encontrar al chofer, al auto. Necesitamos recursos.

—Ya investigamos las placas. No existen —anunció Heather—. ¡Él no es tan estúpido y ese no es el punto!

—¿Y cuál es el punto, Heather? —inquirió Daniel girando hacia ella, aún con el auricular en la mano.

—Tú. ¡*Tú eres* el punto!

El tono de la voz de Heather lo detuvo. Ella presionaba mientras tuviera la ventaja.

—¡Escúchame! Quienquiera que sea este tipo, lo sabe todo. Hasta donde sabemos, él está *con* el FBI. En el momento en que toques esto, él sabrá que haces exactamente lo que insistió en no hicieras.

—Ese es un riesgo que debemos tomar.

—¡Ese no es un riesgo que *yo* esté dispuesta a tomar! —exclamó ella bruscamente—. No estoy preparada para perderte.

Creyendo que ella exteriorizaba demasiado, se volvió a sentar en su silla y puso las manos sobre las rodillas.

—Él volvió a llamar —confesó Heather.

Daniel volvió el auricular a la horquilla. Regresó a la sala, miró su reloj, y se sentó.

—¿Y qué dijo?

—Lo mismo.

—¿Estás segura de que se trataba de él?

—No del todo, no. Habló en susurros, y su voz parecía como si viniera de una caja. Lejana.

—Dime qué dijo.

—Ya te dije, más o menos lo mismo.

—No —objetó él, moviendo la cabeza de lado a lado—. Dime exactamente lo que…

Daniel se puso tenso e inhaló bruscamente. Por un segundo, quizás dos, pareció que lo hubieran electrocutado. Luego se arqueó y exhaló.

Lori se paró y le puso la mano en el hombro.

—¿Estás bien?

—Esto es algo a lo que no te acostumbras —expresó él con voz entrecortada.

—¿Era eso de lo que estabas hablando? —preguntó Heather, inquieta—. ¿Un ataque de pánico?

Daniel no respondió. El intenso color había desaparecido de sus ojos. Se sentaron en silencio por varios minutos. Heather se dio cuenta de que él tenía más dolor emocional del que revelaba, entonces se reprendió por no manifestar la preocupación que la roía. Ella debería extenderse a él, consolándolo. Debajo de esta muestra de fortaleza, él era apenas más que un niño herido, desesperado por aliviarse. Y ella sabía cómo darle ese alivio. Un suave toque en la mejilla, una gentil palabra de ánimo, una promesa de solidaridad.

En vez de eso la dejó paralizada la inesperada intrusión llamada Dra. Lori Ames. Parte de Heather estaba consciente de que debía expresar su amor por Daniel; parte de ella quería darse un jalón de orejas por ser tan insensible.

La última parte estaba ganando. La misma parte que en primera instancia los llevó a un divorcio. Sinceramente, ella no sabía si sus decisiones fueron nobles o totalmente egoístas.

—Dime lo que él te dijo —le pidió Daniel, mirándola—. Exactamente como lo recuerdas.

—Que si yo no mantenía mi promesa, tú ibas a morir.

—Usa sus palabras. Como las recuerdas.

Ella había repasado centenares de veces las palabras en su mente, pero no estaba segura de si su versión actual era precisa. La voz le había preguntado si amaba a Daniel. Ella decidió que el detalle no era pertinente para la investigación del FBI.

—Él preguntó si...

—No, usa sus palabras.

—¡Yo soy! —exclamó ella, mirándolo—. Le pregunté quién era y él contestó: «Soy tu Jesús. Tu peor pesadilla. Lucifer. Depende de lo que desees que yo sea. De lo que hagas». Algo muy parecido a eso; queriendo decir que si no te lograba detener, tú ibas a morir.

—¿Qué te hace pensar eso? —le preguntó Daniel.

—¡Porque él lo afirmó! Él dijo: «Él está olvidando su promesa. Él va a morir si no puedes detenerlo».

—¿Usó esas palabras? —inquirió Daniel, con la piel moviéndosele alrededor de los ojos.

—Sí. O algo muy parecido. Luego expresó algo acerca de su papá y de un sacerdote... no recuerdo exactamente. Mi mente estaba concentrada en lo que acababa de decir. Respecto de ti.

—¿Qué papá? ¿Qué sacerdote?

—Ya te lo dije, no recuerdo. Dijo que nadie puede detenerlo.

—¿Hablando de sí mismo? ¿Fueron esas *sus* palabras?

—Yo no soy uno de tus testigos, y sin duda tampoco uno de tus pacientes. Sus palabras eran *él*. Nadie puede detener*lo*, queriendo decir alguien más, quienquiera que *él* sea. Eva.

—¿Dijo él...?

—No, no afirmó ser *Eva*. Solo estoy suponiendo. ¿Quién más sería *él*?

Daniel la miró, con la mente en actividad. Ella había visto mil veces la mirada, absorta en especulaciones, evaluando, siempre evaluando. Esa era una de las cosas que le gustaban de él, esta búsqueda desesperada de la verdad. No exactamente cuando sustituyó su interés en ella.

Lori Ames rompió el silencio.

—Él mencionó a su padre y a un sacerdote. Cuidado paterno y religión.

Daniel se levantó y se dirigió a la chimenea, aparentemente sin prestar atención al retrato de él con Heather que colgaba encima de la repisa.

—Referencia a factores informativos predominantes en su vida —manifestó él, volviéndose—. Por lo que sabemos, Eva fue maltratado por los dos.

A Daniel se le fruncieron los músculos de la mandíbula de frustración. Si había algo por lo que se le conocía en el campo de la ciencia conductual, era por su franca posición contra ideologías que alimentaban odio hacia los demás, y que se justificaban actuando sobre esta base, todo ello por culpa de la sumisión a alguna deidad sobrenatural.

Heather pensó que este era uno de los muchos argumentos que Daniel resaltaba con excepcional claridad en sus libros y conferencias. Sean cuales fueran sus deficiencias, a Daniel no le faltaba nada en el departamento de inteligencia.

—Esto me asusta, Daniel.

—No lo permitas.

—Eva ha matado a dieciséis mujeres. ¿Cómo puedes pararte allí y decirme que no deje que él me asuste?

—Él está detrás de *mí*. Me estoy acercando y él lo sabe. Algo que he hecho es fastidiarlo, y está tratando de asustarme. ¿Sugieres sinceramente que me aparte ahora?

—Sí —afirmó ella, mirándolo fijamente—. Porque le creo.

—Ella tiene razón, Daniel —apoyó Lori—. Oficialmente estás fuera del caso. Ese es un comienzo. Quizás eso te ha beneficiado más de lo que comprendes.

Él se puso cómodo. Ahora que su amiguita médica había sugerido lo mismo que Heather, él escuchaba de veras. A ella no le importó. En ese momento, ella solo quería que él dejara el caso.

—Renuncia a Eva. Toma otro caso. Cualquier caso. No me importa cuánto de tu tiempo te lleve —pidió ella, e hizo una pausa—. Quiero que vengas a casa.

Sus palabras le pegaron de costado... ella pudo vérselo en el rostro. Él miró, silencioso.

Entonces ella clarificó, para asegurarse que él había entendido.

—Simplemente suelta a Eva. Por favor.

Al mirar en los ojos azules perdidos de Daniel, ella posiblemente no podía saber lo que pasaba por la mente de su ex esposo. No era terror recurrente.

—Lo pensaré —contestó él.

CATORCE

DIEZ EN PUNTO

EL APARTAMENTO QUE DANIEL había alquilado dos años atrás era de dos dormitorios, uno de los cuales había convertido en una oficina totalmente equipada. El otro contenía una cama extra larga sin cabecera, una mesa de noche con una enorme lámpara café de cerámica y un clóset empotrado.

La sala tenía un sofá verde de dos plazas que encontró en un almacén Rent-to-Own, y una mesa de centro de cristal que Heather le había dejado llevar. Dos lámparas de piso con pantallas negras.

Una cocineta cuadrada con vidrio en la parte superior completaba el apartamento. Cuando lo alquiló, Daniel no pensaba permanecer allí más que unos pocos meses, y había estado demasiado ocupado para añadirle más detalles al lugar después de comprender que podría estar aquí más tiempo del anticipado.

Dos semanas antes había comprado y colgado dos grandes pinturas que le recordaban las montañas cerca de Helena, Montana, donde pasó sus primeros dieciocho años antes de entrar a la Universidad de California Los Ángeles y empezar una nueva vida destinada al FBI.

A su madre, Claire, le habrían gustado las pinturas, pero no mucho más si aún estuviera viva. A su padre no le habrían importado, mientras Daniel hiciera carrera en el FBI. El único hijo de Rudolph Clark lo había hecho sentir orgulloso.

Con toda sinceridad, Daniel no pudo decir si Lori aprobaría o no. Ella entró al apartamento, dio una mirada alrededor y preguntó:

—¿Le faltan muebles o está totalmente decorado?

—Las dos cosas —contestó él; el apartamento estaba inmaculado, Heather diría que era un reflejo de la propia mente de Daniel, aunque ella no había visto el lugar—. No he tenido tiempo de hacer mucho con él. ¿Dónde lo quieres?

Lori miró la caja blanca que contenía la pequeña muestra de DMT que había sacado del laboratorio para hacer pruebas.

—¿Estás seguro de que no quieres pensarlo mejor? Se conservará en la refrigeradora.

—Lo he pensado muy bien —contestó él mientras ponía la caja en la mesa de centro.

Sus pensamientos tenían dos vertientes. Primero, necesitaba alivio a los frecuentes temores que le venían cada treinta a cuarenta y cinco minutos. Si hubiera alguna posibilidad de interrumpir el ciclo, dando a su mente un choque químico, gustosamente aceptaría el riesgo de fracasar.

Pero segundo, y lo más importante, él simplemente no podía dejar pasar la oportunidad de sacudir su memoria haciendo un viaje inducido químicamente, más o menos como el que en primera instancia le borró a Eva de su mente.

La forma sombría parada en el extremo de su cama de hospital tenía un rostro. El rostro de Eva. Era agobiante la urgencia de alargar la mano y arrancar ese rostro de las sombras de su mente.

—¿Cómo lo hacemos?

—Tomaré eso como un no —afirmó ella quitándose el abrigo y colocándolo en una silla—. ¿Tienes una correa, o alguna cuerda?

—¿Para qué?

—No quiero correr ningún riesgo. La dosis que te voy a dar no es mucha, pero el DMT no es previsible. No sabemos en realidad cuánto libera la mente en el momento de la muerte.

—No entiendo. ¿Qué tiene que ver la dosis con una correa?

A pasos rápidos ella se dirigió al sofá.

—Debo inmovilizarte —le dijo, mirándolo con sus tiernos ojos castaños.

—Creí haberte oído decir que ibas a empezar con una dosis pequeña.

—Así fue.

—Está bien, sujétame —aceptó Daniel—. Conseguiré una correa.

—Tres correas.

—Tres correas.

Él sabía que ella solo estaba tomando precauciones por si se ponía violento. Ya habían analizado el insignificante riesgo de adicción con uso controlado, así como los efectos colaterales: aumento de ritmo cardíaco y presión sanguínea, dilatación de pupilas, alucinaciones disociadas. Reacciones potencialmente violentas que podrían hacerle agitar inconscientemente los puños. Era evidente que a ella le preocupaba que él destrozara la mesa de centro, se cortara las muñecas, o algo entre lo uno y lo otro.

Daniel se quitó los zapatos y regresó a la sala con tres correas.

Lori había tendido una tela blanca de la morgue sobre el vidrio de la mesa de centro. Una jeringa reposaba al lado de una extensión de tubería quirúrgica y de una botellita que contenía media pulgada del turbio líquido.

DMT.

Daniel le pasó las correas y retrocedió.

—Necesito un vaso de agua. ¿Quieres tú también?

—Gracias —contestó ella, siguiéndolo con la mirada a la cocina.

Surrealista, el uso encubierto de droga. Daniel nunca había siquiera pensado en inyectarse en el cuerpo un narcótico ilegal, ni mucho menos que fuera endógena, creada por el cuerpo mismo. Ahora encontraba desagradable la perspectiva de hacerlo.

Alterar el protocolo del FBI era ligeramente menos desagradable... antes se había visto obligado varias veces a eludir trámites. Pero esto... esto de inyectarse para ver el rostro de Eva era nada menos que una locura.

El temor le retumbó a través de la mente mientras alargaba la mano hacia dos botellas de agua mineral, paralizándolo hasta que se fue; lo cual ocurrió, dejándolo con un ligero temblor en la mano extendida.

Físicamente le estaba yendo mejor al aguantar los ataques, pero no así a su mente. El terror era terror, y cada vez que lo visitaba le rayaba los nervios.

Lori aún lo observaba cuando cruzó hacia ella con las botellas en la mano. No quiso discutir el temor... ya habían analizado el tema una docena de veces. Por tanto ensayó un guión más conocido.

—Estaba pensando que deberíamos hacer un viaje a Phoenix —anunció él.

Ella solo se quedó mirándolo.

—Tenemos que suponer que la investigación del secuestro de la víctima revelará algo. No perdamos las esperanzas. Siempre hay una posibilidad.

—Por supuesto.

—Alguien que viera algo; que agarraran a la víctima, que la metieran a una furgoneta, que hablara con un extraño, cualquier cosa.

—Exactamente como las otras quince víctimas —expresó ella.

Los dos sabían que él estaba usando evasivas, tratando de amortiguar el impacto de su mente contra esa aguja sobre la mesa de cristal. Pero tampoco parecían interesados en apurar el proceso ahora que la aguja estaba frente a ellos.

—Vamos, Daniel. Ambos sabemos que no habrá ningún testigo —indicó ella con voz suave y tranquila—. Como dijiste, Eva conoce demasiado bien sus hábitos como para llevarlos a cualquier parte en donde se puedan ver. Natalie Cabricci iba a pie cuando la agarraron. La ruta que normalmente tomaba hacia el supermercado cruzaba dos parques y tres estacionamientos. La policía local ya hizo un sondeo del lugar. No hay que perder las esperanzas, pero un viaje a Phoenix no revelará nada nuevo en este caso.

Antes de salir para encontrarse con Heather habían pasado una hora estudiando minuciosamente transcripciones de entrevistas y varios reportes investigativos archivados en la oficina de Phoenix. Brit estaba recogiendo información tan rápido como podía, pero dieciséis meses en el caso los había convencido a todos de que cuando llegara algún cambio, este no sería de una fuente esperada.

El FBI calculaba que en Estados Unidos operaban al menos treinta asesinos en serie en algún momento dado. Como mínimo la mitad de ellos nunca serían atrapados. A menos que un asesino hiciera un cambio y decidiera que había tenido suficiente, simplemente se hacía más difícil de agarrar con cada asesinato, contrario a lo que el público creía.

Sí, el FBI reunía más evidencia con cada suceso, y sí, cuando un patrón se hacía evidente, también se volvía más fácil anticipar el siguiente movimiento del asesino. Pero un asesino que seguía suelto después de matar a quince mujeres lo estaba en primera instancia por ser bueno, y además refinaba sus habilidades evasivas con cada muerte.

En una escala de uno a diez en fijación de habilidades, la calificación de la mayoría de los asesinos comunes y corrientes estaba en dos o tres. La mayoría de los asesinos en serie operaba en cinco o seis.

Según cálculos de Daniel, Eva operaba en nueve o diez.

—¿Estás listo? —preguntó Lori.

—Como nunca —respondió Daniel tomando una bocanada de aire y expulsándola—. Átame.

—¿Te importaría quitarte la camisa?

TED DEKkER

Daniel se quitó la camisa, la tiró al suelo, y se sentó en el sofá vestido únicamente con *jeans*.

—Pon los brazos sobre las piernas —ordenó ella—. Te puedes acostar.

—¿No sería más fácil sobre el piso? Más espacio.

—Si tú quieres.

Él se acostó sobre la espalda, extendió un poco las piernas, y presionó las manos horizontalmente contra las caderas. Lori le deslizó una correa debajo de la parte superior de los muslos y la aseguró alrededor de la cintura.

—Puedes sacar la mano si lo intentas, pero esto restringirá tus movimientos.

—Bueno es saberlo, doctora —bromeó él tratando de sonreír.

—La otra mano.

Ella le ató la muñeca izquierda a su costado, luego le enlazó la última correa alrededor de los tobillos.

Con algodón y alcohol le limpió la vena periférica en el brazo derecho, hablando tanto para evitar el silencio como para ofrecerle información útil.

—La muestra que tengo fue sintetizada usando dimetilamina, hidruro de litio y aluminio, y oxalilo cloruro. Te inyectaré en la vena un centímetro cúbico de la droga. Sentirás los efectos iniciales a los veinte segundos y probablemente perderás el conocimiento en el primer minuto mientras el DMT se extiende a los capilares en tu lóbulo temporal.

—¿Por tanto estará fuera en cinco minutos?

—Hasta en treinta. No te preocupes, estoy justo aquí.

Ella le puso la mano en el pecho y la bajó lentamente hasta el vientre. Su mirada seguía a los dedos a medida que le tocaban la piel.

—No te dije cómo fue —le dijo mirándolo a los ojos—. Devolverte a la vida.

—¿Cómo fue?

—Las palabras no pueden describir lo que sentí. Cuando tu aliento me llenó la boca...

Ella se interrumpió, sonrió y Daniel hizo caso omiso a unas ansias repentinas de levantarse y besarla.

—Gracias —le dijo él.

Ella exhaló, le tanteó ligeramente el estómago y agarró la banda quirúrgica de caucho. Actuando ahora rápidamente retorció el torniquete alrededor de la parte superior del brazo de él y lo apretó con un extremo del caucho en la boca. Insertó la aguja de la jeringuilla en el frasco de DMT, extrajo un centímetro cúbico, bajó el frasco y le sacó el aire a la jeringa.

—Cierra los ojos.

Él lo hizo. El corazón ya le palpitaba con fuerza.

La punción en el brazo fue apenas más que la picadura de un mosquito. Y luego la aguja estuvo afuera.

Daniel comenzó a contar los segundos. Llegó hasta veinte antes de que el primer martillazo le cayera sobre la mente.

Sintió que su cuerpo se sacudió una vez cuando una luz brillante le explotó ante los ojos.

Un segundo golpe pareció sacudirlo entre los ojos, luego un tercero en rápida sucesión. Dos erupciones candentes más le hicieron tragar aire.

Luego cayó un cuarto martillazo, el cual lo llevó a una oscuridad como boca de lobo.

Empezó a retorcerse.

QUINCE

DANIEL HABÍA TENIDO en su vida dos viajes inducidos por drogas. El primero, cuando al morir su cerebro aventó DMT en su sistema, produciendo una experiencia cercana a la muerte que no lograba recordar.

El segundo cuando Lori le inyectó una pequeña cantidad de DMT sintético en su brazo derecho dos horas después de que él le prometiera a Heather pensar en abandonar el caso Eva... promesa que no tenía intención de cumplir, no hasta que Eva estuviera en cadenas dentro del pabellón de condenados a muerte.

Él sabía que ambos viajes fueron inducidos químicamente, provocando en la mente reacciones que evocaban eufóricas emociones, luces, sonidos, colores... una plétora de sensaciones que la naturaleza había perfeccionado para aliviar traumas graves en la mente.

Daniel sabía que ninguno de los viajes tenía relación con un futuro o con otra realidad, excepto por su capacidad de extenderse hacia atrás en la memoria y proyectar lo que en alguna ocasión el cerebro viera, oyera, oliera, sintiera o saboreara.

Él estaba enterado de todo esto, pero todo perdió sentido en ese momento de oscuridad. Apenas importaba en ese instante cualquier recuerdo al que el temor estuviera entrando para añadirle más detalles.

Lo que sí importaba era que los frecuentes temores que Daniel había experimentado desde el principio de la jornada palidecían al lado de este nuevo temor. Él no estaba muy consciente de sus propios gritos. De sus violentas convulsiones.

Entonces un estallido de luz azul y blanca inundó la oscuridad. El temor desapareció en el transcurso de una sola respiración. Por el pecho le corrió una euforia que se desbordó en lo que él creyó que podría ser verdadera risa que le salía de los labios.

Vaya. Ahora, ahora... esto es un viaje, pensó, sonriendo ridículamente.

Unas imágenes pasaron volando: un largo túnel de luz, arremolinándose con luz de lento movimiento. Su madre, sonriendo, besando a su padre. Una enorme limusina blanca con una etiqueta adhesiva de carita feliz en el parabrisas trasero.

Heather mirándolo con ojos misteriosos.

La risa de Daniel se desvaneció.

Entonces aquí vino, otro mazo, descendiendo del cielo, negro como petróleo. Lo golpeó en el pecho.

Te veo, Daniel...

Su mundo se oscureció y él comenzó a gritar.

Y el viaje terminó. El temor se disipó como pasa el vapor. La negrura como boca de lobo fue reemplazada por una oscuridad ligeramente roja que él comprendió que era la parte posterior de sus párpados.

Daniel abrió lo ojos y levantó la mirada hacia Lori, quien se hallaba de rodillas sobre él, mirándole el rostro.

—Shh, shh, shh, todo está bien, de veras. Todo saldrá bien.

—¿Qué... qué sucedió? —titubeó él, respirando con dificultad; sobresaltado; humedecido por el sudor—. ¿Qué pasó?

—¿Estás bien?

Daniel intentó levantarse y lo logró solamente con ayuda de ella.

—¿Cómo te sientes ahora?

—Aparte de un dolor de cabeza, no muy mal. ¿Cuánto tiempo?

—Doce minutos —contestó ella, dándole una mirada al reloj.

—¿Tanto tiempo? Me pareció un minuto —informó él tiritando—. Vaya, eso fue un viaje.

—Esperemos que no hayas despertado a los vecinos.

—¿Hice tanto ruido? Caramba... —balbuceó, se paró temblando, fue hasta el sofá y se dejó caer—. Diantre...

—¿Y?

—¿Y qué?

—¿Lo viste?

La intensa emoción le había apartado el objetivo de la mente.

—No.

—¿No? ¿Nada en absoluto?

Él pensó en eso con tanta atención como pudo, con la cabeza a punto de estallarle.

—Nada, excepto algunas emociones muy radicales —contestó él—. Vi experiencias de mi pasado. Luz. Oscuridad. Pero principalmente solo reía como un tonto o gritaba a todo pulmón.

Lori se sentó y se reclinó. Cruzó las piernas y los brazos, sumida en sus pensamientos.

—Bueno, eso no es muy útil. ¿Verdad? —opinó al fin.

Entonces él tuvo conciencia del fracaso de la experiencia.

—A menos que se haya llevado mi temor. Es posible, ¿no?

—Es posible. Pero no viste a Eva. Comprendo que desees aliviarte de este temor, pero yo esperaba...

—Sí. Bueno, ahora sé.

—¿Qué sabes?

—Cómo es una experiencia cercana a la muerte. Vi la luz, el túnel, todo el mecanismo —comentó, luego bebió un trago prolongado de su botella de agua y notó que aún le temblaban los dedos—. El cielo y el infierno en el espacio de un minuto. Deberías intentarlo.

—No gracias —objetó ella sentándose en el borde del sofá y comenzando a meter el equipo en la caja blanca.

—Pareces muy desilusionada —expresó Daniel.

—¿No lo estás tú?

—Si el temor regresa... más de lo que puedas saber.

Lori asintió

—Algo más me está molestando —anunció ella.

El sudor en el pecho de él se había secado. Pensó en volver a ponerse la camisa, pero decidió esperar hasta ducharse.

—¿Y si solo fue un mal viaje? —preguntó Lori.

—Lo fue. No entiendo.

Ella se encogió de hombros.

—Un viaje sintéticamente inducido por droga, aproximado a los efectos de la muerte.

—Una falsa experiencia cercana a la muerte —añadió él—. Experiencias que en esencia todas son falsas. Ilusiones creadas por un flujo de reacciones electroquímicas.

—Ese no es mi punto. Cuando un cerebro muere, como pasó con el tuyo en Colorado Springs, sufre un trauma que solo podemos imaginar. Los neurotransmisores y receptores están en caos sináptico. Mueren el hipotálamo y la amígdala. Todo el sistema nervioso se inunda de DMT, como te sucedió, pero hay más. En alguna parte entre la química del lóbulo temporal y la falta de oxígeno para el resto del cerebro, el proceso crítico se vuelve sumamente confuso. Es como desarrollar en minuto y medio un caso de Alzheimer de treinta años.

—No solo un mal viaje inducido por unos cuantos químicos.

—No me malinterpretes, los químicos pueden matar el cerebro. Una dosis más alta de DMT, por ejemplo. Ese es el problema.

—Lo más probable es que me matara la dosis de DMT que yo necesitaría para volver a crear lo que perdí en la muerte —opinó Daniel.

—Exactamente.

Se observaron por largos segundos.

—¿Vas a aceptar la propuesta de tu esposa?

—Heather no es mi esposa. Llevamos dos años divorciados. ¿Tengo una alternativa?

—Ella parece un encanto de dama.

Él no le hizo caso al comentario.

—No, supongo que no tienes alternativa. No te podrías dedicar más a Eva si una pistola te apuntara a la cabeza.

—¿La hay? —inquirió él—. Una pistola apuntándome a la cabeza, quiero decir.

Lori se paró, rodeó la mesa de centro y se le acercó. Se detuvo poniendo suavemente los dedos de los pies contra los pies de él.

—La hay. Una pistola hacia tu cabeza —bromeó ella inclinándose y besándole la frente, luego se irguió, levantó la caja blanca, recogió la chaqueta y los zapatos sin ponérselos, y caminó a largos pasos hacia la puerta.

—Que duermas bien, Dr. Daniel Clark. Sin pesadillas.

Daniel cerró la puerta tras ella, se duchó y se sumió en sus preocupaciones antes de comprender que había pasado una hora desde su viaje con DMT.

No había vuelto el temor. Se acostó a medianoche, sintiéndose aliviado y agradecido. Por la paz y otros aspectos pequeños en un mundo caótico. Como los amigos. Como Lori.

Como no tener pesadillas.

Sus sentimientos lo honraron con seis horas de sueño. Y entonces volvió el temor. Y cuando ocurrió, quizás él no habría podido impedir cortarse las muñecas de haber estado despierto, y de haber tenido a su alcance una cuchilla.

Despertó en medio de un grito a todo pulmón, con las cuerdas vocales ya alteradas y ásperas, porque él las había afectado gritándole a la forma siniestra y sin rostro parada al pie de su cama.

Te veo, Daniel.

VARÓN DE DOLORES: UN VIAJE A LAS TINIEBLAS

por Anne Rudolph

La revista Crime Today *se complace en publicar la cuarta entrega del informe narrativo de Anne Rudolph sobre el asesino conocido ahora como Alex Price, presentado en nueve entregas, una cada mes.*

1986–1989

NI ALEX NI Jessica sabían sus fechas reales de nacimiento, solo aquellas que les asignara Alice, pero ellos habían calculado fechas aproximadas que terminaron siendo bastante exactas. Decidieron que no habían nacido en octubre, como decía Alice, sino en septiembre, ella el diecisiete y él el diecinueve, con un año de diferencia.

Alex acababa de cumplir veintidós, aproximadamente un mes después de su crisis nerviosa en brazos de Jessica en el otoño de 1986 en que él entró una tarde e hizo un anuncio.

Después de mucha reflexión y deliberación, había decidido convertirse en sacerdote.

Jessica no sabía qué creer acerca de esta idea, pero cuando su hermano explicó su razonamiento, ella creyó que

tal vez tenía sus motivos.

Alex estaba convencido de que convertirse en sacerdote sería una especie de absolución por el pecado pasado. Constituiría una limpia ruptura con la religión distorsionada de Alice, la cual resultó ser una fusión de cristianismo, islamismo, hinduismo, secularismo y satanismo, que Alice denominaba Convento Sagrado de Eva. Alex manifestó que necesitaba orden en su vida y que el sacerdocio tenía que ver con el orden. Es más, él instó a Jessica a considerar convertirse en monja.

Sin embargo, ¿estaba preparado? Ella quería saberlo.

Si él no lo estaba, se prepararía. Tenía su GED y era un excelente estudiante. Lo único que necesitaba era cuatro años de seminario. Explicó que esto calzaba con su amor por la verdad. Y sin duda no tendría problema con los votos de castidad. La misma idea del matrimonio lo intranquilizaba. Si había alguien nacido para ser cura, era él. Al ver el arranque de entusiasmo de Alex, Jessica creyó que el sacerdocio podría ser exactamente lo que su hermano necesitaba.

Él había hablado de la idea con el padre Seymour, y aunque el sacerdote no estuvo de acuerdo en apoyarlo, no rechazó del todo el pensamiento. El padre Seymour recordó: «La idea era algo extraña. Alex era un alma atormentada. Pero la Iglesia Católica no tiene en cuenta pecados pasados contra quienes buscan servir a Dios. De haber sido así, el Señor sabe que yo no habría calificado. No se decide por capricho aceptar a este pecador sobre aquel otro; es asunto del corazón. Si Alex podía probar su corazón, lo demás se pondría en orden por su cuenta. Como ocurrió».

Al recordarle su error por no examinar y detener a Alex en ese entonces, mientras aún estaba a tiempo, el padre Seymour solo se encogió de hombros. «En realidad, si todos reconociéramos el mal por lo que es, el mundo sería utópico. Pero el Hacedor de todo está ganando con facilidad, a pesar de nuestra ignorancia. En su esquina hay vítores, no retraimiento cobarde».

Alex aceptó el desafío del padre Seymour de que probara su corazón, regresando a casa con un montón de libros sobre teología sacados de la biblioteca. Empezó a leerlos en el sofá a la luz de la lámpara y no en su dormitorio. «Hasta trajo una Biblia a casa», recordó Jessica, no la que Alice les había presentado. Aquella tenía todo el Nuevo Testamento pero le había arrancado el Apocalipsis.

Alex estaba encaminado. No dejó de insistir en la limpieza y el orden, y sus pesadillas no cesaron, pero su nuevo enfoque le calmó la depresión. Comenzó a verse como un sacerdote y compró varias camisas negras, las que usaba abotonadas hasta la parte superior, aunque no llegó a usar alzacuellos.

Pero aun en esas primeras semanas Jessica observó señales de que estudiar para el sacerdocio demostraría ser un camino difícil para su hermano. Con creciente frecuencia cerraba de golpe un libro, balbuceaba algo acerca de ideas estúpidas y se retiraba a su cuarto sin los libros.

Una noche ella llegó a casa y encontró páginas arrancadas de la Biblia y tiradas por toda la sala. Al oírla entrar al apartamento, Alex salió de su dormitorio y recogió las hojas sin decir nada. Cuando ella lo presionó pidiéndole una explicación, él musitó algo acerca de la limpieza del lugar. Al día siguiente mudó todos sus libros de teología a su santuario, donde afirmó que podía estudiar sin distracción.

> «Destruir todas las formas de luz es la principal ocupación del diablo. Su segundo propósito es hacerlo sin ser detectado. Yo diría que todo ser humano roza la más vil forma de mal al menos una vez al día. Pero lo podría notar solo una vez cada diez años».
>
> —Padre Robert Seymour
> *La danza de la muerte*

A finales de noviembre de 1987, Alex finalmente convenció al padre Seymour de que estaba listo para ganarse su apoyo para entrar al Seminario Universitario San Pedro en Pasadena. Jessica comentó: «Fue como si se hubiera ganado la lotería. Él iba a ser sacerdote. El hecho de tener dificultades para estudiar esos libros de teología nunca pareció ser un obstáculo para él. Sería cura y nada más le importaba».

Para el semestre de la primavera en 1987 se inscribieron 273 estudiantes en el Seminario Universitario San Pedro, y muchos de ellos recuerdan al tímido estudiante vestido de negro que se sentaba en la parte trasera del salón. Uno de los estudiantes recuerda: «Él usaba su camisa negra, igual todos los días, muy apretada alrededor del cuello. Parecía un gángster con su cabello lacio peinado hacia atrás y bien limpio».

Pero fue el comportamiento de Alex lo que más llamó la atención de la mayoría de los estudiantes. No solo era tímido; por lo general se negaba a mirar a los demás a los ojos, enfocando su atención en otras partes de los rostros de las personas cuando se veía obligado a hablarles. Y por encima de todo, le costaba mucho trabajo hablar con mujeres.

La hermana Mary Hickler recuerda ese año un incidente que calificó de curioso. Un día en que se hallaba estudiando en la biblioteca tuvo una duda acerca de los deberes de un curso. Al ver a Alex sentado en solitario a una mesa de la parte trasera, se le acercó. Ella se sentó frente a él y le apartó el libro. Al instante él se puso de pie y se fue a otra mesa. Ofendida por esta conducta, ella se volvió a acercar a él. Esta vez él se quedó quieto pero no quiso mirarla. «En ese entonces yo era joven y un poco batalladora. Y quise que él me dijera si siempre se apartaba de las mujeres. Como no contestó, le pedí que me mirara, lo cual también se negó a hacer. No se sonrojó ni mostró señales de vergüenza como yo esperaba, sino que se irritó. Los músculos de la mandíbula se le tensaron y su respiración pareció más rítmica. Esa fue aun para mí una experiencia más bien aterradora».

Dos meses más tarde, la hermana Mary Hickler caminaba detrás de Alex cuando a él se le cayó un libro. Ella lo recogió por él. Evidentemente reconociéndola de la biblioteca, Alex giró y se alejó, dejándola con el libro. Ella corrió a alcanzarlo y, poniéndole el libro en las manos, le cantó cuatro verdades.

«Si quieres ser sacerdote tendrás que aprender a amar a otros más que a ti mismo. Lo que incluye a las mujeres». Luego ella se fue.

Jessica también recuerda ese día. Era el otoño de 1987, el segundo semestre de Alex en el seminario. Él llegó a casa y anduvo de un lado a otro mordiéndose las uñas, puesto que le había dado por hacer de esto parte de su rutina de limpieza. Quiso saber si ella creía que él la amaba. Desde luego, contestó Jessica.

Pero eso no lo tranquilizó. Quiso saber si ella creía que él era egoísta. «Bueno, todos podemos ser egoístas», contestó ella. Pero él quiso saber si ella pensaba que él era especialmente egoísta. Porque un cura no podía ser egoísta. Entonces él le contó lo que había ocurrido, dándole a los detalles un giro a su favor, afirmando que una ramera en recuperación se le había tirado encima, y que cuando él se le negó ella había dicho que él debía aprender a amar a las mujeres, porque hasta Cristo amó a las adúlteras.

«Esa historia de los evangelios nunca tuvo sentido para Alex —expresó Jessica—. Y tampoco para mí tenía sentido. El sexo era para nosotros algo no permitido. Siempre lo había sido. Alice era muy estricta respecto incluso a cualquier insinuación de cualquier conducta sexual. No había sexo en la casa de los Brown. Yo fui severamente castigada la primera vez que menstrué, y todas las veces posteriores. Yo opinaba que se debería haber castigado a la adúltera en la historia del evangelio».

Ninguno de los dos volvió a hablar del incidente.

A pesar de sus limitaciones sociales, Alex demostró ser un estudiante excepcionalmente brillante. Su sed de conocimiento se hizo obvia para sus profesores, quienes lo veían como un alma lastimada que tal vez entendía el sufrimiento más que la mayoría, y que como tal algún día muy bien podría ser un buen sacerdote.

Alex comenzó poco a poco a abrirse ante sus profesores, quienes lo animaban a participar en discusiones de clase, lo cual empezó a hacer precisamente para el otoño de 1988, no muy a menudo, pero con tal dicción que le dio un poco de fama. En vez de ser visto como el fenómeno de la ridícula camisa negra, ahora se le conocía como el inteligente con algo que decir.

Su profesor de escatología recuerda: «Sus pensamientos siempre estaban muy bien organizados y sus argumentos, aunque retadores, eran muy convincentes. No puedo decir que yo estuviera de acuerdo con muchos de sus argumentos, pero sí ofrecían un equilibrio».

Alex aún sufría de su aversión general a las mujeres, pero pronto reconoció que esta extraña conducta era lo único que amenazaba su recién descubierto respeto de sus compañeros hacia él. Ya no podía culpar a la timidez, por lo que al menos trató de tolerar a las mujeres con quienes estaba obligado a entrar en contacto.

Jessica recuerda: «Yo estaba muy orgullosa de él. Cada noche me hablaba de cómo lo miraban todos. Después hablaba de cómo ni los profesores podían refutarle sus argumentos. Este era un enorme refuerzo de confianza. Me pidió que lo ayudara a tratar mejor con las mujeres, esa fue la primera vez que llegó a admitir que tenía un problema con ellas».

Mientras Alex se entusiasmaba con su nuevo poder como estudiante respetado, Jessica estaba descubriendo un verdadero interés en los hombres.

Puesto que su hermano era demasiado protector, ella no le contaba nada relacionado a las propuestas que los pretendientes interesados le hacían, pero ella sabía que finalmente ella y su hermano tendrían que analizar la posibilidad de que no vivirían juntos toda la vida.

Ahora, con veintitrés años y creciente autoestima, Jessica pasaba más y más tiempo preguntándose cómo sería tener una relación romántica con un hombre. En el otoño de 1988 dejó la compañía de limpieza que la mantuvo constantemente empleada desde 1983 y se empleó como mesera en un restaurante Denny's a tres cuadras de los apartamentos de la calle Hope.

Le habló a Alex del cambio que había hecho y él reaccionó como ella creyó que reaccionaría: con ira. Él sostuvo que ella no debería trabajar con tantos hombres ansiosos de arruinar la vida de la primera mujer hermosa que encontraran, el cual sería definitivamente el caso con ella. En la mente de Alex, Jessica no solo era la mujer más hermosa que conocía, sino quizás la única mujer hermosa que conocía.

La oportunidad de Jessica era deliberada. Con Alex ansioso de acostumbrarse a las mujeres en San Pedro, no se encontraba en posición de rehusarle la misma cortesía, ¿no era cierto? Después de algunas horas de debate, su hermano finalmente estuvo de acuerdo y no se habló más del asunto. Él ni siquiera le hacía preguntas acerca de los hombres de su trabajo, en realidad de ningún hombre en la vida de ella.

Para el invierno de 1988, Alex y Jessica llevaban vidas que aparentemente eran muy normales con relación a todo, incluso a ellos mismos. Es más, estaban tan bien ajustados que Alex comenzó a desarrollar un sano deseo de saber quiénes eran sus padres biológicos.

Hasta este momento nunca le había contado a Jessica sus sospechas de que de niños los adoptaron o los robaron. Los dos se criaron creyendo ser hijos naturales de los Brown. Pero una cantidad de incongruencias llevaron a Alex a pensar otra cosa.

Para empezar, la aversión de Alice por el sexo y su afirmación de ser virgen no le habría permitido tener hijos, un hecho que Alex no dedujo sino hasta estar en California. También estaba el vago recuerdo de otro padre y otra madre cuando él era muy niño. El recuerdo le ardió dentro de su mente cuando tenía catorce años. Había encontrado un antiguo pantalón de pijama con el nombre Alex Price cosido en los elásticos de la cintura. Al saber que Alex había descubierto el pantalón, Cyril lo quemó al día siguiente.

Cuando Alex sentó a Jessica un día y le contó sus teorías, ella se quebrantó y lloró. Pero él se lo dijo por una razón: había decidido que buscarían a sus verdaderos padres. Jessica convino de inmediato.

Deberían ser muy cuidadosos, porque según todos los documentos legales, ellos ahora eran Alex y Jessica Trane. Exponerse como Price los identificaría ante los Brown, y ninguno de los dos dudaba que Alice hallaría una manera de hacerlos matar si alguna vez localizaba su paradero.

Usando sus recursos en San Pedro, Alex comenzó su búsqueda de registros de periódicos que involucraban individuos con el apellido Price, empezando en Oklahoma y luego en estados vecinos. Suponiendo que hubiera ocurrido un secuestro cuando ellos eran muy jóvenes —de tres o cuatro años, a juzgar por el tamaño del pantalón de pijama que había descubierto— necesitaba periódicos fechados por allá en los sesenta. Desgraciadamente, las bibliotecas de la región no conservaban registros de periódicos de otros estados de tanto tiempo atrás. Tendría que hallar otra manera de acceder a los registros.

Los investigadores rastrearían más tarde por medio de agentes de la ley y conocimientos forenses la obsesión de Alex Price en la búsqueda que este realizó para encontrar a sus padres biológicos durante el invierno de 1988. Para un estudiante de gran éxito que tenía un voraz apetito de conocimiento, el paso de investigar religión a investigar crímenes fue apenas un pequeño salto.

Había métodos más sencillos de encontrar la verdad, pero Alex prefirió el que más le interesaba. Emprendió la tarea de escribir un artículo para sus clases de hermenéutica en San Pedro, que comparaba métodos de investigación e interpretación bíblica con los empleados por la policía en la sociedad contemporánea. Su profesor, el Dr. Winthrow, creyó que la idea era buena.

Con todo el apoyo de su profesor expuso una tesis en cuanto a que la investigación de evidencias en el registro bíblico era en esencia igual a la investigación de la veracidad de hechos encontrados en el archivo criminal. Para completar su artículo debía escoger un suceso criminal reportado y, usando solo informes de archivo, intentar determinar si ese acontecimiento ocurrió de veras.

Como parte de su investigación insistió en que debía entrevistar a un profesional involucrado de manera cotidiana en esos aspectos. Alguien de la división de registros criminales del FBI, por ejemplo. Ansiosa de ayudar, Cynthia Barstow de la oficina regional de Los Ángeles, aceptó la sugerencia del Dr. Winthrow de una entrevista telefónica con Alex.

Fue solo cuestión de tiempo y de varias habilidosas entrevistas que Alex obtuviera lo que necesitaba. Su artículo utilizó como ejemplo un pretendido caso de asesinato en Texas pero, durante el curso de sus entrevistas con Cynthia Barstow, usando una serie de «¿y si?» y «por ejemplo», para entender mejor cómo el FBI guarda expedientes, Alex se enteró que el secuestro ampliamente publicitado de Alex y Jessica Price fue reportado de veras en Arkansas el 15 de enero de 1968.

También se enteró de que el padre y la madre de los hermanos, Lorden y Betty Price, murieron en un accidente automovilístico ocurrido en 1976 en su camioneta. No le sobrevivieron hijos. El caso del secuestro aún estaba sin resolver.

Cuando Jessica regresó de trabajar como mesera esa noche a casa y supo la verdad del destino de sus verdaderos padres, lloró. Alex, por otra parte, pareció extrañamente no afectado. Le molestaba mucho más la confirmación de haber sido secuestrados por los Brown.

Jessica declaró: «Al principio no lograba entender por qué estaba molesto, pero la emoción no era de tristeza, remordimiento o algo parecido. Entonces comprendí que tenía que ver con Alice».

El caso del secuestro aún estaba sin resolver y Jessica se dio cuenta de que ellos tenían la información necesaria para resolverlo. Simplemente le podrían decir al FBI quiénes eran ellos realmente y que buscaran a los Brown en alguna parte a lo largo de las vías del tren en Oklahoma.

Pero Alex rechazó la idea. Adujo toda clase de argumentos. Los Brown (Jessica dijo que se negó a usar el nombre Alice) eran demasiado inteligentes para eso. Se habrían mudado mucho tiempo atrás y habrían cubierto todas las evidencias. Probablemente estarían en California, esperando tener noticias de Alex y Jessica. Abrir el caso ahora era algo demasiado arriesgado y no probaría nada. De todos modos, sus verdaderos padres estaban muertos.

Jessica abogó por justicia, pero él solo se inquietó más, rogándole que no lo obligara a revivir algo que lo acercara a «esa ramera».

Sin embargo, Jessica creía que eso no era todo, y cometió la equivocación de sugerirle a Alex: «Eso no es lo que importa de veras, ¿verdad? Tú quieres protegerla. ¡En realidad deseas proteger a Alice de la misma manera que me proteges a mí!»

Ella intentó retractarse en el mismo instante en que las palabras salieron de su boca. Alex montó en cólera, despedazando todo en el apartamento, destrozando baratijas y arrojando libros. Luego salió furioso dando un portazo.

Como ya había hecho antes, Alex se quedó fuera mientras Jessica se preocupaba y andaba de un lado al otro. Y como antes, cuando regresó temprano en la mañana se arrojó a los pies de ella y sollozó como un niño, pidiéndole perdón. Jessica creyó que él había hecho algo terrible, pero no tuvo valor para confrontarlo.

En vez de eso, ella lo abrazó y lloró con él. Razonó que él tenía razón. Que ya habían sufrido suficiente, y no debían revivir nada de su infancia, ni siquiera por el bien de la justicia. Hasta donde sabían, los Brown estaban muertos. Sollozando juntos, hermano y hermana se reafirmaron su amor y su juramento de sacar a los Brown para siempre de sus vidas.

Poco sabían Alex o Jessica cómo esta decisión conduciría a una investigación que haría que el secuestro de ellos en Arkansas pareciera nimio en comparación.

DIECISÉIS

2008

DANIEL NO ESTABA SEGURO de cuál de sus crecientes problemas era peor: el hecho de que no estaba cerca de hallar a Eva, el hecho de que Eva lo había matado y dejado con un aterrador caso de temor recurrente, o el hecho de que evidentemente Eva lo había amenazado con matarlo otra vez si no abandonaba el caso.

En su estado de deterioro, no había manera de que él pudiera pasar más de unos pocos minutos en la oficina regional. Su ida a las tinieblas había constituido un golpe de tenebrosa brillantez. Lo que menos se imaginaba era que hacer eso lo protegería más que la totalidad del caso.

Decir que los temores que llegaron después del DMT le dieron un breve respiro habría sido solo un engaño de proporciones ofensivas. Era cierto que el temor había vuelto, pero el DMT *no* le dio ningún respiro; el temor solo se le había enroscado en la mente como una víbora, esperando golpearlo con redoblada ferocidad.

Después de despertar de su pesadilla a las seis de la mañana, Daniel había logrado vencer dos rachas más de terror, más o menos cada noventa minutos. Cada una fue tan grave que lo tiró al piso del baño y al sofá respectivamente. Simplemente no podía permanecer de pie bajo el asalto; ni lavarse los dientes; ni hablar por teléfono; ni darse un baño; ni prepararse unos huevos.

Ni conducir.

A las nueve llamó a la oficina regional, cinco minutos después del segundo ataque, sintiéndose casi seguro de estar a salvo por casi una hora. Como él esperaba, Lori ya estaba en el laboratorio.

—Buenos días, Dr. Clark.

—Buenos días.

Ella dejó pasar solo una respiración antes de lanzar la gran pregunta.

—¿Dormiste bien?

—Sí. Durante seis horas.

—Eso es fantástico. Muy bueno, ¿no es así?

—Entonces me despertó una pesadilla que hizo que la que tuve en el hospital pareciera un viaje a Disneylandia.

Lori hizo silencio en el otro extremo.

—¿Alguna novedad en el caso? —indagó él.

—Lo de siempre. Los exámenes de piel y de cabello volvieron a ser positivos.

—De Eva.

—El equipo de análisis de evidencia en Colorado dio un informe completo de la Caravan. Fue reportada como robada en Billings, Montana, hace seis meses bajo un par diferente de placas. Parece que nuestro muchacho cometió un error.

—No —objetó Daniel recostándose en su silla de oficina—. A él no le importa que sepamos que estuvo en Montana seis meses atrás; o que robó la Caravan a algún pobre infeliz en Billings. Brit irá tras el maldito final pero, si conozco a Eva, eso no lo llevará a ninguna parte.

—Él estuvo en Montana por una razón. ¿Cuál?

ADÁN

—Porque estaba acechando a una mujer en Billings —opinó Daniel—. O porque Montana resulta estar entre Vancouver y Florida. Él solo pasaba y necesitó una nueva furgoneta. Podría ser cualquier cosa.

—Brit va a investigar Montana —anunció Lori.

—Sería necio no hacerlo. Por lo que sabemos, pellizcaremos una posibilidad. Solo te estoy diciendo lo que ha sido mi experiencia con Eva.

Daniel se inclinó, agarró un estilográfico negro que Heather le había regalado por su cuarenta cumpleaños, y lo hizo girar entre los dedos.

—¿Tenemos ya los efectos personales físicos de la furgoneta? Ya debieron haber llegado en un vuelo especial.

—Los informes están...

—No. Quiero ver cualquier cosa que encontraron. Hábitos personales de Eva. Qué clase de comida consume. Cualquier cosa que irradie luz sobre el hombre. Si está allí, necesito verlo lo más pronto posible.

—Espera.

Aunque toda la evidencia recuperada era importante para cualquier investigación, Daniel prefería centrarse en detalles que no necesariamente se relacionaban con el crimen mismo. Eva sacaría cuidadosamente de la escena del crimen cualquier evidencia comprometedora, pero era más difícil cubrir rastros de detalles rutinarios relacionados con la vida cotidiana. Evidencia que revelara más al hombre que al crimen.

Lori volvió en treinta segundos.

—Aquí está.

—¿Puedes pasar por mí? No quiero manejar.

—¿Así de mal estás? —preguntó ella, titubeando.

—Peor —respondió él—. No muy a menudo, pero peor. Mucho peor.

—¿Me das una hora?

167

—En realidad...

Una hora lo pondría al borde de otro ataque. Pero además, no podría correr a esconderse cada noventa minutos. Tendría que encontrar un modo de tratar con el temor durante el transcurso de un día normal, por anormal que eso pudiera ser.

—Está bien.

Daniel colgó y revisó su correo electrónico. La mayor parte era basura, incluso la que su filtro le dejaba pasar. Abrió una nota de Montova pidiéndole copiar al nuevo agente especial (Brit Holman) toda información relacionada con Eva que Daniel pudiera encontrar durante su licencia médica. El siguiente párrafo aseguraba que Daniel seguiría en convalecencia hasta que una serie completa de exámenes psicológicos le aclarara cualquier efecto secundario.

Daniel agarró el teléfono para llamar a Heather a la oficina y luego cambió de opinión. Seis meses atrás pudo haber considerado en serio la sugerencia de Heather de abandonar a Eva y tomar otro caso, si esto significaba volver a estar juntos. Pero ella debía saber que había menguado el interés de él en reavivar la relación. Dos años era mucho tiempo para ser rechazado sistemáticamente. Él creía amarla aún, pero vivir separado de ella se había vuelto sinónimo de ser él mismo.

Estaba el asunto de la amenaza de Eva de matarlo, suponiendo que fuera Eva quien llamó. Pero dejar salir del atolladero a Eva para salvar su pellejo era moralmente reprensible para Daniel.

Pasó los treinta minutos siguientes disponiendo una exhaustiva búsqueda del chofer que recogiera a Heather. Él no revelaría la verdadera amenaza, pero les dio bastante información a sus contactos en la patrulla de carreteras y el departamento de policía de Santa Mónica para que lo ayudaran. El jefe Tilley convino de inmediato en enviar esa noche al bar un par de policías para que interrogaran testigos.

Él fue un poco más franco con Brit, quien acordó mantener a Heather fuera de la investigación, pues quien llamó podría representar una amenaza para ella si se enterara de que estaba hablando con las autoridades.

Satisfecho de que las cosas se estuvieran moviendo, Daniel apagó su computadora y se puso los zapatos. Si el tipo que llamó había dejado alguna clave de su verdadera identidad, lo hallarían. Daniel dudaba que lo hubiera hecho.

Lori pasó por él exactamente después de las diez, como prometió, lo llevó a la oficina regional y se mantuvo cerca mientras él abría una papelera plástica con evidencias personales que ella pidió para él: las evidencias personales que Eva había dejado alrededor de la escena en que había matado a su decimosexta víctima.

La papelera contenía un montón de bolsas transparentes de evidencia, las cuales Daniel esparció en una mesa del salón.

Tres envolturas de color rojo, blanco y azul de caramelos Baby Ruth

Una lata arrugada de aluminio de Coca-Cola Cherry

Una envoltura de dulces toffee Heath

Tres plumas, etiquetadas gallina

Una media sucia deportiva blanca

Un rollo vacío de cinta gris de conducto, y otro al que aún le quedaban casi tres centímetros de cinta

Una tira de cecina seca

Una barra de goma de mascar Big Red, aún en su envoltura

Daniel hizo a un lado las ocho bolsas plásticas, dejando una novena frente a él.

—Esto es nuevo.

—Lo mismo cada vez, ¿eh? —comentó Lori moviendo la cabeza de lado a lado.

Ella había leído el expediente. Daniel miró las bolsas esparcidas que había hecho a un lado.

—Prácticamente vive de barras de caramelos y Coca-Cola Cherry. Bastante típico que personalidades obsesivo-compulsivas limiten sus patrones de alimentación. La salud no significa nada para él.

—¿Ningún recibo de estas cosas? ¿De dónde saca su dinero?

—Nunca deja un recibo. Ninguna envoltura ha tenido alguna vez una etiqueta de precios con el nombre de alguna tienda. Él las deja sabiendo que no nos ayudarán a precisar sus patrones de viaje. El resto claramente no es llamativo.

—Somete a sus víctimas con un anestésico general por inhalación —añadió Lori agarrando la bolsa con la media vieja.

—Media sin marca, que se vende en todo Target y Wal-Mart en Estados Unidos. La séptima que hemos recuperado. Si ya no lo hicieron, en el laboratorio encontrarán rastros de anestésico general por inhalación.

—¿Por qué deja él tan clara evidencia de sus secuestros? —inquirió Lori bajando la bolsa—. Pensarías que una persona tan cuidadosa no dejaría nada tan comprometedor.

—A él no le importa nada acerca de evidencias comprometedoras, mientras no se le logre identificar y atrapar. En este caso es claro que cree más importante que sepamos que deja inconscientes a sus víctimas antes de inocularles una enfermedad fatal.

—Como nuestra propia sociedad —opinó Lori, mirándolo—. Diría alguien.

—Muy bien, doctora.

La última bolsa contenía una página arrugada que habían arrancado del primer libro de la Biblia. Génesis. Capítulo tres. Versión King James.

Daniel la levantó hacia la luz para poder ver los diminutos caracteres en el lado opuesto. No logró ver ninguna marca.

—¿Puedo verla? —preguntó Lori alcanzando la bolsa y sosteniéndola en alto—. La historia de la caída. Adán y Eva.

—Eva es engañada por la serpiente y come del árbol del conocimiento del bien y del mal. He estudiado cuidadosamente una docena de veces cada palabra de la historia. Hemos estado muy seguros de que él seguía las insinuaciones del relato de Eva, pero esta es la primera vez que deja evidencia comprometedora.

—La pregunta es: ¿Qué tiene que ver la meningitis con la caída del hombre?

Lori lo miró, con ojos centelleantes, y contestó su propia pregunta.

—Las meninges protegen la mente de enfermedades. Como una capa de inocencia.

Impresionante. Daniel había tardado un año en llegar a la misma conclusión, sin la ventaja de la extensa reseña que ella había leído, de acuerdo. Aún así. Quizás se debía a la doctora que había en ella.

—Destruye las meninges y acabarás con la mente —enunció Daniel—. Eso es correcto. Nuestro muchacho está reviviendo la caída del hombre al introducir una enfermedad que perfora el velo de inocencia y mata a la víctima. ¿Quién habría creído que el tercer capítulo del Génesis podría ser un arma tan letal?

Daniel señaló la bolsa.

—Haz que la examinen en busca de alguna marca que no corresponda.

La negrura de su pesadilla le azotó la mente, oscureciéndole la visión. Instintivamente se aferró a la mesa con una mano. No hubo temor. La negrura pareció paralizarse, y por un instante él creyó que este cambio podría indicar una tregua de los episodios de...

Llegó el temor, como un mazo desde el cielo, atacándole violentamente la garganta.

Cada nervio de su cuerpo se estiró con fuerza como si se prendiera fuego con queroseno. El aire fue absorbido de sus pulmones, dejándolos vacíos. Pero era la negrura... Un foso de intenso frío a pesar del calor.

Horror.

Daniel sintió que se le doblaban las piernas. Su barbilla golpeó la mesa antes de que pudiera aminorar la caída, y con ese golpe en la cabeza desapareció el temor.

—Daniel —exclamó Lori arrodillándose encima.

Él oyó abrirse la puerta.

—¿Daniel?

Brit rodeó la mesa mientras Daniel trataba de arrodillarse. Rápidamente se revisó la barbilla y sintió alivio al no hallar sangre.

—¿Estás bien? ¿Qué sucedió?

Se levantó con la ayuda de Lori y se sacudió los pantalones.

—Está bien, qué vergüenza. No encontré la silla —expresó, forzando una sonrisa juguetona—. ¿Retiraste la silla?

La ceja del agente se arqueó.

—¿Viste esto? —preguntó Daniel pasándole a Brit la página arrugada del Génesis.

Brit agarró la bolsa, con la mirada en las manos temblorosas de Daniel.

—¿Seguro que estás bien?

Daniel necesitó toda su concentración para tratar de no temblar de pies a cabeza en el período subsiguiente al brutal temor. Se sentó.

—Me golpeé la cabeza en la mesa —indicó, acomodándose la gorra—. Estaré bien.

Brit dejó la bolsa de evidencias sobre la mesa.

—Ya la hice procesar. Una latente huella corresponde a la de Eva. Hallaron esta página metida en un conducto del tablero.

Daniel debía ir a un terapeuta, a pesar de saber que la terapia no le brindaría ayuda para su condición. Por otra parte, un sedante tal vez sí.

Brit los dejó solos algunos minutos después, y la resolución de Daniel de mantenerse firme desapareció en el momento en que se cerró la puerta. Puso los dos brazos sobre la mesa y descansó la frente entre ellos.

La mano fría de Lori le tocó la nuca y comenzó a masajearle los engarrotados músculos. Ella permaneció en silencio, un pequeño gesto que él agradeció. No había mucho que se pudiera decir. El agente especial debía encontrar una manera de detener el temor.

Cualquier manera.

—Quizás debamos intentar una dosis más fuerte —enunció él.

—Hagamos de cuenta que no dijiste eso —opinó ella mientras movía las manos hacia los hombros de él.

—¿Crees poder hacer que desaparezca con *masajes*?

—¿Prefieres que te golpee con un mazo? Porque eso es lo que haría una dosis más fuerte de DMT. Te podría matar. Imposible.

—¿Qué entonces?

—Tiempo.

—No tengo tiempo —declaró Daniel levantándose y yendo hacia la puerta.

Abrió la puerta y entró al pasillo antes de recordar que su auto aún estaba en el apartamento.

—¿Me puedes acercar a casa?

—¿Ya?

—Ahora. No puedo estar aquí.

DIECISIETE

DANIEL TRABAJÓ DESDE la casa el resto del día, aunque tal vez *trabajar* describía mal el modo en que pasó las horas.

No quiso hablar con Lori acerca de los episodios repetitivos a pesar de que ella se lo preguntó en dos ocasiones distintas. Ella sugirió que después de la cena analizaran las evoluciones en el caso Eva, pero la posibilidad de sufrir un ataque de pánico mientras esperaran a que en el restaurante les asignaran una mesa fue suficiente para cerrar con candado la puerta.

No, él necesitaba algún tiempo a solas. Le dio instrucciones a Lori de que enviara por fax los informes a medida que llegaran. Los analizaría desde su casa, donde se podía concentrar sin la preocupación de caerse en una calle atestada de gente. Parecía tranquilo y razonable por teléfono.

Estando solo, caminó de un lado a otro en el apartamento como un tigre, buscando en su memoria y sus textos algo que pudiera calmar su tormento.

Y cuando su memoria se puso en blanco, agotó a Google, inda-
gando tan profundo como permitía el motor de búsqueda, tratando de
encontrar casos de estudio con características parecidas. Incluso remotamente parecidas. Psicosis. Muerte inminente. Paranoia profunda.
Ideas delirantes de cualquier clase que atacaran el sistema nervioso.

Su sufrimiento se caracterizaba por ansiedad no causada por ideas
delirantes, eso era muy claro. Más probablemente era una forma de
desorden de estrés postraumático provocado por su experiencia de
muerte. Pero los síntomas graves que enfrentaba no se explicaban de
manera adecuada en la literatura escudriñada.

Es más, solo esos casos en que participaban experiencias cercanas a
la muerte se aproximaban a los síntomas que Daniel presentaba. Todo
este asunto de reacción de la mente ante la muerte bañándose a sí
misma con fuertes estímulos electroquímicos era sencillamente irri-
tante. El cerebro de la víctima estaría en cortocircuito para siempre si
no moría *desahuciada* de veras.

Al final, su búsqueda lo premió solo con el entendimiento general
de que el cerebro humano era un órgano misterioso y poco entendido,
que en comparación hacía parecer a las computadoras como bloques
de concreto. Pero él ya sabía eso.

Pidió a un colega que también era médico que le ordenara una
receta de Ativan, un relajante comúnmente formulado para calmar la
ansiedad. Con la relativa confianza de que no sufriría un ataque a los
treinta minutos de otro, Daniel se arriesgó a conducir hasta la farmacia
Vons a las seis de esa tarde.

Se tomó dos Ativan y una pastilla para dormir que ya tenía en su
botiquín y se alistó para caer en un atenuado sueño. Era extraño lo
rápido que habían cambiado sus prioridades. Su razón total para ir a la
oscuridad había sido escapar a una obsesión de hallar a Eva. Ahora solo
quería salir de esta nueva oscuridad.

Dos Ativan con la pastilla para dormir lo debían haber dejado en
cama sin sentido. Así fue. Por dos horas.

A las nueve despertó sobresaltado en su sofá, húmedo de un sudor frío, con el corazón latiéndole por los efectos del poder de las medicinas, como los pistones de un barco.

El temor pasó, pero ahora brotó una nueva clase de horror. Si una dosis doble de Ativan no podía darle algo de paz, no lo haría ninguna clase de anestésico. Aun así, ¿y si el anestésico le hacía efecto pero no detenía el temor? ¿Y si él quedara incapacitado cuando el terror le atormentara la mente? Una perspectiva aterradora.

Daniel yacía en el sofá y empezaba a temer seriamente el próximo ataque.

Al sobrevivir a otro caso de horror a las once, casi llama a Lori para pedirle que estuviera sentada a su lado. Pero le pareció ridícula la idea de que él, un conocido psicólogo conductual que cazaba a los más viles asesinos de la sociedad, solo podía dormir en los brazos de una hermosa doctora.

Finalmente logró dormirse a las dos de la mañana, y el estridente timbre del teléfono lo despertó a las diez de la mañana siguiente. ¿Había dormido durante la noche? Se llenó de alivio.

Luego recordó que no había dormido todas las ocho horas. Es más, una y otra vez fue despertado por la figura siniestra al final de su cama.

Dejó que el contestador automático recibiera la llamada de Lori, quien estaba preocupada por él. La había llamado alguien del departamento de policía de Santa Mónica. No habían descubierto nada definitivo sobre el vehículo o el chofer, pero enviarían por correo electrónico lo que tenían.

—Llámame, Daniel. Estoy preocupada por ti.

Él se bañó y se cepilló los dientes. Bebió un vaso de jugo de naranja. Intentó hacer caso omiso de la ansiedad producida por la expectativa de tener que pasar otro día de terror.

Se preguntó de dónde provenía la expresión *celda para casos irremediables*. Quizás antes de que se idearan los cuartos con paredes acolchadas como una manera más humana de encarcelar a los locos, alguna vez los metían en una enorme jaula.

Daniel no recordaba la última vez que estuvo enfermo de verdad. Aunque técnicamente no estaba enfermo, o tal vez sí lo estaba, decidió quedarse en casa todo el día. Si surgía algo, Lori llamaría. Brit llamaría. Montova llamaría. Todos lo necesitaban. Al menos en cuanto a Eva, lo necesitaban.

A mediodía sonó el timbre de la puerta. Daniel salió aprisa de su estudio donde estaba estudiando casos de experiencias cercanas a la muerte, lo cual le ayudó a tolerar el tiempo entre sus ataques de ansiedad. Pensó que con un poco de suerte se trataría de Lori, y entonces se preguntó de inmediato por qué no la había llamado si quería verla con tanta intensidad.

Porque estaba enfermo. De la cabeza. Y para ser perfectamente sincero, un poco avergonzado por estar enfermo de la cabeza.

Pero no era Lori. Era la policía, investigando varias quejas por las que los habían llamado la noche anterior. Era obvio que alguien del vecindario lo había oído gritar a tempranas horas de la madrugada. ¿Estuvo él consciente del alboroto, y había oído algo?

—¿Gritos, como si estuvieran torturando a alguien?

—No estamos seguros. Solo gritos. Pero suficientemente fuertes como para despertar a dos parejas distintas, y sucedió tres veces casi por un minuto cada una. ¿Los oyó usted?

—No. ¿Están seguros de que salieron de aquí, no de la calle?

—Estamos revisando todas las casas. Probablemente nada, pero si usted oye algo, llámenos por favor —indicó el policía levantando el sombrero—. Buenas tardes.

Daniel cerró la puerta y corrió el cerrojo. Más que del de nadie, estaba fuera de su alcance cómo le había sucedido esto. Él no era ningún sicótico que necesitara un chaleco de fuerza. Era quien ponía a sicóticos callejeros *en* esos chalecos de fuerza.

Lori llamó una hora después y él le explicó que había estado haciendo algunos progresos en una nueva teoría; que aún no estaba listo para comunicársela; que le diera un par de días y que se la probaría.

¿Necesitaba él algo de compañía? ¿Se las estaba arreglando solo? Quizás debería salir a dar una caminata.

Sí tenía compañía, acechándolo desde el extremo de su cama, pero no se lo hizo saber a ella. Manifestó que se las estaba arreglando; que solo necesitaba unos pocos días para poner todo en orden.

La parte razonable de Daniel quería rogarle a ella que pasara la noche a su lado, agarrándole la mano, con instrucciones de amordazarlo si empezaba a gritar. Pero él no podía caer tan bajo.

Esa noche se tomó otros dos Ativan y añadió un Seroquel... le dijeron que era una dosis peligrosa pero tolerable para un hombre sano de su peso. Los medicamentos lo noquearon, algo bueno.

Despertó gritando dos horas después. Esto no era bueno.

Hasta ahora había olvidado la visita de la policía y, temiendo que los vecinos estuvieran abriendo sus ventanas para identificar el ruido, recurrió a una idea que ya se le había ocurrido temprano esa tarde.

Aún grogui por las drogas, Daniel sacó de la caja de herramientas en su garaje un rollo de cinta de conducto. Volvió a tropezones a la cama, rasgó un pedazo de quince centímetros, se lo puso sobre los labios, y se volvió a recostar.

Una hora después despertó gritando contra la cinta. No le gustó el sabor del adhesivo, pero pensó que al menos la cinta funcionaba, y volvió a sucumbir al entumecimiento de los medicamentos.

DANIEL INVENTÓ Y emitió con eficacia una docena de excusas para no ver a Lori en los dos días siguientes. Cada día hablaban largamente alrededor del mediodía, y revisaban la nueva información que había llegado, nada útil en particular, y luego platicaban otra vez en las noches, satisfaciendo a Lori con sus afirmaciones de que estaba bien de verdad.

Ella debía saber que él no estaba bien. Fuera cual fuera la discusión, él siempre hallaba maneras de volver al tema de los efectos de la experiencia cercana a la muerte, como llamaba a los ataques de ansiedad. Le aseguraba a Lori que los efectos no empeoraban, pero temía que el tono de su voz traicionara la verdad.

En realidad no solo se fortalecían los efectos de la experiencia, sino que también le venían con mayor frecuencia. Y con más forma. Allí estaba un Eva sin rostro, mirándolo en la oscuridad como lo había hecho en la noche en Manitou Springs, burlándose de la muerte de Daniel.

Estaba tan desesperado por alivio al final de esa semana, que en la segunda noche de su aislamiento volvió a llamar a Lori una hora después de que hubieran colgado.

—¿Aló?

—Hola, Lori.

—¿Daniel?

Un puño se le cerró en la garganta, impidiéndole respirar y hablar.

—Daniel, ¿estás bien? Voy a verte.

—No. No, está bien. Simplemente…

—No, no está bien. Está peor, ¿no es cierto?

—No, no…

—Deja de mentirme, Daniel, por el amor de…

—¡Pues sí! ¡Empeoró! —exclamó, con tono exagerado, sin poder detenerse—. Es mucho peor, pero no hay nada que nadie…

Él cerró los ojos y trató de calmarse.

—Está bien, eso es todo, voy para allá. Tranquilízate, estoy…

—Por favor, Lori. No. No estoy… De veras, no hay nada que puedas hacer. Quisiera que lo hubiera, créeme.

Él quería decirle más. Por tanto lo hizo.

—Estoy durmiendo con cinta sobre la boca.

—¿Que estás *qué*?

—Para no despertar a los vecinos. Tú sabes... cinta de conducto. Sencillamente es algo práctico.

La línea permaneció en silencio.

—Ha pasado una semana y esto no mejora, Lori. No sé que hacer.

—Deberías volverte a chequear en el hospital, ¡eso es lo que deberías hacer! Conozco un médico en el Cedars-Sinai que se especializa en graves...

—No me estás escuchando, Lori. Ni aunque que me pongan anestesia, estoy solo frente a este miedo.

—Eso no lo sabes.

—¡*Sí* lo sé! Tengo un doctorado en ciencia conductual, ¿o cambia eso también el hecho de lo que estoy soportando?

—Lo siento.

Hablaron durante otros quince minutos y no lograron más que pasar el tiempo. Ella le preguntó una vez más si podía pasar a verlo, y una vez más él rechazó la idea.

Daniel pasó otra noche empapando sus sábanas de sudor y gritando dentro de la cinta de conducto.

El día siguiente demostró ser peor aún. Eva se acababa de silenciar, como hacía siempre entre ciclos lunares. La investigación había caído en un atolladero basado en nuevas evidencias que no brindaban nada nuevo.

Lori no creyó oportuno llamar y revisar las evidencias con Daniel, y él dudó que se debiera a que ella estaba muy ocupada. Él sabía cómo el rechazo continuo era eficaz para desalentar cualquier relación. Ahora él había estado en las dos posiciones.

Este era su cuarto día completo en casa y, con cada hora que pasaba, no podía escapar a la creciente certeza de que en algún momento su lento descenso al terror sería demasiado. Con seguridad finalmente se romperá un hilo.

Él no podía saber que el hilo llegara a las cinco y media esa misma tarde con un simple toque a la puerta.

Daniel abrió la puerta de par en par, esperando que fuera Lori porque, aunque debía ser fuerte, su fortaleza se desmoronaba.

No era Lori sino Brit Holman. Y tenía pálido el rostro.

—Hola, Brit.

—Daniel —contestó Brit inclinando la cabeza—. ¿Puedo entrar?

—¿Qué pasa?

—Yo... Bueno, probablemente yo debería...

—Suéltalo, Brit.

—Se trata de Heather.

—¿Qué le pasa? ¿Le hablaste de las llamadas telefónicas?

—No acudió hoy a nuestra cita para almorzar. Cuando llamé a la oficina me dijeron que no compareció al tribunal esta mañana, y que no llamó.

—Tiene que estar en casa —expresó Daniel alargando la mano hacia una silla.

—Llamé. No hay respuesta.

¿Qué estaba diciendo?

—Creo que Heather puede haber desaparecido, Daniel.

Entonces el temor descendió sobre él, parado en la entrada. Una brutal patada al pecho que lo hizo gritar, no distinta a otras doce andanadas similares de temor que había soportado ese día.

Pero esta no se desvaneció; y le atravesaba a gritos la cabeza con una palabra.

Eva.

DIECIOCHO

DANIEL SE MOVIÓ SIN clara reflexión ni consideración. Pasó a Brit, golpeándolo en un costado. Por sobre un pequeño seto que bordeaba un jardín de piedras que no requería mucho esfuerzo para mantenerlo bien. A través de la puerta lateral del garaje.

—¡Iré contigo! —exclamó Brit.

Daniel apenas lo oyó.

El Lexus negro de Daniel se hallaba en la oscuridad, inmóvil ya por cuatro días. Él se sentó detrás del volante, pulsó el control remoto de la puerta y prendió el motor.

Solo entonces recordó los efectos de la experiencia cercana a la muerte. Cuánto tiempo lo dejaran solo podría determinar cuánto tiempo viviera. Pero conducir hasta la casa de Heather llevaría solo quince minutos.

Por primera vez estuvo agradecido de haberse obligado a vestir decentemente cada mañana, una treta ineficaz para convencerse de que todo estaba bien. Salió del garaje, dejando a Brit en la puerta, giró bruscamente el volante hacia su derecha al final de la entrada a la casa y se metió a la calle frente a un sedán blanco que viró bruscamente para no chocarlo.

El temor que lo atormentara treinta segundos antes ya no lo derribaba, pero él sabía que no se trataba de los efectos de la experiencia cercana a la muerte; estos otros lo golpeaban con fuerza y le atravesaban los nervios como olas gigantescas de energía.

El temor que ahora enfrentaba presionaba un frío constante a lo largo de sus nervios.

El teléfono sonó y Daniel lo agarró. Brit.

—Te llamaré después, Brit —enunció rápidamente, antes de que Brit pudiera hablar—. Solo voy a revisar la casa y después te llamaré.

—Puedo seguirte...

—No. Debo hacer esto a solas. Te llamaré.

Colgó.

Había una docena de explicaciones posibles para la desaparición de Heather, si es que había desaparecido, y él revisó cada una.

Caerse y golpearse en el sótano.

Irse a las montañas, furiosa por la decisión de él de no aceptar su proposición. Ella debió armarse de mucho valor para sugerir el acuerdo. Tal vez él había sido un necio.

Un fin de semana en Isla Catalina con una amiga.

Pero habría llamado a alguien. Además no se habría perdido una comparecencia en el tribunal. No Heather. Nunca.

Daniel giró en la esquina siguiente con un chirrido de llantas. Pulsó el botón de menú y lo hizo avanzar hasta encontrar la llamada que Lori le hiciera la noche anterior. Pulsó el botón de llamar.

—Hola, Dr. Clark —contestó ella al tercer timbrazo—. Qué bueno que...

—Heather desapareció, Lori.

—¿Heather qué?

—Desapareció. Se trata de Eva, tiene que ser él. Espero que sea una equivocación.

—Tranquilízate. ¿Dónde estás ahora?

—Me estoy dirigiendo a su casa.

—¿Estás conduciendo?

—¡Ella ha *desaparecido*!

—Está bien. Te encontraré allá.

—No. Te necesito allá.

—Ya iba a salir. Son casi las seis.

—Quédate allá, Lori. No te muevas. Te llamaré en quince minutos.

Él colgó e intentó quitarse de la mente una imagen de Heather sola en la cocina. La imagen fue reemplazada con otra, una figura siniestra y Heather. En un sótano. Golpeó el volante con la mano abierta y se abrió camino entre el tráfico, con la bocina resonando.

Daniel tardó doce minutos en llegar a la casa. Subió por la acera, encontró cerrada la puerta, y sacó una llave de debajo de una higuera a la derecha de la puerta.

Las luces de la casa estaban apagadas. Todas.

—¿Heather?

La voz le sonó ahogada.

—¡Heather! ¡Contéstame!

Daniel atravesó una sala vacía y subió las escaleras hasta el dormitorio principal. Gritó el nombre de ella en cada cuarto, revisando debajo y detrás de los muebles. En el baño, volvió a bajar a la planta baja, en el garaje.

El BMW blanco de Heather estaba estacionado en uno de los dos espacios.

Musitando una maldición, Daniel corrió hacia la cocina y revisó el contestador automático. Nueve mensajes nuevos. El primero era de Raquel a las siete y treinta esta mañana.

Hizo avanzar el identificador de quienes llamaron, encontró el número celular de Raquel, y lo marcó.

—Hola, muchacha —contestó Raquel con voz alegre y vivaracha—. ¿Dónde has estado escondida?

—Raquel, soy Daniel.

—¿Daniel? Ah, lo siento. No quise interrumpir.

—Yo te llamé. Escúchame: Necesito saber cuándo hablaste por última vez con Heather.

—¿Qué quieres decir? Ayer, nos tomamos un trago después del trabajo.

—¿A qué hora?

—¿Qué pasa, Daniel? ¿Estás diciendo que ella no está allá?

—No, no está. ¿A qué hora la dejaste ayer?

—Como a las seis. Llamé y hablé con ella a las diez.

Así que Heather había estado en casa.

—¿Qué está sucediendo? —preguntó Raquel, su voz denotaba preocupación.

Daniel colgó el teléfono y lo dejó sobre el mesón. No se pudo mover por algunos momentos. Se habían llevado a Heather.

¿O estaba ella haciendo esto para captar la atención de él? ¿Podría ser? Así no era ella. Pero había otras posibilidades. Quizás no se tratara de Eva. Para empezar, él siempre se llevó a sus víctimas cuando la luna estaba en menguante, y no cerca de luna llena.

Eva había estado en Colorado una semana antes, y habría tenido que deshacerse de su auto, hallar otro, y abrirse camino hasta California... todo lo cual llevaba tiempo.

Luego estaba Heather, quien nunca había estado asociada con alguna religión. Hasta aquí Eva solo había agarrado mujeres con alguna afiliación religiosa.

En realidad, Eva era demasiado cuidadoso para entrar con gran desenfado en una casa y secuestrar a Heather solo para enviarle un mensaje a Daniel.

El sótano.

Daniel presionó el botón de la luz en el hueco de la escalera y bajó de dos en dos los peldaños. Había cajas de almacenaje apiladas a lo largo de una pared del incluso salón de juegos. La puerta al salón posterior estaba cerrada.

Atravesó corriendo el piso de concreto, hizo girar la manija de bronce y abrió la puerta de un empujón.

El salón estaba en tinieblas. Palpó la pared en busca de un interruptor. Encontró uno. Lo levantó. Tubos fluorescentes titilaron.

Al principio la iluminada escena lo confundió. Las paredes estaban cubiertas de información relacionada con Eva. Y con él. Era como si el asesino mismo hubiera armado el salón. Él miró en asombrado silencio.

Pero la escritura era de Heather. Así como la computadora. Igual que todo en el salón. Heather había estado investigando el caso.

Investigando a Eva.

Daniel siguió adelante, con las piernas entumecidas. Todo este tiempo ella había estado acosando no solo a Daniel sino también al asesino. Eva. Lo cual decía mucho más acerca de Heather de lo que él posiblemente se habría imaginado.

El efecto de la experiencia cercana a la muerte lo golpeó con una nueva estela de terror mientras se encontraba parado en mitad del suelo. Y esta vez la figura al extremo de su cama surgió amenazadora sobre él.

Te veo, Daniel.

El agente sacudió la cabeza pero se negó a caer.

Cuando el terror pasó momentos después, dejando solo el frío, quedó temblando pero aún de pie, todavía mirando los recortes de periódicos, aún desafiando al miedo. En muchas formas Heather los había desafiado a todos. Por lo que a Daniel le constaba, ella había ido tras Eva por su cuenta. Quizás él no la había agarrado; ella *lo* estaba agarrando a él.

Daniel se volvió, revisando las paredes. Una mancha púrpura en el piso le hizo bajar la mirada. Un vaso roto de vino en un lado. Un pequeño bulto blanco a su lado.

Era una media.

Él había visto siete veces en su vida una media idéntica a esta. Cada vez en una funda plástica transparente. Cada vez se había usado la media para dejar inconsciente a una víctima.

Eva había agarrado su decimoséptima víctima.

El temor regresó otra vez, provocado por la media... por el conocimiento de que Heather estaba desaparecida, de que se había esfumado por casi veinticuatro horas.

Ahora él cayó, pesadamente, sobre una rodilla. Se levantó, luchando con las olas de terror con la mandíbula apretada. Ella estaba en posesión de Eva por culpa de él.

Daniel se las arregló para agarrar su teléfono y presionar otra vez el botón de llamar. Lori contestó a la primera timbrada.

—¿La encontraste?

—Eva se la llevó —contestó él con temblor en la voz.

—¿Estás seguro?

—Quédate allí, Lori.

—Me estás asustando, Daniel.

—Quédate allí, pasaré por ti.

—Dime lo que estás pensando.

Él tomó una profunda bocanada y la dejó escapar lentamente.

—Sé qué hacer, Lori. Sé dónde hallarla.

VARÓN DE DOLORES: UN VIAJE A LAS TINIEBLAS

por Anne Rudolph

La revista Crime Today *se complace en publicar la quinta entrega del informe narrativo de Anne Rudolph sobre el asesino conocido ahora como Alex Price, presentado en nueve entregas, una cada mes.*

1990

MIL NOVECIENTOS NOVENTA marcó el inicio del final de la entrada de Alex Price a alguna clase de existencia social normal.

Habiendo aceptado y luego desechado sus verdaderas identidades, tanto Alex como Jessica continuaron sus nuevas vidas con propósito y entusiasmo durante el invierno de 1989 y principios de 1990. El variado calendario de Jessica en el restaurante le permitía mantener horas imprevisibles, algunas de las cuales empezó a pasar con amistades que hacía en el trabajo. Comenzó a hablar más francamente con hombres, no acerca de su pasado sino de su vida y de sus sueños, los cuales se estaban desarrollando con creciente libertad.

Casi nunca hablaba de su hermano fuera de la vida de él como seminarista

en San Pedro. Aunque ninguno de los amigos de Jessica Trane había conocido a Alex, todos sabían que su hermano se estaba convirtiendo en sacerdote y que le iba mejor que a la mayoría.

El ambiente del hogar empezó a incomodar lentamente a Jessica, pero no lo suficiente como para hacerla impulsar algún cambio. Alex aún dormía en el sofá y ella en el colchón, no por su bien sino por el bien de él. A solicitud de ella, en un par de ocasiones él había tratado de dormir en su propio cuarto, pero le manifestó a su hermana que allí simplemente no lograba dormir.

Jessica sugirió que colocaran las dos camas en el dormitorio de ella, solo para sacar el colchón de la sala, pero él se justificó en la idea de que estaría invadiéndole su espacio personal.

Sencillamente no podían dormir juntos en el mismo dormitorio ahora que eran adultos. No era correcto.

La única solución era la sala y, considerando bien todas las cosas, a Jessica no le importaba mucho esto, excepto cuando la despertaban las pesadillas de Alex. En todo caso, estas habían empeorado. Él despertaba todas las noches, gritando en la cinta de conducto que le cubría la boca, y luego se retiraba a su dormitorio privado.

Dentro de su cuarto colgó del techo una cobija negra, de tal modo que no se pudiera ver el dormitorio aunque se abriera la puerta. Al interrogársele si alguna vez ella se preguntó qué estaba haciendo él en su cuarto todo ese tiempo, Jessica solamente se encogía de hombros. «Esto era extraño en Alex, pero yo lo entendía. El espacio privado era muy importante para él. Se había criado en una casa sin espacio privado, y ahora quería tener su propio sitio de seguridad».

Jessica manifestó que no era que Alex no se sintiera seguro con ella, sino que la mayor parte de sus luchas no tenían nada que ver con ella y, como él afirmaba, todos tenían que luchar con sus demonios por su cuenta.

Alex seguía destacándose como estudiante, ahora en su tercer año, y se volvió más audaz con sus argumentos verbales y aún más con sus artículos. Estudiar para llegar a ser sacerdote se había vuelto su propósito de vida, lo único que le daba significado.

Asistía a clases en la mañana, regresaba para dormir más o menos una hora en la tarde, y caminaba hasta el restaurante donde aún trabajaba un turno de tres horas como lavaplatos. Al regresar a casa a las cuatro trabajaba entonces en sus controversiales documentos de teología y filosofía hasta que Jessica llegaba a casa, a menudo tarde en la noche. Después de hablarle de su día y de oírle hablar del de ella, él se preparaba para un irregular sueño que generalmente terminaba como a las dos o tres de la mañana. Alex pasó durante semanas enteras por el mismo ciclo.

En abril de 1990 este ciclo terminó de manera abrupta. Alex presentó un trabajo escrito que tituló «Dios», en el cual argumentaba que Dios, como lo definía la mayor parte de las principales religiones del mundo, incluyendo el islamismo, el cristianismo y el judaísmo, se podría entender como si no fuera real. Razonaba que el catolicismo podría resultar mejor como una religión que sostuviera la creencia de que Dios era una extensión del hombre.

Su ex profesor de teología Herman Stiller comentó: «El argumento de Alex se habría rebatido como broma filosófica si él no hubiera defendido el caso con tanta convicción. Tenía la reputación de ser alguien con ideas innovadoras, pero al leer el artículo yo no estaba seguro de que Trane creyera en lo que había escrito».

Al ser confrontado, al principio Alex defendió su posición pero luego se echó para atrás. El asunto fue descartado y él siguió con sus estudios.

Hasta este momento los demás estudiantes habían visto a Alex como un fuerte pensador crítico, con una buena dosis de cinismo. Pero él nunca había propuesto doctrina que la Iglesia Católica viera como herejía, hasta que escribió el artículo sobre la no existencia de Dios. Cuando algunos de los estudiantes se enteraron del artículo, empezó a cambiar su actitud hacia Alex.

«He visto el rostro del diablo y, de no ser por la gracia del mismísimo Dios, me habría cortado la garganta para no tener que volver a enfrentarlo».

—Padre Robert Seymour
La danza de la muerte

Mientras tanto Alex tenía problemas para ocultar sus verdaderos sentimientos acerca de la religión y la fe. En verdad, él no creía en Dios, no de la manera en que los demás estudiantes creían. La suya era una fe mucho más subjetiva: un extraño brebaje de secularismo que usaba la palabra Dios como si fuera una etiqueta para algo inexplicable.

Jessica confesó: «Observé que algunas de las cosas que él decía parecían bastante conocidas». Alex usaba expresiones como «almas revestidas del demonio» y «bebés de Lucifer», expresiones que Alice solía usar para describir a los pecadores. Pero nada de esto le preocupaba a Jessica porque, como ella lo expresara, «él no estaba adoptando las maneras de Alice. Creo que las rechazaba, así como cualquier cosa que tuviera que ver con la religión falsa».

En realidad, Alex parecía estar tomando el mismo sendero que muchos niños toman una vez que hallan su libertad. Al haber sido adoctrinados desde niños con ciertas creencias (como en la existencia de Dios), entran al mundo y descubren que esas creencias son desafiadas, y que a menudo se vuelven contra ellos mismos.

En el caso de Alex, él fue adoctrinado y maltratado por la religión de Alice. Aunque al principio pareció creer que el cristianismo era la religión superior, no podía negar su resentimiento hacia la religión en general. Es más, cuanto más estudiaba doctrina, más se volvía contra toda religión y fe. Igual que la consabida rana en una olla de guisado religioso, su fe comenzó a morir. Y solo fue cuestión de tiempo que sus creencias, o la falta de ellas, se hicieran obvias para los demás.

Lo que empezó como unos cuantos

comentarios aislados a estudiantes, rápidamente se salió de control. Al hacerle claras preguntas de fe en discusión abierta, él objetaba mediante una respuesta a menudo confusa y perspicaz.

Increíblemente, Alex no parecía notar que el caso se levantaba contra él. En marzo entregó otro artículo, esta vez desmantelando sistemáticamente lo sobrenatural en todas sus formas, sin afirmar en realidad que no había realidad sobrenatural. Herman Stiller recuerda: «Todos los argumentos estaban allí, de modo que era irrelevante el hecho de que Trane no sacara una conclusión definitiva. Las conclusiones estaban implícitas».

Alex no oyó nada durante una semana, y entonces lo llamaron a la oficina del decano. Presentes estaban su profesor, Herman Stiller; el diácono académico, Bradley Ossburger; y su sacerdote, Robert Seymour. Durante una hora el padre Seymour interrogó cuidadosamente al brillante estudiante acerca de su fe personal y probó que Alex no podía encubrir sus profundas dudas respecto de la validez de cualquier fe.

«Lo que me molestó fue la manera en que me miró y lo que dijo —señaló el padre Seymour—. Su mirada me heló hasta los huesos. Él a menudo sustituía palabras. Decía quien todo lo ve, en vez de Dios Todopoderoso; reino de luz, por reino de Dios».

Una pregunta sencilla casi al final de la entrevista sacó a relucir el claro enfoque.

—Como sacerdote, ¿juraría usted su lealtad a Jesucristo, el Hijo del Dios Altísimo? —inquirió el padre Seymour.

—Eso depende —contestó Alex moviéndose incómodo en su silla.

—Necesitamos un sí o un no —presionó el decano.

—Ustedes sí, ¿verdad? —fue su respuesta—. ¿Y por qué suponen que ustedes, quienes por su propia admisión son simples hombres mortales, pueden saber más que yo?

Ossburger no renunció a la pregunta.

—¿Sí o no?

Alex se inclinó hacia adelante y miró al hombre, con ira en los ojos.

—Entonces no —contestó, recostándose, claramente agitado—. ¿Cómo pueden ustedes sentarse aquí y exigir que yo dé conclusiones cuando ni siquiera he terminado mis estudios? Les daré una respuesta cuando haya analizado toda la evidencia.

El decano había oído suficiente. Después de pedir a Alex que saliera por unos minutos, lo volvieron a llamar y le dieron el veredicto: Lo liberarían de los estudios en San Pedro, con efectividad inmediata.

Alex se puso de pie impactado. Les exigió que reconsideraran, pero la decisión era definitiva. En una diatriba que continuó por diez minutos, Alex Trane finalmente confesó, haciendo saber al panel exactamente lo que pensaba acerca de la llamada religión de ellos. La Iglesia Católica era una farsa, porque las monjas y los curas servían a un dios que no existía, en una imaginaria batalla contra un Satanás que habían inventado como excusa para sus propias almas acongojadas y traficantes de prostitutas. Almas que, a propósito, tampoco existían. La única razón de que ninguno de ellos se pudriría en el infierno era porque sencillamente todos se pudrirían en una tumba.

Las verdaderas creencias de Trane, expuestas en el estilo porfiado lleno de colorido que lo había caracterizado, finalmente lo traicionaron. Cualquier esperanza de servir a la humanidad como clérigo se desvaneció decididamente en esos diez minutos.

El padre Robert Seymour llevó a Alex a su auto y expresó preocupación por su salud espiritual. Hablaron francamente, dejando al padre con pocas dudas de que la junta había tomado la decisión correcta. Los problemas de Alex Trane eran perturbadores, por decir lo menos.

Alex trató de volver a ingresar en San Pedro tres días después haciendo una llamada de profundo arrepentimiento al decano académico, pero Ossburger rehusó cortésmente y sugirió a Trane que intentara dedicarse a la ciencia o la psicología, campos en los cuales había demostrado reiterada brillantez.

Pero Alex no quería ser «científico loco ni loquero», como Jessica lo expresó. Deseaba ser sacerdote y ellos se lo impidieron. «Él estaba frustrado de verdad. No solo molesto o furioso. Quiero decir completamente arruinado. Había desaparecido lo único que él creía que podía hacer para que todas las cosas mejoraran».

Después de la ira inicial al ser expulsado de San Pedro, Alex redirigió su frustración del profesorado y los estudiantes en el instituto hacia sí mismo. Sin la distracción de las clases que le llenaran los días, Alex andaba deprimido por el apartamento, preguntándose dónde había cometido un error. «Daba lástima —dijo Jessica—. Y sentí mucha pena por él».

Pero ellos tuvieron razón para rechazarlo, afirmó ella, aunque nunca le admitió esto a él. Alex y Jessica hablaron muchas veces acerca del seminario hasta altas horas de la noche, y para ella se hizo evidente que él no habría sido un buen sacerdote. Él en realidad no creía en Dios, en Satanás, o en algo remotamente parecido a Dios o Satanás. ¿Cómo podía alguien servir a un Dios en quien no creía?

La respuesta de Alex era simple: «Tú no sirves a Dios. Sirves a personas que piensan que creen en Dios pero, cuando las presionas, cuando las provocas, en realidad no creen. Personas exactamente como yo. Soy el sacerdote perfecto porque represento a todos».

El enojo de Alex desapareció, la confianza en sí mismo se aniquiló, y lentamente se hundió en una profunda depresión. Estaba buscando significado. Esencia; incluso amor. Y hablaba de sus sentimientos con su hermana en una monotonía que a ella le partía el alma.

A menudo le expresaba a Jessica que solo una cosa en la vida tenía algún significado.

—Tú. Te amo solo a ti.

—No quieres decir eso —expresaba ella—. ¿Y tú?

—Yo me odio.

Alex Price estaba diciendo la verdad.

DANIEL ESTABA A DOS CUADRAS de la oficina regional del FBI en Wilshire cuando la siguiente racha de efectos de experiencia cercana a la muerte le envolvió la mente.

Absorbió el aire viciado del auto a medida que la oscuridad le nublaba la visión. Pero no podía perder el conocimiento. La oficina se hallaba a solo un minuto de distancia. Cazar a Eva estaba ahora más allá de su propia necesidad de cumplir o de limpiar la sociedad de un mal que se había extendido. Ahora la vida de Heather estaba en sus manos.

Y sus manos se hallaban en el volante, moviéndolo sin ninguna coordinación mientras luchaba con la oscuridad. Su cuerpo empezó a convulsionarse y por un instante creyó que iba a vomitar.

Daniel abrió los ojos de par en par y mantuvo la visión. Por desgracia, el esfuerzo dio como resultado menos control en los brazos. El auto giró a la derecha y fue a dar contra una barricada titilante. Resonaron bocinas.

Entonces se disipó el temor, mientras el Lexus avanzaba hacia una brecha en el pavimento. Presionó los frenos y se detuvo a un metro de la peor parte de la vía en construcción.

Daniel miró hacia atrás, vio que varios autos se habían detenido a veinte metros detrás, y, dando marcha atrás, salió de la zona en construcción. Volvió a entrar en Wilshire y condujo por el carril con conos, dejando boquiabiertos a más de un par de conductores.

Estacionó en un espacio para visitantes y se dirigió directo al sótano. Solamente otro trabajador lo vio: una secretaria del tercer piso, quien lo saludó con la cabeza cuando salía hacia la noche.

La ventanilla en la puerta de acero de la morgue estaba iluminada en el extremo del oscuro pasillo. Daniel dejó de correr y se puso a caminar. Como un hombre que se dirigía hacia la luz en una experiencia cercana a la muerte, se dirigió hacia la luz de la morgue. Silencio, excepto por su respiración y el sonido de sus pasos.

Corrió los últimos tres metros, de un empujón abrió la puerta y se puso frente a Lori, quien estaba inclinada contra la mesa de acero para exámenes, con los brazos cruzados, esperándolo.

Se miraron por unos instantes, Daniel calmando su respiración y Lori escudriñándole los ojos con férrea interpelación. Los dos estaban conscientes de que un momento crucial los había forzado, pensó él. Al fin él había aceptado la verdad, y esperaba que ella también lo hiciera.

—Lori.

—Hola, Daniel.

Palpitaciones.

—Sabes que solo hay una manera de hacer esto, Lori.

—¿Lo sé?

—Algo me ocurrió allá en Manitou Springs. Resulté muerto. Mi cerebro fue sometido a una descarga electroquímica que borró de mi memoria el rostro de Eva y provocó un cortocircuito en mi mente. ¿No es eso lo que sucedió?

—Sí. Sí, eso es lo que sucedió.

—Debo regresar a ese momento, Lori. Sabes que ahora es la única manera.

Ella se quedó en silencio.

—Tienes que matarme, Lori.

—No seas tonto.

Aquí venía. El callejón sin salida al que Daniel sabía que este asunto llegaría.

—Eva se ha llevado a Heather —le recordó él con voz crispada—. Soy el único que puede ayudarla. Sé cómo es Eva; él está encerrado en mi mente.

—No voy a matar...

—¡*Tienes que* hacerlo! —interrumpió Daniel acercándosele, sin tener en cuenta que acababa de gritarle; luego se presionó la cabeza—. Su imagen está encerrada aquí. Allá afuera no hay nada que la pueda ayudar, y tú sabes eso tan bien como yo.

—Y si no te puedo resucitar, ¡esa imagen morirá contigo! Con el tiempo saldrá por sí sola.

—¡No tenemos tiempo! Eva tiene a Heather.

Con cuidado se tocó la dolorida frente, luego se alejó de Lori, con los ojos cerrados. Durante los dos últimos días había hecho la investigación y tenía confianza razonable en que ella lo podía lograr. Pero era una locura; los dos lo sabían.

—Mira —indicó él, volviéndose—. Sé que es una locura, pero no tienes idea de cuánto dolor llevo por dentro. Él la tiene, Lori. Eva tiene su víctima diecisiete. Anestesiarme es arriesgado. Tal vez no nos lleve a ninguna parte, pero si no me ayudas tendré que buscar a alguien más que lo haga.

—¡Me esforcé mucho para mantenerte vivo! —exclamó ella, bajando los brazos y pasando a Daniel con determinación y con la mandíbula firme—. No tienes idea de lo que estás pidiendo. Esto no es una película.

—Te equivocas. Sé lo que estoy pidiendo. Y sé que podemos subir las posibilidades a setenta y cinco por ciento. ¿Conoces los casos en que participó el Dr. Cheslov, cirujano rumano del corazón? Antes de la llegada de la tecnología cardiopulmonar, él experimentó con alternativas a la cirugía de corazón abierto deteniendo y reiniciando externamente el corazón, cierta clase de recarga para tratar con...

—Él era un curandero con poca ética. No existe documentación. Experimentó con enemigos del estado, por amor de Dios.

—¿Estás diciendo que no funcionaría? Hay nuevos medicamentos que mejoran mis posibilidades de resucitación. Comprendo por qué la comunidad médica no experimente en ambientes no controlados, pero esta situación ya está fuera de nuestro control.

Daniel hizo una pausa.

—Tú sabes cómo hacerlo, ¿no es así? —concluyó.

Lori no contestó. Pero él creyó que ya había logrado conmoverla. Ella había estado pensando en la misma posibilidad incluso desde que falló la inyección de DMT cuatro noches antes.

Se les estaba acabando el tiempo.

Daniel fue hasta donde ella y la oprimió contra su pecho.

—Por favor, necesito que hagas esto por mí —le susurró suavemente al oído—. Inyéctame una vena periférica cercana al corazón con una gran dosis de un relajante de miocardio. Obliga a mi corazón a una fibrilación ventricular. Dejaré de bombear sangre. Mi cerebro empezará a privarse de oxígeno y el sistema nervioso simpático entrará en shock. Eso es lo que necesito, Lori. Necesito que mi mente crea que está muriendo.

Ella respiró firmemente en el hombro de Daniel. Él había repasado los detalles precisos centenares de veces en los dos últimos días. Él retrocedió, y le quitó a ella un cabello de la frente.

—Solo entonces mi cerebro hará lo que hacen los cerebros cuando mueren. Sin adecuada presión sanguínea, mis nervios se desconectarán y toda energía remanente será transferida a mi cerebro en un esfuerzo desesperado por sobrevivir. Mi lóbulo temporal liberará recuerdos. Al sentir el final, mi cerebro extraerá DMT de la glándula pineal. Los neurotransmisores entrarán en enorme confusión, cruzando circuitos electroquímicos al azar. Tendré una experiencia cercana a la muerte.

—¿Y si no te puedo hacer volver? —inquirió ella, mirándolo a los ojos—. Setenta y cinco por ciento...

—Es un riesgo que estoy dispuesto a tomar. Tú me puedes hacer volver. Me dejarás en fibrilación ventricular por un minuto y luego estimularás el músculo cardiaco con grandes dosis de epinefrina y atropina en la misma vena. Un shock de 360 julios parará por completo el corazón y se reiniciará en su propia contracción automática.

Dejando pocas dudas de lo que había estado haciendo en los dos últimos días, Daniel retrocedió y la miró. El rostro de Lori había palidecido unos cuantos tonos, pero ella no estaba reacia del todo a lo que el agente especial pedía.

—Sería asesinato, ¿sabes?

—Esto te salvará —enunció él sacando su billetera y extrayendo la nota que había firmado.

—El suicidio asistido no es legal, bajo ninguna circunstancia. Una nota no me impedirá ir a la cárcel si mueres... ni siquiera es un testamento holográfico. Una corte no admitirá esto.

Desde luego, ella tenía razón. Probablemente el FBI la dejaría libre, considerando todas las cosas, pero sería decisión de ellos, no de ella.

—Entonces lo mejor es que me hagas volver.

A ella le volvió lentamente el color al rostro.

—No es algo muy difícil de entender, Lori. En este salón tenemos todo lo necesario. Podríamos terminar en media hora.

—No puedo creer que estemos hablando de este modo —declaró ella alejándose.

—Hay posibilidades de que funcione, ¿no es cierto? —preguntó él.

—Ese no es el punto.

—Es posible que esta vez yo vea a Eva y lo recuerde.

—Posible, pero...

—Que este cortocircuito en mi cerebro sea reinstalado por el shock de otra muerte.

—Eso no es...

—Que como resultado de mi riesgo, ¡yo pueda enterarme de algo que salvará a mi esposa!

Lori cruzó un brazo y levantó el otro para frotarse la sien.

—Ella no es tu esposa.

—¿Posible?

—¡Sí! ¡Posible! ¡Pero no tenemos una pista de lo que sucederá de veras!

—Allí es donde te equivocas. Sabemos que si no hago esto, Heather estará muerta en pocos días, quizás más pronto.

Daniel fue hasta la mesa de acero inoxidable y enfrentó a Lori.

—Necesito que me mates, doctora, y necesito que lo hagas ahora.

AL FINAL, TRAMAR SU muerte era más fácil que enfrentarla. Lo que empezó como varias sesiones maratónicas de examinar esperanzas e hipótesis, había llevado a Daniel a un lecho de muerte, enfrentando el blanco techo de una morgue.

—¿Está cerrada la puerta? —volvió a preguntar él.

—Nadie va a venir aquí, confía en mí. Esto no solo es lo más reprensible moralmente que he hecho en mi vida; también es totalmente ilegal.

—Olvida eso. Solo tráeme de vuelta.

—No hay forma de que esta noche no salgas de este cuarto caminando en tus dos piernas —advirtió ella.

Ella estaba pronunciando esas palabras, pensó Daniel, pero él no dejó de advertir algo de impaciencia en la mirada femenina. Al recordar, ella fue quien le presentó la idea. Él y Lori eran parecidos.

—Gira tu cabeza hacia mí —indicó ella gentilmente.

Él se volvió y ella le limpió el costado del cuello con un desinfectante.

—Esto arderá —anunció Lori, al tiempo que le insertaba en el cuello una larga y flexible cubierta de aguja, abría la intravenosa y le hablaba para tranquilizarlo—. Esto está entrando a tu vena carótida, más o menos tan cerca del corazón como puedo llegar sin entrar a tu pecho.

Ella la sujetó con cinta, satisfecha. Tres grandes jeringuillas yacían sobre una bandeja metálica al lado de la cama. Los medicamentos en cada una entrarían a las venas de Daniel a través de la aguja intravenosa.

Se le ocurrió que él era adecuado para un ataque de muerte inminente.

—¿Cuánto tiempo más?

—No tengas tanta prisa en morir. Ya casi.

Ella le adhirió los parches adhesivos del desfibrilador electrónico al costado del pecho, y revisó una vez más el voltaje. Los impulsos eléctricos sacudirían el nódulo sinoatrial del corazón mientras Daniel estaba debajo, sustentando la fibrilación ventricular hasta que Lori estuviera lista para reiniciar el corazón con una ráfaga de 360 julios. Era este adelanto en tecnología lo que hacía diferentes los intentos de ellos.

Lori levantó una mascarilla de válvula con bolsa conectada a un pequeño cilindro verde plateado de oxígeno y respiró profundamente.

—Muy bien, empezarás a sentir el flujo del aire, pero no dejaré correr el oxígeno hasta que reiniciemos.

Él asintió.

Lori se inclinó hacia adelante, lo besó suavemente en los labios.

—Sé que tienes un corazón fuerte, Daniel. Prométeme que volverás.

—Lo prometo. Por favor, antes de que pierda mi valentía.

Le puso la máscara sobre la nariz y la boca, y la apretó para asegurarla. Luego levantó una de las jeringas, le sacó el aire a la aguja, la presionó dentro del chupón intravenoso y llenó el depósito que alimentaba el conducto.

—Cien miligramos de benzodiazepina. Que el cielo nos ayude...

Lori liberó un bloqueo, y Daniel observó la droga ámbar arremolinándose en la solución que le serpenteaba hacia el cuello. Ella ajustó el regulador de flujo para dejar que toda la dosis entrara a la vena carótida.

Él tardó menos de diez segundos en sentir el primer efecto del poderoso tranquilizador. La presión le aumentó en el pecho a medida que los músculos que rodeaban el corazón reaccionaban a su súbita disminución del ritmo.

Por el brazo izquierdo le recorrió un dolor y, de pronto, él tuvo la seguridad de haber cometido una terrible equivocación. Iba a morir. Por segunda vez en una semana. ¿Cómo podía tentar dos veces al destino y tener esperanzas de sobrevivir?

La inevitabilidad de la muerte le comprimió la mente y sintió que el pánico lo tocaba ligeramente de cerca.

El dolor le agarró el pecho y todo su cuerpo se anquilosó. Gimió.

—Lo siento, Daniel. Por favor, yo estoy...

No logró oír el resto. Su cerebro ya se estaba desconectando de sus órganos a fin de conservar oxígeno valioso para sí. Daniel sintió asentarse sus pulmones, como globos desinflándose.

Tenía los ojos cerrados, pero su visión pareció estrecharse, formando un túnel dentro de una oscuridad más profunda. El pánico comenzó a apalearlo. Pudo sentir que su cuerpo se sacudía sobre la mesa, rebotando por un ataque.

Solo entonces, cuando el dolor de su muerte se extendió a una certeza mental, Daniel comprendió su equivocación.

Iba a morir. A morir de veras.

Y entonces el dolor se disipó y lo tragó la oscuridad, y Daniel supo que estaba muerto.

VEINTE

MUERTO PERO VIVO, pensó. Al menos, vivo en alguna parte en el lugar más profundo de su mente, donde los últimos resoplidos de su cerebro producían una clase de vida mágica.

En el horizonte de su mente explotó luz. Las estimulantes ráfagas de un viaje DMT... él había estado aquí antes. Pero esta vez era más extenso. Cien veces más brillante. Sobre la mesa, sus pulmones se habían cerrado y su sangre aún estaba en las venas.

En su mente se vio flotando a través de suficiente energía pura como para iluminar cien estadios.

Y entonces desapareció la luz, como si su mente hubiera disparado un interruptor. Se inundó de recuerdos: su infancia, su primera cita con Heather, el recinto de charlas. Su introducción al caso Eva. Docenas de fotos instantáneas, en algunas de las cuales no había pensado por mucho tiempo.

La vez que fingió ahogar un ratón que su padre había atrapado en una de esas trampas que los agarra vivos. Un recuerdo oculto revivido ahora por razones más allá de él.

¿Cuántos otros recuerdos almacenaba el cerebro en profunda congelación, traídos a la imaginación solo cuando se encendían ciertos circuitos?

Daniel se volvió vagamente consciente de lo que significaba ser devuelto a la vida por medio de Lori. En el instante siguiente se desvaneció la vaguedad, y él pensó que ella quizá ya lo había hecho porque él estaba de pie. Vivo.

Pero esto no era la morgue. Se hallaba en un cuarto negro de cobalto, vestido con pantalones, sin camisa, sin zapatos, con electrodos aún adheridos a su pecho.

El cuarto era aproximadamente de diez metros cuadrados; las cuatro paredes y el techo estaban hechos de un material perfectamente liso, tan negro que parecía absorberle el color a Daniel.

Sintió en los huesos una espantosa y conocida emoción, como si emanara de las paredes. Las manos comenzaron a temblarle.

El miedo.

Al instante supo que su mente había entrado al lugar en el cual se originaba su temor. Había formado esta imagen de sus boqueadas finales de vida. Pero sabiendo que esto no le ofrecía tregua alguna.

Este era el lugar que en la experiencia humana los hombres trataban de explicar con palabras como *infierno*. Llanto y rechinar de dientes. Un lago de fuego.

Temor crudo.

El piso era un tablero de ajedrez blanco y negro. Había frío debajo de los dedos de los pies.

Era casi como si estuviera en una cocina, o en un enorme horno negro con el piso de la cocina más bien como una rejilla debajo de los pies.

Se dirigió a la pared más cercana y levantó la mano para tocar la negra superficie. Pero se detuvo a centímetros de distancia, seguro de que si tocaba la pared sucedería algo peor. Mucho peor.

La tonta risita de un muchacho resonó en el cuarto. Daniel giró, pero no logró ver a nadie. No había más fuente de luz que los cuadrados blancos en el suelo, y estos no iluminaban bien los rincones. Sin embargo, en un espacio tan pequeño, hasta ahora él tendría que haber visto de quién se trataba.

¿Quizás era él quien reía?

La risita volvió, detrás de él, donde estaba la fría pared. Giró bruscamente, inquieto al ver que ahora se encontraba en el costado opuesto de donde había creído que estaba. El cuarto entero se hallaba frente a él. Había dado toda la vuelta. O tal vez no. Todas las paredes eran idénticas. Era probable que tan solo estuviera confundido.

Se volvió a oír la risita, la risa inocente de un niño a su derecha.

Y ahí, en el rincón a su izquierda, un muchacho agachado frente a la pared. Se hallaba inclinado sobre algo divertido, como un niño que juega canicas en el rincón.

—¿Hola?

La voz de Daniel rebotó en las paredes. El muchacho contuvo el aliento y se quedó paralizado. Pero no volteó a mirar. Después de un momento reanudó el juego. Entonces la risita de nuevo.

Daniel fue hacia el centro del cuarto, con los ojos fijos en el niño. El muchacho (suponiendo que de veras fuera un muchacho) parecía como de seis o siete años de edad, con la columna vertebral y las costillas presionándole la piel lisa y casi traslúcida. El oscuro cabello le colgaba hasta los hombros. Usaba pantalones habanos raídos. Sin zapatos.

—¿Hola? ¿Puedes oírme?

El muchacho se paralizó. Pero aún no giró.

Daniel se acercó más, avanzando a su izquierda para poder ver más del muchacho que parecía hacerle caso omiso intencionalmente. ¿Se trataba de él mismo, de niño?

Pero nada del cuarto parecía un recuerdo o algo de un pasado lejano. Se veía tan real como si Daniel estuviera en su propio aparta-mento.

Vio que una puerta surgía de la sombra más allá del muchacho. Cerrada. Quizás el chiquillo había ingresado mientras él estuvo de espaldas.

Daniel se acercó un poco más, luego se detuvo y observó el objeto que captaba la atención del muchacho. Era una muñeca. Una de esas muñecas gordas con cabello rubio que usaba un pañal blanco. Algo extrañamente conocido en el rostro, pero no lograba hallar de qué se trataba.

El muchacho quitó la mirada y la fijó en el piso. Dos hoyos negros lo miraron. Mientras Daniel observaba, el muchacho metió un dedo en el ojo de la muñeca y lo hizo girar profundamente, luego lo sacó. La cuenca del ojo se ensanchó como si la muñeca estuviera hecha de barro suave. O cera.

El chico rió, ligeramente divertido.

Daniel estaba a punto de volver a hablar cuando un insecto se arras-tró del ojo de la muñeca. Una abeja, luego otra de la otra cuenca del ojo.

Eva, Daniel. Tienes que hallar a Eva.

La voz le susurraba en la mente, sacándolo de su fascinación con la escena surrealista del niño jugando con la muñeca. La respiración se le hizo pesada, como la de un buzo silbando a través de un regulador a treinta metros debajo de la superficie. Las negras paredes parecían amplificar todo sonido, incluso la respiración del muchacho. De manera constante, adentro y afuera, adentro y afuera.

Otra risita.

—¿Dónde está Eva? —preguntó Daniel.

El muchacho se paralizó, agachado sobre la muñeca. Lentamente, levantó la cabeza y miró la puerta que tenía delante.

—Eva está allá adentro —contestó.

La inocencia que salía de la voz del muchacho calmó la tensión de

Daniel. El niño también estaba atrapado aquí, pensó, una imagen de la infancia de Daniel. Aunque él no tenía indicios de qué tendría que ver con su infancia una muñeca de cera con abejas que le salían de los ojos.

Volvió a mirar la muñeca. Ahora más conocida.

Y entonces el rostro se volvió claro en el ojo de la mente. Era Heather. El muchacho estaba jugando con una muñeca que se parecía sorprendentemente a Heather.

Dio un paso adelante, inquieto.

—¿Qué es... es esa... es esa Heather?

El muchacho giró lentamente la cabeza, mostrando su rostro por primera vez. Solo que no era la cara de un muchacho de seis o siete años.

Tenía la piel tensamente estirada, los labios apretados, los párpados se abrían para dejar ver ojos color negro azabache. Un niño difícilmente podía exagerar la incongruencia de un rostro tan retorcido y maligno.

Todos los músculos en el cuerpo de Daniel se contrajeron en repulsión. Si el cuarto contenía su miedo, este niño era el mismísimo miedo, y el poder de ese temor le martilló la mente con tal intensidad que aceptó la espantosa verdad de su aprieto.

Estaba muriendo. Este era el momento final de la muerte. La tenebrosidad se lo devoraría ahora.

Los labios del muchacho se torcieron en un gruñido. Su voz ahora salió grave y áspera, lenta, cortando los nervios de Daniel con cada sílaba crujiente.

—Me hiciste una promesa —expresó, y su voz absorbió el aire del salón.

Daniel comenzó a gritar.

Y, con ese grito, la oscuridad fue desvanecida por una blanca brillantez. La luz en lo alto en la morgue.

Había vuelto.

DANIEL NECESITÓ VARIOS minutos para calmarse mientras su cuerpo se ajustaba a la fresca entrada de oxígeno. Su mente había salido de la muerte sorprendentemente activa, pero cada músculo suplicaba que lo dejaran dormitar.

—Despiértame —balbuceó.

—Eso hago. Solo dale un minuto a la medicación.

Lentamente se desvaneció el aturdimiento. Solo cuando su cerebro se convenció de que estaba fuera de peligro, pudo volver a zambullirse en recuerdos del tiempo allá abajo.

Cincuenta y seis segundos, según Lori.

Recuerdos de acontecimientos perdidos durante la vida de él. El cuarto oscuro. El muchacho. El piso en tablero de ajedrez.

—Recuerdo —enunció dentro de la máscara.

Lori asintió y le quitó la máscara.

—Tu saturación de oxígeno es buena.

Daniel pensó que ella se veía sorprendentemente tranquila con la muerte y resucitación de él. ¿En qué habían estado pensando?

—Lo recuerdo todo —manifestó Daniel.

—Voy a tener que mantenerte bajo alguna dosis muy pesada de medicamentos para evitar que...

Un recuerdo fresco cobró vida.

¿Dónde está Eva?

Eva está allá adentro. El muchacho había señalado la puerta.

¿No había visto él a Eva?

Daniel se sentó, e hizo caso omiso del dolor punzante.

Lori le puso una mano en el pecho como si pretendiera instalarlo a recostarse, y en vez de eso le quitó entonces los electrodos.

—¿Y? ¿Qué pasó?

—Eva está detrás de la puerta.

Una imagen de la muñeca de cera le inundó la mente. Heather.

Daniel se deslizó de la mesa, dio un paso y cayó de rodillas.

—¡Cuidado, despacio! —advirtió Lori, afirmándolo—. Esto tardará algún tiempo. Ya hablamos al respecto.

—Es ella —expresó él, luchando por ponerse de pie—. Eva la tiene.

Lori lo dirigió hacia la mesa, pero él se alejó y usó su brazo derecho para apoyarse.

—Había una muñeca, él estaba jugando con una muñeca. Creo que era ella.

—¿Quién era? ¿Era Eva?

—No. El muchacho. Sin embargo...

Daniel la miró.

—¿Qué resultado dio la espectrometría de masa en la muestra de la llanta del Dodge Caravan recuperada en Manitou Springs?

—Cera. Cera de abejas. ¿Por qué?

—¿Qué más? —indagó Daniel mientras el pulso se le hacía más denso.

—No recuerdo. Brit está investigando eso.

—¿Me puedes pasar mi teléfono? —pidió él señalando el mostrador, donde se hallaba su teléfono encima de su camisa.

Agarró el teléfono, vio que Brit había llamado varias veces en la última media hora, tratando de localizarlo.

—Daniel. ¿Estás bien? — contestó con voz tensa el agente especial de investigación criminal.

—Él la tiene, Brit. Encontré una media en nuestro sótano. Es de Eva.

—¿Estás seguro?

—No hay ninguna duda en mi mente —contestó Daniel, preguntándose cómo había dicho esto—. ¿Tienes los resultados de la espectrometría de masa en esas muestras de cera que rescatamos de las llantas del Caravan?

—Cera de abejas. Variedad común de jardín. Podría venir de cientos de orígenes. Todavía no hemos profundizado en los análisis.

—¿Por qué no?

—Phoenix y Montana tenían prioridad. Dispondremos de eso mañana.

—No. Necesito que consigas la información esta noche. No me pidas explicaciones, llámalo un presentimiento. Debemos localizar esa cera de abejas.

—¿Heather?

—Sabemos que Eva examina cuidadosamente sus sitios con meses de anticipación. Hasta que tengamos una pista mejor, trabajemos con la cera.

—Carbón —reveló Brit.

—¿Qué pasa con el carbón?

—Había rastros de carbón en la cera.

Daniel se estremeció. No era mucho, pero era una pista, una partícula de esperanza.

—¿En cuánto tiempo puedes venir acá?

—¿Estás en el laboratorio?

Él miró a Lori, quien lo estaba observando.

—Sí.

—¿Haciendo qué?

—Buscando a mi esposa.

VEINTIUNO

LAS DROGAS QUE LORI LE había dado le aclararon la mente a Daniel y le quitaron la mayor parte del dolor, y para cuando Brit regresó a la oficina, Daniel se estaba sintiendo bastante bien como para evitar un interrogatorio acerca de la palidez cadavérica que le había emblanquecido el rostro en la primera hora.

Colleen Hays, una agente subalterna que investigaba la cera, acompañaba a Brit. Se unieron a Daniel y Lori en lo que se había llegado a conocer como salón Eva, una sala de conferencias que tenía las paredes cubiertas de fotos y reportes relacionados con Eva.

—Antigua, pero sí, simple cera de abejas —indicó Colleen.

—¿Rastros? —demandó Daniel.

Ella exhaló un poco de aire y recorrió el dedo por la hoja.

—Hidrocarburos, 14%; monoesteres, 35%... —informó, y luego saltó a otra sección—. Rastros de polen de vara de oro.

—Vara de oro —repitió Brit—. Limitadas concentraciones del polen. Norte de Estados Unidos. Por tanto, tenemos un Dodge Caravan que pasó por una gran concentración de cera formada por abejas que depositaron polen de vara de oro en la cera, ubicándolas en cualquier parte de la mitad superior de Estados Unidos.

—Y carbón —añadió Daniel—. ¿Qué clase de carbón?

Brit sacó otro informe, agitando el papel.

—Carbón sin lavar —enunció—. Las estrías indican una pequeña mina. También podría ser de cualquier parte. Extraído en Pennsylvania o Virginia, por todo lo que sabemos, y distribuido en todo Estados Unidos.

Bajó el informe y levantó la mirada. Se quitó los lentes para leer.

—No veo adónde nos está llevando esto, Daniel.

Daniel se levantó y buscó en su bolsillo los Advil que Lori le había dado. Se dirigió a la fuente de agua potable y tomó cuatro pastillas de un solo trago. Había pasado una hora sin temor.

Pero eso apenas importaba. Si desaparecieron sus ráfagas, las había reemplazado una desesperación por la seguridad de Heather. Apenas podía soportar la idea de que en este mismo momento ella estuviera en el hoyo de Eva. ¿Estaría consciente? ¿Cortada y magullada? ¿Viva? ¿Pidiéndole a alguna fuerza rectora de la fortuna que Daniel la encontrara?

Él le había fallado tan a menudo que no lograba recordar cómo se sentiría al salvarla.

Miró a Lori, quien estaba recostada en la pared más lejana con los brazos cruzados, ocultó su emoción y se dirigió a Brit.

—Supón que sabemos que ella es parte del descabellado proyecto.

—Heather —enunció Brit.

Daniel lo miró pero se negó a reconocer, lo cual en sí era suficiente reconocimiento.

—Eva se la llevó anoche, sabiendo que dentro de doce horas descubriríamos su desaparición. La quiere en el lugar antes de que podamos empezar una búsqueda.

Él miró un enorme mapa de Estados Unidos salpicado de alfileres, que indicaban cada uno de los dieciséis asesinatos.

—Concedámosle un manejo de veinticuatro horas desde Los Ángeles —anunció Brit yendo hacia el mapa—. Tan lejos hacia el norte como la frontera con Canadá, llegando hasta Baja. Tan lejos hacia el occidente como la frontera entre Colorado y Kansas. Eso es mucho territorio.

—Cruza toda granja conocida de abejas en Estados Unidos, con producción de carbón —señaló Daniel—. Estamos buscando una mina abandonada de carbón.

Todos lo miraron.

—Solo hazlo, Coleen.

Ella miró a Brit, en busca de aprobación, luego asintió y salió de salón.

—¿Una mina abandonada de carbón en el noroeste? —indagó Brit—. No inspira exactamente confianza. El carbón pudo haber venido de cualquier parte.

—Lo averiguaremos con suficiente prontitud, ¿de acuerdo? Es la granja de abejas la que nos dirá si estamos cerca.

Brit no parecía remotamente seguro. Daniel no podía culparlo. En el pasado habían seguido cien pistas parecidas sin encontrar más que desgastados restos.

—Agregaré esto al boletín —anunció Brit, y salió del salón.

Daniel se sentó, se reclinó y cerró los ojos, luchando por conservar la compostura.

—Estamos pasando algo por alto —dijo, soltando aire.

—Debes descansar —recordó Lori—. Esto es una locura. No tiene sentido que dirijas una investigación en tu condición.

—¿Qué sugerirías? ¿Qué dejemos que la mate?

—No, pero no estás en ninguna condición...

—¡Es mi condición la que la metió en esto! —exclamó él bruscamente—. ¡Es mi condición la que podría sacarla!

—¿Porque tu mente asoció la cera de abejas que encontraste en las llantas de Eva con el secuestro de Heather?

Ninguno de los dos tenía mucho que decir, y Daniel había hecho lo posible por no hacer caso de la insinuación, pero ambos sabían que lo que él había visto estando muerto a lo mejor fue el intento desesperado de su mente de sacar significado de libre asociación almacenado en su memoria.

Cera. Una muñeca que se parecía a Heather. Un muchacho enojado con esa muñeca. Un caso clásico de un niño interior que descarga su frustración en la persona que más lo habría herido.

—Quizás —contestó él—. Pero eso no significa que esas asociaciones estén erradas.

—No, pero te estás aferrando desesperado a una esperanza, Daniel. Si existe una relación entre la cera y el carbón, ellos no necesitan que tú la encuentres.

—¿Y si tengo razón?

—Si tienes razón —respondió ella, suspirando y dejándose caer en una silla—, entonces tendremos que reconsiderar todo el asunto de la experiencia cercana a la muerte, ¿no crees?

—No me eches encima lo sobrenatural. Tienes razón, solo hice algunas asociaciones naturales, un cuarto cuadrado con una puerta. Y detrás de esa puerta está el escurridizo rostro. Mi mayor equivocación fue no abrir esa puerta.

—¿Has considerado alguna vez la posibilidad de que estés descartando demasiado rápido lo sobrenatural? —cuestionó ella, mirando a lo lejos; luego lo volvió a mirar—. Quiero decir, si hubiera alguien que alguna vez vivió una semana inmerso en lo sobrenatural, ese eres tú.

—Eso es exactamente lo que el jurado necesita oír. A continuación sugerirás que los demonios que tienen poseído a Eva lo impulsan a matar mujeres inocentes. ¡Yo preferiría renunciar al caso y dejar que él haga lo que hace, en lugar de creer alguna de esas estupideces!

—Relájate. No estoy diciendo que esto tenga nada que ver con adoración a Satanás o posesión demoníaca, pero al menos tendrás que aceptar la firme posibilidad de que Eva sí lo crea.

—¡Yo he aceptado eso! —exclamó él bruscamente, inclinándose hacia adelante—. ¡Lee el expediente! Eso es *exactamente* lo que él cree. Pero eso no tiene nada que ver conmigo ni con esos efectos cercanos a la muerte.

—No arremetas contra mí. Precisamente no creo en Dios o en el diablo. Este no es territorio conocido para mí.

—Es tan conocido como el infierno —objetó él—. Ese es exactamente el propósito.

—Podría ser entonces muy conocido. Da un paso atrás —añadió ella, suspirando—. Mira, lo siento. No te corresponde someterte tan pronto a esta clase de estrés.

Ella forzó una sonrisa de aliento y le agarró una mano.

—Necesito que duermas unas pocas horas; prométeme ese tanto.

Él asintió, obligándose a ocultar emociones a las que no sabía que podía sucumbir con tanta facilidad. Pensó que se había vuelto un tonto quejumbroso. Era evidente que perder una esposa y morir el mismo día podían hacer eso en un hombre.

—Tienes razón, Lori. Ella no es mi esposa. Pero me siento mal por haberle fallado cuando lo fue.

—Ella es afortunada al tener a alguien tan leal como tú —lo consoló, aún con la mano en la de él—. La relación entre ustedes aún no ha terminado.

—Los dos sabemos que él la matará —expresó Daniel con un ronco susurro, al tiempo que las lágrimas le empañaban los ojos y él apartaba la mirada.

—No digas eso —pronunció ella apretándole la mano.

—La triste verdad es que no habría funcionado entre nosotros. Nos amábamos, y el cielo sabe que yo haría cualquier cosa por ella. Pero es demasiado tarde para nosotros.

—Deja de hablar como si todo esto estuviera en el pasado —cuestionó Lori, soltándole la mano—. Ella te necesita ahora. Y no eres bueno en esta condición. Debes dormir.

La puerta se abrió y Brit llenó el espacio, con el rostro demacrado.

—Dimos en el blanco. Nos espera un viaje.

—¿Adónde? —preguntó Daniel parándose.

—Wyoming. La granja Miel Bow Medicinal, la más grande en el país hasta finales de los cincuenta, cuando el gobierno de Estados Unidos descubrió una rica veta de carbón. La mina quebró, fue abandonada en 1978 y declarada propiedad peligrosa del estado de Wyoming. Es una de las dos ubicaciones en la nación que coinciden con tus parámetros. La otra está en Pennsylvania.

—Demasiado lejos —interrumpió Daniel, quien ya estaba caminando—. ¿Concuerdan las estrías?

—No lo sabremos sin una muestra de comparación, pero en este instante el administrador operacional de la fusión de la compañía carbonífera está en camino para revisar los registros que ellos tienen de la mina. Se hallaba durmiendo con su esposa en Maryland.

—¿Cuánto tiempo durará el vuelo?

—Dos horas.

Daniel revisó su reloj. Diez para las ocho. Sea donde sea que Eva tuviera a Heather, esperaría hasta la hora de más oscuridad. Era un pensamiento esperanzador.

—Haz que la patrulla de carreteras de Wyoming cierre e inmovilice los caminos de acceso. Llevamos nuestro propio equipo. Que Dios nos ayude.

VARÓN DE DOLORES:
UN VIAJE A LAS TINIEBLAS

por Anne Rudolph

La revista Crime Today *se complace en publicar la sexta entrega del informe narrativo de Anne Rudolph sobre el asesino conocido ahora como Alex Price, presentado en nueve entregas, una cada mes.*

1991–1992

PARA LA primavera de 1991 las pesadillas de Alex se habían vuelto tan inquietantes, y ocurrían con tanta regularidad, que apenas lograba dormir más de una hora sin despertar con sudores, gritando dentro de la cinta gris de conducto que se ponía sobre la boca antes de acostarse en el sofá.

Para Jessica era difícil hablar de esta época tenebrosa de la vida de su hermano sin quebrantarse. Hasta el día de hoy ella es categórica respecto de creer que sus propias equivocaciones contribuyeron de algún modo a los males de Alex.

Ella no debió dejarlo solo durante el día.

Debió haber ido donde el padre Seymour mucho antes de lo que lo hizo.

Sin embargo, en ese tiempo los dos convinieron en que él debía seguir trabajando en el restaurante, por ninguna otra razón que hacer que saliera de la casa. Alex se sintió atrapado entre las pesadillas, la implacable depresión y su falta de propósito. Una y otra vez le decía a su hermana que temía volverse loco.

Por motivos que ninguno de los dos entendía, las pesadillas eran peores durante la noche que en el día. Alex parecía tener una conexión psicosomática con la oscuridad, que se remontaba al maltrato que recibió de niño. Fuera de día o de noche, sus ojos estaban cerrados mientras dormía, razonaba él, de modo que su mente no debería saber la diferencia. Pero sí la sabía.

Decidió permanecer cada vez más

despierto toda la noche y dormir durante el día. Sin clases en la mañana, podía dormir al amanecer y levantarse al mediodía, a tiempo para ir a trabajar a la una. Gradualmente cambió su rutina diaria, y para el verano casi nunca dormía en la noche. Después de que Jessica se acostaba, Alex entraba a su dormitorio, donde pasaba las cinco o seis horas siguientes sin molestarla.

Al preguntársele por qué no presionó a Alex para saber lo que él hacía en su cuarto toda la noche, Jessica afirmó que lo hizo en varias ocasiones. «Él aseguró que trabajaba en un libro. Lo llamaría *Varón de Dolores*. Que deseaba mantenerlo como una sorpresa».

Jessica razonaba continuamente que Alex merecía su privacidad después de una horrible infancia. Aparte de su fuerte vínculo con Jessica, pasar tiempo en su dormitorio parecía ser lo único que le calmaba el espíritu. Esto y el hecho de que ella estaba durmiendo de veras la mayor parte del tiempo que Alex pasaba en su cuarto, bastaron para rechazar cualquier inquietud.

Otro beneficio que resultó de la decisión de Alex de dormir únicamente durante el día es que Jessica ahora podía mudarse de la sala. En realidad fue idea de Alex. Él siempre la había necesitado cerca para quedarse dormido en la noche. Ella era para él como la cobijita de seguridad de un niño. Pero se había llegado a acostumbrar a dormir por

su cuenta cuando el sol había salido.

Ahora en su propio dormitorio, y sintiéndose independiente, Jessica dio otros grandes pasos en su viaje a la edad adulta completa. En julio de 1991, cuando tenía casi veintiséis años, se interesó románticamente en un hombre dos años menor que ella llamado Bruce Halstron, hermano de su mejor amiga, Jenny Gardner, jefa de meseros en el restaurante Denny's, donde Jessica aún trabajaba como mesera.

Difícilmente pudo haber habido una mejor pareja para Jessica, y ella lo sabía. Por razones que ninguno de sus compañeros lograba saber, ella había rechazado a muchos individuos que le mostraron interés. Pero en Bruce reconoció a un hombre amable y dulce que se dejaba llevar más por la manera bondadosa de hablar de ella que por su rostro.

Aunque Jessica cumplía sus deberes diarios en el restaurante con la cara de un ángel, solo ella conocía qué horribles cicatrices le cubrían el cuerpo debajo de su uniforme. Su autoestima había mejorado con los años, pero aún le aterraba la idea de que la vieran desnuda.

Bruce era la clase de hombre a quien ella creyó que un día confiaría su cuerpo, y más por esta razón que por cualquier otra le aceptó la invitación a comer con él un miércoles por la noche.

Alex trabajaba ahora en un turno de

cinco horas, habiendo añadido funciones de portero a las de lavador de platos, y su trabajo terminaba a las seis. Esa noche Jessica le dejó una nota sobre la mesa, explicándole que le habían cambiado su turno y que estaría en casa a las once. Su cita estaba programada para las siete. Salió del apartamento a las cinco y cuarenta y cinco, nerviosa como un ratón, con la seguridad de que Alex sospecharía que algo pasaba si notaba el nerviosismo de ella. No era que a él le incumbiera la vida social de ella, sino que no quería dar explicaciones.

Su noche con Bruce en la churrasquería Casablanca no pudo haber sido

más tranquila de lo que ella hubiera soñado. Él la trató como una reina, abriéndola la puerta y ordenándole el bistec de costilla que ella había elegido del menú. La joven estaba descubriendo el romanticismo, además de ciertos deseos que habían inundado la superficie de su mente.

Jessica estaba tan atraída por el rubio sueco, cuyos ojos centelleaban a la luz de las velas, que ella decidió que tarde o temprano debía saber si él tendría problema con las cicatrices de ella. No se arriesgaría a encariñarse con él si la iba a rechazar más adelante. Por tanto, le contó que tuvo un accidente

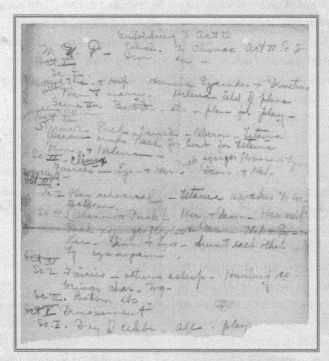

Páginas escritas a mano recuperadas de los expedientes de Alex

automovilístico que la había dejado cicatrizada en mala manera, y observó la reacción de él.

Sin nada de vacilación, Bruce le contestó que eso no era problema, porque su pierna se le había quemado feamente en un incendio con gasolina en la tienda de autos en que trabajaba. Le aseguró que había mucho más en la vida que la atracción física. El amor tenía que ver con el corazón.

Jessica supo entonces que en realidad había encontrado un hombre extraño. Uno que estaba tan herido como ella, al menos físicamente. Uno que le confió un secreto parecido al suyo. Ella quiso ver de inmediato la pierna de él, y luego se reprendió a sí misma. Nueva en estos asuntos de amor y cortejo, la joven tomaría lentamente la relación, pero ya sabía hacia dónde se encaminaba.

Llegó a casa a las diez y media, tratando de convencerse de que era demasiado pronto para creer que estaba enamorada. Se equivocaba miserablemente.

Al llegar a casa Jessica encontró a Alex sobre el sofá con la cabeza entre las manos, llorando. ¿Lo sabía · él? Sintió una oleada de ira de que él se hubiera entrometido en la relación de ella, pero cuando le preguntó qué pasaba, su hermano le ofreció una explicación inesperada.

Lo habían despedido.

Alex se lo contó todo. Se había quedado dormido y había ido a trabajar tarde ocho o nueve veces en los últimos dos meses, desde que empezara a quedarse despierto durante la noche. Había suplicado, pero el administrador lo rechazó, sugiriendo que él era un bicho raro.

Jessica lo había animado muchas veces a conseguir un trabajo mejor... sin duda él tenía inteligencia para una escala salarial mayor. Cada vez Alex se negó, citando su temor a la gente y a nuevos ambientes. Su espacio personal era fundamental para él, y le molestaba el más leve cambio: una almohada fuera de lugar o un vaso sucio en la sala, nada de esto escapaba a su atención. La posibilidad de encontrar un nuevo empleo en un nuevo lugar y trabajar con nuevas personas, era más de lo que podía soportar.

Jessica abrazó una vez más a su hermano mientras lloraba. «No se trataba solo de perder un empleo —explicó ella—. Le habían arrancado de todo lo que lo hacía normal. Y se hallaba aterrado».

Consoló al desecho joven en sus brazos con una compasión que habría desafiado el entendimiento de la mayoría de los seres humanos. Pero la mayoría de los seres humanos no habían sufrido el maltrato que padecieron ella y Alex.

La mayor parte de los seres humanos no tuvo un hermano que interviniera repetidamente para evitarles peor maltrato aún.

La mayoría de los seres humanos no tuvo un hermano que les ayudara a escapar del cautiverio, que hubiera aprendido a enfrentar el mundo y que se aferrara a una nueva vida.

Alex tenía sus problemas, pero ellos superarían esto de algún modo y hallarían una manera de recuperarse totalmente.

En los días siguientes Alex entró en un odio a sí mismo que produjo culpa en Jessica y le dificultó alimentar su relación con Bruce. ¿Cómo podía ella andar por ahí con paso ligero y corazón dispuesto cuando Alex estaba en casa, apenas capaz de levantarse del sofá?

Ella mencionó a Bruce la depresión de Alex y su reciente novio le recomendó un terapeuta. Increíblemente, Alex convino en ver al médico.

Ningún registro de las veintisiete citas de Alex Trane con el Dr. Chuck Alexander sobrevivió al incendio que se propagó en su consultorio cuatro años después. El mismo Dr. Alexander falleció en un accidente de barco mientras estaba de vacaciones en Florida el año pasado. La riqueza de información que se podría haber extraído de esta fuente se perdió para el campo de la ciencia conductual. Solo permanecen los recuerdos muy limitados de Jessica acerca de lo que Alex le dijo durante unas pocas conversaciones.

Ella expresó: «En su mayor parte él se negó a hablar de sus sesiones con el terapeuta. Pero yo estaba bien mientras estas funcionaran… y realmente creo que sin ellas él se pudo haber matado».

Dos detalles sobresalen en la memoria de Jessica, además de creer que las sesiones estaban ayudando a Alex. El primero fue que él llegó a casa de una de sus primeras citas, hablando entre dientes de que quizás entraría al FBI y se convertiría en psicólogo conductual. Así podía andar merodeándolos.

El segundo, que llegó varios meses después, exactamente antes de su crisis nerviosa, fue que él había estado equivocado en cuanto a que no hay un dios. Había un dios, y su nombre era Psicología.

Pronto se hizo evidente para Alex que sus sesiones de terapia no eran la solución a su depresión cada vez más profunda. En todo caso, solamente lo convencieron de que no había esperanza. Había intentado la religión, llegando a abrazar el sacerdocio. Había entrado a la academia, luciéndose como estudiante. Se había expuesto, al menos en parte, a un terapeuta. Si nada de esto le podía brindar liberación, ¿qué podría lograrlo?

A inicios del otoño de 1991 Jessica observó un cambio sutil pero desconcertante en su hermano. Empezó a apartarse de ella por primera vez desde que escaparan de su cautiverio once años atrás.

Aun en medio de su depresión, él siempre había hablado a Jessica acerca de sus luchas. Dependía del consuelo de ella. Desde la infancia ellos confiaron en su fuerte vínculo de amistad para tratar con los obstáculos que enfrentaron. Y por encima de todo, siempre se habían protegido mutuamente, con Alex tomando la delantera. Quizás que él se separara de Jessica era un intento de su parte de protegerla del mayor obstáculo que enfrentarían.

Él mismo.

Aparte de sus sesiones de terapia dos veces por semana y de un viaje ocasional a la biblioteca o a comprar alimentos, Alex permanecía principalmente encerrado en el apartamento, hundiéndose más y más dentro de sí mismo. Su piel palideció, y perdió peso.

Mientras tanto, Jessica hallaba más y más libertad en compañía de su novio, Bruce Halstron, de quien Alex aún no sabía nada.

Las vidas de los hermanos se distanciaban y Jessica no sabía qué hacer para impedirlo. «Pensé que era algo bueno. No su depresión, sino el hecho de que no tuviéramos que hablar al respecto. Mi felicidad solamente lo frustraba. Cuanto menos nos viéramos, mejor para los dos».

Un día, a principios de noviembre, Alex salió de su dormitorio mientras Jessica se preparaba para ir a trabajar.

Entró al cuarto de ella, algo que nunca antes hizo, y la miró mientras ella se recogía el cabello. Después de un momento ella le preguntó qué pasaba.

Él contestó: «Creo saber cómo arreglar esto».

Descartando mentalmente la declaración de él como una más en una larga serie de intentos fallidos de encontrar luz en el mundo de tinieblas de Alex, Jessica solo asintió y le dijo que eso era bueno porque ella no sabía cuánto más podría soportar la situación.

La miró por largo tiempo, luego dio la vuelta lentamente y se dirigió de regreso a su dormitorio. Ella oyó que la puerta se cerraba y que se trancaba la cerradura con el pasador que él había instalado. Sintiéndose culpable de tal vez haberlo alejado de modo tan impertinente, Jessica consideró tocar la puerta y pedirle disculpas pero, debido al respeto por sus leyes de privacidad, decidió no hacerlo.

Ella salió del apartamento y fue al Denny's, sin pensar más en el asunto.

Cuando Jessica regresó esa noche después de cenar rápidamente con Bruce, encontró un Alex muy distinto esperándola. No se hallaba por ninguna parte aquel que había rondado por el apartamento como un zombi en los meses anteriores. Estaba sentado a la mesa de la cocina, comiendo tranquilamente y leyendo un libro sobre el FBI.

—Cómo está tu trabajo —le preguntó, levantando la mirada.

—Bien —contestó Jessica.

—Eso es bueno —opinó él sin ningún esfuerzo y sonriendo cortésmente—. Eso es bueno.

Luego dio un mordisco al sándwich que estaba comiendo, volteó la página y siguió leyendo.

—¿Te encuentras bien? —le preguntó ella.

—Sí, Jessica —respondió él—. Estoy bien. Y tú sabes que no permitiré que te lastimen.

Animada por la seguridad en sí mismo, Jessica le puso audazmente la mano en el hombro y le manifestó que valoraba su preocupación, pero que ella en realidad no estaba segura de querer que él la protegiera de alguien. Hasta pensó en hablarle a Alex acerca de Bruce, pero no pudo. No todavía.

Esa noche hablaron de cuestiones razonables por primera vez en semanas. «Él estaba cansado. Parecía que hubiera salido de un ataúd, pero actuaba como un perfecto caballero, con voz suave y que mostraba seguridad personal. Cuando le pregunté por qué estaba de tan buen humor, solo se encogió de hombros y afirmó que se trataba del tiempo».

Alex le dijo que el libro estaba marchando bien. Con un poco de suerte conseguiría que le publicaran *Varón de dolores* y la compensaría por haberle dado una mano en todas las cuentas de estos últimos meses.

Pero el mayor cambio sorprendente en Alex vino a medianoche, cuando expresó que iba a tratar de dormir. Jessica lo observó ponerse la cinta en la boca, le deseó un buen sueño durante la noche y se fue a su dormitorio.

La mañana siguiente lo encontró durmiendo en el sofá.

Esa noche Alex dio un pasó más. No solo durmió toda la noche, sino que lo hizo en su cuarto.

Las esperanzas de Jessica aumentaron en la semana siguiente. Su hermano le comunicó que las pesadillas aún lo visitaban cada noche, pero no con tanta intensidad como para despertarlo. Todavía pasaba la mayor parte de su tiempo en su dormitorio, escribiendo y reflexionando, pero salía todas las noches y hablaba con ella, casi como una figura paternal, tranquilamente, con propósito y entendimiento.

Alex era una nueva persona, y Jessica le contó a Bruce la buena noticia al final de esa primera semana. La depresión de su hermano había desaparecido. Ella no le había contado a Bruce acerca de los Brown ni de ningún detalle acerca de la vida disfuncional de Alex, pero él sabía que la depresión del hermano de su novia tenía fuerte importancia sobre ella, y Bruce participó de la emoción de la joven.

Jessica se dirigió temprano a casa ese día, decidida a contarle finalmente a Alex todo respecto de su relación con Bruce. Ellos estaban pensando en casarse… y era hora de que su hermano supiera la verdad.

Nada pudo haber preparado a Jessica para la escena que la recibió al abrir la puerta de la vivienda 161 en los apartamentos de la calle Holly el 23 de noviembre de 1991.

VEINTIDÓS

2008

HEATHER ESTABA EN LA silla, temblando tanto de frío como de miedo. El olor a tierra se filtraba por la bolsa que él le había puesto sobre la cabeza. Por la sien le corría sudor, mezclado con mucosidad de las fosas nasales, lo que le humedecía las comisuras de los labios con una mezcla viscosa y salada que, por extraño que parezca, la ayudaba a sentirse viva.

Tenía las manos atadas detrás y a lo largo de sus brazos podía sentir el helado metal de la silla. Sus pies estaban atados juntos, enlazados de alguna manera a las patas de la silla, pensó. La boca estaba cerrada con cinta adhesiva.

Eva no le había hablado. Heather le había sentido la respiración y olido el almizcle de su piel, nada de lo cual era desagradable. Pero no lo había visto ni había oído su voz. Ni siquiera estaba segura de que él se hallara con ella en el lugar.

Su rapto había sucedido muy rápidamente. En realidad, de manera tranquila. Sin verdadera lucha, sin violencia, sin palabras amenazadoras.

Heather había llegado a casa después de tomarse unos tragos con Raquel, había revisado el contestador telefónico por si encontraba algún mensaje de Daniel, luego se había atareado con algunas labores en la casa antes de agarrar una copa de vino e ir al sótano, como hacía a menudo.

Al salón Eva.

Entró, encendió la luz, y estaba parada bajo las titilantes luces cuando Eva la agarró por detrás y le cubrió la nariz y la boca con una media. Un fuerte olor medicinal le invadió la cavidad nasal, y dejó caer la copa.

Se agarró de la mano del hombre, pero se desmayó antes de que el verdadero temor se apoderara de su mente.

El verdadero temor llegó algún tiempo después, al despertar atada y amordazada con cinta en la parte trasera del vehículo de él. Estaba consciente que fue raptada por Eva, y en las primeras horas permaneció tranquila, diciéndose que mantuviera la calma. Ella podía golpearlo. Lo *golpearía*. No le ayudaría ahora nada que hiciera o dijera, pero en algún momento se le presentaría una oportunidad... siempre sucedía. Siempre. Y cuando eso pasara, ella estaría lista.

Pero la delgada capa de valor se adelgazaba más y más a medida que las horas pasaban en silencio. Lo que podría ser un *siempre* con cualquier otro asesino, con Eva era más probablemente un *nunca*. El hombre que conducía la furgoneta ya había calculado la eventualidad de todas las oportunidades potenciales que ella pudiera tener, y había hecho los arreglos necesarios para descartarlas por completo.

Lo sabía porque conocía a Eva.

Viajaron bastante tiempo, quizás un día. Ella no lo podía saber porque él le había puesto una bolsa sobre la cabeza. Se había obligado a orinarse en el piso, a través de sus *jeans*. Él la había alimentado una vez desde atrás, una botella de agua y una barra de chocolate Heath.

Ella había hecho una sola pregunta cuando él le quitó la cinta de la boca.

—¿Quién es usted?

Pero Heather sabía que él no le iba a contestar, así que contuvo la necesidad de preguntarle más. Ya llegaría el momento.

O no.

Estaba oscuro otra vez cuando él le volvió a cubrir la boca, la sacó de la furgoneta y la metió a la cueva en que ahora se hallaba, temblando con renovado miedo.

Algo se movió a su derecha y ella tranquilizó su respiración. Rodó una piedrecilla. Él estaba allí, a su derecha.

La bolsa salió de su cabeza. Heather miró dentro de la negrura. Nada de sombras ni tinieblas, sino la clase de oscuridad como boca de lobo propia de los ataúdes, a dos metros bajo tierra.

Unos dedos escarbaron la cinta pegada a sus labios. Lentamente la quitaron. Ella gimoteó una vez pero contuvo un grito de dolor por el desgarrón del adhesivo.

Un encendedor centelleó a treinta centímetros a la derecha del rostro de Heather. Se sobresaltó. La llama anaranjada sometió a la oscuridad, y por un breve instante ella vio paredes sucias, con viejas vigas incrustadas.

Pero su atención cambió inmediatamente hacia la mano que sostenía un encendedor Bic rojo. Uñas nítidas. Poco o ningún vello en el brazo. Él estaba parado detrás de ella, estirándose hacia adelante de modo que ella no le pudiera ver el rostro.

—¿Te gusta la luz, Heather?

Era la primera vez que Eva había hablado, y su voz la sorprendió. Ella no sabía qué había esperado… quizás algo ronco, no la voz suave y baja que le habló en su oído derecho.

Su aliento olía a pasta dental.

Entonces la llama se apagó, hundiéndola de nuevo en la negrura.

—¿Eva? —inquirió ella con voz temblorosa; intentó dejar de temblar.

—No. ¿Te gustaría conocerla?

—¿Cuál es su nombre?

No hubo respuesta.

—¿Va usted a matarme?

—No. No mato gente.

—¿Por qué entonces estoy aquí?

—Porque él rompió su promesa de dejarme tranquilo —contestó él moviéndose a la izquierda de ella, ahora a algunos metros—. Él le hizo una promesa a Eva. Por eso ella lo dejó vivir otra vez. Pero él mintió.

Heather sabía que todo esto era inútil. Él iba a matarla. La enfermedad la iba a matar.

—¿Va usted a lastimarme?

—Vi el salón en tu sótano —enunció el hombre, hablando lentamente—. No sabes mucho, ¿verdad? Yo iba a ser sacerdote, ¿sabías eso?

Una fuerte respiración.

—Pero yo no creía. Heather, ¿crees tú?

—¿Creer qué?

—Que la serpiente es real. Que corroe la mente.

Era su primera referencia a la meningitis, la enfermedad que traspasa la capa protectora de las meninges y envenena el cerebro. Heather se estremeció. Esto era. Él se estaba proponiendo algo.

—Por favor… por favor, no me lastime, por favor.

Nada sucedió por diez o quince minutos. Eva respiró con regularidad detrás de Heather, quien se estremeció en la silla. Luego los dedos de él le tocaron la mejilla. Una tierna caricia.

—Heather, ¿has oído alguna vez de Daisy? Daisy Ringwald, nacida en 1934 en Milwaukee.

—No.

—Nació ciega. Sin nervio óptico. Murió ciega.

Una lágrima se deslizó por la mejilla de Heather.

—Pero ella vio. Ciega como un murciélago hasta que murió en la mesa de operaciones el 23 de enero del 2002. Cuando la trajeron de vuelta a la vida les contó lo que había visto. Describió con perfecto deta-

TED DEKKER

lle el anillo estilo esmeralda del cirujano del corazón sobre la mesa al lado de los instrumentos. Lo vio todo, Heather. Lo que las enfermeras usaban, sus joyas, la disposición de la cama y las luces. Hasta la portada de una copia de *Huckleberry Finn* que había pasado desapercibida cinco años en lo alto de un gabinete en el rincón.

Él respiró profundo y le acarició el pómulo con el dedo pulgar.

—¿Cómo lo vio, Heather? Si era ciega.

Ella estaba temblando demasiado como para responder.

—¿Eres ciega, Heather?

Casi contesta que no, pero en el contexto de la historia de él, cambió de opinión.

—Sí.

—La sabiduría convencional diría que lo que planeo hacer contigo es una equivocación. Me acusarán de romper mis propias reglas. De hacer la jugada estúpida que hace que atrapen al criminal. Te digo esto por si más tarde te preguntas si he cometido una equivocación. No lo hagas.

—Le creo —susurró ella.

—No te asustes. No voy a lastimarte. Te voy a ayudar a ver. Por completo.

Pero Heather estaba asustada. Muy asustada.

EL VUELO A LARAMIE, Wyoming, a bordo del Citation, tardó dos horas y siete minutos desde el despegue hasta el aterrizaje y, con un poco de ayuda de Lori, Daniel se las arregló para dormir durante hora y media del vuelo.

La redada era una posibilidad muy remota, le había dicho Brit a Montova, pero todos sabían que las posibilidades remotas revelaban casos. La patrulla de carreteras de Wyoming había colocado barreras en cada carretera dentro y fuera de la abandonada explotación de la compañía carbonífera Consolidación al oriente de Laramie. Para apoyarse, esta vez Daniel y Brit entrarían con Lori y con un equipo local. La policía estatal permanecería atrás en un perímetro de ocho kilómetros.

Antes de la mina, el terreno de ochenta hectáreas había alojado la granja Miel Bow Medicinal, la más grande granja de abejas conocida en documentos, propiedad operada por una familia de colonos hasta que un topógrafo descubriera una veta de carbón en 1959 en el terreno. Llena de deudas, la familia vendió los derechos de minería a una subsidiaria de la compañía carbonífera Consolidación, la cual comenzó operaciones de minería en 1961.

Mudaron a las abejas en enjambres y aplastaron más de cien mil colmenas... algo que tuvo que ver con la competencia y la baja calidad de la miel.

A diferencia de la mayoría de las minas que abrían profundos túneles o cavaban enormes hoyos destapados, las cortas paredes de los túneles casi nunca pasaban de cincuenta metros, apoyándose a su vez en gruesas venas que podían ser cortadas del lado de la mina. Según el gerente de operaciones a quien habían despertado en Maryland, la mina Bow Medicinal constaba de una veta de carbón con cuatro puntos de entrada, tres de los cuales se habían derrumbado en 1977, después de lo cual la mina se cerró. Las estrías del carbón parecían corresponder con la muestra del FBI, al menos en el tipo.

Daniel dejó que Brit condujera la Suburban alquilada, color verde oscuro, último modelo, apropiada para la tarea. Mark Tremble, del departamento de policía de Laramie, viajaba adelante como guardia armado, Lori y Daniel atrás.

Él sintió la mano de Lori en la rodilla.

—¿Estás bien? —le susurró ella.

Cinco horas desde que regresara a la vida y aún ninguna reaparición del temor, a diferencia de la prueba con DMT. Cualquier cosa que su cerebro hubiera hecho durante esos cincuenta y seis segundos pareció haber obrado maravillas. Hasta aquí. Él asintió.

Ella le apretó la rodilla, luego retiró la mano.

Por segunda vez en una semana viajaban silenciosamente en la noche, presionando en la ubicación sospechada de Eva. Más allá de esa similitud, la incursión apenas se parecía.

Esta vez Daniel había muerto para estar aquí.

Esta vez Heather moriría.

Llegaron a una puerta con una cadena oxidada y un candado.

—Antes de irrumpir aquí, este sitio solía ser frecuentado por tipos que venían a fumar marihuana —anunció Tremble—. El candado en realidad no funciona.

Él se apeó, miró al frente, luego descorrió el pestillo de la puerta y la abrió. Un chirrido perturbó el silencio.

—¿Qué está haciendo ese tipo? —preguntó bruscamente Daniel—. Eva oirá eso. Vamos, ¡adelante!

Brit hizo avanzar la camioneta, bajó la marcha para que Tremble subiera, luego siguió adelante.

—¿A qué distancia? —inquirió Brit.

—El pozo abierto está como a cien metros.

—Cuando toquemos tierra, usted se queda quieto —ordenó Brit apagando las luces—. Ningún sonido, ni radio ni teléfono celular. Si este tipo está aquí, estará observando y escuchando.

Tremble permaneció en silencio.

Una enorme banda transportadora se alzaba hacia la colina a la izquierda de ellos, como una garra negra con cadenas y correas. La mina hacia la que señalaba parecía una garganta negra en el costado de la colina.

—¿Listos? —exclamó Brit, deteniendo el vehículo.

Daniel ya había sacado su pistola. Concentrado. Abrió la puerta en silencio.

—Mantente tres metros atrás —le susurró a Lori—. Brit va a mis espaldas.

Luego echó a correr en las puntas de los pies, directo hacia esa garganta.

Según Tremble, habían cerrado la entrada con tablas, pero un hueco abierto en el lado izquierdo les permitiría entrar. Los zapatos de ellos dispersaban carbón y la luz de la luna iluminaba la tostada superficie cobriza que quedaba de las colmenas. La cera de abejas había sobrevivido treinta años solo porque este lado de la colina lo habían explotado al final y los camiones se habían acercado a la entrada por el costado lejano, dejando inalterada gran parte de la cera.

Una muñeca de cera. Heather. Si el muchacho no era Eva, ¿quién era?

Daniel se deslizó hasta la entrada de la mina y esperó que Brit llegara con el reflector. La luna le daba una tonalidad gris a su rostro.

—¿Listo?

Daniel asintió.

Y luego entraron, uno al lado del otro, enfrentando la oscuridad. Brit prendió la lámpara de halógeno. Brilló la luz, inundando un largo y oscuro túnel de treinta metros de profundidad. A lo largo del muro izquierdo había grandes columnas. Rieles por el medio.

Ninguna señal de Heather.

Daniel corrió al frente, parándose sobre piedras y trozos de carbón.

Ninguna señal de...

Un dolor se le extendió por el pecho en que palpitaba su corazón. Se hallaban más allá de cualquier pretensión de sigilo.

—¡Heather!

La voz de Daniel rebotó en los muros. La luz de Brit reveló un leve viraje adelante a la izquierda y Daniel salió corriendo a toda velocidad hacia esa curva, desesperado por la imagen que su mente se esforzaba por ver. Una silla. Una mujer en esa silla.

Daniel giró alrededor de la curva, con la pistola extendida, y se detuvo, jadeando. Entonces Brit lo alcanzó y la linterna que traía reveló la escena como si fuera de día.

Una vieja vagoneta carbonífera se hallaba volcado al final de los rieles. Y al lado de la vagoneta, una silla de acero.

Una silla vacía de acero.

Las manos de Daniel temblaron fuertemente. Brit lo pasó y se detuvo al lado de la silla. Hizo brillar la luz sobre una envoltura de barra de chocolate Heath que había sobre el asiento mohoso.

Daniel sintió que se le fueron las fuerzas. Se asentó sobre una rodilla y bajó la pistola.

—Estuvieron aquí —anunció Brit.

Lori rodeó la curva y se detuvo detrás de Daniel, respirando con dificultad.

Daniel se esforzó en que lo que veía tuviera sentido. Brit tenía razón, Eva estuvo aquí. Pero se les había anticipado. ¿Cómo? Tomó una profunda bocanada de aire y obligó a calmarse a su mente.

—No —exclamó Daniel, poniéndose de pie, giró y pasó a Lori, haciendo caso omiso de la mirada compasiva de ella.

No, te equivocas, Brit. Te equivocas por completo.

—Este solo es uno de cuatro túneles de ingreso —comunicó Brit—. Él estuvo aquí. Aún podría estar en uno de los otros túneles.

Entonces pulsó su transmisor de radio.

—Háganlos salir. Quiero cerrado todo túnel ahora. ¡Vamos!

—Pierdes tu tiempo, Brit.

—No estoy dispuesto a tomar ese riesgo.

—¡Se nos adelantó! —gritó Daniel, dando la vuelta—. Sabía que encontraríamos la cera en sus llantas y que rastrearíamos este lugar.

Luego señaló la silla.

—Eso es lo que dice la envoltura Heath.

—De ahí que... —titubeó Lori mirando entre Brit y Daniel—. ¿Dónde nos deja eso?

Daniel se volvió y a grandes zancadas se dirigió hacia el cielo nocturno.

—Muerta —informó—. Está muerta.

VEINTITRÉS

UNA EXHAUSTIVA BÚSQUEDA DEL túnel no reveló nada más que la silla metálica y la envoltura de la barra de chocolate Heath. Daniel caminó de un lado a otro por el terreno, empujando trozos de carbón, pasándose la mano por el cabello, haciendo lo posible por eludir a Brit y a Lori.

Lidiaba con una idea sin sentido que se negaba a salirle de la mente.

Un equipo de análisis de evidencias ya estaba en camino desde Cheyenne. Las huellas demostrarían que una persona, y no dos, había entrado recientemente al hueco. No Eva y Heather. Solo Eva.

Las huellas digitales en la silla metálica y en la envoltura corresponderían a las que ellos tenían de Eva. Las marcas de neumáticos cerca de la entrada mostrarían que la Dodge Caravan manejada por Eva había estado aquí al menos varias veces. Esta fue una de las numerosas ubicaciones que él había escogido por anticipado.

El Cessna Citation fue abastecido de combustible y alistado para llevarlos de vuelta a Los Ángeles tan pronto como Brit quedara satisfecho con la operación en tierra. Una hora caminando de un lado a otro y Daniel empezó a sentir el conocido mareo que precedía a algunos de sus ataques de pánico.

Descubrió a Lori hablando con Brit en tono silencioso a la entrada de la mina. Se detuvo como a siete metros y los dejó hablar. Ahora no le importaban los pasos que pudieran estar considerando.

Solo había una manera de encontrar a Heather.

Lori dejó la conversación y se dirigió hacia él.

—Vamos, te llevaremos de vuelta a la ciudad.

—¿Cuándo volvemos a Los Ángeles?

—En la mañana —contestó Lori.

—¿En la mañana? —cuestionó Daniel, deteniéndola—. No, ¡tenemos que regresar ahora mismo!

—Brit quiere un poco de luz del día. No hay nada que podamos hacer en Los Ángeles que no podamos hacer aquí —objetó ella, y se dirigió hacia la Suburban—. Tenemos cuartos en el Marriott de Laramie. Vamos.

La persistente falta de sentido en la mente de Daniel se convirtió en terror.

—No, no… debemos regresar esta noche.

Él debía discutir el asunto con Brit, pero Lori lo agarró del brazo cuando se volvía.

—Lo que necesitas es descanso, ¡aunque tenga que meterte a la fuerza a la cama y sujetarte yo misma!

—Sabes tan bien como yo que él generalmente las mata en los tres primeros días. Eso nos da otras treinta y seis horas. Aún podemos detenerlo. No podemos dejar pasar doce horas sin hacer nada.

—Esta es una desviación importante de su patrón. No tenemos indicio de que vaya a proceder antes de la próxima luna llena.

—¡No estoy dispuesto a correr ese riesgo! Él no la retendrá todo un mes antes de…

Le tembló la voz.

Brit los miró desde la entrada del túnel.

Ella agarró a Daniel del brazo y lo llevó al vehículo.

—Entra.

Él subió al asiento del pasajero. Todavía ninguna ola de temor. La clave estaba allí, en las capas protectoras de su mente. En las meninges.

Lori encendió el auto, lo hizo girar en U y se fue rugiendo por la carretera de tierra enlodada. Permanecieron en silencio los primeros cinco minutos. Daniel porque no sabía qué decir, no sabía qué deseaba decir. Lori porque...

Él analizó la resuelta mandíbula de ella. Lori porque ya sabía lo que él quería decir.

Sentado al lado de ella, Daniel fue vencido por la desesperanza que los había llevado a este punto. Ese tenebroso espacio donde la única alternativa es ninguna alternativa en absoluto. Una madre obligada a escoger entre las muertes de dos hijos. Una víctima de cáncer a la que se le da la última oportunidad de montar su caballo, sabiendo que al ser sacudida en la silla se le romperán todas las costillas.

Un condenado a muerte que escoge la inyección antes que la silla eléctrica.

Detrás de sus ojos aumentó la presión, con lágrimas amenazadoras. Estaba demasiado cansado para resistir, así que las dejó rodar por sus mejillas en la oscuridad. Lori lo miró una vez, pero él no quiso devolverle la mirada.

—Lo siento —enunció finalmente ella, rompiendo el silencio.

—Sabes que no hay otro camino.

Lori se pasó un semáforo en rojo y subió por la calle principal.

—El temor no ha regresado —continuó él.

—Lo sé.

—Estoy vivo.

—Y me gustaría mantenerte así.

—Ella va a morir.

—Aunque creyéramos que haría algún bien, es demasiado temprano para intentarlo de nuevo. Tu cuerpo debe recuperarse.

—Eva está detrás de la puerta, Lori. Lo único que necesito es abrir esa puerta.

—Y si no regresas, Heather morirá de todos modos. ¿Has pensado en eso?

—He vencido a la idea de la muerte —comentó Daniel; luego giró y le agarró el brazo—. Escúchame. La *única* ventaja que tenemos sobre Eva es mi recuerdo. Lo vi antes de que me matara. Ahora sabemos cómo recuperar ese recuerdo. Tenemos que hacerlo. Te lo ruego.

—Aunque atravesaras esa puerta y recuperaras ese recuerdo, ¿qué bien hará a la larga una imagen de Eva?

El punto no se le había escapado a Daniel. Poder identificar a Eva. Reproducir el rostro del asesino para mostrarlo por televisión, para pasarlo por el sistema del FBI... podría llevar a la captura de Eva en algún momento, y seguramente lo haría. Pero no a tiempo para salvar a Heather.

Él le soltó el brazo y se acomodó en su asiento.

—No lo sé. Pero tengo que hacer esto ahora, mientras sé que ella tiene tiempo. No mañana, no en una semana. Esta noche.

Los nudillos de Lori estaban blancos sobre el volante. Pero ella no emitió otro argumento de inmediato. Esta era la manera de ella de procesar. Negación y rechazo, sabiendo desde el primer momento que consentiría y aceptaría. Ella estaba tan ansiosa como él de detener a Eva.

—¿Dónde podemos hacerlo? —inquirió él.

—¡Basta! ¡Estás actuando como si estuviéramos hablando de una raya de cocaína!

—¡Cómo trate con mi muerte es asunto mío, no tuyo!

Ahora se estaban gritando.

—Lo que hicimos anoche no solo fue totalmente inmoral; ¡fue irracional!

—¡*Él* es irracional!

—Entonces, ¿nos tenemos que volver como él para detenerlo? — objetó ella.

Él sabía que estas eran acusaciones inútiles nacidas de la frustración.

Ella tragó grueso y movió la cabeza de lado a lado.

—No puedo creer siquiera que te esté escuchando —afirmó finalmente entre dientes.

—Porque sabes que tengo razón. Y sabes que es mi decisión, no tuya.

—Es obvio que no has investigado el suicidio asistido.

—Por suerte los dos trabajamos para el FBI. Eso nos da ciertos derechos.

—¿Cómo el de matarnos?

Él no hizo caso al comentario. Pasaron un motel Super 8 y un 7-Eleven a la derecha. Estaban en Laramie, conduciendo a través de semáforos, pero él apenas podía recordar algo de estas luces.

—¿Tiene el hospital de aquí lo que necesitas?

—Esto es una locura —contestó ella sacudiendo la cabeza.

—¿Lo es?

Lori presionó los frenos, miró por el espejo retrovisor y luego hizo girar en U a la Suburban, atravesando la calle.

—¿Adónde vas?

—Al hospital —contestó ella—. Está detrás de nosotros.

VEINTICUATRO

HAY DOS MANERAS de hacer esto —manifestó Lori, siguiendo un letrero azul que indicaba que el Hospital Memorial Ivinson estaba ubicado en una calle lateral a la derecha—. Con la total cooperación del hospital, lo cual significará convencer…

—Solos —interrumpió él—. Que nadie lo sepa.

—No será fácil.

—No tenemos alternativa. Quizás sería mejor conseguir en el hospital lo que necesitamos y hacerlo en un cuarto de hotel.

—Es más equipo del que te imaginas.

Ella giró en la otra esquina y se dirigió hacia un letrero que decía *Emergencia.*

—Mejor es que ingreses muerto.

—¿Muerto? ¿Qué quieres decir? ¿Matarme aquí afuera?

—Más o menos —respondió ella frunciendo el ceño—. Sí. Tengo la benzodiazepina en mi bolso. En realidad tengo la epinefrina y la atropina. Lo que necesito es lo demás.

—¿Las trajiste?

—Solamente las drogas. La epinefrina y la atropina son estándar. Para ser sincera, no sé por qué traje el relajante muscular. Lo importante es que lo tengo.

Ella detuvo el vehículo en el bordillo y puso la palanca en modo de estacionamiento.

Yo podría llamar antes, pedir que tengan listo un cuarto con desfibrilador, e inyectarte aquí la benzodiazepina.

—¿No es eso peligroso?

—¿Peligroso? Te matará —advirtió ella, mirando adelante hacia las puertas de emergencia—. La droga necesita al menos treinta segundos para detener el corazón. Si el pabellón estuviera listo, pensando que ya estuvieras muerto, y te lleváramos a los pocos segundos de haberte inyectado...

Ella lo miró.

—No más peligroso que matarte en la cama.

—¿Así que me inyectarás mientras estoy fuera de la puerta?

—Bastante cerca. Directamente a la misma vena que usamos antes —explicó Lori, y cerró los ojos—. Esto es una locura.

—Si muero, o si estoy muy cerca de estarlo, la sala de emergencia solo se preocupará de mi resucitación —declaró Daniel—. ¿Correcto? ¿Qué le dirás a la agencia?

—Un fallo cardiaco agudo a consecuencia del estrés por perder a Heather. Moriste hace una semana... creo poder explicar el caso.

A Montova le dará un ataque, pero Daniel estaba por encima de la preocupación del momento.

—Está bien. Dime lo que necesitas.

—Ponte en el asiento trasero.

Lori sacó un bolso negro de mano de la parte posterior, llenó una jeringa con el mismo poderoso relajante muscular con que lo había matado la noche anterior y se fue al asiento de atrás.

La luz de la lámpara calle debajo de la que estaban estacionados le hacía palidecer el rostro a Lori. Rápidamente le limpió el cuello con una gasa desinfectante de uno de esos paquetes cerrados y sacó el aire a la aguja.

—¿Estás seguro de esto? —inquirió ella.

—Haz la llamada. Se nos acaba el tiempo.

Lori agarró su teléfono, pulsó 9-1-1, y lo miró a los ojos. El tono de ella era apremiante.

—Habla la Dra. Lori Ames del FBI. Tengo un agente que sufrió un ataque cardiaco, y lo estoy transportando al Hospital Ivinson. ¿Me podría comunicar?

—Sus ojos no se apartaron de los de él. La fingida preocupación de ella empezó a ponerlo nervioso.

La comunicaron con la sala de emergencia, se presentó con voz escueta y exigió hablar de inmediato con el médico encargado. No quitó la mirada de él hasta que la conectaron con quien ella necesitaba.

—Estoy a un par de minutos de allá. Por lo que puedo ver, el paciente está en fibrilación cardiaca. Necesito una camilla esperando afuera, todo lo demás en el salón disponible más cercano. Desfibrilación manual, epinefrina, atropina... todo eso.

Ella escuchó por un breve momento, luego cerró de golpe el teléfono.

—Muy bien, he aquí cómo lo haremos. Te vas a acostar en el asiento. Yo insertaré la aguja y haré que sostengas la jeringa mientras conduzco alrededor de la cuadra. No presiones el émbolo hasta que te lo ordene. Vacía la jeringa, libera la aguja y aplica presión con esta gasa. ¿Está claro?

—Sí.

Ella tomó una bocanada de aire.

—Acuéstate.

Daniel se estiró, con las piernas colgándole a un lado.

Lori le golpeteó el cuello una vez más, encendió la luz del techo.

—Esto arderá.

Duele una barbaridad.

Ella le agarró la mano y puso en ella la jeringa.

—¿La tienes? No toques el émbolo hasta que yo vea esa camilla. ¿Está claro? No quiero esa droga en tu sistema hasta que sepa que están listos.

—Cuenta con eso, confía en mí.

Lori trepó sobre los asientos, puso la Suburban en directa y condujo.

—¿Estás bien?

La aguja en su cuello se movió con el zarandeo del vehículo, obligándolo a agarrarla con las dos manos. Pero el pensamiento de una aguja insertada en su yugular era más perturbador.

—Excelente. ¿Cuánto tiempo más?

Ella no respondió.

El cuello le ardía y se preguntó si él había pinchado la pared interior de su vena. ¿Tenían nervios las venas? Estaba a punto de preguntarle a ella, cuando el auto avanzó a toda prisa.

—Muy bien, puedo verlos con la camilla, dos paramédicos exactamente en la calle. Esto debería ser bueno, debería ser bueno. Muy bien... muy bien, hazlo. Y saca la jeringa rápidamente.

Daniel sostuvo la jeringa con la mano izquierda y con la derecha presionó el émbolo hasta el fondo. Jaló la aguja, se presionó el cuello con la gasa. Dejó caer la jeringa.

—¿Daniel?

—Ya está.

El dolor lo pateó más rápido de lo que recordaba. Como una mula. Instintivamente se agarró el pecho y cerró los ojos.

Como antes, la certeza de que había cometido una terrible equivocación se le vino encima mientras el corazón comenzaba a luchar con la insensibilizadora droga.

—Oh, Dios...

Ben Kingsley había dicho estas palabras mientras asesinaban a

Ghandi. *Oh, Dios.* La siguiente escena fue la procesión de su funeral. Un ataúd blanco. Pero, en ese ataúd, un salón oscuro.

Daniel sintió que estaba perdiendo la conciencia. Lori daba órdenes a gritos, hasta allí pudo oír él. Luego le deslizaron el cuerpo del asiento. Lo manipularon violentamente sobre algo más plano. Una camilla.

Él estaba muerto. Aunque el corazón no hubiera dejado de palpitar todavía, él estaba muerto.

Pero su corazón había dejado de palpitar. Y sus pulmones habían dejado de respirar. El oxígeno en su mente se escapaba a toda prisa. Pronto entraría en esa agonía extrema de supervivencia, que generaría las respuestas electroquímicas que él necesitaba con desesperación para abrir la puerta.

Un violento destello de luz. Un aluvión de imágenes.

Y entonces el mundo de Daniel quedó muerto. Solo que él no estaba muerto, muerto. Estaba en el cuarto oscuro.

Oyó un sonido profundo, largo, de succión, una respiración que resonaba suavemente alrededor del cuarto oscuro. Daniel examinó las paredes. Luego giró lentamente hacia cada rincón, esperando ver al muchacho.

Pero se encontró a sí mismo en un salón vacío. Sin muchacho, sin risitas tontas, sin muñeca de cera con abejas saliendo de las cuencas vacías.

—¿Hola?

Su voz inundó el salón. Luego esta también desapareció, dejando únicamente el sonido de sus pulmones bombeando aire. Y el tiempo se estaba acabando. ¿Había alguna correlación entre la duración de una experiencia cercana a la muerte y el tiempo en que uno se hallaba muerto?

Entonces Daniel vio la puerta, solo visible en un rincón sombreado. La voz del muchacho resonó en su recuerdo. *Eva está allí.*

Fue hacia la puerta, agarró la plateada manija con la mano derecha, luego pensó dos veces respecto de abrirla. Detrás estaba... ¿qué... el llanto y rechinar de dientes?

Giró la manija y abrió la puerta. Entró cautelosamente a otro salón con paredes negras. Por toda la apariencia, idéntico al primer salón.

Paredes iguales. Igual piso como tablero de ajedrez. La misma calma absoluta.

La misma risita burlona.

Daniel giró a su derecha y fijó la mirada en el rincón. El muchacho colocado en cuclillas, observándolo con los mismos horripilantes ojos negros y rostro de piel tensa, sonriendo. La imagen más perturbadora en que Daniel había puesto la mirada.

Tan perturbadora que no podía hablar.

—Hola, Daniel —expresó el muchacho, con la inocente voz de un niño—. Te veo.

Daniel se sintió sofocado. Comenzó a respirar en jadeos rápidos y superficiales.

—Estaba esperando que volvieras.

—¿Dónde está Eva? —se las arregló para preguntar Daniel.

La voz del muchacho cambió de la de niño encantador a un gruñido áspero a mitad de la segunda palabra.

—Soy Eva —contestó.

Pero su rostro sonriente no cambió con esta voz.

Daniel retrocedió un paso. Ya antes había oído la voz grave, una vez, exactamente antes de ser jalado otra vez a la tierra de los vivos la primera vez que la dejó. Al mirar dentro de esos ojos azabaches, esa boca estirada, ese cabello rubio que caía libremente alrededor de hombros delgados... Daniel quiso gritar.

—¿Quieres que te saque los ojos? —preguntó el muchacho, ahora con voz otra vez inocente—. Puedo, tú lo sabes.

—No —respondió Daniel.

—¿Por qué entonces incumpliste tu promesa?

—No lo hice. ¿Qué promesa?

Breve pausa.

—La primera vez que me viste, cuando te disparé —contestó ahora en voz grave, estridente, en gruñidos, resaltando cada palabra—. No recuerdas, muy malo, pero me prometiste que te echarías atrás, que me dejarías seguir matando. Te permití volver debido a esa promesa, o de lo contrario estarías en una caja de pino, a dos metros bajo tierra. Te dejé vivir.

Una sonrisa retorcida dividió el rostro tenso del muchacho, dejando ver dientes negros.

—Ahora te voy a sacar los ojos.

Heather.

Daniel intentó protestar, pero no pudo hablar. Una vocecita en su propia mente dentro de esta otra mente le preguntaba si se estaba hablando a sí mismo de niño. ¿Quién era el muchacho? Eva... sin embargo, ¿quién era Eva?

—¿Qué pasa, estás mudo ahora? —inquirió el muchacho; se levantó y caminó como pato en piernas arqueadas hacia Daniel.

Daniel retrocedió torpemente, horrorizado. Se dio contra la pared, temblando de miedo. El muchacho se detuvo exactamente fuera del alcance de los brazos.

—¿Es... es esta mi mente? —averiguó el agente especial.

El muchacho, divertido, ladeó la cabeza.

—Médico tonto —lo insultó; una nauseabunda fetidez le salió de la boca—. Puedes salvarla. Una última oportunidad de conservar viva tu mujercita, médico tonto. La voy a acuchillar como a un cerdo de dentro hacia afuera.

—Por favor...

—Surrrrrrr —resaltó el muchacho estirando los labios—. Solo tú.

Daniel no podía quitar la mirada del grotesco rostro que lo observaba.

—Si le cuentas a esa pequeña puerca, voy a hacer que mama grite por un largo tiempo —volvió a hablar con voz de niño.

El muchacho levantó una mano y señaló a Daniel con su dedo índice.

—Ven acá.

¿Quería Eva que Daniel se inclinara a oírle? Vomitaría. Sin duda el muchacho podía decir lo que deseaba desde esta distancia segura.

—¡Ven acá! —exclamó el muchacho, ahora su voz chasqueó como un látigo.

Daniel se inclinó.

El muchacho colocó su húmedo pómulo contra la mejilla derecha de Daniel y susurró lentamente.

—Vamos a ser los mejores amigos, Daniel.

Algo suave y húmedo le tocó la oreja. La lengua del muchacho.

Daniel retrocedió. El corazón le latía y el pecho se le estremecía. Le estaba dando otro ataque cardiaco. Los brazos y las piernas comenzaron a sacudírsele debido a una convulsión espantosa que no podía controlar.

El salón titiló. Las luces lo cegaron. Voces.

—Lo tenemos... Eso es, Daniel. Tranquilo, tranquilo.

Solo medio consciente de Lori y de otras dos personas de emergencia paradas alrededor de la cama.

Totalmente consciente de una voz infantil serena y prolongada.

Te veo, Daniel.

Él se irguió sobresaltado y gritó.

Reimpreso de la revista Crime Today, *2008*

VARÓN DE DOLORES: UN VIAJE A LAS TINIEBLAS

por Anne Rudolph

La revista Crime Today *se complace en publicar la séptima entrega del informe narrativo de Anne Rudolph sobre el asesino conocido ahora como Alex Price, presentado en nueve entregas, una cada mes.*

23 de noviembre de 1991

JESSICA ABRIÓ LA puerta del apartamento en la calle Holly, ansiosa de aligerarse del secreto que había guardado todos estos meses. Si había una época en que Alex se hallaba preparado para saber que ella estaba enamorada y que planeaba mudarse, ese momento había llegado.

Tranquilamente cerró la puerta detrás de ella y la trancó. Ya en la sala dejó caer el abrigo y miró alrededor del apartamento. Como siempre, el espacio estaba inmaculado. Cada tapiz perfectamente recto, cada adornito adecuadamente ubicado. Ahora una mecedora ocupaba el rincón en que el colchón de Jessica estuvo varios años.

Ella estaba a punto de llamar a Alex, imaginándose que se encontraba en el dormitorio trabajando en su libro, cuando vio la mancha roja en la puerta de él. Lo primero en que pensó fue salsa de tomate. Pero Alex odiaba la salsa. Y él nunca sería tan descuidado.

Un fuerte chasquido seguido de un grito agudo atravesó la puerta del cuarto. Jessica se quedó pasmada frente a la puerta principal, tratando de aceptar lo que acababa de oír. Se repitió el sonido.

Esta vez le recorrió un frío. Ella no podía confundir ese sonido, ni en un millón de años, no después de haberlo oído tantas veces de niña. Era el chasquido de un látigo seguido por un grito de dolor.

Recuerdos de Alice la sujetaron al piso. Habría huido del apartamento si no la hubiera inmovilizado el terror. Su mente se remontó al pasado, recordando noches tenebrosas, atada a una mesa.

¡Alice los había descubierto!

¿O acababa Jessica de despertar de una prolongada pesadilla para descubrir que ella y Alex no habían escapado a su infierno en Oklahoma? Entonces otra posibilidad le atravesó la mente.

Alex, no Alice, estaba azotando a alguien.

—¿Alex?

Ella dio varios pasos y se detuvo al final del sofá. Se abrió la puerta del cuarto de Alex, dejando ver a un hombre parado desnudo frente a ella. Le sangraban las manos. De varios cortes largos en el pecho le manaba sangre. Usaba una mascarilla de rojo; se había embadurnado esa cosa en el rostro.

Alex.

Jessica no pudo decir nada. Alex la miró sin expresión por algunos segundos, entonces le explicó lo que había hecho con dos simples palabras.

—Lo arreglé —enunció él.

Entonces corrieron lágrimas por el rostro de Alex y le comenzaron a temblar los hombros. Salió y cayó de rodillas, y le agarró las manos a su hermana antes de que ella pudiera echarse hacia atrás.

—Lo hice, Jessie. Lo hice.

Ella pudo ahora verle la espalda, cubierta con cortes frescos, y supo que solo un látigo con incrustaciones de vidrio o metal podría explicar ese daño. Ella miraba, horrorizada, y mientras tanto Alex seguía sollozando, diciéndole que lo había arreglado.

Jessica volvió en sí y retiró bruscamente sus manos de las de él. Él se le lanzó a los pies y le abrazó los tobillos con sus brazos. Boca abajo y desnudo ante los pies de ella, lloró.

«Los debates acerca de la existencia de Dios y de Satanás son tonterías de niños que discuten sobre si el mundo termina en el lindero de árboles de su patio trasero. Una aventura en la tarde al interior del bosque les solucionaría el asunto. Haga un viaje conmigo, señor. Le mostraré el bosque, y le prometo agarrarle la mano cuando empiece a llorar».

—Padre Robert Seymour
La danza de la muerte

Ella se quedó observándolo, sintiéndose dividida entre emociones opuestas. Por una parte, los dedos le temblaron de alivio al descubrir que Alice no los había localizado y que esta no era la pesadilla que ella más temía.

Por otra parte, los dedos le temblaron ante la comprensión de que Alice los había localizado, y esta era una pesadilla que ella temía más. Alex era Alice, y él había revivido la pesadilla.

Además, Alex para nada era Alice, sino su muñequito herido, desnudo y azotado para apaciguar las exigencias del convento sagrado de ella. Jessica sintió repulsión y lástima a la vez, y no supo si unirse a Alex en el piso o patearle la cabeza.

Jessica recordó: «Nunca me había sentido tan enojada con él. Sin duda había sentido antes frustración, pero no la clase de resentimiento que sentí parada frente a él. Sentía pena por él, pero al mismo tiempo me sentía más enojada porque lo hacía del mismo modo en que Alice pudo haberlo hecho».

Algo se desgarró en la mente de Jessica mientras cedía a la ira y rechazaba su empatía por el hombre tirado a sus pies. Intentó zafarse los pies, pero él se aferró a ella con los brazos. Entonces, ella agarró una vela blanca del extremo de la mesa y se la estrelló en la cabeza.

Asombrado, Alex soltó a su hermana. Sus sollozos se calmaron y la miró, mudo. Se levantó lentamente, aturdido y confuso. Jessica pudo al fin recobrar la voz. Le preguntó si él mismo se había azotado. Él solamente la miró. Cuando lo presionó, él asintió con un movimiento de cabeza.

Ella preguntó: ¿Por qué? ¿Por qué había hecho lo que solo Alice podía haberle hecho? ¿Por qué había vuelto a traer a Alice a sus vidas?

Alex no dijo nada y retrocedió a su dormitorio, dejando la puerta abierta a la cobija negra que ocultaba su mundo privado. Cuando salió cinco minutos después, Jessica había limpiado la alfombra, y él se había quitado la mayor parte de la sangre del rostro y el cuerpo, pero un poco aún se le filtraba a través de la camisa azul que se había puesto.

Por largo rato ninguno de los dos habló. Finalmente ella le volvió a preguntar por qué lo había hecho.

—¿Por qué has traído a nuestro hogar la cloaca enferma de la religión de Alice después de tantos años?

—Ella estaba equivocada —contestó él alejando la mirada—. Dios y Satanás no existen. Están en la mente.

—Eso es lo que ella solía decir —replicó la joven.

Aunque Jessica encontraba mucho más fácil recordar sus años en California que los años vividos de niña con Alice, logró sacar al menos un bosquejo de las intrincadas creencias que motivaban a Alice y a Cyril al brutal maltrato a tan tiernos niños.

La impía creación de Alice, a la cual ella llamaba Convento Sagrado de Eva, parecía extraer cosas de toda religión mundial importante, a menudo en contradicción directa a la premisa subyacente de esas religiones, concretamente encontrar a Dios. Lanzando algún animismo y una buena dosis de ritual satánico, lo que resultó fue el evangelio según Alice.

Ella exigía orden y creaba reglas. Sin excepciones. Al final, el juicio de las personas no lo determinaba lo bien que servían a algún ser omnipotente llamado Dios, sino cuánto poder obtenían de esta vida para convertirse en Dios.

En la mente de Alice, ella era Dios.

Es dudoso que Alice creyera de veras en un Dios fuera de ella misma. O en realidad en un Satanás. Para ella las nociones de Dios y Satanás eran simples instrumentos que usaba para invocar poderes que al final solo residían en ella misma.

Las reglas del universo eran claras como el cristal. Era necesario mantenerse puro para mantener poder en esta vida. Y aunque Alice creía mantenerse casi en existencia virginal en prácticamente todo aspecto de su vida, siempre había un poco de mal que se introducía y diluía esa pureza. Solo una vasija realmente pura podía aprovechar el poder del mal en vez de dejarse contaminar por ese mal. Ella simplemente debía mantener la pureza si esperaba conseguir el poder que necesitaba para permanecer pura. Razonamiento circular sin esperanzas. Humanismo secular

con una máscara horrible.

Tomando los sacrificios del judaísmo y el apaciguamiento a dioses de antiguas tribus suramericanas, Alice halló una forma de tratar con la impureza que la amenazaba. Necesitaba un cordero sin mancha, lo cual en realidad significa una virgen inocente, para pagar el precio requerido por cualquier mal persistente que le diluiría su poder.

Para este propósito ella necesitaba jóvenes niños, y los mantendría puros a través de un vigoroso sistema de reglas y castigo. Ella luego los hacía pagar por el mal una vez al mes, durante la luna nueva.

En la retorcida mente de Alice, la única mujer en lograr verdadera perfección fue Eva. Virginal y totalmente inmaculada en el jardín, ella pudo engañar a Lucifer para que le diera su poder, el cual luego ella transmitió a la especie humana. Todas las guerras y las enfermedades, y toda clase de maldad venían de Eva, quien sedujo a la serpiente. Desde entonces nunca ha habido una mujer tan poderosa. De ahí el nombre de la diminuta secta de Alice: Convento Sagrado de Eva.

El ritual satánico era para Alice nada más que una forma de experimentar con distintas maneras de engañar a Lucifer como lo había hecho Eva.

Por supuesto, todo esto era una metáfora para su propia lucha consigo misma, porque al final el bien y el mal, Dios y Satanás, vivían dentro de ella. En toda persona digna. Alice era Dios; Alice era Satanás.

Al mirar el cuerpo manchado de sangre de Alex esa noche en el apartamento, a Jessica le pareció que él estaba siguiendo los pasos de Alice, castigándose para hallar pureza y poder... como Alice había castigado una versión mucho más joven de él para el mismo propósito.

A Jessica le inquietó el hecho de que Alex centrara la atención en esta parte central de la filosofía de Alice. Dios y Satanás no existen. Están en la mente.

Ella presionó más a Alex, acusándolo de abrazar la religión de Alice. En vez de reaccionar con repulsión, como hizo en el pasado cuando ella sugirió que aún persistía alguna asociación con Alice, él se sentó en la mesa de la cocina, cruzó las piernas, y le pidió perdón. Tranquilamente explicó que solo estaba tratando de probarse que podía enfrentar con desafío el dolor de su pasado para así poder terminar su libro, Varón de dolores. Por horroroso que pudiera parecer, lo que él había hecho era solo un experimento. Una prueba que había superado. No volvería a ocurrir.

Pero Jessica necesitaba más tranquilidad, así que presionó aun más. ¿Cómo podía ella saber que él no estaba experimentando una regresión? Y si podía azotarse como Alice lo había azotado, ¿quién le aseguraba que un día él no se animaría y tratara de darle a ella una paliza del modo en que Alice lo había hecho?

Alex retrocedió ante la sugerencia, y por algunos minutos se convirtió en el antiguo Alex que ella conocía muy bien. Se levantó, impactado. Con ojos empañados le preguntó cómo podía pensar siquiera que él la lastimaría. ¡Él moriría por ella! Casi lo había hecho, ¡en varias ocasiones!

Jessica recordó el momento determinante a través de las lágrimas: «Él era otra vez solo un niño herido. Fue muy triste. Yo sencillamente no podía ignorar el dolor. Pero por primera vez tuve miedo de él».

Finalmente Jessica se quebrantó y consoló a su hermano, y cuando él se negó a ir a la sala de emergencia para recibir tratamiento, ella le limpió y le vendó las heridas. Acordaron mantener entre ellos el incidente, como hicieron con todo lo relacionado con Alice. Las preguntas llevarían a que tanto ella como él quedaran expuestos. Ninguno de los dos estaba listo para exponer sus pasados al mundo. La noticia se filtraría. Hasta donde les constaba, Alice aún estaba allá afuera, esperando saber de ellos.

Al día siguiente la vida en el apartamento continuó como si no hubiera pasado nada. Pero Jessica empezó a preguntarse más y más cómo sería la vida sin Alex.

3 DE ENERO DE 1992. El día estaba nublado, pero el nuevo año le trajo una emocionante sorpresa a Jessica. La víspera de Año Nuevo, Bruce Halstron la llevó a los columpios que los vecinos conocían como Parque de los Amantes, la columpió en el aire y le informó que no se detendría hasta que ella aceptara casarse con él. Encantada, ella aceptó en medio del primer balanceo.

Pasaron tres días antes de que Jessica decidiera que debía contar la noticia a Alex, quien se hallaba en su estado normal de triste meditación. El compromiso de ella con Bruce significaba que se mudaría del apartamento cuando se casaran, probablemente en el verano.

Abrigando más que un poco de temor, ella le pidió a Alex que se sentara y se preparara porque tenía un anuncio maravilloso. Él sonrió y le pidió que continuara. Ella le dijo que estaba enamorada de un hombre llamado Bruce Halstron.

Él siguió sonriendo en silencio, pero ahora su sonrisa parecía forzada. Como él no reaccionara de forma negativa, ella decidió sacar rápidamente el resto.

Le contó que había aceptado la proposición matrimonial de Bruce.

El rostro de Alex palideció por completo.

—¿Va él a vivir aquí? —inquirió.

—No —le explicó ella sentándose a su lado y poniéndole una mano en la rodilla—. Tenemos que mudarnos, Alex. Me estoy casando. Eso significa...

—¡Sé lo que eso significa! —la interrumpió y se puso de pie.

Como ella esperaba, él le lanzó una diatriba, recordándole las circunstancias especiales de ellos. Él no tenía trabajo y no podía pagar el apartamento. Estaría perdido sin ella. ¡Toda su vida giraba alrededor de Jessica! Rápidamente su ira se convirtió en temor y luego en pánico. ¿Cómo podía ella siquiera pensar en abandonarlo?

Pero Jessica conocía muy bien a su hermano y estaba preparada. Le planteó de nuevo el tema con sensatez, explicándole que ella ya no era una niñita.

Alex le dio una bofetada. Atónita, ella se volvió a sentar y se llevó una mano al rostro lastimado. Al verla horrorizada, él cayó de rodillas y le rogó que lo perdonara. No sabía por qué la había abofeteado. Ella era su vida, y el temor de perderla lo había enloquecido. Él puso la cabeza en el regazo de ella y lloró de remordimiento.

En vez de atraerlo hacia sí, ella le apartó la cabeza, se fue a la cocina y se sirvió una bebida, sabiendo que él la seguiría; así lo hizo, y ahora le dijo que ella tenía todo el apoyo de él. Por supuesto que ella debía irse. Ella merecía su felicidad. No podía vivir con él el resto de su vida en esta pocilga.

¿Quiso él decir eso? Sí, sí, en realidad así fue. Ella tenía razón, ellos no eran niños. Debían continuar con sus vidas.

Aliviada, Jessica lo abrazó y le agradeció. Permanecieron abrazados bastante tiempo. Su vida desequilibrada en el apartamento finalmente se acercaba a su fin.

Entonces Jessica le habló de Bruce: cómo se habían conocido, adónde fueron en su primera cita, cuán maravillosamente se sentía estando con él. Mientras tanto Alex escuchaba con una valiente sonrisa, forzándose a hacer preguntas corteses. Le confesó que sería difícil tratar de vivir sin ella.

Jessica recuerda: «Había una mirada vacía en sus ojos. Pero yo estaba acostumbrada a eso. Él estaba siendo muy valiente, y yo lo respetaba por eso».

Incapaz de contenerse, Jessica le contó algo más a Alex. Bruce la había besado. Y lo que era más, le había visto las cicatrices. Las había tocado.

La mirada de horror en el rostro de su hermano se quedó grabada en la mente de Jessica. Pero Alex no se molestó. «Solo estaba tratando de que todo tuviera sentido. Nunca hablamos de sexo. Eso estaba fuera de nuestros límites, ¿sabe?, debido a Alice. Simplemente no podíamos tocar el tema».

La discusión terminó poco después de la confesión de Jessica, quien se disculpó, entró a su dormitorio y cerró la puerta. Esa noche durmió con una sonrisa en el rostro. Al fin había dado el último paso para encontrar libertad de Alice. O, más exactamente, lo haría cuando dejara a Alex por Bruce.

VEINTICINCO

DANIEL YACE TEMBLANDO en la sala de emergencia del Ivinson de Laramie, Wyoming, luchando con una viva conciencia de haber estado en un precipicio con una mano empujándolo por la espalda. Siendo el precipicio la exigencia del muchacho de que se dirigiera al sur por su cuenta, a pesar de su estado físico; y siendo la mano que lo empuja su motivación de salvar a Heather.

Y en el fondo de ese precipicio, la realidad concreta de que un resbalón del pie significaría para ambos una muerte con los huesos destrozados.

Habían pasado quince minutos. En el salón solo estaba Lori, quien volvió a revisarle los signos vitales y, satisfecha, se colocó junto a la cama de Daniel.

—No tienes idea de lo cerca que estuvo —le comunicó ella en un susurro—. Ellos querían darse por vencidos.

—¿Cuánto tiempo? —averiguó él.

—Dos minutos, veinticinco segundos. Nunca más, Daniel. Se acabó. Él asintió.

—Dime que valió la pena —enunció Lori mirando la cortina cerrada.

Él pensó en contarle todo, luego descartó la idea, creyendo que hasta que él lo entendiera por sí mismo, esto podría ser peligroso. Para todos.

—¿Viste la puerta?

—Sí.

—¿La abriste?

—Sí.

—¿Y?

¿Cómo explicar el hecho de que la experiencia cercana a la muerte que acababa de tener no había tenido sentido, al menos no en su totalidad? Él podía entender por qué su mente volvió a ver al muchacho. Es más, esperaba la experiencia. La solicitud de dejar el caso Eva tenía sentido: subconscientemente luchó con la culpa durante dos años por continuar el caso a costa de Heather.

Pero este asunto de dirigirse al *surrrrrrrr*, como lo pronunció el muchacho, era menos obvio. Solo había unas pocas explicaciones de por qué su mente había sacado a relucir el pensamiento: quizás había sucedido algo más en ese momento antes de que Eva lo matara en Manitou Springs; tal vez el asesino sí había ido al extremo de la cama de Daniel mientras este dormía y le había dicho algo que él solo ahora recordaba.

O quizás su mente, confrontada por la muerte, se aferraba desesperadamente a una esperanza.

Lori podía suponer tan bien como él, pero nada de eso sería más que especulación.

—Por favor, solo dime lo que sucedió —rogó Lori, con el ceño fruncido por la preocupación y agarrándole una mano con la suya.

—Eso es todo. En realidad no sucedió nada.

—¡Aseguraste haber abierto la puerta! —exclamó ella, dio una rápida mirada por una rendija en la cortina, y luego bajó la voz—. ¿No viste a Eva?

—No, no lo vi. El muchacho me dijo que él era Eva.

Daniel levantó una mano hasta la cabeza y pensó en pedir más medicación para el dolor, pero rápidamente decidió admitir que ahora el dolor solamente le haría lenta la respiración.

El pensamiento lo agarró desprevenido. Seguiría las exigencias del muchacho, ¿no es así? Aun si hubiera una ligera esperanza de salvar a Heather, él la llevaría a cabo solo, como el muchacho había ordenado.

—No —cuestionó Lori moviendo la cabeza de un lado al otro—. No, eso no puede ser correcto.

—Por supuesto que puede ser. El muchacho es mi subconsciente azotándome por mis fallas; por fallarle a Heather, por no parar el caso Eva.

—Sí, pero... ¿Nada más? ¿Estás manifestando que esto no tiene nada que ver con que lo vieras a él esa noche?

Daniel no podía contarle sus intenciones. Si, por algún extraño giro del destino que él aún no lograba entender, su ida al sur efectivamente lo conduciría a Eva, Lori no podía saberlo. Si Eva había demostrado algo durante el año pasado, era que podía hacer, y haría, precisamente lo que había dicho.

—No lo creo, no. Nada que ver con esa noche.

—¿Qué quieres decir con eso? —quiso saber ella.

—Que debemos volver a empezar de cero —contestó él sentándose.

—Acuéstate —ordenó Lori con brusquedad, claramente molesta por algo más que porque él se sentara—. Debes descansar.

—Tengo suficiente epinefrina dentro de mí para mantener despierto a un caballo durante una semana. Créeme, descansar no está en el panorama, no sin drogas.

—Entonces conseguiremos algunas. Nada ocurrirá antes del amanecer en este punto.

—Nada de drogas. ¿De acuerdo? —formuló él, y miró el reloj: casi las dos de la mañana.

Surrrrrrr. El fétido aliento del muchacho le flotó en las fosas nasales. *Surrrrrrr, Daniel, te veo.* Daniel tragó grueso, tratando de no hacer caso a la apremiante urgencia. *Surrrrrrr ahora, Daniel. ¡Ahora!*

—Quizás algún analgésico para la hinchazón y para este dolor de cabeza —pidió él—. Nada más.

Lori lo miró y luego se puso de pie.

—Todo este asunto fue una equivocación. Tenemos suerte de que estés vivo —añadió ella, sacudiendo la cabeza—. No puedo creer que hiciéramos esto. Otra vez.

Él asintió con la cabeza.

Surrrrrrr, Daniel. ¿Quieres que le saque los ojos a ella?

—Estoy vivo.

—Gracias a Dios.

—Yo podría usar el analgésico.

Ella se fue hacia la cortina, regresó a ver con el ceño fruncido y luego salió.

Daniel se arrancó la intravenosa del brazo y se bajó de la cama. Le temblaban las piernas y tardó unos instantes en afirmarse. Le habían quitado la camisa y la habían puesto sobre el respaldo de una silla gris al otro lado de la cama de hospital. Caminó hacia ella afirmándose con la mano derecha en los rieles de la cama.

Agarró la camisa y luchó con cada manga. Por absurdo que fuera su intento de irse, la idea de dirigirse al sur —solo al sur, sin ningún destino en mente— era peor.

Como él esperaba, las llaves de la Suburban estaban en el bolso negro de Lori, el mismo en que ella escondiera el relajante muscular. Lo cual le pareció interesante una vez más. Era como si ella hubiera previsto la posibilidad de que él quisiera volver a morir.

Respiró profundamente y salió de detrás de la cortina al lado de la cama. Las manos le temblaban, por lo que las metió en los bolsillos. Aún tenía un trozo de gasa pegado al interior del brazo derecho, y él pensó en arrancárselo. En vez de eso retiró la mano izquierda y cubrió la gasa de forma tan natural como pudo.

A través de la puerta abierta se veía el puesto de enfermeras... ellas sin duda se preguntarían qué estaría haciendo él parado tan pronto. Pero los pasos de él a través de la sala de emergencia no tenían tanto que ver con evitar las miradas curiosas de las enfermeras y los médicos de guardia, como con lograr salir sin que Lori lo supiera.

Mantuvo la cabeza agachada y caminó tranquilamente, como si todo estuviera en perfecto orden, sin importar que el sudor le empapara el rostro.

—¿Señor?

Él miró por sobre una de las enfermeras que lo observaban.

—Dígale a la doctora Ames que fui al baño.

—Tenemos uno girando en la esquina —indicó ella, moviendo el dedo en la dirección opuesta, con mirada aún dubitativa.

—Está bien, ya vuelvo.

Él aligeró el paso, salió por una amplia puerta blanca y entró al pasillo. Nadie en ambas direcciones. Agradeció a Dios por esos pequeños favores.

Daniel estaba a mitad de camino en la larga rampa para sillas de ruedas a la derecha, cuando oyó la voz de Lori desde la sala de emergencia. Salió a toda prisa con la impresión que esto era más seguro que salir corriendo. En su condición, cualquiera que fuera, no debía presionar el corazón.

—¡Daniel!

Él se escabulló hacia fuera, cerró la puerta y se dispuso a atravesar el estacionamiento hacia el vehículo. Tenía que suponer lo peor: que ella no lo encontrara en el baño y de inmediato saliera hacia el auto.

El aire nocturno le susurraba por el cuello, a través de su cabello expuesto al viento. La Suburban chirrió cuando él presionó el control remoto. Luces anaranjadas titilaron dos veces.

Lori salía corriendo por las puertas de emergencia mientras él se deslizaba en el asiento.

—¡Daniel!

Intentando torpemente manejar la llave, se las arregló para introducirla en el encendido. Prendió el motor. Puso la palanca en directa.

Lori permaneció frente a la puerta, gritando algo que él no logró oír. Eso no importaba en este momento. No había manera de que ella pudiera atraparlo, y ella no tenía idea de adónde se dirigía él.

¿Cómo podía saberlo, si él mismo no lo sabía?

Surrrrrrrr...

La Suburban salió disparada del estacionamiento y giró dos veces antes de entrar rugiendo a la calle principal.

Daniel se sacudió de la cabeza una imagen del muchacho susurrando con labios estirados sobre una negra dentadura y aliento tan fétido que casi se podía ver.

—Sur. ¿Por qué al sur?

Ninguna señal de persecución en su espejo retrovisor. Conducía un vehículo alquilado; distraídamente se preguntó cuán lejos lo llevaría. ¿Cuánto tiempo se supone que conduciría hacia el sur antes de comprender que toda esta insensatez era producto de su mente?

Pasó debajo de un letrero que le informaba que la Interestatal 80 estaba kilómetro y medio adelante. Más al oriente que al sur, pero se unía a la Interestatal 25 como a ochenta kilómetros adelante.

Su celular zumbó en el asiento del pasajero donde lo había dejado. Miró la pantalla, vio que era Lori y lo desplegó. Luego lo pensó mejor y lo cerró antes de contestar. Si iba a hacer esto, un asunto claramente decidido, debía hacerlo al pie de la letra. Solo, en todo sentido.

El tráfico era escaso en la I-80 e iba a prisa, acelerando a ciento treinta kilómetros por hora, luego a ciento sesenta.

El hecho de que en realidad *no se estaba* dirigiendo al sur le humedecía las palmas y le cubría el volante con sudor.

El hecho de que en realidad *estaba* siguiendo el consejo del muchacho con dentadura negra, a quien había conocido en su mente estando muerto, le lanzaba un frío al cuello. Hace una semana no habría escapado de la sala de emergencia para seguir los antojos de un álter ego que insistía en que era Eva. Además, una semana antes no había estado muerto. Tres veces.

Después de treinta y seis minutos y cuatro llamadas más sin contestar, Daniel tomó la rampa de setenta kilómetros por hora hacia la I-25 sur corriendo entre noventa y cinco y cien, y luego acelerando sin demora hacia la marca de ciento sesenta. Después de todo él era del FBI. Las multas por exceso de velocidad no lo afectarían.

Todavía, el corazón le palpitaba. Todavía, sus palmas engrasaban el volante. Todavía, el frío le recorría por el cuello como las garras de un depredador.

Las llantas zumbaban. Le dolió la cabeza. Se dirigía al sur, ¿correcto? Esto era lo que significaba *surrrrrrrr*, sur en la interestatal, no directo al sur de Laramie. ¿Y si se equivocaba al respecto? ¿Y si a Heather la habían metido a un sótano al sur de Laramie?

¿Y si para Eva no había ningún sur en absoluto?

Su teléfono volvió a sonar, y él solamente lo miró de refilón, esperando simplemente ver el número de Lori o de Brit. Fuera del estado. Código de área 508.

A las tres de la mañana...

Levantó el teléfono, con la mirada fija en esos diez números. ¿Usaría Eva un teléfono que se pudiera rastrear?

Abrió el celular y se lo llevó al oído.

—Clark.

La voz que contestó era confiada. Baja.

—Entiendo que te diriges al sur. Aún hay tiempo si te das prisa.

—¿Quién habla?

La persona que llamó esperó cuatro o cinco segundos, como si estuviera considerando la pregunta con alguna incertidumbre.

—Lo siento. No esperaba de ti una pregunta tan ridícula. Ve al sur. Toma la 40 al este. Volveré a llamar con un teléfono diferente. Apúrate por favor. Heather no está tan bien.

La línea quedó muerta.

VEINTISÉIS

—¿**M**UERTO? —EXCLAMÓ BRIT—. Como en…
—Fibrilación cardiaca aguda. Se le detuvo el corazón. Imagínalo
como una réplica. Pero, como dije, pudimos resucitarlo en el hospital.

Lori pasó el teléfono a la mano derecha y anduvo de un lado al otro
en su cuarto de hotel la mañana siguiente a las nueve. Debían despegar
en una hora y Daniel aún no había vuelto ni había contactado.

—¿Por qué no me informaron? —cuestionó Brit—. Han pasado
siete horas, ¿y apenas ahora me estoy enterando?

—Lo siento, debí haberlo hecho. Solo que… Lo trajimos de vuelta,
y era tarde —anunció ella yendo hacia la ventana y mirando al estacionamiento—. Oíste lo que dije, aunque…

—Que él se había ido. Me dijiste que lo habían traído de vuelta.
¿Cómo puede una persona morirse dos veces en una semana?

Tres veces, casi dice ella.

—No, *que se fue*, como que agarró la Suburban y se fue.

—¿Después de haber vuelto? —exclamó Brit, esta vez lentamente—.
¿Adónde? Creí que estaba en el hospital.

—Salió de la sala de emergencia, se subió a la Suburban y se fue. Adónde, no tengo idea. A poner en claro su mente, hasta donde me consta.

—Así que hasta donde te consta puede estar muerto a un lado de la autopista. ¿Y ni siquiera te molestaste en llamarme?

Ella había pasado las últimas siete horas pensando lo mismo.

—Creí que solo se estaba desahogando. La patrulla de carreteras lo sabrá. Llamé, y en un radio de ochocientos kilómetros no hay reportes que involucren una Suburban.

Brit permaneció en silencio en el otro extremo.

—Entonces, ¿qué hacemos?

—Retardar nuestra salida y encontrarlo —contestó Brit.

—¿Y si no lo logramos?

—Si él no aparece para la tarde, regresamos y mantenemos los dedos cruzados. O aparece o lo encontramos. Tenemos el número de placa de la Suburban y podemos rastrear su teléfono celular.

—Lo siento, en realidad creí que él volvería antes de una hora.

Brit hizo caso omiso a las disculpas de ella e hizo la pregunta obvia.

—¿Alguna razón para creer que pudo haber ido solo tras Eva?

—Heather.

—Desde luego. Pero en lo que a ti respecta, él no tenía ninguna información que no sepamos.

Lori pensó: *Sí, él vio en su mente un muchacho que aseguró llamarse Eva.* Aunque ella no sabía cómo eso pudo motivar a Daniel a irse solo. Si se fue tras Eva, el muchacho le debió haber dado a conocer algo que él no quiso comunicarle a ella.

El propio deseo de Lori de contarle a alguien lo que sabía le golpeaba el pecho como un tren de carga.

—No que yo sepa —concordó ella—. Volverá.

—Espero que tengas razón. De veras espero que tengas razón.

Pero ella no estaba segura de tener razón. Ni siquiera escasamente.

—Brit, me preocupa que le falle el corazón. No creo que pueda soportar mucho.

VEINTISIETE

DANIEL CONDUJO LA Suburban lentamente por la carretera de gravilla llena de maleza, buscando con la mirada la reja de contención de ganado que Eva le había dicho que encontraría después de la señal 97. La noche era oscura. A lado y lado surgían árboles, como negros centinelas que veían pasar el solitario vehículo, sabiendo lo que solo un necio no podía saber.

Este era un viaje solo de ida.

Usando una serie de teléfonos públicos, Eva lo había llevado a Oklahoma, al sur de la Interestatal 40, dentro de los bosques. Habían pasado cuarenta y cinco minutos desde que Daniel vio las luces de otro vehículo. Eva había trazado meticulosamente la ruta, quizás la misma que había usado para transportar a Heather una vez que giró al sur en la I-25.

La treta de Eva tenía un sentido intimidatorio para Daniel. Eva agarró a Heather para atraerlo. Había calculado las veces que Daniel debió parar para reabastecerse de combustible y el tiempo que tardaría entre parada y parada. Se había detenido en cada una y escrito los números

262

de teléfonos públicos, planeando que en cada ocasión Daniel solo supiera la próxima etapa de su viaje al sur.

Nada de esto era particularmente molesto para Daniel. No habría esperado nada menos de un adversario tan meticuloso.

Lo que lo angustiaba era el hecho de que Eva pretendiera exponerse a sí mismo. ¿Cómo podría él saber que Daniel no había reportado las llamadas; que no lo estaba siguiendo por aire un equipo táctico en este instante, listo para someter a Eva cuando Daniel llegara a su destino?

Te veo, Daniel.

Sí, allí estaba el niño interior, ese muchacho en el ojo de su mente que afirmaba ser Eva. Pero la invención de la mente no creaba un adversario de carne y hueso. El muchacho no podía dar a Eva más información sobre las llamadas de Daniel que la que el propio asesino podría tener con un simple vistazo en el vehículo.

No. Eva, o sea cual sea su verdadero nombre, planeaba algo mucho más peligroso.

Tenía planeado a Daniel mismo. Cómo, Daniel no podía estar seguro, pero Eva lo conocía tan bien como él se conocía a sí mismo. Sabía que Daniel era desesperadamente leal a Heather. Que solo su obsesión por Eva puso una brecha entre los dos. Que en la última semana Daniel se había agotado al extremo de una cuerda raída, angustiado por el temor de modo tan antinatural que estuvo dispuesto a matarse no una vez sino dos veces desde que Eva lo matara.

Él sabía que después de una cacería tan larga, Daniel no se arriesgaría a perder ni a Heather ni a Eva informando de su paradero al FBI. Que, si lo hacía, Eva lo iba a saber. Daniel no sabía exactamente cómo, pero el asesino había probado de manera reiterada que era demasiado listo para arriesgarse a ponerse al descubierto sin haber cubierto todo peligro posible.

¿Y si... solo y si, por improbable que fuera, lo sobrenatural fuera real y Eva fuera un ser sobrenatural? ¿Si fuera un demonio, como los llamaban los chiflados religiosos; una presencia que funcionaba con el asesino y que había visitado a Daniel en su muerte y en sus sueños?

Llevando a Daniel al sur hacia su muerte definitiva.

La tentación de hacer saber su ubicación le había fastidiado por horas. Pero Eva tenía razón: Daniel no podía aventurarse a arriesgar la vida de Heather. Ni se podía arriesgar a encontrar una solución para el abismo que lo había devorado desde su primera muerte en Colorado.

La tentación se había esfumado media hora antes, cuando perdió la cobertura de su celular.

Te veo, Daniel. Una última oportunidad de conservar viva a tu hembrita.

El agente especial hizo que la Suburban rodeara una curva larga, y sus faros iluminaron una cerca. Una reja de contención de ganado unía la brecha en el alambre de púas.

Sus brazos estaban tensos. No logró ver nada más allá de la reja, solo más carretera llena de maleza con pasto en el medio y un rastro doble de gravilla donde el paso ocasional de vehículos había impedido que el pasto creciera. Tal vez cazadores.

Las llantas de la Suburban vibraron sobre los tubos de acero.

Había una marcada posibilidad de que Eva ya hubiera infectado a Heather con la enfermedad. Que Daniel la encontrara sobre una silla, los ojos virados hacia atrás, y estremeciéndose a medida que la presión letal de estreptococos le destrozaba la mente y el cuerpo.

Daniel aflojó el acelerador. El sonido de gravilla crujiendo debajo de él se convirtió en un rugido sordo. Se secó el sudor de los ojos y miró la confusa línea entre el alcance de los faros y la oscuridad.

Eva manifestó que había una vieja cabaña en la carretera, pero no especificó a qué distancia.

El cansancio lo había obligado a salir de la carretera exactamente para descansar después de cruzar la línea fronteriza de Oklahoma. Durmió treinta y siete minutos antes de despertar de golpe y reanudar su esfuerzo.

Después de pensarlo bien, no sentía buena la idea de que el muchacho en el ojo de su mente fuera algo más que una reacción electroquímica. No obstante, por ridículas que fueran las ideas sobre lo sobrenatural, ahora entendía con sorprendente claridad por qué noventa y ocho por ciento de la población del mundo ponía su fe en ellas.

Explicar su experiencia en términos sobrenaturales sería aceptable para cualquier persona menos informada. Y era tentador, hasta para él. Daniel estaba consciente que el infierno era real porque estuvo allí y conoció al mismo diablo: un muchachito que se llamaba a sí mismo Eva. Cuando el asesino lo mató esa noche en Manitou Springs, Daniel conoció al muchacho, a este demonio llamado Eva, y evidentemente le hizo la promesa de echar para atrás la investigación a cambio de su vida. Así fue como Lori pudo volverlo a traer.

Ahora Daniel estaba pagando el precio por no cumplir su parte del trato. Esa era la reacción religiosa de lo que le estaba sucediendo.

En algunas maneras la explicación parecía convincente. Solamente los nombres estaban equivocados. El infierno era la mente, el diablo era en realidad un químico poco entendido, llamado DMT, y el muchacho era una reacción electroquímica aun menos comprendida y mejor conocida como conciencia.

La luz que se extendía en la oscuridad iluminó una vieja casucha. Daniel cambió el pie al freno, oyó que las llantas frenaban, y luego se detuvo. El miedo no había vuelto desde que saliera de Wyoming, pero ahora el pánico intentó abrirse paso. Luego se esfumó.

Pensó que la casucha quizás era de tres metros por tres... demasiado pequeña. Entonces las luces de los faros descubrieron un cobertizo, y Daniel supo que había llegado.

Detuvo la Suburban y miró el claro. Una casita cuadrada surgía de entre la maleza demasiado crecida a su izquierda. Viejas tablas grises colgaban de las paredes, la mitad del techo caído, ventanas rotas.

Una pequeña colina se levantaba más allá antes de llegar al bosque. Lo que parecía ser un viejo arado mohoso se apoyaba en la maleza en la base de la colina. Más allá, una cerca de madera podrida.

Tres pensamientos saturaron la mente de Daniel. El primero era que ni la casucha ni la casa calzaban en el perfil de Eva.

El segundo fue que él estaba al descubierto, las luces encendidas, en punto de mira de alguien que vigilara desde el bosque.

El tercero fue que le dolía el pecho en gran manera.

Estiró la mano hacia la llave y apagó el motor. El zumbido que había sido su constante compañía en las últimas diecisiete horas fue reemplazado por un repiqueteo en sus oídos. El reloj mostraba las 20:13.

Daniel apagó las luces. Una media luna irradiaba suficiente luz sobre el claro como para que él distinguiera el contorno de la casa contra el negro bosque. Una rápida mirada a su celular confirmó que aún se hallaba fuera de cobertura. Eva debió haber usado un teléfono satelital.

Se sentó con las dos manos sobre el volante, dejando que sus ojos se acostumbraran a la oscuridad. Había considerado innumerables escenarios, pero abandonado ahora en el claro ninguno de estos pareció importar. Eva ya estaba observando, esperando.

Daniel solo tenía dos opciones. Podía dar media vuelta, conducir la media hora hasta la cobertura del celular y hacer saber su ubicación; o podía investigar el cobertizo y confiar en su instinto.

Instinto que le decía que asesinos metódicos como Eva dependían de sus obsesiones hasta el punto de la adicción. Eva mataba mujeres en luna nueva por razones bastante poderosas como para impedirle matar ahora a Heather. Cualquier cosa que tuviera en mente, no era matar directamente a lo loco.

Aunque esta no parecía una manera lógica de pensar, había una posibilidad de que Eva hubiera hecho todo esto para que sirviera como advertencia, para mostrar su dominio sobre la situación. *Eso* calzaría en su perfil.

Daniel extrajo su arma de la pistolera, instaló una bala en la recámara y se bajó del vehículo. Cerró la puerta y se mantuvo parado cerca al guardabarros delantero, escudriñando. Qué, no lo sabía. Movimiento. Sonido. Algo que le sugiriera un curso de acción.

En el bosque se oía el chirrido de grillos. El motor de la Suburban crepitaba fuertemente al enfriarse. Por lo demás, el cobertizo estaba en silencio.

Se metió a toda prisa entre la maleza a su derecha, tratando de mantener a sus espaldas el bosque cercano. En cualquier otra circunstancia se arrastraría rápidamente, manteniéndose agachado, tratando de encontrar una superioridad a través del sigilo o la velocidad. Pero la idea de tratar de imponerse a Eva después de ser traído hasta acá parecía insensata.

Por eso giró a su derecha y fue hasta la mitad del camino del cobertizo, donde se detuvo. Aún nada. Sostenía la pistola con las dos manos, medio levantada.

—¡Heather!

Su voz se levantó por el claro, luego se disipó entre los árboles. Daniel dio tres pasos hacia la casa y volvió a gritar, esta vez más fuerte.

—¡Heather! ¿Puedes oírme?

Esta vez un grito apenas perceptible resonó a través del cobertizo.

Daniel levantó bruscamente la pistola y miró a la derecha, luego a la izquierda. Ese grito pudo haber sido producto de su imaginación. O un animal en el bosque. Un búho, o un...

Llegó de nuevo, pero él aún no podía determinar de qué dirección.

—¡Heather!

Se dirigió a la casa, corriendo un poco agachado, con la pistola aún en las dos manos pero dirigida hacia el suelo. Escogió su camino rápidamente sobre ramas caídas y varias rocas. La casa no tenía puerta. Solo un enorme boquete negro.

Daniel se pegó a la pared, luego giró, con la pistola extendida. A la débil luz de la luna logró ver que el lugar había sido destruido mucho tiempo atrás. Ningún rastro de Eva. Nada de esto calzaba con Eva.

—¿Heather? —enunció, esta vez más suavemente.

Se paró sobre varias latas oxidadas de pintura y vio una entrada a la derecha. Sobre el suelo se hallaban dos colchones destrozados cubiertos con latas vacías, uno en cada rincón. Un viejo dormitorio.

Daniel estaba retirando la mirada del cuarto cuando vio la mancha negra en la pared, apenas visible a la luz de la luna. Una palabra, esparcida sobre la madera podrida. Un nombre.

Eva.

Observó, y la mente le dio vueltas. No el mismo estilo que usaba el asesino, pero en definitiva el mismo nombre. Escrito aquí años atrás.

El asesino lo había llevado a un sitio vinculado con su pasado. Su infancia o su adolescencia. La noche era cálida, pero el cuarto parecía haberse enfriado. Los brazos de Daniel se le pusieron como carne de gallina.

Por primera vez en veinticuatro horas el miedo rechinó a través de los nervios de Daniel. Se sintió jadeando, sintió que los músculos le temblaban y que las rodillas se le doblaban.

Estiró las dos manos, buscando algo en qué afirmarse. La pistola cayó al piso. Su mano derecha había hallado un filo muy agudo en el costado de la puerta... un clavo o una astilla se le metió en la carne en la base del pulgar.

Pero el terror que le recorrió los sentidos le ocultó el dolor físico. Tambaleó, sintió que se le desgarraba la piel de la mano, y se contuvo rápidamente dando un paso al frente.

Entonces pasó el miedo, dejándolo temblando en el aire helado.

Se puso de pie y trató de calmar la mente. La pistola se hallaba a cincuenta centímetros a su derecha, y se inclinó hacia ella. Se dio cuenta entonces, mientras se volvía a levantar, que su aliento empañaba el aire.

El frío no era asunto de nervios. La temperatura había bajado drásticamente. ¿Cómo era posible eso?

Otro grito le llegó a los oídos. Dando una última mirada a la mancha que deletreaba el nombre de Eva, Daniel salió corriendo de la casa, respirando regularmente ahora. El ataque de temor y su posterior calma lo dejaron más cauteloso de su propia mente que de Eva. No podía vivir con algo que le apaleara sus emociones con tal ferocidad.

Enfrentar a Eva era una posibilidad preferible. El aire era cálido.

Un grito cortó la noche, esta vez claramente desde su izquierda. En dirección de la colina. Daniel salió corriendo a través de la elevada hierba y casi cae cuando su pie tropezó en algo oculto en la maleza. El dolor se extendió por su pierna, pero él no le hizo caso y atravesó corriendo el camino.

Giró a la izquierda y aminoró la carrera hasta un rápido caminar alrededor de la base de la cuesta.

—¡Heather!

Esta vez no se oyó ningún grito. Pero él no necesitaba uno para guiarse, porque al rodear la colina vio el negro agujero que llevaba hasta el terreno.

Daniel subió con esfuerzo, jadeando. Gruesos maderos enmarcaban una puerta de madera que se sostenía medio abierta. Una bodega subterránea.

Imágenes de otras bodegas subterráneas donde Eva había matado a sus víctimas le saltaron a la mente. Piezas faltantes que encajaban en el rompecabezas de Eva. El niño que se había convertido en asesino en serie había vuelto a casa.

Daniel fue hasta la puerta, agarrando la pistola con su ensangrentada palma.

—¿Heather?

Un suave gemido desde el interior.

Ahora él se hallaba a un lado de la entrada, forzando la vista ante un resplandor apagado y centelleante. Comprendió que su ingreso a la bodega subterránea no podía terminar bien para él, pero también sabía que no entrar no terminaría bien para Heather.

Daniel atravesó la entrada dentro de la bodega subterránea.

Una cambiante luz de llama hacía mover sombras sobre largos durmientes de vía férrea que apoyaban el combado techo. La enorme bodega subterránea olía a ratas muertas y a creosota. Una agitada respiración resonaba suavemente. Otro gemido.

Daniel movió rápidamente los ojos de un lado al otro, buscando a Heather. Una mesa a su derecha, montones de escombros, un par de vigas caídas. Pero el sonido no tenía dirección alguna.

Dio dos pasos y giró hacia atrás.

Heather se hallaba en una silla metálica, con los brazos atados a la espalda y los tobillos sujetos a las patas de la silla con cinta de conducto. Tiritando.

Tenía una bolsa en la cabeza.

Ninguna señal de Eva.

—Heather...

En cuatro zancadas atravesó el suelo mugriento.

—Aquí estoy. Soy Daniel. Está bien, ya estoy aquí —le susurró rápidamente, buscando al asesino.

Tenían que salir de allí, él sabía eso tan claramente como sabía cuán improbable era. Regresó a ver la entrada. Aún despejada. Empezó a jalar la cinta alrededor de los tobillos de ella, pero la situación se hizo lenta al tener la pistola agarrada. No podía soltarla.

Heather aún se estremecía, hiperventilando. Había gritado más de una vez, ¿por qué estaba ahora tan callada?

—Está bien, Heather. Lo siento, lo siento mucho.

La cinta cayó y él la emprendió con la segunda pierna.

—Perdóname —suplicó mientras la emoción le subía por el pecho—. Lo siento, lo siento muchísimo...

Liberó la segunda pierna, pero ella no hizo ningún movimiento para pararse. Daniel se puso de pie y enfrentó lo inevitable. Al quitarle la bolsa de la cabeza descubriría si la habían contagiado con la enfermedad.

Vaciló un poco, inseguro de poder enfrentar la respuesta. Luego estiró la mano, agarró la juntura de la bolsa en su mano izquierda y la arrancó de la cabeza de Heather.

El cabello de ella estaba enmarañado con sudor. Lo que quedaba de su rímel le embadurnaba las coloradas mejillas. El moco le manchaba el labio superior. Cinta de conducto le sellaba la boca.

Pero los aterrados ojos que buscaban frenéticamente los de él estaban limpios de la enfermedad. No la habían contagiado.

Una rápida inspección a la entrada le aseguró a él que esta aún estaba despejada.

—¡Tenemos que irnos! Debemos salir de aquí.

Las manos de ella aún estaban atadas y los labios sellados, pero estaba libre de la silla. No tenían tiempo para desatar los nudos en la espalda.

Él empezó a levantarla, mientras observaba por encima de su propio hombro.

—Vamos, por favor, tenemos que salir de aquí.

Los ojos de ella se movieron de derecha a izquierda, llenos de miedo. Heather intentaba decirle algo a él, por lo que la soltó y agarró el borde de la cinta.

Fue entonces, mientras la mano de Daniel estaba sobre la cinta, cuando Eva habló. No desde la entrada detrás de ellos sino desde las sombras más allá de la silla.

—Baja la pistola.

Él giró bruscamente y miró a un hombre vestido con overol y camisa de franela a cuadros, apuntando con una pistola a Heather. Había salido de la oscuridad, pero su rostro aún estaba en sombras, dándole la apariencia de no tener ojos.

Daniel se quedó pegado al suelo durante varias respiraciones profundas. El momento lo había agarrado desprevenido. Pero aquí estaba.

Debió haber sabido que la cinta de conducto fue una adición reciente, aplicada solo momentos antes.

Dejó caer la pistola y retrocedió.

Entonces el hombre salió de las sombras detrás de Heather y miró a Daniel a los ojos.

—Hola, Adán.

VEINTIOCHO

EVA VOLVIÓ A COLOCAR la bolsa en la cabeza de Heather antes de arrastrarla de la bodega subterránea, pero no sin antes darle la vuelta mirando a Daniel.

Eva había atado de pies y manos a Daniel a espaldas de ella, luego lo encadenó a uno de los durmientes de vía férrea que se levantaban a lo largo del muro. Le pasó varias veces cinta de conducto sobre la boca y alrededor de la cabeza. El agente especial yacía de costado, movía la mirada alternando entre Heather y el hombre detrás de ella.

Eva no le había permitido a Heather verle el rostro. Algo que podía ser de buen augurio para ella.

Daniel, por otra parte, miraba ahora a Eva.

Heather aún tenía las manos atadas, o si no habría luchado con fiereza aquí y ahora, sin importarle las consecuencias. La cinta aún le atravesaba el rostro, o de lo contrario habría manifestado a gritos su amor por el hombre en el suelo y le habría exigido a Eva que la tomara a ella en vez de Daniel.

—Te daré una bebida cuando regrese —le anunció Eva a Daniel.

Luego le quitó la bolsa a Heather, le dio la vuelta y la obligó a salir de la bodega subterránea.

El aire caliente de la noche la sofocó. No tenía idea de dónde estaban, solo que fue un largo viaje desde Los Ángeles... un día de camino. Ella había visto el interior de la bodega subterránea, pero nada más.

Eva la condujo por terreno irregular por cien pasos, luego la detuvo.

—Desocúpate por favor —le dijo él.

Ella se había despojado tanto de su vergüenza al pasar la terrible experiencia, que agradecida lo hizo con la ayuda de él.

Anduvieron un corto trecho antes de volver a detenerse. Él abrió la puerta corrediza de una furgoneta y con gentileza la ayudó a subir. Él no había sido áspero con ella. No la empujaba ni la jalaba. Solamente el asalto inicial le había requerido algo de fuerza.

Incluso cuando le hablaba, Eva le pareció un hombre inteligente y cauteloso motivado por ideología en vez de violencia. Y fue por medio de esas pocas palabras expresadas que ella había sabido más de Eva que lo que le enseñara un año de obsesión.

Heather se acostó en el piso alfombrado de la furgoneta. La puerta se cerró de golpe. Ella quedó en silencio por treinta segundos antes de oír el rugido de otro motor.

Él estaba moviendo otro vehículo. El de Daniel.

La mujer nunca antes supo que los conductos lagrimales podían producir la cantidad de lágrimas que ella había derramado en los dos últimos días. Nada de su angustia llegó a conmover al hombre que la había raptado. Ella pensó que él no sentía pena, pero que tampoco le ilusionaba el dolor ajeno.

La gravilla se aplastaba debajo de los pies del hombre al acercarse. Trepó al vehículo, encendió el motor. La furgoneta se movió en una curva, luego aceleró.

Heather no estaba segura de por qué él se había molestado tanto en llevarla durante todo este recorrido, si su objetivo era Daniel desde el principio. Este solía decir que una mente obsesiva sigue a menudo su propio razonamiento intrincado. La mente se guiaba por principios evidentes solo para los fieles. No obstante, esta era otra forma en que él relacionaba a los asesinos con fanáticos religiosos.

Quizás por esto Eva quería a Daniel en la bodega subterránea. Heather había estudiado el espacio durante las horas de espera. Alguien había tallado *Convento Sagrado de Eva* en cada viga superior que cubría la pared trasera. Había aros mohosos de antorchas asegurados a los durmientes verticales de vía férrea.

Pero fue la mesa a lo largo de la pared cercana lo que le indicó más que cualquier otra cosa el propósito del cuarto. En cada rincón habían perforado hoyos, de los cuales salían correas inmovilizadoras. La picada superficie presentaba manchas oscuras. Heather había mirado la mesa e imaginado animales atados y sacrificados. Incluso imaginó algo peor, pero no quiso pensar demasiado en ello.

Viajaron durante una hora, y Heather dejó que su mente se preguntara qué le iba a pasar a su ex esposo. Ella yacía de lado y lloró ante los pensamientos.

Lentamente, el ruido sordo debajo de su oído derecho le trajo agotamiento, y se sumió en un profundo y letárgico sueño.

CUANDO HEATHER VOLVIÓ a abrir los ojos se filtraba luz por el cuello de la bolsa sobre su cabeza. Había dormido durante la noche y parte del día siguiente.

La furgoneta no se movía.

Heather levantó la cabeza y escuchó. Pudo oír a Eva en el asiento delantero, comiendo algo. Una envoltura plástica que se desgarraba, luego otro mordisco. Después un trago prolongado. Él comía una barra de golosina con una gaseosa, pensó ella. Coca-Cola Cherry.

Ningún otro sonido que ella pudiera oír. Volvió a bajar la cabeza.

Pero su descanso duró menos de un minuto antes de que la puerta de Eva chirriara y él bajara. Se abrió la puerta corrediza de la furgoneta.

—¿Te gustaría desocuparte?

Ella se sentó con ayuda de él. Salió a prisa hacia el borde de la furgoneta, bajó las piernas, y se puso de pie. Él le alejó la cabeza del techo y la guió a lo largo de una superficie dura. Una acera o una calle.

Entraron a un salón que olía a baño recién lavado. ¿Estaban en una parada de descanso?

Eva le pidió que se sentara en un rincón, luego le sujetó con cinta las manos a un tubo helado y se lavó en un lavabo.

—Deberías saber dos cosas. La enfermedad tarda tres días en desarrollarse. Si el FBI tiene suerte y nos encuentra antes de que hayan pasado esos tres días, lo mataré antes de que ellos lleguen.

Una pausa breve, luego volvió a hablar.

—No intentes burlarte de mí. Eso únicamente hará que mueran más personas. Dejarte ir no es un error a menos que hagas de eso una equivocación. Para ti, para Daniel.

Luego salió.

Heather tardó varios minutos en comprender que en realidad él no regresaría. ¡La había dejado sola en el baño de una parada de descanso para que la hallara el siguiente viajero!

Intentó liberarse, pero el agarre de la cinta demostró ser muy seguro. Trató de gritar a través de la cinta en la boca, pero la tensión había desgastado sus cuerdas vocales. Por tanto se calmó y oró porque el chofer del próximo vehículo en llegar fuera un hombre con una vejiga llena.

No tuvo que esperar mucho tiempo. Un hombre, un adolescente por la voz entrecortada que recalcaba la letra de una canción rap que Heather no reconoció, abrió la puerta. Ella normalmente odiaba el rap. Pero en ese momento se convirtió en la música con el sonido más agradable que hubiera oído alguna vez.

La letra musical del supuesto rapero se le atoró en la garganta al entrar al baño.

Pero en vez de correr a liberarla, el muchacho huyó. Heather gritó tras él dentro de la cinta, pero él salió corriendo. Ella no había considerado la reacción que pudo haber causado en el despreocupado viajero la imagen de una mujer atada y amordazada en un baño de hombres.

Fuertes pisadas le disiparon los temores. El muchacho había ido por ayuda, la cual llegaba rápidamente.

—Señora, ¿está usted bien?

Ella contestó la ridícula pregunta con un ridículo y apagado rugido.

Luego hubo manos sobre sus brazos, rasgando y sacando la cinta. Levantaron la bolsa, y Heather vio a un tipo fornido, de piel oscura que parecía haber sido un corredor de béisbol universitario.

—¿Está usted bien, señora?

El hombre le quitó la cinta de la boca.

—¿Parezco estar bien? —contestó ella, desesperada por estar libre, totalmente desatada—. Desamárreme... ¡Quíteme esta cosa!

Las lágrimas le inundaron los ojos y empezó a llorar, tanto de alivio como de algo más. Pero su propio rescate lo estropeaba saber que Eva estaba en camino de vuelta a Daniel.

—¡Quíteme esto!

—¡Tyrone! —gritó bruscamente el hombre.

El hijo del hombre, tal vez el rapero, se sobrepuso a su impresión, sacó una navaja y la emprendió rápidamente contra la cinta que le ataba las muñecas a Heather.

Tuvieron que ayudarla a ponerse de pie. Ella observó sus manos desatadas, tranquilizándose.

—Gracias. Gracias, ¡muchas gracias! —exclamó, echando los brazos alrededor de Tyrone y besándole el rostro sin contenerse—. Gracias, gracias.

Abrazó fuertemente al jugador de ofensiva.

—¿Seguro que se encuentra bien?

Heather retrocedió. Olfateó. Se limpió la nariz y la boca.

—¿Tienes un teléfono celular, Tyrone?

Él extrajo un iPhone del bolsillo y se lo pasó.

—¿Dónde estamos?

—En las afueras de Trinidad —contestó el hombre—. Colorado. I-25.

Heather marcó el número con mano temblorosa y levantó la mirada hacia el hombre, quien seguía mirándola.

—Gracias —comentó ella tocándole el brazo—. Muchísimas gracias.

Una sonrisa le retorció los labios al hombre, quien agachó la cabeza.

—¿Aló? —se oyó la voz de Brit por el teléfono.

—¿Brit?

Ella sabía que era él, pero quiso oírselo decir.

—Habla Brit Holman. ¿Quién llama?

—Soy Heather, Brit.

—¿Heather?

—Soy Heather...

—¿Estás... estás bien?

—Él tiene a Daniel, Brit —anunció ella, apoyándose en la pared y empezando otra vez a llorar.

VARÓN DE DOLORES:
UN VIAJE A LAS TINIEBLAS

por Anne Rudolph

La revista Crime Today *se complace en publicar la octava entrega del informe narrativo de Anne Rudolph sobre el asesino conocido ahora como Alex Price, presentado en nueve entregas, una cada mes.*

7 de enero de 1992

UNA SEMANA después de aceptar la proposición matrimonial de Bruce en el Parque de los Amantes, Jessica quiso que caminaran esa noche a las diez en el mismo parque para discutir los planes de la boda.

Alex había aceptado la noticia con tanta gracia como ella pudo esperar de él. En realidad con más gracia de la que ella esperaba. Después de su arrebato inicial de ira y de pedir disculpas, él se había apartado. Cada día hablaban, y él no se mostraba preocupado respecto de la relación de Jessica con Bruce. Ella se refirió una vez al tema, y él habló de otra cosa. La joven pensó que era mejor darle su espacio a su hermano para que se acostumbrara.

El turno de Jessica debía terminar a las diez, pero un cliente irritado que se negó a pagar su cuenta la retrasó quince minutos. Para cuando ella se metió a la fría noche fuera del restaurante, eran casi las diez y veinte, y no había señales de Bruce.

El Parque de los Amantes estaba a solo una cuadra de distancia. Ella recorrió el camino a través de la calle para encontrarlo en los columpios, donde se veían a menudo. Una vez él la había sorprendido desde los arbustos en la entrada al parque y, aunque él había rodado por tierra a carcajadas, ella no consideró el susto ni un poquito divertido. Sin embargo, pensar ahora en eso la hacía sonreír. Mientras ella se acercaba mantuvo la mirada en los arbustos.

La vida con Bruce sería una aventura que Jessica difícilmente podía imaginar. Como un viaje al espacio sideral para la mayor parte de la gente. Ella hasta podría tener hijos con un hombre como Bruce, aunque la idea la aterraba.

La joven caminó por el parque con mirada recelosa y dirigida hacia los columpios. No logró ver a nadie cerca. Al llegar a los columpios no vio señales de Bruce, y se preocupó. Él nunca había llegado tarde, y ya habían pasado veinte minutos de la hora convenida para reunirse. ¿Se habría ido ya? ¿Y si se hubiera ido al apartamento de ella?

Un gemido en la ladera a la derecha de Jessica la hizo girar. Allí cerca había una figura. ¿Bruce? Ella corrió hacia allí, llamándolo.

Bruce estaba boca abajo, tratando de moverse, gimiendo. Ella se arrodilló a su lado y solo entonces vio la magnitud de sus heridas. Tenía el rostro destrozado y manchado de sangre. La camisa estaba hecha jirones, revelando largos tajos sobre el pecho y los antebrazos.

Jessica trató de ayudarlo en medio de sollozos, pero él perdió el conocimiento. Ella volvió corriendo al restaurante, pidiendo a gritos una ambulancia y luego volvió al lado de Bruce. Todo el tiempo le resonó una palabra en la mente. Alex. Alex había hecho esto. Había golpeado a Bruce y lo había flagelado con un látigo de nudos.

Jessica corrió a los arbustos al lado del cuerpo boca abajo de Bruce y vomitó.

La ambulancia llegó a las 10:31 y sin pérdida de tiempo se fue con Bruce a la sala de emergencias. Jessica vio que los paramédicos lo metían en camilla a la sala, y no lograba pensar por la ira que sentía. Le contó al médico exactamente lo que había visto, lo cual no fue más de lo que el galeno podía deducir. Alguien había atacado a Bruce en el parque, dejándolo aporreado y dolorido.

El médico opinó que Bruce viviría. La sangre hacía parecer las heridas peores de lo que eran. Lo mantendrían de noche en el hospital y quizás le darían de alta en algún momento del día siguiente.

Jessica corrió a casa. «Yo estaba hecha un desastre», recordó. Entró al apartamento y cerró la puerta. Como esperaba, Alex no estaba en la sala. Sobre la mesa había varias velas ardiendo. Él estaba allí, en su dormitorio.

Cegada por la ira, Jessica se lanzó contra la puerta. Agarró la manija, pero estaba cerrada, así que se lanzó de hombros contra la puerta, gritándole a Alex. Sorprendentemente, el marco de la puerta se astilló y ella atravesó la puerta abierta, pasó la cortina negra, y entró al cuarto de Alex.

Se paró en seco, jadeando. Por primera vez el espacio privado de su hermano estaba ante sus ojos. Dos docenas de velas en candelabros y pedestales iluminaban el cuarto. Las cuatro paredes estaban pintadas de negro. Una mesa con huecos perforados en cada esquina se hallaba contra una pared. Docenas de cruces invertidas habían sido clavadas en las paredes, mezcladas con cabezas de pollos que tenían alfileres clavados en los ojos. *No veas al diablo.*

Más libros de los que Jessica pudo haber imaginado abarrotaban tres grandes estantes. Volúmenes legales y médicos. Libros sobre religión y filosofía. Una mecedora en un rincón, un colchón en el piso a la izquierda. Solo una sábana, sin cobija. Sin almohada. La puerta del clóset al otro lado del colchón estaba cerrada.

Alice pudo haber vivido aquí. Jessica lo vio todo de una sola mirada y quedó helada. Era como si hubiera vuelto a entrar al claustro de Alice.

Su hermano se hallaba sentado al escritorio, desnudo hasta la cintura. De varias cortadas frescas en la espalda le salía sangre. Él se volvió lentamente y la miró con ojos afligidos, sin mostrar preocupación ni impresión ante la súbita intromisión de ella.

Jessica fue hasta el clóset y abrió la puerta de un jalón. Al menos una docena de látigos colgaban de un palo. Había navajas, cuchillas y ratoneras entre otros artículos, todos nítidamente colocados.

—¡Te has convertido en ella! —exclamó Jéssica girando y enfrentándose a su hermano.

Alex la miró con los ojos completamente abiertos.

—Te estoy defendiendo —expresó.

—¡No, esto es obra de Eva! —gritó ella—. ¡El espíritu impío te está obligando a hacer esto!

El rostro de Alex cambió, los ojos se le estrecharon como rendijas, la piel se le puso tensa. Cuando habló, su voz gruñó.

—Intenta detenerme alguna vez, puerca, y mataré más tipas de las que sabes cómo enterrar. Y lo sabré. Sabré si dices una palabra. Porque te puedo ver, puerca.

Jessica clavó la mirada en el suelo, inmóvil. Lentamente el rostro de Alex volvió a la normalidad y la miró, absorto.

«El temor que me invadió... nunca lo había sentido, ni siquiera cuando éramos niños. Supe entonces que no podía tocar a Alex sin pagar un precio terrible».

Al comprender que había cometido una equivocación, Alex se lanzó al piso y le pidió perdón. Pero esta vez fue demasiado para Jessica, quien entendía las terribles heridas de su hermano y quien lo amaba de la manera en que solo podía hacerlo alguien que había sufrido los horrores de Alice. La joven salió corriendo del cuarto, aventó sus pertenencias más importantes en una mochila y huyó del apartamento.

AL PREGUNTÁRSELE por qué no informó el incidente a la policía, la respuesta de Jessica fue simple: «¡Estaba aterrada!»

Y los acontecimientos de los días siguientes solo fortalecieron su miedo. Al volver al hospital encontró a Bruce durmiendo, así que se registró en un motel cercano y esperó para ir en la mañana. Agotada por la terrible experiencia, se quedó dormida en las horas oscuras de la madrugada y, sin un reloj despertador, durmió hasta que la mucama le golpeó la puerta al mediodía.

Corrió al hospital y descubrió que habían dado de alta a Bruce. Él le había dejado una nota en el puesto de las enfermeras. Estaba escrita en la papelería del hospital. La sangre se le drenó de la cabeza mientras leía la nota.

Mi querida Jessica:

Debo irme por un tiempo para poner en orden mis ideas. Tengo el corazón destrozado, pero no sé qué más hacer. Significas mucho para mí.
Por favor, mi amor, debes saber que estoy haciendo esto por ti. En realidad no creo que podamos estar juntos por ahora. Tú sabes la razón.

Quizás algún día. Perdóname por favor. Lo siento mucho.

Bruce

Jessica salió entumecida del hospital e hizo una serie de llamadas desesperadas en un intento de encontrar a Bruce. Finalmente contactó con Jenny, la hermana de él, quien le informó que Bruce había salido del estado y que no deseaba ser hallado. Todos los demás senderos llevaron a Jessica a un callejón sin salida.

Ella sabía qué ocurrió. Alex había amenazado a Bruce con algo que le clavó una estaca en el corazón. ¿O fue Eva quien lo aterró?

Seguramente había una manera de detener a su hermano, pero todo lo que ella pensó terminaba en un escenario sin salida. Si iba a la policía, le aterraba que Eva se enterara. El peligro para ella y para Bruce era muy grande.

Ella quiso acudir al padre Seymour. El sacerdote trató varias veces de lograr que Alex volviera a asistir a misa, pero él no quiso hablar con el cura. El padre Seymour le había expresado a Jessica su preocupación y la había consolado. Sin duda él entendería.

Pero Jessica creyó que ir a la iglesia solamente la obligaría a acudir a la policía. Lo más probable es que ni siquiera un sacerdote podría mantener confidencialmente todas estas cosas.

Se había cometido un crimen. Y ella no tenía confianza de que el mismo clérigo que había expulsado a Alex del seminario podría protegerla o proteger a Alex de Eva.

La imposibilidad de Jessica de ir a la policía, un camino que cualquier ser humano normal habría tomado dadas sus circunstancias, quizás ilustra mejor que cualquier otra realidad cuán profundo la habían marcado sus heridas y el temor. Durante dos largos días Jessica anduvo angustiada de un lado a otro en el motel. Finalmente siguió el único camino que le quedaba: volver al apartamento en la calle Holly.

Nada se había tocado en la sala, la cocina o el dormitorio de Jessica. El lugar estaba inmaculado, y parecía como si hubieran lavado las alfombras. Jessica corrió al cuarto de Alex y abrió la puerta de un empujón.

El cuarto estaba vacío y limpio. Ni una pizca de polvo, ni un pelo suelto, solo paredes negras y alfombra limpia. Alex se había ido. Jessica se sentó en la entrada, metió la cabeza entre las manos y lloró.

Las dos semanas siguientes pasaron como una pesadilla para Jessica. Ella sabía que Alex no volvería. Comprendió que había huido por el bien de ella, no por el de él. Proteger a Jessica de sí mismo había sido su regalo final para ella. Él sabía que su hermana tenía razón, que ya no se podía confiar en él. La única solución era que él mismo se apartara de la persona a quien amaba más que a sí mismo.

Pero ella no podía mudarse del apartamento por si él cambiara de opinión. Se sentía llena de culpa y molesta por sentirse llena de culpa.

Por más que buscó, no encontró a Bruce. Él sencillamente estaba fuera de la vida de Jessica, al menos por ahora.

Finalmente, después de dos semanas, Jessica acudió al padre Seymour y le contó que Alex se había ido del apartamento y que amenazó con no volver. Le dijo que habían peleado y que ella no creía poder permanecer en el apartamento con todos los recuerdos.

El padre Seymour la dejó quedarse en un pequeño apartamento-estudio de la casa parroquial, donde la joven vivió durante cuatro meses. El 17 de mayo de 1992 el padre recibió una llamada del restaurante Denny's donde Jessica trabajaba; le informaban que ella había faltado a dos turnos.

Él fue al apartamento de ella temiendo lo peor. Al abrir la puerta halló vacía la vivienda. Al instante comenzó a hacer llamadas a todo aquel que pudiera saber su paradero. Como las llamadas no dieron ningún resultado, el cura presentó un reporte de personas extraviadas y comenzó su búsqueda caminando por las calles.

Durante la semana siguiente, el padre Seymour y un puñado de confidentes de fiar estuvieron buscando a la hermosa muchacha que había venido a ellos proveniente de las calles. La semana se extendió a un mes, luego a dos.

Dos años después él recibió una carta con matasellos de Dakota del Norte que solo decía:

Quise que usted supiera que estoy viva, bien y estudiando para ser ma- *estra. Por favor, no trate de localizarme. Gracias por todo lo que ha hecho.*

Jessica

La búsqueda del padre Seymour por Jessica Trane de Oklahoma resultó en vano. No la volvería a ver hasta muchos años más tarde, tiempo después de que Alex se hubiera convertido en Eva, el asesino que había arrebatado las vidas de muchas mujeres.

VEINTINUEVE

SE SENTARON ALREDEDOR de la mesa de conferencias, demacrados por dos días de trasnocharse y de dormir poco. Brit Holman
usaba una corbata aflojada y torcida, camisa blanca arremangada hasta
los codos y mentón áspero con barba de dos días. Montova miró a
Heather con ojos penetrantes. Ella siempre había creído que el rostro
resplandeciente y el cabello alisado del hombre encajaban mejor en un
póster de una película de la mafia que en un póster de reclutamiento
para el FBI.

Sombras oscurecidas bordeaban los ojos castaños de Lori Ames.
Tenía el cabello despeinado y grasoso. Las arrugas de preocupación
marcadas en su rostro la hacían parecer diez años mayor que la mujer
que Heather conoció en su casa una semana antes. Lori se preocupaba
por Daniel, y Heather, sorpresivamente, se sintió a gusto sabiéndolo.
Quizás porque ahora ella era una aliada.

Heather se hallaba en un extremo de la mesa después de dos horas
de rendir informes en la oficina regional de Los Ángeles. Un policía de

carreteras la había llevado a un Wal-Mart de la localidad para conseguirle ropa limpia, y luego al aeropuerto municipal de Trinidad, desde donde ella había vuelto a Los Ángeles. La dejaron refrescarse y le sugirieron que descansara antes de llamarla a rendir informes. Pero ella no tenía deseos de descansar.

—Entonces eso es todo —comentó Montova después de una larga pausa; varios agentes habían venido y se habían ido durante la reunión, pero ahora solo permanecían los cuatro—. ¿Qué tenemos, Brit?

El agente especial encargado ahora del caso Eva golpeó el bolígrafo en la almohadilla amarilla frente a él.

—Él está en una bodega subterránea. Grillos y otros sonidos nocturnos que oyó Heather indican una región forestal. A unas quince horas...

—No, doce —interrumpió Heather—. Eso es tres horas menos. De búsqueda en la región.

Brit la miró sin levantar la cabeza, una discreta muestra de la frustración que sentía ante las constantes interrupciones de Heather. Ella estaba consciente de su nerviosismo, pero no hacía ningún intento por ocultar o cambiar esa realidad.

Daniel estaba allá afuera. Y en las horas desde que Heather fue liberada, un hecho le había estado martillando dentro de la mente: Aunque el FBI pudiera ser de enorme ayuda, ella, no ellos, era la única que en realidad podía salvarle la vida a Daniel, por improbable que pareciera.

Deberías saber dos cosas. La enfermedad tarda tres días en desarrollarse. Si el FBI tiene suerte y nos encuentra antes de que hayan pasado esos tres días, lo mataré antes de que ellos lleguen.

—El mejor cálculo es que Daniel necesitó al menos medio día para encontrar el lugar. Digamos quince horas.

—Aún no sabemos si todo el tiempo estuvo en movimiento —intervino Lori—. Salió del hospital aproximadamente a las dos de la mañana, pero se pudo haber detenido en cualquier parte por cualquier cantidad de tiempo.

—Si creemos lo que Eva le dijo a Heather, tenemos tres días — opinó Brit—. Ahora menos. Debemos hacer ciertas suposiciones. Hasta que lo sepamos mejor, supongamos que él está viajando.

Brit se esforzó por levantarse, se dirigió a un mapa de Estados Unidos en que habían ubicado con exactitud a las víctimas de Eva con pequeños alfileres rojos. Tres alfileres amarillos marcaban Laramie, Wyoming; Trinidad, Colorado; y Long Beach, California.

—Un viaje de quince horas desde Laramie...

Trazó un círculo grande con un lápiz.

—Después tendremos medidas más exactas. Veinticuatro horas desde Long Beach...

Otro círculo.

—Doce horas desde Trinidad —enunció, trazando un tercer círculo.

Brit dejó el lápiz en la bandeja y volvió a su asiento.

—Las regiones que coinciden en los tres círculos son nuestra red de búsqueda. Más probablemente en los perímetros.

—Texas, Oklahoma, Iowa, Missouri, Kansas... —intervino Montova, e hizo una pausa—. Podría estar en cualquier parte.

Brit asintió, luego volvió a su almohadilla.

—Sabemos que la bodega subterránea está en algún lugar conocido por Eva por mucho tiempo. El Convento Sagrado de Eva es nuevo, pero las marcas eran antiguas. Nuestro muchacho está volviendo a sus orígenes.

—Iba a ser sacerdote —añadió Heather.

Otra mirada de Brit.

—Sabemos que él quería ser sacerdote; que su motivación es claramente religiosa. Ya estamos instaurando búsquedas sobre el Convento Sagrado de Eva y el caso Daisy Ringwald que él le citó a Heather. La cabra en Manitou Springs y la mesa en la bodega subterránea indican que el sacrificio animal es parte de su evento teatral. Posibilidades todas que confirman el perfil que hiciera Daniel, pero que nos ayudan muy poco a aislar su actual ubicación.

Había algo respecto del asunto de que Eva quería ser sacerdote que le carcomía a Heather, pero no lograba identificar de qué se trataba.

—Aún no sabemos qué motivó la salida de Daniel en primera instancia—opinó Brit—. Encontró a Eva, lo cual significa que él tenía acceso a información esencial que decidió no transmitir.

Movió la cabeza de lado a lado.

—No tiene sentido —concluyó.

—Una experiencia cercana a la muerte —informó Lori.

—Así que vio algo en su mente mientras estuvo muerto. Como dije, no tiene sentido.

—Parece que Eva tiene un aprecio único por las experiencias cercanas a la muerte —explicó ella.

—¿Nos ayuda eso a ubicar a cualquiera de los dos? ¿Hay algo en la realidad de todo eso que pudiera irradiar luz en quién es él, en dónde está?

—No —contestó Lori quitando la mirada del hombre.

—Hay algunas consideraciones menores —formuló Brit reclinándose y suspirando—. Procederemos con todo lo que tenemos. Detesto decir esto, pero no parece muy animador.

—¿Es eso todo entonces? —objetó Heather—. ¿Es todo lo que ustedes pueden concluir?

Los otros tres la miraron sin contestar. Brit tenía razón, por supuesto, pero Heather se negó a aceptarlo. Aquí había algo más que Daniel habría obtenido. Una clave de la infancia de Eva, su personalidad, su probable crianza. Algo. ¡Alguna cosa!

—Ustedes hablan como si todo hubiera acabado —dijo ella bruscamente.

—No ha acabado —cuestionó Brit, negando con la cabeza.

Lori observó el mapa, con mirada susceptible. Se había desvanecido la confianza que tuvo una semana atrás.

Montova se puso de pie.

—Quiero todo recurso posible en esto. Manténganme al tanto con cualquier cosa que sepan, por insignificante que sea —enunció, le lanzó una mirada a Heather y salió del salón.

—Lo siento, Heather —expresó Brit con una exhalación—. No creas que he renunciado a la esperanza. Y no descartes a Daniel. Él sigue siendo nuestra mejor posibilidad en este momento.

—Yo estuve allí, Brit —advirtió Heather poniéndose de pie y dirigiéndose a la puerta—. Si Daniel es nuestra mejor posibilidad, está muerto.

Ella empujó la puerta, dejando a Brit y a Lori sentados en sus propias desesperanzas.

Pero ellos tienen razón —pensó ella—. *No hay esperanza.*

HEATHER PASÓ LAS TRES horas siguientes en su sótano, estudiando minuciosamente análisis de experiencias cercanas a la muerte desde toda perspectiva imaginable. Y había muchas, la mayoría descartadas. Las fotos en la pared tenían ahora nuevo significado para ella, pero nada de ese significado hacía más lento el tiempo ni la acercaba más a Daniel.

Ella sabía por lo que ellos habían pasado. Por lo que Daniel estaba pasando ahora mismo. Aunque Eva no la infectó con la enfermedad, ella experimentó de antemano el horror de la expectativa, atada a la silla, con una bolsa en la cabeza, oyendo su voz.

Eran las tres de la tarde. Eva aún conducía de vuelta a la bodega subterránea, donde Daniel yacía sudando sobre el piso.

Hola, Adán.

¿Qué haría Daniel en cuanto a lo que ellos habían llegado a saber? Nadie ingresaría en la mente de él como ella podía hacerlo. Quizás él entendería mejor a Eva, pero Heather creía entender mejor a Daniel que él mismo.

Eva estaba repitiendo la caída de Adán y Eva, infectando con una enfermedad las mentes virginales de sus víctimas. Pero más que eso, les ofrecía una forma de hallar expiación por el propio pecado de él. Porque él perdió la fe. Ellas eran sus chivos expiatorios.

Nada de esto estaba ayudando a Heather. Y el tiempo transcurría. Ellos tenían razón. Todo era desesperanzador.

Volvió a enfocar su atención en los casos de muerte inminente. El hecho de que Daniel hubiera muerto y que lo resucitaran dos veces era suficientemente único en sí. Era inconcebible el hecho de que evidentemente él fuera tras Eva después de tener en Laramie una experiencia cercana a la muerte.

El hecho de que Eva hubiera citado una experiencia de muerte inminente, la de Daisy Ringwald, como su motivación para creer en lo sobrenatural, era de lo más aterrador. Huelga decir que Heather había escarbado en los casos con un respeto recién descubierto.

Ella conocía a fondo todas las razones de por qué las experiencias cercanas a la muerte eran nada más que reacciones electroquímicas en el cerebro en el momento de la muerte... a lo largo de los años Daniel le había explicado el fenómeno docenas de veces.

Sin embargo, la evidencia que apoyaba una conclusión diferente a las alucinaciones químicamente inducidas era sorprendentemente irrefutable.

Es necesario reconocer que la mayoría de los casos no tenían sentido. Ella estaba casi segura de que la gran mayoría de experiencias cercanas a la muerte en realidad eran inducidas químicamente. Ocho millones de estadounidenses vivos hoy las han experimentado, y muchos de ellos han sacado provecho de sus historias, sin duda adornándolas a veces hasta el punto de la deshonestidad.

Pero no todas. Heather se centró en los casos de quienes nacieron ciegos, como al que se refirió Eva.

Daisy Ringwald, nacida en 1934 en Milwaukee. Heather vio varias referencias al caso de Daisy, pero no añadían nada a lo que Eva le describiera.

Pero un estudio de treinta pacientes que experimentaron muerte inminente en un período de dos años, realizado por el Dr. Kenneth Ring y Sharon Cooper, agregó más de lo que Heather pudo haber imaginado. Parecía que la Daisy de Eva no estaba sola. Entre los numerosos casos documentados en que ciegos tuvieron experiencias cercanas a la muerte, un total de ocho por ciento pudo describir acontecimientos y objetos durante sus muertes.

¿Cómo una persona que nació ciega describe algo que nunca ha visto? En muchos de los casos los sujetos habían «visto» por primera vez en sus vidas y describieron lo que vieron.

Si nunca habían visto estos objetos con ojos físicos, ¿con qué los vieron? Era claro que había más para el ser humano que las reacciones electroquímicas.

La pregunta de Eva le cruzó la mente. *¿Crees tú, Heather?*

¿Creer qué, Eva? ¿Que eres un psicópata atrapado en tu propia enfermedad, una versión distorsionada de la realidad? Sí, creo.

Te voy a ayudar a ver, Heather. Por completo.

¿Y cómo va usted a ayudar a Daniel a ver, Eva? Porque él es tan terco como una mula.

Yo iba a ser sacerdote, Heather.

Sonó el timbre de la puerta, sobresaltándola de su concentración. Dejó el expediente y subió corriendo las escaleras. Lori se hallaba en la entrada, con los brazos cruzados. ¿Habrían averiguado algo?

—Hola, Heather.

—¿Qué pasa?

—¿Puedo entrar?

—¿Qué ha ocurrido? —inquirió Heather alejándose de la puerta.

—Nada nuevo —contestó Lori, pero las líneas en el rostro revelaban otra cosa—. Yo solamente...

La mujer estaba consternada. Actuaba más como una esposa de luto que como una patóloga forense que había visto esto centenares de veces.

—Lo amo, Lori.

—Lo sé. Por favor, no te preocupes. Esto no tiene nada que ver con Daniel y yo, no en ese sentido. No he estado con él y no lo haré.

Bueno, eso estaba descartado.

—Está bien. Entonces, ¿de qué se trata? Perdóname por estar un poco angustiada, pero a diferencia de ti, yo me he entregado a Daniel desde el día en que lo conocí. Él significa todo para mí, parezca eso como parezca.

—Tengo miedo —contestó Lori, asintiendo—. Por él, quiero decir.

—Todos lo tenemos.

—Yo lo maté, Heather.

La declaración permaneció entre ellas, como una roca muda. Sin sentido.

—¿Qué, así que ahora *eres* Eva?

—No, quiero decir que me convenció a que le forzara el corazón a una fibrilación en un intento por tener una experiencia cercana a la muerte. Lo hice dos veces.

Heather no sabía qué hacer con tan absurda admisión. Por lo demás, este era el Daniel del que estaban hablando.

—Cuéntamelo todo.

Heather llevó a Lori al sótano, se sentó frente a ella y se enteró de todo. La prueba con DMT, la experiencia en la morgue, la manera en que lo mataron en Laramie, el temor que lo llevó a eso, las visiones acerca del muchacho en el cuarto oscuro. Les llevó media hora, pero a los cinco minutos Heather ya sabía que Daniel había estado en algo.

Algo más allá de todos ellos. Encerrado en la mente de Eva.

—Me sorprende que nada de esto te inquiete más —opinó Lori.

—No me extrañaría nada de Daniel. Lo que me inquieta es el hecho de que él esté en una bodega subterránea con el mismo muchacho de sus sueños —comentó Heather, tragándose un nudo que se le hizo en la garganta—. Créeme, yo creería o haría cualquier cosa por hacer que regrese.

Lori se paró y fue hacia el tablero de corcho cubierto con recortes de periódico.

—Hace una semana recibiste una llamada en la corte.

Solo una semana, y sin embargo esas dos llamadas parecían una vida atrás.

—Así es.

—Algo respecto de ser arrancado de su...

—¡Su sacerdote! —exclamó Heather, quedándose paralizada; las palabras de quien llamó le chirriaron en la mente como una sierra—. «¡Me arrancaron de mi papi, mi hermana, mi sacerdote!» Él *iba* a ser sacerdote. Eso significa que no era un sacerdote. Fue *arrancado* del sacerdocio, no sacado a patadas de una iglesia... ellos nunca echarían a patadas a un alma caprichosa. Pero sí a un seminarista. Él fue expulsado de un seminario.

Heather corrió hacia el teléfono y pulsó el número pregrabado de Brit. Rápidamente se lo dijo, escuchó su respuesta, hizo algunas sugerencias y colgó bruscamente.

—Esa es una gran cantidad de seminarios. Los de la Costa Este están cerrados, pero de inmediato averiguarán en los de la Costa Oeste. ¿Cuántos estudiantes son expulsados de seminarios por ser herejes? ¿O por perder su fe? No pueden ser muchos.

Ella se dejó caer en su silla y giró hacia la computadora.

—¿Cuántos seminarios podría haber?

—La oficina regional lo está averiguando, Heather. Al menos dentro de una hora tendrán una lista parcial de los estudiantes expulsados de seminarios de la Costa Oeste —anunció Lori, luego fue a la puerta y regresó—. En cuanto a lo que te dije...

—Es irrelevante. Que Daniel se mate a sí mismo solo es asunto de nosotras.

—Gracias —se tranquilizó Lori, sonriendo—. Tenía que sacarme eso del pecho.

—Sin embargo, me gustaría pedirte un favor —pidió Heather.

—Lo que sea.

—Viéndolo como que fundamentalmente tengo tu carrera en mis manos, supongo que puedo confiar en ti.

—Continúa... —balbuceó Lori.

—Yo no les dije todo.

Lori arqueó una ceja.

—Eva me dijo que si el FBI se acerca a la bodega subterránea, matará antes a Daniel. Y le creo.

Ella pudo ver la mente de Lori asimilando este nuevo detalle.

—Si obtienes alguna información, cualquier cosa que sea, ¿me la haces llegar primero a mí?

—No le puedo ocultar información a Brit.

—No te estoy pidiendo que lo hagas. Solo dame una ventaja. ¿Dudas de la promesa de Eva?

—Veo tu punto —concordó Lori—. Creo que Brit me dejará ir delante en esto... conservar la delantera. Recibirás mi primera llamada.

LA LLAMADA DE Lori llegó cincuenta y tres minutos más tarde, diez minutos después de entrar a la oficina.

—Tuvimos éxito, Heather. Dos estudiantes fueron expulsados durante ese tiempo. Uno de ellos vive en Seattle y trabaja como bombero. Situación solucionada.

—¿Y el otro?

—Desapareció después de ser expulsado por herejía del Seminario Universitario San Pedro en 1990.

—¿Dónde?

—Pasadena.

—¿Aquí?

—Aquí.

—¿Cómo se llama?

—Trane —contestó Lori con un temblor en la voz—. Alex Trane.

Heather articuló el primer nombre. Alex. Intentó imaginar a Eva llamándose Alex Trane, pero no hubo ninguna relación.

—Intenta con el sacerdote.

—¿El sacerdote?

—El que lo expulsó —explicó Lori.

Tres llamadas más tarde, Heather tenía el número telefónico y la dirección del sacerdote que ayudó a Alex Trane a ingresar al Seminario Universitario San Pedro en el semestre de la primavera de 1987, y que más tarde logró que lo expulsaran. El padre Robert Seymour, jubilado, vivía ahora en Burbano.

Ella marcó el número y oró al Dios del sacerdote que Seymour contestara.

—¿Aló? —gruñó una voz áspera en el teléfono de ella.

—¿Padre Seymour?

—Sí, cariño. ¿Quién habla?

—Soy Heather Clark. Lo llamo respecto de un estudiante seminarista a quien usted apadrinó una vez. ¿Le suena el nombre Alex Trane?

Silencio.

—¿Padre?

—¿Lo encontró usted? —preguntó; el entusiasmo había desaparecido de su voz.

—No. Lo estoy buscando. Creo que él pudo haber secuestrado a mi esposo.

Otra larga pausa.

—Padre, ¿lo recuerda usted?

—¿En cuánto tiempo puedes estar aquí?

TREINTA

CONVENTO SAGRADO DE EVA.
Daniel yace sobre el sucio piso de tierra, dormitando y despertando de manera irregular. Conciencia. Cordura. Sueños. Pesadillas. Temor.

Había intentado liberarse de la cadena pero a los pocos minutos se dio cuenta de que Eva no había cometido errores al prepararle el encierro. Eva ni siquiera sabía cómo cometer errores.

Eso significaba que su secuestrador estaría lejos por largo rato, dedujo Daniel. Eva iba a liberar a Heather, y hacerlo en alguna parte cerca de Oklahoma le ayudaría al FBI a estrechar el cerco de búsqueda. Daniel estaría solo durante veinte horas o más.

Sin comida ni agua. Sin un baño.

A medida que se afincaba su desaliento, Daniel sentía que la desesperanza comenzaba a ceder a la determinación. No de vivir, sino de dejar que el final llegara como fuera.

Había algo mal en el Convento Sagrado de Eva... él lo sabía debido a los sonidos, los olores, las subidas y las bajadas de temperatura. Quizás el Convento Sagrado de Eva era su propia mente y estuviera perdiendo la razón.

El primer indicio de que se le estaba desmoronando la mente vino con el acre olor a orina. Palideció, volvió a examinar el aire y confirmó que en realidad olía a una orina muy potente; no tenía idea de dónde llegaba, o cómo venía. No era de él.

El olor había venido y se había ido. Igual que los sonidos. Estrepitosos al principio, lo cual habría sido razonable en la casa pero no en esta bodega subterránea. Luego la voz del muchacho, susurrante.

Te veo, Daniel.

Las primeras veces que oyó la voz, había girado bruscamente la cabeza y había mirado las sombras en el lejano rincón.

Te veo, Daniel.

Gemía el viento. Pero él no creía que hubiera viento afuera.

Te voy a llevar, Daniel. Vamos a ser buenos amigos.

Supo entonces que estaba perdiendo la razón. Si no por los frecuentes temores, que le producían suficiente terror para eclipsar cualquier otra consideración, las irregularidades lo podrían haber mantenido en un estado constante de ansiedad. Cuando el agotamiento lo obligaba a entrar a la inconsciencia, el temor lo despertaba, gritando dentro de la cinta.

Se dijo que el abundante sudor solo aceleraría su deshidratación, pero era impotente para controlar sus glándulas. Y finalmente su vejiga.

La libertad de Heather le dio cierta medida de absolución que le ayudaba a soportar el extremo temor y los calambres que le inutilizaban los músculos después de las primeras siete u ocho horas. Y saber que iba a morir en esta bodega subterránea en los bosques de Oklahoma.

Pero su última acción había sido salvar a Heather. A su mente le llegó el antiguo cliché, *El que la hace, la paga.* El dolor que él le había causado por años lo estaba visitando ahora, tan condensado y purificado que en vez de apesadumbrarle el corazón durante muchas noches sin poder dormir, lo devastó durante una semana de horror.

El miedo en los ojos de Heather cuando él le quitó la bolsa de la cabeza se negaba a salir de la memoria de Daniel. Su esposa tenía los ojos empañados y abiertos de par en par porque sabía que Eva estaba detrás de ella, aguardando su momento oportuno.

Pero Daniel había visto algo más en los ojos de Heather. Había visto angustia. *¿Por qué, Daniel? ¿Por qué me tienes atada a esta silla? ¿Por qué me dejaste? ¿Por qué me partiste el alma?*

Él pensó en la posibilidad de que Eva se hubiera equivocado al romper su rutina: Agarrar a Heather y luego liberarla, la primera víctima con la que había hecho eso. Daniel esperaba que esa fuera una equivocación, e intentaba nutrir esa esperanza.

Pero al final la esperanza misma se derrumbó. Eva había agarrado y liberado a Heather solo para atraer a su primer Adán. Si Heather no se las arreglaba para irradiar nueva luz en el caso y traer agentes con ella en un intento de rescatarlo, él no tenía dudas de que acabaría muy mal.

Eva estaba obrando en maneras que reducían las destrezas del FBI a un esfuerzo sin ningún profesionalismo.

Daniel cambió otra vez de posición, tratando de aliviar un calambre en la parte baja de la espalda. La bodega estaba fría. Afuera era verano, pero la cavidad en la tierra se sentía como en invierno, otro truco que le jugaba su mente en deterioro.

Mucho tiempo atrás había renunciado a los intentos de imaginar lo que estaba sucediendo. ¿Por qué tanto temor? ¿Cómo logró él que su mente lo hubiera dirigido al *sur*? ¿Por qué ahora Eva lo estaba llamando Adán?

En realidad él tenía la respuesta a esa última pregunta. Eva iba a matar a Daniel, su primer Adán, de la misma manera que mató a sus Evas. Infectándolo con una enfermedad que atacaba la capa protectora del cerebro, y haciendo eso volvería a crear la caída de Adán y Eva. La pérdida de la inocencia.

En expiación por su propio pecado, Eva estaba tomando la vida de otros. Daniel no sabía qué en realidad, pero sabía suficiente para estar seguro de que por lo menos estaba cerca.

Sea como sea, Daniel moriría. Sea como sea, Heather viviría. Y bien por ella, quien realmente merecía vivir después de aquello a lo que él la había sometido.

El aliento de sus fosas nasales se empañó. Frío.

Entonces oyó la respiración detrás de él... no el susurro del muchacho sino los pulmones funcionando de un hombre, como un fuelle.

Daniel se dio vuelta para mirar hacia la entrada. Eva estaba de pie mirándolo, con las manos sueltas a los lados y los ojos sin pestañear. Él era apuesto, de mandíbula armonizada, grande y fornido, esbelto. Pantalones de trabajo color verde. La camisa a cuadros la reemplazaba un suéter negro.

Eva cruzó la distancia hacia Daniel y le desenrolló la cinta alrededor de la cabeza, liberándole la boca.

—Puedes beber.

De un empujón le acercó el tazón y Daniel bajó la cabeza hasta el agua fría. Bebió profusamente, agradecido a pesar de las circunstancias.

Cuando terminó, Eva desató la cadena, puso de pie a Daniel y lo llevó hasta la silla metálica, la cual había puesto ante la mesa cubierta de sangre.

Todo sin pronunciar más palabras.

Daniel permaneció sentado, pero Eva no se movió para atarlo a la silla. Los brazos del agente especial estaban fuertemente atados a la espalda... no iría a ninguna parte, no en su actual condición.

Eva se colocó detrás de él, luego le tocó el cabello con los dedos.

—¿Me llamas Eva?

Daniel dijo que sí, pero su voz salió ronca e imperceptible. Aclaró la garganta.

—Sí.

—Mi nombre no es Eva. Mi nombre es Alex Price.

El nombre no parecía conocido. Pero a Daniel apenas le importó. Le importaba mucho más el hecho de que Alex Price le hubiera dado a conocer su nombre porque la información moriría con él.

—Pero sé dónde está Eva —expresó Alex Price.

—¿Quién es ella? —inquirió Daniel aclarando más flema de su garganta.

—Viniste a salvar a Heather —contestó Alex mientras se movía frente a Daniel, analizándolo—. Sé que lo harías. Eres un hombre bueno, Daniel Clark.

—¿Vas a matarme? —le preguntó, correspondiéndole el tuteo.

—No. No, espero no tener que hacerlo. Yo no maté a ninguna de ellas.

—Pero Eva sí —concordó Daniel.

Alex se movió a un lado, con la mirada fija en los ojos de Daniel.

—Una vez estudié psicología. Por mi cuenta. Suficiente para obtener una maestría si hubiera pasado por todo el aburrido papeleo. Leí tus libros. Erróneos la mayor parte. Y yo debería saberlo.

—Quizás. A menos que sea incorrecto tu punto de vista —contestó Daniel, y levantó la mirada hacia la viga negra directamente frente a él—. Te criaste aquí, ¿verdad?

—Sí. El Convento Sagrado de Eva. Esa es la religión de mi madre. No mi verdadera madre. Alice. Ella nos ataba a mi hermana y a mí a esa mesa y nos castigaba cada vez que la luna se veía al mínimo.

Lo confesó de manera muy despreocupada, no como Daniel había esperado.

—Ahora te has convertido en ella. ¿O la estás odiando? Siempre es lo uno o lo otro.

—Me he vuelto ella —enunció Alex como lo más natural—. ¿Crees en el diablo, Dr. Clark?

A Daniel se le ocurrió que ya estaban en el rito del asesino. Probablemente así es como Eva enfocaba todos sus asesinatos. Al menos debería pasar por el formulismo. Mantener al hombre hablando, tener un poco de tiempo.

—Depende de lo que quieras decir por diablo.

—No, por supuesto que no crees —manifestó Alex levantando levemente la comisura de los labios—. No muchos creen estos días. Hablan, pero no creen, no realmente.

—Yo sí creo en el demonio, Alex. Solo que no como crees tú. ¿Me hace eso estar equivocado?

—Yo no creí siempre, ¿sabes? Me equivoqué.

—Entonces quizás yo esté equivocado.

—¿No te importa averiguarlo? —preguntó Alex.

—¿Averiguar qué?

—Si tienes razón o si te equivocas.

El temor no había vuelto desde la entrada de Alex; tampoco los sonidos ni el olor a orina. De alguna forma toda la escena parecía perfectamente natural a Daniel, lo cual era en sí y de por sí un poco incómodo.

Daniel miró a Alex, no seguro de que su captor esperara una respuesta.

—¿Crees que soy un hombre de palabra? —indagó Alex.

Considerando el perfil del hombre, Daniel tenía pocas dudas.

—Sí —contestó.

—Entonces, si juro no matarte, me creerías.

—Supongo que sí.

—Eva quiere hacer amistad contigo —anunció Alex.

—Lo sé. Hablé con Eva.

—¿Se lo permitirías?

—Creo que ya lo he hecho, Alex. Creo que todos hacemos amistad con nuestras Evas.

—No el niño interior. Sé que todos tenemos recuerdos e influencias que nos conforman durante nuestros años de formación. No estoy hablando de esa Eva, como la denominas.

—¿De qué entonces, del demonio?

—No. El espíritu que conociste en la caja. En el infierno. El que me habla, quien te dirigió aquí.

Un frío le recorrió la espalda a Daniel, luego desapareció. Esta charla de demonios y espíritus parecía muy inocente.

—¿Estuve en el infierno? No recuerdo haber visto llamas ni tridentes.

—Entonces no tendrás problema en pedir a Eva que tenga amistad contigo.

Daniel titubeó. ¿Y si se equivocaba respecto de todo esto? Pero sabía que no podía ser. Había defendido toda su vida que rechazaba esos aspectos tan infantiles como cielo, infierno, Dios o diablo. Un maníaco no cambiaba eso.

—Si lo haces, te prometo que no te lastimaré de ninguna manera —formuló Alex—. Te dejaré aquí y seguiré con mis asuntos. Tus amigos te encontrarán y puedes continuar con lo tuyo. Cazándome. Con nueva información más que suficiente para hacerme imposible la vida.

Así que eso era. Una especie de trato. Extrañamente desconcertante a pesar de ser tan infantil.

—Pero tienes que invitar a Eva a entrar a tu corazón —indicó Alex—. Pídele que te dé su amistad. Dile que lo amas y que le permitirás alojarse dentro de ti.

Oírlo formulado en estas palabras produjo un temblor en los dedos de Daniel. Sea lo que Alex Price fuera o que hubiera sido, cualesquiera que fueran las experiencias que lo habían llevado a este lugar, era un verdadero creyente en el poder del demonio.

Y probablemente estaba desequilibrado.

Sin embargo, ¿qué alternativa tenía Daniel en realidad? Se podía negar por ninguna otra razón que por un repentino temor irrazonable. O podía aceptar, quizás enfrentar las consecuencias de otro sueño horripilante y esperar que Alex cumpliera su palabra y lo dejara.

Además, Alex ya había insistido en que no lastimaría a Daniel. Eva haría eso. ¿Qué daño le ocurriría si se negaba a participar en el juego de Alex?

—No —contestó—. No invitaré a Eva a entrar a mi corazón.

—Porque sabes que él te mataría. Porque sabes que todo lo que has escrito sobre el tema son tonterías. No creer en el poder de Satanás es estupidez en el más bajo nivel. ¿Es por eso?

—No.

—Entonces no tienes nada que temer. Si te niegas me veré obligado a dejarte a solas con Eva. El muchacho finalmente te convencerá de que hagas lo que él quiere. Para entonces no tendrás mentalmente ningún valor.

Queriendo decir que Eva, su propia mente, finalmente obtendría lo mejor de él. El argumento tenía perfecto sentido.

—Si insistes —formuló Daniel.

—No, no estoy insistiendo. Es tu decisión, no la mía.

—Me estás obligando. Tienes una pistola proverbial en mi cabeza.

—¿Sugieres que te aterra la idea de invitar a Eva a entrar a tu corazón? ¿Que no lo harías bajo circunstancias normales? ¿Que crees en el infierno?

Desequilibrado, pero inteligente.

—No, no estoy sugiriendo eso.

—Entonces no finjas que solo obligado invitarías a Eva.

Daniel sabía que Alex lo había acorralado, no con argumentos del mismo Alex sino con los suyos propios, expuestos en cien conferencias. Alex solo estaba pidiendo a Daniel que respaldara su propia afirmación de que no había fundamento para la fe en lo sobrenatural o para ser leal a ello.

No obstante, todo el asunto acabó con el aplomo de Daniel.

—El muchacho que conocí cuando morí... es producto de mi imaginación. Una imagen formada por mi subconsciente en un momento de crisis. Tú has oído acerca de fumar heroína.

—No quiero hablar de drogas alucinógenas —objetó Alex—. Me

aburre. Quiero que decidas. Solo satisface a un psicópata engañado. Invita a Eva a estar contigo y te dejaré a solas con él.

—Conmigo mismo entonces.

—Como quieras. Sí o no.

Daniel recorrió con la mirada la bodega y vio lo que esperaba ver: Un silo subterráneo cavado un siglo atrás, apoyado en durmientes de ferrocarril. Una mesa de madera, usada para avivar la morbosa religión de Alice. Un montón de tierra bajo los pies.

Nada más.

Nada de demonios, espíritus o muchachos con dentadura negra que se hacían llamar Eva.

Miró dentro de los ojos de Alex Price.

—Sí.

TREINTA Y UNO

LA NOCHE HABÍA CAÍDO y el tráfico era fluido. Una sola luz de porche brillaba en el patio delantero de la antigua casa blanca de la calle Vine en Burbank. El pasto estaba reducido a espacios de tierra y el corto seto que bordeaba el césped necesitaba cuidado. Una casa de dos o tres habitaciones, a lo máximo. ¿Era esta la vida que llevaban los curas católicos jubilados?

Curas como el padre Robert Seymour, por lo menos.

Heather caminó hasta la puerta principal, atravesando parches de pasto que se habían metido entre las grietas de la acera de concreto. Una búsqueda más bien rápida del padre Seymour por la Internet había revelado más de lo que ella hubiera imaginado.

Él había servido durante quince años en Nuestra Señora de la Alianza, una iglesia católica en el costado sur de Pasadena. Aparte de servir en una cantidad de asambleas no demostró aspiraciones políticas ni interés en mejorar su posición en la iglesia. Era un hombre sencillo... una especie de leyenda en una cantidad de *blogs* de la Internet, conocido por su humildad y sabiduría, particularmente en sus últimos años, tras su regreso de una larga visita a Francia en 1992. Había escrito un libro acerca de esa época titulado *La danza de la muerte.*

Algo profundo había ocurrido en Francia. Heather no sabía con certeza de qué se trataba. Las referencias eran indirectas y su libro era poco claro. Evidentemente él había ido a Francia a estudiar bajo la tutela de un famoso obispo. Pero lo habían obligado a dejar su programa debido a razones personales. El año de estudio se convirtió en un año sabático, durante el cual el padre Seymour se recuperó de los efectos de un ritual de exorcismo en que fue colaborador.

Heather tocó la puerta y retrocedió. Había visto en la Internet fotos de un Seymour joven; el hombre que abrió la puerta no solo parecía mucho mayor, sino más delgado.

—Hola, Heather. Entra, querida. Por favor, entra.

—¿Padre Seymour?

—¿No esperabas a alguien tan joven y vibrante? Entra.

Ella se le adelantó. Él tenía los pómulos demacrados, pero las líneas marcadas en su rostro parecían formar una sonrisa.

—Siéntate.

Él la condujo a una antigua silla Reina Ana frente a una mesa de centro con bordes de bronce. La sala era pequeña, decorada con piezas de épocas que sin duda habían sido coleccionadas y heredadas. Un piano negro antiguo se hallaba pegado a una pared.

—¿Toca usted? —preguntó Heather.

—Cuando hay demasiado silencio —contestó él, sirviendo dos tazas de té—. Supongo que no rechazarás tomar una.

—Gracias. ¿Está usted solo aquí?

—No —respondió el padre Seymour, y le pasó una de las tazas blancas de porcelana—. Pero la ausencia de otras personas hace que a veces lo parezca.

Ella miró alrededor de la sala, medio esperando ver un fantasma observándolos, luego sonrió ante su propia insensatez.

—¿Dices que Alex Trane se ha llevado a tu esposo?

Heather le devolvió la mirada, mirándolo por sobre la taza de porcelana con brillantes ojos verdes pintados alrededor de los bordes. Hablaron del secuestro de Daniel mientras tomaba el té.

La taza tintineó contra el platillo en la otra mano, de repente incapaz de sostenerlo con firmeza. Ella lo asentó.

—Todo va a salir bien, cariño. Si te puedo ayudar, lo haré. Cuéntamelo todo.

Ella se reclinó y cruzó las piernas. En el transcurso de unos cuantos minutos el padre se las había arreglado para ganarse la confianza incondicional de ella, quien nunca había hablado con un sacerdote. De vez en cuando con un pastor protestante, principalmente en su adolescencia. Sin embargo, al mirar a este hombre de profundos ojos azules, ella supo que podía y que le contaría cualquier cosa, todo.

—Padre, ¿ha oído hablar de un asesino en serie conocido como Eva?

—Eva. He oído algo, sí. ¿Es Alex Trane el mismo Eva?

Heather empezó a hablarle de la llamada telefónica que recibió de un hombre que ella creía que era Eva, pero el padre Seymour la interrumpió.

—Comienza por el principio, Heather. El mismísimo inicio.

—Ha matado a dieciséis mujeres. Solo hacerle saber a usted lo más importante me llevaría tiempo.

—¿Ha matado Alex a dieciséis mujeres?

Sea lo que sea que el sacerdote hubiera leído sobre el caso, no era mucho.

—Sí.

—¿Quieres mi ayuda?

—Sí.

—Entonces cuéntame todo.

Eva había dicho: Tres días. No iban a lograrlo.

—Él va a matar a mi esposo, padre.

—Entonces sugiero que hables rápidamente.

ENUNCIAR LOS HECHOS como Heather los conocía le llevó una hora, y tardó ese tiempo porque el padre se la pasó deteniéndola con preguntas, principalmente acerca de las palabras exactas de Eva y de las experiencias de muerte inminente de Daniel. El padre Seymour escuchó los detalles de varias víctimas y luego le pidió que resumiera los pormenores macabros. Afirmó que no necesitaba oír lo mismo una y otra vez.

Así lo hizo ella. El género de las víctimas, el hecho de que hallaron bajo tierra a cada una, la naturaleza de la enfermedad que las había matado. El nombre *Eva* escrito sobre cada víctima. El perfil completo de Daniel acerca del asesino.

Pero las palabras que Eva había utilizado fue lo que interesó a Seymour más que cualquier otra cosa. La miró con ojos brillantes mientras con palabras entrecortadas ella le hablaba de su encuentro con Eva en la bodega subterránea.

—¿Adán? —preguntó el padre Seymour levantando la mano—. ¿Él llamó Adán a Daniel?

—Sí.

—Así que él está volviendo a crear el nacimiento del demonio, probando que el diablo tiene verdadero poder, como con Eva en el jardín. Algo que él rechazaba en el seminario.

—Tenemos que encontrarlo, padre —suplicó Heather mientras se limpiaba una lágrima debajo de su ojo derecho—. Y para hacerlo tenemos que saber dónde se crió. Estoy casi segura de que él está allí. Tiene a Daniel en el mismo lugar en que su madre lo lastimaba de niño. Hasta donde sabemos, ya ha infectado a Daniel con la enfermedad. No disponemos de mucho tiempo.

—¿Has pensado en la posibilidad de que no se trate de una enfermedad?

—Tenemos sólida información médica que identifica la causa de la muerte. Una especie de meningitis.

—¿Una especie?

—Sí, bueno, no es seguro. Una nueva variedad.

—Entonces podría haber otra explicación —opinó Seymour.

—Ninguna identificable para la comunidad médica.

—¿Y qué tendría la comunidad médica que decir acerca de una mujer nacida ciega que puede describir objetos de un salón después de morir?

—Nada.

—No, querida mía. Dirían que es imposible, a pesar de que ocurrió.

—¿Está usted diciendo que no se trata de una enfermedad?

El padre Seymour se paró y fue hasta el estante detrás de Heather, luego regresó con una gruesa obra empastada en cuero. La bajó y extrajo una foto en blanco y negro, que puso sobre la mesa.

—¿Qué ves?

La foto mostraba el costado de una mujer con un vestido, tendida sobre un sofá. Su brazo, estirado por fuera de su costado, estaba hinchado y magullado en mala forma. Un corte en el codo le sangraba.

—Una mujer con un brazo desfigurado —contestó Heather.

—Yo no tomé la foto, pero estuve allí. Se llamaba Martha. Tenía veintiséis años de edad y vivía en Monte Carlo. Veinte minutos antes de que se tomara esta foto ella tenía el brazo tan normal como el tuyo. La cortada en el codo fue hecha por un libro que estaba sobre una mesa, a tres metros de distancia.

Heather sabía adónde se dirigía él.

—¿Qué te llevaría a concluir la información médica con relación a la desfiguración de Martha?

—No sé.

—Ella pasó una semana en el hospital después del exorcismo. La evidencia mostró que la mujer había sufrido alguna clase de caída grave, o que sufrió el azote de una de varias enfermedades extrañas que dan como resultado graves hemorragias y magulladuras internas. Es uno de los tres exorcismos que he presenciado... y no tengo deseos de volver a participar en uno. El padre Gerald, el exorcista colaborador, pasó dos meses recuperándose.

Heather volvió a mirar la foto e intentó imaginar los sucesos que estaba sugiriendo el padre Seymour. No lo consiguió.

—No estoy segura de que esto nos ayude a encontrar a Daniel — manifestó ella.

—Nos ayuda a entender a Alex —expresó él, volviendo a deslizar la foto en el libro—. No estoy insinuando que cada una de sus víctimas no muriera de alguna extraña especie de meningitis, como supones. Estoy sugiriendo que Alex mismo podría estar recurriendo a algo más que medicina. Tú misma dijiste que él afirma que Eva, y no él, está cometiendo los asesinatos.

—Él es mentalmente inestable, padre.

—Lo dudo. El Alex que conocí era muy cuerdo. Vi los indicios en ese entonces, y sinceramente he orado más de una vez porque no se repita esa época. Yo mismo me veo culpable.

—Todavía no sé cómo algo de esto nos puede acercar...

—Porque no entiendes cómo una persona llega a estar poseída, Heather —enunció él haciendo girar una mano en señal de rechazo—. No puedo hablar por quienes ven demonios debajo de todo árbol. Francamente, sospecho que la mayoría de los casos de posesión son expresiones psicosomáticas de maldad humana. No lo sé. Pero existen casos de posesión genuina que desafían todo lo que la ciencia pueda lanzarles. Y solo unos pocos logran limpiarse alguna vez.

—Lo siento, padre, yo solo...

—Créeme, a diferencia de algunas iglesias, la Católica Romana no tiene interés en descubrir ni promocionar nada de esto. La mayoría de los obispos hallan embarazoso todo el asunto, por una buena razón: Para la gente es absurdo. Pero ni siquiera estos obispos pueden hacer caso omiso de la evidencia una vez que están frente a ella; y tampoco las personas normales.

Ella encontró fascinante la explicación metódica y razonada del hombre.

—¿Y?

—En la mayoría de los casos la posesión es un proceso gradual, difícilmente comprendido por la víctima. Contrario a lo que muchos suponen, la mayoría de las víctimas son inteligentes. Pero su posesión generalmente gira alrededor de una sola obsesión. Negación de la moral. Obsesión con el género. Incredulidad profunda. Cualquiera de una serie de ideas que empiezan en la mente y que se abren paso hacia el corazón.

—La obsesión de Eva, lo que usted está persiguiendo.

—Encuentra la obsesión de Alex y hallarás al hombre —concordó él con el ceño fruncido—. ¿No es el lema de todo buen psicólogo forense?

—*Tenemos* que encontrarlo. Su nombre, su historia, sus motivaciones...

—No, ni su nombre ni su historia. No existe Alex Trane. Lo sé, porque he investigado. Ellos vinieron a nosotros con el cuento de que perdieron a sus padres en un accidente automovilístico, pero no hubo accidente, de todos modos no en los archivos policiales.

—¿Ellos?

—Alex y su hermana, Jessica. Dos almas heridas con un pasado oculto que intentaron rechazar. Pero Eva los ha hallado y agarrado para sí. Al menos a Alex.

Heather se puso de pie y anduvo de un lado al otro, frotándose la parte derecha del cuello. A pesar de la veracidad de la sugerencia de Seymour de que Eva era algún demonio que rondaba a Alex, el sacerdote solo había destapado otro problema complicado. Ella no podía dejar de pensar en que en alguna parte había una clave para localizar la bodega subterránea.

—La obsesión de Alex... Lo expulsaron por sus argumentos contra la fe. ¿Tiene usted algo que él escribió?

—Creo conocer su obsesión —contestó el padre—. Pero, sí, yo pedí sus artículos. Están en una caja de zapatos en alguna parte por aquí.

Se levantó y se dirigió a un clóset de abrigos cerca de la puerta.

—¿Y cuál es la obsesión de él? —inquirió Heather.

Seymour abrió la puerta del clóset y hurgó dentro.

—Estaba aquí... —masculló entre dientes, luego se apartó con las manos vacías y se dirigió a la cocina.

—¿Cuál era? —volvió a preguntar Heather.

El padre Seymour salió de la vista y empezó a abrir y cerrar gabinetes.

—¿Su obsesión?

—Sí.

—Aquí está —dijo, y regresó sosteniendo una caja café de botas—. ¿A qué era a lo que Alex se la pasaba volviendo?

—Eva —contestó ella después de pensarlo por un momento.

—¿Y quién era Eva? ¿De quién era el convento sagrado?

—De Eva —respondió Heather—. La madre de Alex.

—Su madre, a quien él odiaba. A quien se vio obligado a matar o abandonar, pero de quien no pudo escapar. ¿Qué fue lo que él te dijo en el juzgado? «¡Me arrancaron de mi papi, mi hermana, mi sacerdote!» ¿Quién separó a Alex de su padre, su hermana, su ambición de convertirse en sacerdote?

—Eva.

—Eva, su madre. Su madre...

—Lo arrancó de su padre.

—De su verdadero padre —explicó el padre Seymour.

—Alex y Jessica fueron secuestrados —concluyó Heather, sintiendo que se le aceleraba el pulso.

—Yo he estado viviendo con Alex y Jessica por quince años —enunció él mientras se tocaba la cabeza—. Aquí. Después de escuchar lo que acabas de decir esta noche, eso es lo único que tiene sentido. Mucho sentido.

Heather buscó el celular en su bolsillo y llamó a Lori, quien contestó al primer timbrazo.

—Soy Lori.

—Él fue secuestrado. Trane no es su verdadero nombre. Fue secuestrado y cambió su apellido.

Ella casi pudo ver la mente de Lori dando vueltas.

—¿Sabía eso el sacerdote?

—No exactamente. Eso es lo que cree después de oírme. ¿Por qué?

—Él tiene razón, Trane es un nombre ficticio. No hay registros de Alex Trane antes de 1983. Dijiste que le fue arrancado a su padre. Brit está ejecutando un amplio sistema de búsqueda por casos de secuestro que involucraran a un hermano y una hermana desde hace cincuenta años.

Lori hizo una pausa.

—Cura inteligente.

—Esto podría ser. ¿Cuánto tiempo tardará?

—Si es un caso del FBI, no mucho. Un poco más si se deben hacer solicitudes a otras jurisdicciones. Y esto suponiendo que hubo un secuestro, por supuesto.

—Espero que sí. Llámame.

—Lo haré.

Ella cerró el teléfono. El padre Seymour permanecía sosteniendo la caja, con la mirada fija en Heather. Le tendió la caja.

—Contiene algo así como diez de sus artículos más memorables, algunas poesías, notas, etc. Si creías, te advierto que leerlos te podrían tentar a lanzar tu fe por la ventana. No sé cómo funciona para Alex, pero Eva no es su única obsesión. De alguna manera todo lo relacionado con Eva es el conocimiento del bien y del mal, creer en lo sobrenatural, Dios, Lucifer, la serpiente.

Heather agarró la caja.

—Yo tendría cuidado —advirtió él—. No permitas que te muerda la serpiente.

—Gracias, padre. Estoy muy agradecida.

—Una petición, si no te importa —expresó el padre al tiempo que se dirigía al estante.

—Si puedo.

—Puedes, e insisto —afirmó él; extrajo un libro y se lo pasó a ella—. *El rehén del diablo,* de Malachi Martin. Léelo, por favor. Léelo pronto.

Ella agarró el libro y lo miró cortésmente.

—Sé lo que estás pensando —añadió él—. El libro contiene cinco casos documentados de posesión contemporánea que ayudarán a todos los lectores, agnósticos, protestantes, católicos, musulmanes, a cualquiera, a reconsiderar todo lo que creían saber.

TREINTA Y DOS

SI EL CANSANCIO NO hubiera abrumado a Heather, habría leído anoche todas las páginas extendidas sobre la mesa de su cocina. Pero las ideas eran intensas y ninguna clase de determinación pudo evitar que su cansada mente se concentrara después de varias horas.

En la mañana caminó alrededor de la mesa, café en mano, mirando los montones de páginas. El reloj sobre la pared indicaba las siete y quince. Aún no habían llamado Brit ni Lori.

Heather había leído la mitad de los artículos de Alex, en su mayor parte argumentos filosóficos escépticos que socavaban lo sobrenatural con una claridad que habría impresionado incluso a Daniel, pensó ella. Eran argumentos que Alex mismo había desarrollado, aunque él quizás era levemente menos pretencioso. Y sin embargo lo hacía con confianza impuesta.

Nada de esto era particularmente nuevo para Heather... la mayor parte se reducía a presentar el existencialismo en lenguaje fresco, incluso ahora, quince años después de haber sido escritos.

Ella se sentó y agarró el siguiente artículo, cinco páginas con las esquinas dobladas, tituladas simplemente «Dios» en letras pequeñas. Por Alex Trane. La estructura del comentario estaba escrita en letras más grandes y más tradicionales.

Heather leyó rápidamente el artículo. El mismo tono que los otros pero en términos más directos. Un argumento dispuesto en niveles acerca de la no existencia de Dios. Ella se esforzó por concentrarse en las palabras. Un mes antes los artículos habrían sido oro en sus manos. Lo que Daniel pudo haber extraído de ellos...

Bajó las hojas y dejó que su mente vagara hacia la bodega subterránea. Eva, ahora conocido como Alex Trane, habría vuelto anoche. El hombre había sido cortés con ella, pero entonces había pensado en liberarla.

No. No, él nunca había dejado evidencia de violencia. La enfermedad había hecho su trabajo sucio. Esta enfermedad que el padre Seymour sugería que podría ser una afección totalmente distinta.

El libro de Malachi Martin, *El rehén del diablo*, estaba en el mesón donde lo dejara anoche. La parte más inquietante de todo el asunto que el padre Seymour había presentado era que si —y en realidad hay que reconocer un importante *si*— la enfermedad de Eva no era de carne y sangre, Daniel no tendría problemas en descubrirlo.

—Espero que se equivoque, padre —musitó ella, con los codos sobre la mesa y la cabeza entre las manos; esto era exasperante.

El timbre de la puerta repicó, un suave *bang* que Daniel había escogido en vez del típico *ding-dong* que resonaba en la mayoría de las casas. Según él, «una casa de paz necesita un timbre melodioso».

Lori estaba en las gradas de la entrada. Se había cambiado a *jeans* y camisa verde, pero no parecía haber dormido.

—Buenos días, Heather.

—Entra. Te ves terrible.

—Me siento terrible.

—¿Manejaste todo el camino? —indagó Heather—. Desde luego que lo hiciste, pero ¿por qué?

Lori cerró la puerta detrás de ella.

—No debí haberlo hecho, lo sé. Anoche le dije a Brit que lo haría, pero...

—¿Anoche? ¿Qué, lo encontraste?

—¿A Daniel? Me gustaría que fuera así de sencillo.

—¿Qué? Ven acá —manifestó Heather tomando a Lori de la mano y jalándola en el pasillo, hacia la sala.

—Ahora dime.

—¿Qué son esos papeles? —preguntó Lori miando la mesa de la cocina.

—Algunos artículos de los que te hablé. Los repasaré, la mayor parte tonterías. Dime.

—La buena noticia es que hallaron un caso que involucró a dos niños secuestrados en 1964, aproximadamente de la misma edad. Nombres correctos. Alex y Jessica Price fueron sacados de su casa en Arkansas. Una extensa búsqueda resultó vana.

—Alex Price.

—Hijo de Lorden y Betty Price. Ambos fallecidos.

—¿Cuándo averiguaste eso?

—Como a las once.

—¿Las once? ¡Eso fue hace ocho horas! —profirió Heather reclinándose y cruzando los brazos—. Dame ahora la mala noticia.

—La mala noticia es que no hay más noticias. Su nombre es Alex Price. Fue secuestrado con su hermana Jessica Price cuando eran niños pequeños. Aparecieron en 1983 como Alex y Jessica Trane, y luego los dos desaparecieron en 1991, para nunca volverse a saber de ellos.

—A pesar de eso, debemos encontrar a Jessica Price.

—Así que estos son los escritos de él—formuló Lori levantando una de las páginas.

—Sí —suspiró Heather—. Principalmente burlas filosóficas.

—No pensé que hubiera tanto —dijo Lori, caminando a lo largo de la mesa—. Esto debería estar en el laboratorio para los análisis.

—¿Para darnos qué, sus huellas digitales? Las tenemos.

—Su mente.

—Encantador, ¡la obsesionada y preciosa mentecita de Alex Price! —exclamó ella y cerró los ojos—. Lo siento, solo estoy un poco frustrada. Tómalos si quieres.

Lori se colocó detrás de ella, le palpó suavemente el hombro y luego se sentó en la cabecera de la mesa.

—¿Revisaste todo esto?

—Los he organizado, como puedes ver. He leído estos artículos, de principio a fin —expresó, señalando las páginas a su izquierda.

—¿Estas? —indagó Lori, y levantó un montón de páginas sueltas en una esquina.

—Poesía, notas escritas a mano, varias cosas.

—Poesía, ¿eh? ¿Tienes más café?

HEATHER RELEYÓ EL DOCUMENTO Dios, motivada por el entusiasmo de Lori en darle una pasada a las páginas antes de llevarlas al equipo analítico y a la oficina regional.

Lori estudió minuciosamente las notas escritas a mano con ojos bien abiertos, haciendo comentarios ocasionales, la mayoría con relación a la tendencia de Alex de volver una y otra vez a los mismos temas. Dios y Lucifer, los cuales equiparaba con psicología y parapsicología.

En su poesía hablaba de sus pesadillas, y Lori le dedicó tiempo a trece páginas que había puesto a un lado, refiriéndose a ellas como cavilaciones poéticas de Alex.

—Escucha esto: «El muchacho viene en la noche, susurrando mentiras a mi cabeza; El reino de luz, pero es oscuridad en mi cama. Despega la cinta, despega la cinta, quiero oírte gritar, traidora, traidora, tú, madre, madre, madre...

—Cinta... —titubeó Heather tratando de recordar lo que Lori le había dicho respecto de las pesadillas de Daniel—. Dijiste que Daniel...

Lori simplemente la miró.

—Quizás el cura no esté tan loco.

—¿El cura Seymour? ¿Acerca de qué?

Heather le contó respecto del rito de exorcismo que el sacerdote afirmó haber presenciado en el sur de Francia. Oírse a sí misma repitiendo la historia en la tranquila mañana, con los artículos de Alex esparcidos frente a ellas, fue aun más perturbador que oírselo al cura.

Los papeles en las manos de Lori se estremecían mientras la patóloga escuchaba embelesada.

Heather terminó y bajó la mirada a la mesa. Afuera, Santa Mónica se preparaba para otro fin de semana, totalmente ajena a la idea de que el diablo podría acechar en las formas descritas por el padre Seymour. Un jet zumbó muy en lo alto. Pantera, una perra labradora negra tres casas más allá, ladraba a un vehículo que pasaba. El reloj en la pared sonaba, desapercibido por completo aunque no en los momentos más silenciosos.

Esta era Santa Mónica, una vida de plástico, concreto, metal y mil millones de circuitos electrónicos que actuaban juntos en tal manera que obligaba a todos a observar asombrados.

Pero Daniel... Daniel estaba en una vieja bodega subterránea abandonada que olía a orina y tenía grabadas las palabras *Convento Sagrado de Eva* en durmientes de vías férreas recubiertas con alquitrán.

—¿Heather?

Ella levantó la mirada. Lori observaba un papel en sus manos.

—¿Qué hay?

—Creo que acabo de encontrar algo.

—¿Qué?

—Él escribió un poema con lápiz. Luego lo borró.

—¿Y?

Ella leyó con voz entrecortada.

Entre la hierba de los Brown la serpiente acecha;
Del país de las maravillas Alice a niños se lleva.
La lujuria de Eva se alimentará de la manzana;
O si no de treinta latigazos en la espalda.

Heather le quitó el papel a Lori, leyó rápidamente el poema y levantó la mirada.

—La lujuria de Eva... —comentó Lori parpadeando.

—Más que eso —añadió Heather, y bajó la hoja—. Él ha escrito con mayúscula algunas palabras. Los nombres.

Las palabras *Brown, Alice* y *Eva* estaban con mayúsculas y ligeramente más oscuras, aunque borrosas.

—«Del país de las maravillas Alice a niños arrebata». Estás diciendo que Alice es Eva.

—Brown Alice. O Alice Brown...

Heather volvió a leer rápidamente el poema. Pensando en términos de nombres, el significado parecía obvio. Alice Brown era la serpiente en el jardín, que acecha a inocentes niños. Eva pagaría por su pecado azotando treinta veces.

O haciendo que una ofrenda expiatoria recibiera los treinta latigazos en lugar de Alice.

Heather se puso de pie. Anduvo de un lado al otro, pensando desesperadamente.

—No podemos decírselo a Brit. No todavía.

—Heather...

—Óyeme, sabes muy bien que si esto es cierto y localizamos esta granja registrada a nombre de alguien llamado Brown, ¡Brit llevará allá un equipo y Daniel morirá! —exclamó ella, expulsando las palabras como un torrente—. ¡Ellos no tienen idea de lo que estamos enfrentando!

—¿Y la tienes tú?

—¡Creo a Alex Price! —le gritó Heather; ella había sobrepasado el límite, pero sabía que de ninguna otra manera haría que Lori la escuchara—. ¡Ese que está allá es mi esposo! Bueno, todo lo que sugiero es que lo pensemos con calma. Somos las únicas que lo sabemos.

—¿Y si hallamos a Alice Brown o cualquiera que sea su verdadero nombre? ¿Entonces qué?

Heather puso la mandíbula firme. Hizo rechinar los dientes.

—Entonces yo voy. Sola.

—De ninguna manera.

—¡Me hiciste una promesa!

—Estabas molesta.

—¡Ahora estoy molesta! —volvió a gritar, luego agarró a Lori del brazo, suplicante—. Sabes que él matará a Daniel.

—Eres abogada, no agente de campo.

—Si él me quisiera muerta, me habría matado. No me matará, él no es así. ¡Lo conozco!

Lori la miró, con el rostro enrojecido.

—Te lo ruego.

Lori tenía razón. Heather no era agente, pero la abogada que había en ella disponía de un fuerte caso, y Lori estaba teniendo dificultades para levantar una defensa.

Lentamente relajó los músculos. La oposición le desapareció del rostro.

—Espero que tengas razón.

—No pierdas tu esperanza en mí —la animó Heather soltándole el brazo—. Oremos porque esta Alice Brown no sea una ocupante ilegal.

TREINTA Y TRES

YA HABÍA PASADO UNO DE LOS tres días dados por Eva cuando Heather abordó el vuelo 465 de United desde el Aeropuerto Internacional de Los Ángeles hacia Oklahoma City a las once de la mañana ese martes.

Ella no sabía ni le importaba cómo Lori obtuvo la información de Brit. Solo que los registros públicos de tierras indicaban que una pequeña parcela en la profundidad de los bosques del sur de Oklahoma había pertenecido realmente a una Alice Brown entre los años 1958 y 1993. En 1993 el estado se había posesionado de la concesión abandonada.

Se sentó en un asiento con ventanilla, mirando al claro cielo azul, una pierna cruzada sobre la otra, sintiéndose como un trapo estrujado. Luciendo como tal. Los dos asientos al lado de ella estaban vacíos y el adolescente roquero sentado al otro lado del pasillo se la pasaba mirándola. Pero a ella no le importó.

A treinta mil pies de altura el mundo se veía sereno y perfecta-

TED DEKKER

mente ordenado. Pero allá abajo en la superficie café, el diablo acechaba. Los acontecimientos que habían salido a la luz en las vidas de Daniel y de ella aún la golpeaban como algo tomado de una mítica historia de horror, desconectada de la realidad. Los demás pasajeros, alrededor de cincuenta, a bordo del 737 se entretenían con novelas, *iPods* o conversaciones en voz baja sobre asuntos triviales.

¿Tenían algunos de ellos una clave de la naturaleza de las Evas de este mundo? De ser así, el conocimiento se ocultaba en los pliegues más profundos de sus mentes como un virus latente, obrando en el anonimato.

Alguien le habló. Ella giró la cabeza y miró a la azafata, quien arrastraba un carrito por el pasillo.

—¿Perdón?

—¿Le gustaría una bebida?

—¿Una bebida? Agua.

Ella puso la botella de agua de manantial en el bolsillo del asiento sin destaparla, y sacó el libro del padre Seymour. *El rehén del diablo.* Un grueso libro en rústica con el subtítulo: *Casos de posesión y exorcismo de personas aún vivas.* El autor, Malachi Martin, ex jesuita y ex profesor del Instituto Bíblico Pontificio del Vaticano, había reunido cinco de innumerables casos documentados de posesión. Un serio libro académico muy apreciado por el *New York Daily News* y *Newsweek*, entre otros. ¿Por qué ella no había oído de esto? ¿O quizás oyó hablar y lo rechazó?

Hojeó las páginas, luego comenzó a leer un caso que le llamó la atención: «Padre Bones y Señor Natch».

Pronto Heather se ensimismó en el caso meticulosamente organizado de un caprichoso sacerdote que fue poseído por un espíritu llamado Señor Natch. Con el tiempo, el sacerdote perdió su fe en la doctrina básica y la reemplazó con una creencia en lo natural. El exorcismo final casi destruyó al exorcista involucrado, el padre Bones.

El escritor parecía sugerir que la mayoría de los exorcistas eran profundamente afectados por sus batallas con las fuerzas que enfrentaban, y que raramente podían dirigir más de unos cuantos exorcismos durante sus vidas, la mayoría de los cuales tardaban semanas en organizar y llevar a cabo.

Ella dio vuelta a la página y leyó otro relato, este acerca de un estudiante universitario que había adoptado un espíritu llamado Sonriente. Este exorcismo estaba grabado en cinta, y el espíritu maligno que hablaba era inteligente, pues conocía detalles de las vidas de los que estaban en el cuarto, y a veces era caótico.

La Voz, como el autor se refería a ello, era un variado desorden que venía de todos los costados del cuarto, hablaba ante labios que se movían en varias octavas a la vez, y lo hacía para adelante y para atrás al mismo tiempo. Solo tocando la cinta al revés se hacía claro un poco de lo que expresaba. Algo humanamente imposible.

Esa era una de las muchas imposibilidades humanas grabadas en estos casos muy bien documentados. Heather revisó una y otra vez tanto la portada frontal como final del libro, y revisó las referencias del autor. Si no lo hubiera sabido mejor, ella supondría que esta era una obra de ficción.

Pero no lo era. Al contrario, se trataba de una simple documentación. Publicada por Harper SanFrancisco, 1992. El escritor figuraba en la lista de los más vendidos del *New York Times*. Suficiente para que a ella se le pusieran los pelos de punta.

Heather cerró el libro, su mente estaba llena de aprensión mientras el avión se acercaba a Oklahoma City. El mundo del que había leído no era ni remotamente parecido al suyo propio. ¿O sí? Si alguien se debería identificar con el análisis detallado de Malachi Martin, debería ser ella, al haberse metido en la mente de Eva en los últimos meses.

Aquí no había proselitismo, solo un informe objetivo de casos verificados por quienes grabaron la cinta, los policías, los psicólogos y los clérigos presentes en cada caso.

Heather descendió del avión, se dirigió al mostrador de Hertz,

TED DEKKER

recogió su Ford Explorer, y salió en la ruta que Lori le trazara. La llamó, ansiosa de oír una voz conocida.

—¿Ya estás allá? —contestó Lori, nerviosa.

—Estoy conduciendo. ¿Algo nuevo?

—Tengo que darles los artículos, Heather. No puedo retener esto por mucho más tiempo.

—Ya casi estoy allí. Solo dame cuatro o cinco horas. Si no he llamado, dáselos a Brit. He llegado hasta aquí. No puedes hacerme volver ahora.

Las dos sabían que ella tenía razón, y el silencio que siguió hablaba suficientemente claro.

—No puedo creer que te dejara ir sola —dijo Lori—. Él dijo que nada de FBI. Quizás yo debería llamar a la policía estatal.

—Ya hablamos al respecto. Él no me matará, Lori.

—¿Y si estás equivocada?

—Es un riesgo que estoy corriendo por mi cuenta. Daniel merece al menos eso.

Heather sabía que todo esto era una forma de procesar la emoción. Ya habían hablado acerca de toda eventualidad.

—¿Hay algo más que yo pueda hacer?

—No —contestó Heather mirando por fuera de la ventanilla un maizal que pasaba.

—Llámame cuando estés más cerca.

—Lo haré —prometió Heather y colgó.

Los pensamientos de diablos, exorcistas y las batallas entre ellos se desvanecieron rápidamente, reemplazados por una preocupación más inmediata: un asesino en serie llamado Alex Price, que había asesinado a dieciséis mujeres en nombre de la religión distorsionada de su madre.

Una imagen de lo que iba a encontrar si lograba localizar esa bodega subterránea se le representó en la mente como una antigua película de cine mudo.

Ella hallaría a Daniel, atado a una silla ya sea con Alex Price o solo, sudando a medida que la enfermedad le invadía lentamente el cuerpo. Tres días. Había pasado uno. Si se la trataba con suficiente antelación, hasta la variedad más agresiva de meningitis se podía hacer retroceder con la gran dosis de antibióticos que Lori le había dado para que inyectara en el torrente sanguíneo de Daniel.

Había perdido una hora durante el vuelo de tres horas. Eran casi las seis cuando se dio cuenta de que estaba a punto de llegar. El sol colgaba en el horizonte occidental como una naranja. La carretera de dos carriles en que había estado conduciendo la última hora seguía un curso directo por tierra plana y estéril interrumpida con ocasionales parcelas pequeñas de árboles.

Disminuyó la velocidad al aproximarse al atajo. Se detuvo ante el camino de gravilla que giraba hacia el sur. Revisó el mapa. Este era.

Heather entró al camino.

Los kilómetros pasaban con rapidez. Se le pasó por la mente que no había visto ninguna casa durante algún tiempo. Ni vehículos. Revisó su teléfono celular y vio que no tenía señal. Lori se hallaría tensa... y Heather no iba a regresar para buscar señal. Quizás pronto volvería a tenerla.

Pero no, no la iba a tener, ¿correcto? Alex Price sabía lo que se estaba proponiendo.

Un nuevo pensamiento le cruzó la mente. ¿Y si Alex le había hablado de los tres días y advertido claramente del FBI, no porque deseaba que lo dejaran en paz sino porque quería que ella regresara? Sola.

De ser así, ¿por qué la había liberado? No, eso no tenía sentido. Pero Eva era demasiado inteligente para no esperar que Heather regresara. Aquí había algo más que ella no lograba descifrar.

La tierra plana dio paso a árboles, y los árboles bloquearon el sol poniente. Ella se hallaba sola, yendo por una carretera abandonada de gravilla sin ningún contacto con el mundo exterior. En medio del camino y a cada lado crecía pasto.

Cerca, debería estar cerca.

Sintió pegajosas las palmas de las manos. Soplarlas no ayudó mucho, pero le enfrió los dedos. Sintió el ruido de sus llantas pasando sobre una reja de contención de ganado. Hizo cambio de luces, pero estas no influyeron en el oscuro anochecer.

El claro con la arruinada casucha apareció ante Heather en forma tan repentina que ella lanzó una exclamación y giro con brusquedad el volante, el vehículo viró violentamente, y luego se enderezó. Heather presionó los frenos y detuvo el auto con un chirrido.

La sangre se le agolpaba en las venas. Apretó con fuerza el volante y miró la barraca frente a ella.

La antigua vivienda se levantaba por encima de la maleza adelante a la izquierda; un destartalado cobertizo a la derecha. No había indicios de ninguna actividad. ¿Era aquí? Heather soltó el freno y arrancó lentamente. Hacia el centro del claro, cerca de un rosal a la izquierda.

Fijó la mirada en la cuesta. No logró ver ninguna abertura, pero era la mejor ubicación natural para una bodega subterránea. Detuvo de nuevo el vehículo y esta vez apagó el motor.

Dejando las llaves en el encendido, agarró el bolso y bajó del auto. Lo primero que oyó fueron los grillos en el bosque.

Lo segundo fue el silencio, si este en realidad fuera algo que se pudiera oír. Este silencio era una profunda ausencia de vida más allá de los grillos. El sonido de un cementerio. El débil sonido de la muerte.

Perfecta calma rodeaba los estridentes chillidos de insectos ocultos.

Dejó la puerta abierta y caminó hacia delante, cada paso la alejaba más de la relativa seguridad del vehículo. ¿Estaba Daniel en ese montículo de tierra frente a ella? Se detuvo y volvió a escudriñar la barraca. Nada se movía, ni siquiera la crecida hierba.

Pero ella no se podía quitar de encima la certeza de que alguien, o algo, la estaba observando desde los árboles.

Heather corrió hacia el frente, reprimiendo el pánico. Ahora jadeaba mientras rodeaba la cuesta.

El hueco en la tierra parecía una garganta enmarcada, una enorme boca dentro de un gigantesco hormiguero. Subió con dificultad, medio esperando ver un enjambre de insectos saliendo por la puerta entreabierta.

Anduvo sobre la tierra desnivelada que llevaba a la bodega subterránea, terreno que ella misma había cruzado menos de dos días antes con una bolsa cubriéndole la cabeza.

La mente se le llenó de terror. Estaba consciente que solo había una forma de hacer esto, así que se deshizo de sus últimas reservas, abrió del todo la puerta y entró a la oscura cavidad.

De la boca le salió vapor nebuloso. El frío la golpeó como un muro de hielo, y se le disminuyó todo en su línea de visión. Miró hacia el rincón en que había visto a Daniel. Las llamas de una antorcha donde ella había estado acariciaban el aire. A lo largo del muro había vigas negras. Todo igual.

Pero Daniel no estaba allí.

La tierra olía a heces y orina. Heather giró a su derecha y miró al fondo de la bodega, donde la luz apenas deshacía las profundas sombras.

Daniel se hallaba sobre una silla metálica. Las manos atadas a su espalda con cinta. No tenía cinta en las piernas.

Un pequeño saco de yute le cubría la cabeza.

—¿Daniel?

La mirada de ella recorrió toda la bodega. Ningún indicio de Eva. Alex Price.

Heather atravesó en cinco zancadas el yermo espacio entre ella y Daniel, y se detuvo al verle el cuerpo. Vio que tenía puesta la camisa de franela que Eva había estado usando. Debajo de esa camisa el cuerpo de su esposo se estremecía.

—¿Daniel? —volvió a exclamar Heather, puso el bolso en el suelo, cuidando de no romper la jeringas en el interior—. Está bien, mi vida, todo está bien. Vamos a sacarte de aquí.

Ella estaba consciente de que parecía no tener más confianza que un ratón tembloroso, pero de todos modos no estaba segura de que él pudiera oírla.

Debía ponerle las medicinas. Las tres, como dijo Lori.

—Todo saldrá bien, cariño —dijo mientras estiraba la mano y le empezaba a quitarle la bolsa de la cabeza—. Todo va a estar...

Heather no logró pasar de *estar*. Nunca antes había visto un cuerpo humano en que la meningitis hubiera hecho estragos, y no estaba preparada para la grotesca escena que enfrentaba ahora.

Los ojos de Daniel estaban cerrados. No apretados.

La piel del rostro de él estaba pálida, sin sangre. Estirada apretadamente sobre las mejillas y la nariz. Los labios aplastados contra los dientes.

Pero fue la leve torsión en el rostro del agente lo que dejó momentáneamente paralizada a Heather. El lado izquierdo del rostro estaba retorcido, más hinchado que el derecho, como si le hubieran adherido cordeles a la comisura izquierda de la boca y al pómulo, y los hubieran jalado ligeramente arriba hacia la sien.

Ni una sola arruga en el rostro.

Heather debió tratar de apartar el horror de ver a Daniel en tal sufrimiento, agarró el bolso y con manos temblorosas sacó la primera jeringa.

—Resiste, solo resiste...

Quitó la tapa protectora de la aguja, presionó un chorrito del claro fluido hasta el extremo para sacar todo el aire atrapado. No tuvo el valor de hallar una vena, así que le pinchó la aguja en el bíceps y le introdujo el antibiótico en el tembloroso músculo.

Daniel no mostró indicios de estar consciente de la aguja, mucho menos de Heather.

—Resiste, resiste, mi amor... Todo saldrá bien.

Ella dejó caer la jeringa a tierra, buscó a tientas la segunda, y le inyectó todo el contenido en el mismo brazo. Luego repitió el procedimiento con la tercera, esta aguja llena con la adrenalina que Lori insistió en que usara si hallaba a un Daniel que no respondía.

Todo el proceso tardó menos de un minuto. Tiró la última jeringuilla y echó mano de su cuchillo.

A excepción de su propia respiración fuerte y del suave chisporroteo de las llamas de la antorcha detrás de ella, la cavidad permanecía en silencio.

Heather se puso detrás de Daniel y cortó la cinta que le ataba las muñecas. Le cortó la piel, con bastante profundidad para dejar al descubierto carne blanca. El corte no sangró, pero ella estaba demasiado desesperada para considerar si la meningitis evitaba que la sangre fluyera.

Los brazos de él ondearon libres y colgaron más abajo del asiento.

Daniel estaba suelto. Con suficientes antibióticos para matar las variedades más fuertes de meningitis abriéndose paso ahora a través de su sistema.

—Bien. Muy bien, paso a paso —se dijo para sí—. Todo va a resultar bien.

Ella no sabía cómo iba a levantar el peso muerto de él, pero ahora le rugía en la mente la necesidad de sacarlo de esa tumba.

Heather volvió a meter el cuchillo en su bolso y se volvió hacia Daniel. Él no se había movido; pero su rostro sí.

Ya no tenía la grotesca contorsión. Ahora el rostro se veía relajado, casi juvenil. Y sus convulsiones se habían calmado hasta convertirse en un leve temblor. La medicación estaba obrando.

—¿Puedes oírme? —le preguntó ella arrodillándose frente a él y frotándole el brazo derecho.

Aún ninguna respuesta.

—Por favor, Daniel, necesito que me escuches —le susurró, suplicante—. Tenemos que sacarte de aquí. Por favor.

Lo zarandeó ligeramente. Luego con más fuerza.

Pero él seguía más tieso que una tabla. Respirando regularmente.

Heather aspiró.

—Bueno...

Se inclinó hacia adelante, le colocó los brazos sobre el hombro de ella, lo agarró del pecho y lo levantó con gran esfuerzo. Ella se tambaleó debajo del peso inerte y debió hacer acopio de todas sus fuerzas para no irse de espaldas.

Pero tenía que cargarlo; era la única manera.

Heather permaneció con Daniel tendido sobre su hombro y giró hacia la puerta. Aún no había indicios de Eva. Quizás había dejado a Daniel para que muriera. Esta no era su costumbre, pero Daniel era su primer Adán. Quizás aquí estaban viendo un patrón totalmente nuevo. Tal vez él se había ido, sin confiar en que el FBI no lo encontraría.

A tropezones ella siguió adelante y había recorrido medio camino hacia la salida antes de recordar su bolso. Tendría que dejarlo. Recuperarlo significaría poner...

El cuerpo de Daniel se tensó como un espiral y se deslizó del hombro de Heather con tanta fuerza como para hacer que ella lo soltara. Él chocó en una viga a un metro por encima de la cabeza de ella y cayó a tierra, de bruces.

Heather gritó y saltó hacia atrás. Su primer pensamiento fue que la adrenalina había contribuido.

Pero entonces Daniel se paró por su cuenta, regresó a la silla y se sentó frente a Heather. Por un momento ella vio los mismos tiernos ojos azules dentro de los cuales había mirado por muchos años. Luego él los cerró y se quedó tranquilo, con las manos en las rodillas.

—¿Daniel?

Ella se acercó con cautela.

—Escucha, cariño, no sé lo que él te haya hecho, pero soy yo. Soy Heather. Has sido infectado. Tu mente está desorientada. Tienes que dejarme ayudarte.

Una suave risita resonó en la cavidad. Ella giró bruscamente la cabeza alrededor. Pero no había niño ni animal ni...

El sonido se apagó y ella volvió la mirada otra vez hacia la silla.

Entonces Daniel abrió tranquilamente los ojos y miró la pared a su izquierda con ojos tan negros como carbón.

La respiración se le cortó a Heather. Daniel ya no convulsionaba como cuando lo encontró. Pero ella lo estaba haciendo.

La voz de él susurró como viento a través de pasto crecido.

—Te veo Heather.

Él tenía los dientes negros.

La mujer retrocedió, respirando con dificultad. Estaba consciente de que no podía dejarlo. Pero ahora la aterraba la posibilidad de volver hacia él.

—Daniel. Oh, por favor, Daniel.

—No —susurró él, todavía con la mirada fija en la pared—. Muy equivocada. Muy, muy, muy equivocada.

Lentamente giró la cabeza y la miró directamente a los ojos.

—¿Serás mi amiga? —le susurró con total sinceridad.

—Oh Dios, ¡oh Jesús! —exclamó ella; olas de pavor se le estrellaron contra el pecho.

—No —masculló Daniel—. No, Dios no, el otro no. Adán.

Los negros ojos que no parpadeaban le taladraron el alma femenina.

—¿Quieres una manzana, Eva?

Una ligera sonrisa se retorció alrededor de la boca de Daniel como la cola de una serpiente.

—Si te vuelves a acercar a mí, pequeña prostituta obsesionada, te agarraré la lengua y te la embutiré por tu garganta. La manzana de Adán.

Ella retrocedió otro paso.

La sonrisita coqueta de Daniel se alargó un redoble más, entonces ante la mirada de ella el rostro se le empezó a transformar, estirado una vez, retorcido otra. Él cerró los ojos.

Heather se quedó inmóvil sabiendo con seguridad que se enfrentaba nada menos que a Daniel. Comenzó a hiperventilarse.

De repente los párpados de Daniel se abrieron, dejando ver los ojos negros. Se lanzó con un movimiento brusco hacia delante y gruñó con voz suave y chirriante a través de labios retorcidos.

—¡Déjame, puerca!

Sabiendo que no podía dejar a Daniel, que no se podía quedar, que miraba por la garganta de la muerte hacia el mismo infierno, Heather perdió toda la capacidad de pensamiento racional que le quedaba. Se echó hacia atrás, casi tropieza sobre sus talones al girar, y salió corriendo hacia la noche cada vez más negra.

Los grillos chirriaban. Los pulmones de ella le hicieron atorar la garganta como un émbolo, desesperados por dejar pasar conductos atascados de aire.

Heather llegó al auto y se golpeó el costado de la cabeza al deslizarse en el asiento frontal, pero no sintió dolor. El Explorer se encendió y ella lanzó la palanca a directa, luego la devolvió y retrocedió sobre el camino de gravilla en un giro apretado.

No disminuyó la marcha hasta que llegó a la carretera pavimentada. Y solo porque debía girar. Cinco kilómetros más adelante en la carretera reaparecieron por primera vez las barras de señal en su teléfono.

Heather detuvo chirriando el vehículo sobre el arcén e hizo la llamada que cambiaría para siempre su comprensión de la realidad.

TREINTA Y CUATRO

—¿**A**LÓ?

—¿Padre?

Heather sabía que quien contestó era el padre Seymour, pero perdió la noción de sus pensamientos. El sonido de otra voz humana nunca la había inundado con tanta emoción como ahora.

—¿Padre?

—Lo siento, ¿quién llama?

De los ojos femeninos se deslizaron lágrimas.

—Soy Heather. Heather Clark —expresó, y luego sus palabras salieron desesperadas—. Necesito ayuda. No sé que hacer. Estoy... No sé que debería hacer...

—Tranquila, querida. Debes calmarte y respirar profundamente. ¿Puedes hacer eso?

Ella aspiró con profundidad, sintió que se le inflaban los pulmones, luego intentó calmar sus nerviosas manos.

—Bien, dime ahora cuál es el problema.

TED DEKKER

¿Dónde empezar?

—Lo que yo le diga se queda entre nosotros, ¿de acuerdo?

—Por supuesto —contestó el padre con una suave voz tranquilizadora.

—Leí el libro mientras viajaba. *¡El rehén del diablo!*

Él esperó que Heather le señalara lo esencial, pero *ella* ni siquiera estaba segura de qué era lo esencial.

—Muy bien —opinó finalmente él.

—¿Es posible que alguien llegue a estar...? —se interrumpió ella; las palabras eran muy extrañas en su lengua, incluso ahora—. Usted sabe...

—Poseído —concluyó él.

—Poseído. En un tiempo corto. ¿Como en un día? Los casos que leí fueron graduales, con los años.

—Es fuera de lo común, pero ocurre. Todo depende de la naturaleza de la parte afligida —contestó él; Heather prácticamente podía oírlo tratando de leerle la mente—. No es el libro lo que te alteró, ¿verdad?

—Y el exorcismo dura tiempo. Demasiado tiempo.

—El rito del exorcismo en sí por lo general dura horas, y hasta un día. Pero en la Iglesia Católica Romana somos muy cuidadosos. Antes de realizar algún exorcismo, el exorcista consulta con autoridades diocesanas. Al sujeto se le somete a un plan cabal de pruebas médicas y psiquiátricas para asegurarnos de que el problema no sea solo de naturaleza clínica o psicológica. La mayoría son individuos mentalmente desquiciados o psicológicamente heridos que necesitan una buena dosis de terapia, no un exorcista. Una vez determinado que el sujeto está realmente poseído por un espíritu demoníaco, existen otros pasos, preparaciones...

—Comprendo. Está bien, bueno. Pero nada de eso es necesario. Quiero decir, si fuera muy obvio que una persona tuviera un problema, usted podría hacer el... realizar este rito de forma inmediata, ¿correcto?

—Se podría. Depende de la disposición del sujeto y...

—¿Tiene que *estar de acuerdo?*

—Desde luego, cariño. Un hombre tiene libre albedrío. No se le puede quitar la posesión en contra de su voluntad, como tampoco puede ser poseído contra su voluntad.

—¿Tiene él que estar de acuerdo?

—Sí. Definitivamente.

—¿Y si no lo está?

El padre hizo una pausa.

—Igual que un drogadicto que ingresa a rehabilitación, debe participar.

Eso podría ser un problema. Era inquietante incluso que ella estuviera pensando en esta forma. Además, esto ni siquiera se aproximaba a las imágenes tan perturbadoras que la bodega subterránea había plantado en su mente.

—Ahora, por favor, no me llamaste para una lección de Escuela Dominical —continuó el padre—. Cuéntame qué sucedió.

Heather le refirió toda la historia, repitiendo una y otra vez los detalles más macabros, tanto para convencerse de la veracidad de estos como para asegurarse de que él entendiera exactamente lo que había ocurrido.

Seymour se quedó en silencio cuando ella terminó.

—Entonces, ¿se trata de él? —inquirió ella—. ¿Y cómo es posible eso? Quiero decir los ojos, los dientes.

—¿Ya olvidaste las fotografías que te mostré anoche?

—No.

—Qué bueno, entonces. Está muy bien documentado que los espíritus pueden afectar objetos en el mundo natural. Ahora lo estás viendo por ti misma.

—Es solo que... nadie me creería —titubeó ella, dando un manotazo al volante—. ¿Sabe usted cuán perturbador es esto?

—Te equivocas. Muchos sí creen, o no les asustarían las películas sobre el tema, ¿no es así? *Tiburón* aterrorizó a la nación porque la gente *sabía* que los ataques de tiburones eran reales. La razón de que muchos detalles de exorcismos se hayan vuelto asuntos trillados es porque estos también son reales. Cualquier investigador te dirá eso. Spiderman, Superman... no asustan, son fantasías. ¿Pero la película *El Exorcista*? A excepción de algunos detalles, es asombrosamente exacta. Y nos aterra a todos. Digo todo esto porque tienes razón al estar aterrada, Heather. Francamente, hasta a mí me preocupa.

—Entonces es él. ¿Correcto?

—Si lo que me estás diciendo es correcto...

—Lo es. Estuve allí —aseguró ella alzando bastante la voz.

—¿Ves cómo se siente que duden de uno? —reaccionó con lentitud el padre Seymour.

—Está bien, bueno. Necesito su ayuda, padre. Los dos sabemos eso.

—¿Ningún indicio de Alex?

—No. ¿Puede usted venir?

—¿Yo? No, en realidad no creo que pueda. Pero estoy seguro de que con un poco de búsqueda lograré encontrar a alguien que te ayude. El FBI...

—¡No! Eso no funcionará —ella sabía que al terminar de hablar con él tendría que llamar a Lori, pero el FBI no podía ayudar ahora a Daniel—. Usted lo conoce, padre. Y sabe que Alex está aquí.

—Perdóname por parecer grosero, querida. Lo siento mucho por ti, pero me parece que Daniel fue tomado con tanta rapidez debido a una profunda incredulidad. Imagino que ya rompieron el hielo durante una de sus experiencias cercanas a la muerte. Me parece que él no es la clase de hombre que cambia de opinión de la noche a la mañana.

—Sí, mi esposo es tan obstinado como él solo —aseguró Heather cambiando el teléfono al otro oído—. Pero ahora lo sabe, además es tan fuerte como un buey.

La línea permaneció en silencio.

—Usted debe venir.

—Me gustaría...

—Tiene que venir porque nos falló a todos al no haber tratado bien a Alex Price. Él ha asesinado con Eva a dieciséis mujeres. Es culpa suya, al menos en parte.

Hubo un lento soplido, pero Heather sabía que él no podía desestimar lo dicho.

—Mire, —continuó ella mientras él estaba en desventaja—, sé que se debe pagar un precio en todo esto, y es claro que lo que usted vio en Francia le hizo vivir un auténtico infierno. ¡Pero se trata de mi esposo! ¡Se lo suplico!

Otro período de silencio.

—Padre... Si Alex Price tiene razón, Daniel estará muerto en dos días. Si el FBI viene, Alex lo matará. Hasta donde sé, Alex *quiere* que usted venga. Todo asesino regresa a sus orígenes, y usted es parte del de él.

Heather no había considerado eso de manera consciente hasta que las palabras salieron de su boca, pero comprendió que la idea no era absurda.

—Iré en el primer vuelo de la mañana —contestó él.

—No, tiene que ser lo más pronto posible. Por favor.

—Entonces esta noche, si logro hacerlo. ¿Dónde te quedarás?

Ella miró la oscuridad. Imaginó a Eva llegando hasta su vehículo y arrastrándola de vuelta a la bodega subterránea. Deslizó la palanca en directa y se metió a la desierta carretera.

—En un pueblo bien iluminado y con un bar repleto —respondió ella—. Necesito tener gente alrededor.

—Te llamaré. Otra cosa, Heather...

—Sí.

—Debo pedirte algo.

—¿Qué?

—Termina el libro. Examina tu propio corazón. No tenemos por qué ver que tus ojos se vuelvan negros sobre nosotros.

TREINTA Y CINCO

LORI AMES RECORRIÓ EL PASILLO en compañía de Brit, con la mente perdida en la información que retenía de forma intencional. Se había llenado la cabeza con bastante justificación para no revelar datos, pero la carga de hacerlo se volvía demasiado inmensa para soportarla sola, y ahora con Daniel y Heather desaparecidos ella solo pendía de un hilo.

Heather había llamado y dejado un enigmático mensaje. Esperaba que se le uniera un sacerdote antes de ir tras Daniel. Le pedía por favor que no dejara escapar una palabra. Desde entonces muchas llamadas de Lori habían quedado sin respuesta.

—Heather está yendo tras él —opinó Brit.

El sudor le oscurecía la camisa debajo de los brazos, y manchas cafés rodeaban el cuello blanco. El agente especial solo había salido de la oficina regional para algunas extensas entrevistas en el seminario al que Alex Trane había asistido. No tardaron mucho en deducir que Alex

Trane era en realidad Alex Price, secuestrado con su hermana Jessica de su hogar en Arkansas cuando eran niños.

Pero sin la página que Lori había ocultado del artículo que ellos estaban analizando, el rastro se había enfriado.

—Tienes razón, es lo que yo haría en la situación de ella —concordó Lori.

—O encontraron a Eva y no creen que puedan llamar, o él los agarró y no pueden llamar.

—Esperemos que sea lo primero.

Entraron al salón de conferencias, donde el agente Joseph Reynolds estaba inclinado sobre varios documentos de Alex Trane.

—¿Alguna pista, Joe?

—El asunto del abandono de él es claro, pero eso ya lo habíamos esperado.

—¿Alguna insinuación de su vida en cautiverio? —preguntó bruscamente Brit.

—No.

Lori se detuvo en la puerta, pensando que no podía mantener su farsa frente a estas personas.

—Dame un minuto, Brit —pidió ella, retrocedió al pasillo y se dirigió al baño.

La insistencia de Heather en que Eva mataría a Daniel si el FBI se acercaba había dejado paralizada a Lori las primeras veinticuatro horas, y con buen motivo. Heather tenía razón. Armado con la información que poseía Lori, Brit irrumpiría pronto en Oklahoma, y tal vez le daría fin a Eva y con seguridad a Heather o Daniel, y posiblemente a los tres.

Lori no podría vivir con eso. Pero tampoco podría vivir si dejaba a Daniel y a Heather solos frente a un destino que no podían controlar.

Entró al baño. Miró el espejo.

Estás jugando con fuego.

Si alguien que no fuera Heather hubiera exigido ir tras Alex sin ella, Lori se habría negado de plano.

Eva había dicho tres días, y los cumpliría. Ya habían pasado dos. Si no tenía noticias de Heather en la mañana, Lori iba a hacer lo que sabía que era su obligación.

—Que Dios te ayude, Heather —exclamó, se paró frente al espejo y dejó escapar un prolongado suspiro—. Que Dios te ayude.

TREINTA Y SEIS

L A MAÑANA ESTABA cubierta de nubes grises. Heather conducía el Explorer, respetando al padre Seymour, quien se había quedado callado cuando giraron en el camino de gravilla y se dirigieron a los árboles.

Él había agarrado un vuelo inmediato y llegó al Motel Super 8 a las tres de la mañana, dejó un mensaje de que lo despertaran a las nueve, y rápidamente se quedó dormido.

Heather había leído la mayor parte del libro hasta tarde en la noche y no logró dormir muy bien.

La única mochila del padre se hallaba detrás de ellos, con los símbolos religiosos que trajo: las vestiduras sacerdotales apropiadas, un crucifijo, dos velas, agua bendita y un libro de oraciones. En sus manos sostenía otro pequeño libro titulado *El ritual romano del exorcismo*, y revisaba las páginas.

Cuando ella le preguntó acerca del crucifijo y el agua bendita, él pacientemente le explicó que en sí no tenían ningún poder, pero que como símbolos humanos asociados con Cristo eran profundamente ofensivos para los poderes de las tinieblas, y que como tales brindaban alguna protección. Aunque no necesariamente mucha.

Él insistió en café y rosquillas, dijo que para tranquilizarse. Hablaron de lo que esperaban o no esperaban, de los ritos del exorcismo, de la naturaleza del diablo, de Eva. Pero aparte de lo especulativo, ella pensó que el padre iba al bosque cargado con más preguntas que respuestas.

No podían saber si Daniel aún estaba vivo. O qué realmente le había ennegrecido los ojos. Además estaba el asunto de Alex. Entrar al bosque, sabiendo que muy bien podría estar esperándolos un asesino en serie que había evadido al FBI por dieciséis meses, bastaba para poner en lugar secundario a todo lo especulativo del exorcismo.

—¿Te gustaría confesarte?

Heather observó a Seymour, quien miraba al frente. Él vestía pantalón gris de lana y camisa blanca, abotonada hasta el cuello. Tenía peinado hacia atrás el cabello canoso y se veía asombrosamente lozano a pesar del largo viaje.

—No soy católica —contestó ella.

—Dudo que Dios te tenga eso en cuenta —afirmó él mirándola con sus profundos ojos azules.

—Bueno, Dios sabe que he pecado —añadió ella mirando otra vez el camino de gravilla.

—Bien, vamos al grano entonces.

—He sido una puerca muy mala —expresó ella con los ojos nublados—. Así es como Daniel me llamó.

—Lo siento.

—No sé cómo hacer esto. Ni siquiera sé en qué creo.

—No quiero que hables si lo hallamos vivo —enunció él después de una breve pausa.

—¿No confía en mí, padre?

—No. No confío en él. O en ello. Si dices algo indebido, las consecuencias para ti podrían ser desastrosas. Créeme, lo he visto.

—¿Francia?

Él asintió. La lozanía le había abandonado el rostro.

—¿Qué sucedió?

—Yo estaba ayudando, como un favor hacia un amigo. El último de tres exorcismos en que he estado presente —declaró él con voz monótona—. Cuando Michael enfermó después de diez horas, intervine en contra de sus órdenes. La muchacha estaba en terrible tormento, y no pude soportar en absoluto lo que vi. ¿Leíste en el libro el caso de la muchacha delatora de defectos?

—Sí.

Un espíritu con el mismo nombre había poseído a un joven.

—Igual que el sacerdote allí que casi resultó muerto, yo también consolé a la muchacha atormentada. Como un ser humano a otro. Pero como humano, me salí de mi protección y resulté apaleado. No por la muchacha sino por una fuerza que me golpeó una y otra vez en el estómago, llevándome por el cuarto mientras la muchacha enumeraba mis pecados en los términos más viles posibles. Recibí golpes en el estómago, pero sentía que la mano me agarraba por dentro. Y me acusaba de cosas que yo nunca había confesado a un alma viviente.

Anoche Heather había leído acerca de esto y de otros casos, pero ahora al observar el rostro del padre Seymour, la seguridad de tales sucesos se le afincó en la mente, sin respuesta. No logró pensar en qué decir.

El pasto crecía en gruesos cúmulos en medio del estrecho camino.

—Nos estamos acercando —anunció ella.

—Ahora escúchame —dijo él mirándola fijamente—. Quiero que hagas a un lado tu temor. Yo pago un precio, pero no me pueden tocar si acato la disciplina. En cuanto a ti... para ti es muy peligroso. No debes, bajo ninguna circunstancia, sobrepasar la autoridad que te doy, ¿me hago entender?

—Sí.

—Si Daniel no se contiene, tendré que dominarlo.

—¿Es eso realmente necesario?

Ella sabía que lo era, pero iba contra sus más recónditos instintos.

—Yo tomaré la determinación, no tú. No debes cuestionar nada. No hablarás a menos que yo te dirija. Te quedarás donde yo te diga que te quedes, y saldrás si te lo ordeno. Necesito tu absoluta confianza en este asunto.

—Sí. Sí, por supuesto.

Quizás habría sido buena idea traer una fuerza militar. Brit la pudo haber provisto al menos eso.

Pero Eva dijo que no.

—La cuestión es que yo, no tú, seré quien tome toda determinación. Sería para ti mejor no pensar, si eso fuera humanamente posible.

—Entiendo.

—Si yo pensara que entendiste, no fustigaría ahora.

Ella asintió.

—Si hay algo que ellos conocen íntimamente es la humanidad. Recurrirán a debilidades que apenas sabes que existen: Tus obsesiones, tus temores, pero peor aun, tus razones. Siempre, como en la mayor parte de la vida misma, la razón traiciona a una persona. Si quieres salir íntegra, te sugiero firmemente que me dejes a mí el razonamiento.

—Comprendo —contestó ella—. Le juro que lo capto.

La reja de contención de ganado apareció a la vista.

—Espero que así sea por tu bien.

Heather aminoró la marcha.

—Es al rodear la curva, allá arriba.

Ella agarró el volante con mayor fuerza para afirmar las manos.

El padre Seymour miró al frente, ahora en silencio. Pasaron sobre los tubos metálicos. El sonido hizo parecer muy bullicioso al Explorer: El zumbido del motor, las llantas al pisar la gravilla, el susurro del aire acondicionado, el más leve chirrido en los resortes de los asientos.

TED DEKkER

El establo apareció a la vista en lo profundo del bosque a medida
que el vehículo daba la última curva. La casa a la izquierda y el cobertizo a la derecha. El montículo adelante. Una tumba.

Tranquila.

Y en esa tumba, Daniel.

TREINTA Y SIETE

DETÉN EL VEHÍCULO —ordenó el padre Seymour.
Ella ya tenía el pie en el freno. Observaron el claro en busca de algún indicio de vida. No se movía ni el crecido pasto.

Entonces el padre se movió. Buscó en la parte de atrás, agarró su bolsa y se bajó del vehículo. Sin volver la mirada al establo, se puso una larga sotana negra que lo cubrió desde los pies al cuello y luego abotonó con cuidado cada botón. Se puso encima una sobrepelliz y se colocó una estrecha estola morada alrededor del cuello que le colgó libremente hasta la cintura.

—Dijiste detrás de la colina.

—Sí.

—Sígueme.

Él agarró la mochila y empezó a caminar hacia la pequeña cuesta. Su aparente tranquilidad le brindó un poco de valor a Heather, pero ella había estado en esa bodega subterránea, y él no.

—Padre, pienso que tal vez... —enunció ella subiendo y corriendo para alcanzarlo.

—No te pedí que pensaras. Te pedí que me siguieras.

Ella siguió, pues no tenía deseos de perturbar su confianza. Luchando con un profundo desasosiego, lo siguió tan de cerca que con una mano le tocó el codo.

Seymour no aminoró la marcha al rodear la cuesta y quedar frente a la puerta abierta de la bodega subterránea.

—¿Fue así como la dejaste? —le preguntó él en voz baja—. Ahora puedes contestar.

—Sí.

Él asintió, caminó hasta la negra entrada, y solo entonces disminuyó el paso. De día apenas se podía ver la vacilante luz de la antorcha en el interior.

Heather quiso mencionar lo que empezó a sugerir antes, que quizás ella debía esperar afuera, pero descartó la idea después de observar los árboles. Estar sola, incluso afuera, sería difícil para ella.

El padre Seymour llegó a la puerta, asomó lentamente la cabeza y desapareció dentro. Heather volvió a mirar los árboles, imaginó a Eva observándola, y siguió entonces tras el sacerdote al interior de la bodega subterránea.

Cegada por la luz exterior, ella en primera instancia solo vio los muros negros alquitranados y la antorcha ardiendo. Luego la silla.

Solo que ahora Daniel no estaba en la silla.

Heather parpadeó y se puso al lado del cura, quien estaba de pie sosteniendo la mochila a la derecha de ella.

—Se ha ido —susurró ella, mirando por encima.

De inmediato esperó un reproche, pero el sacerdote no le prestó atención. Él miró al frente. A la derecha.

Ella le siguió la mirada. La larga mesa con huecos en la esquina aún estaba entre las tinieblas a lo largo del muro. Daniel se hallaba acostado en el extremo, con las manos a los costados, boca arriba. No parecía estar atado, e incluso desde aquí ella podía ver que el pecho de él subía y bajaba.

Heather dio un paso adelante, pero la mano del sacerdote la contuvo.

Se quedaron mirándolo por treinta segundos. Finalmente el sacerdote se acercó, luego se volvió a detener, a tres metros de la mesa.

Heather se colocó detrás de él. A diferencia de la temblorosa forma que había hallado la noche anterior, Daniel ahora parecía estar en medio de un sueño pacífico. El frío en la bodega había desaparecido. Toda la atmósfera había cambiado.

—¿Daniel?

—No, Heather —le volvió a advertir el sacerdote.

Los ojos de Daniel se abrieron. Escudriñaron el techo con rápidos movimientos. Luego se sentó y miró alrededor con ojos abiertos e inquisitivos.

Ojos azules.

El cambio en él, de la víctima atormentada a este hombre a quien ella conocía muy bien, la inundó de emoción. Ella no pudo contenerse.

—¿Daniel?

—¿Heather? —exclamó él girando hacia el sonido de la voz femenina.

—¿Daniel?

Ella se movió al frente, pero la mano del padre Seymour la detuvo.

—No, Heather. Aún no. No hables, por favor.

Daniel deslizó sus piernas de la mesa y miró al sacerdote, luego observó alrededor del espacio. Los ojos se le empañaron.

—Viniste… Gracias a Dios… fuiste tú anoche… me diste los antibióticos.

Él se puso de pie, se sintió el torso como si lo revisara para ver si se hallaba bien.

—Funcionó, me diste los antibióticos. Yo… —titubeó, luego levantó bruscamente la cabeza—. ¿Se fue él?

—¿Quién se fue, Daniel? —preguntó Seymour.

Los pensamientos de Daniel parecieron aclararse rápidamente y se movió hacia la puerta.

—Sé quién es Eva, Heather. Su nombre es Alex Price. Él se crió aquí, en este hueco de una secta. No tenemos mucho tiempo. Él estuvo aquí. Creo que tiene otra víctima. Una muchacha llamada María Sánchez. Él va a...

El padre Seymour se estaba moviendo para cortarle el paso de la puerta cuando Daniel se detuvo y giró.

—¿Dónde está Brit? ¿Lori?

—Nosotros no los...

—¡Silencio! —exclamó el padre Seymour lanzándole a ella una furiosa mirada; luego se dirigió a Daniel—. Me gustaría hacerte una pregunta.

—Puedo comprender por qué Heather lo trajo aquí —enunció Daniel mirando de arriba abajo las vestiduras del cura—. Si hay un lugar que apesta a infierno, Dios sabe que es este. Pero esto tiene que ver con Eva, no conmigo. No tenemos tiempo para esto.

Él volvió a mirar la puerta.

—¿Estarías dispuesto a orar conmigo?

Daniel parpadeó, incrédulo.

—¿Orar? No siento en mi cuerpo ningún deseo de orar —afirmó, y se volvió a dirigir a la salida—. Todo esto es muy ingenioso, pero tenemos que regresar a donde haya señal de celular y contactar a Brit.

—El nombre de Jesucristo de Nazaret te obliga, Daniel.

Daniel no detuvo la marcha.

—El nombre de Jesucristo de Nazaret te obliga, Eva.

Daniel se detuvo y enfrentó al sacerdote, no convencido, luego miró a Heather.

—¿Vienes conmigo? Supongo que tienes un vehículo.

—Ni una palabra —advirtió el padre en voz baja.

Heather permaneció en silencio. Pero ella sabía que Seymour

estaba equivocado. Ella había cometido una equivocación. Los antibióticos *habían* obrado y ella tenía otra vez a Daniel. Alex Price tenía algo más en mente.

Mientras ellos estaban aquí al margen, Alex se había ido a terminar lo que fuera que hubiera empezado.

—No te puedes quedar sencillamente aquí —expuso Daniel yendo otra vez hacia ellos, frustrado a las claras—. Por favor, Heather. Dios sabe que toda esta experiencia ha sido una tortura para los dos. Literalmente.

Su rostro se suavizó y cerró los ojos; luego los abrió.

—No te puedo dejar, Heather —siguió hablando dulcemente—. Nunca más. Yo estaba equivocado. Dios sabe que me equivoqué.

Ahora su tono era de súplica.

—Podemos dejar todo esto detrás de nosotros. Por favor, tenemos que salir. Si no detenemos ahora a Eva, estoy acabado. Pero lo detendremos. Tenemos su nombre, su infancia, todo.

Alargó la mano hacia la mejilla de Heather y la acarició con el pulgar.

—Sabes que tengo razón.

Este era el primer toque tierno de él en dos años. Ella quiso lanzársele a los brazos; sabía que él se la llevaría.

—Ora entonces, Daniel —enunció el padre Seymour—. Repite conmigo una sencilla oración para que podamos salir.

—Yo no creería una sola palabra de esa oración.

—Hazlo por mí —expresó el cura yendo hacia la silla y empujándola contra la pared; Heather no tenía idea de por qué lo hizo—. Solo es jerga religiosa inofensiva, ¿correcto? Solo satisface a un sacerdote tonto que voló trescientos kilómetros para estar aquí.

—Tenemos un asesino en serie a nuestro alcance y usted está sugiriendo que me detenga a orar —advirtió Daniel mirando todavía a Heather—. Necio.

—Porque ese asesino en serie es Eva —cuestionó el sacerdote, regresando.

—Eso no es ni remotamente racional.

—Es espiritual. Siéntate en la silla y ora conmigo.

Una pausa. Daniel aún se negaba a mirar al sacerdote a los ojos.

—¿Cree usted que es prudente discutir conmigo, cura? —preguntó él.

—Entonces discute con el poder de...

—Está bien, ¡haré su ridícula oración! —exclamó bruscamente el agente, girando la cabeza para enfrentar al padre Seymour.

El rostro se le hundió y parecía que estaba a punto de llorar. Se alejó de ellos, se dejó caer en la silla metálica, reposó los codos en la rodilla, y bajó la cabeza colocándola entre las manos. Encogió los hombros una vez, luego varias veces más con un insólito sollozo.

Heather se esforzó por mantener el control. Su promesa al padre parecía invalidarse debido a la salud de Daniel. Había venido esperando un cautivo que gruñía, un cuerpo contraído por fuerzas más allá de su comprensión.

En vez de eso había hallado a Daniel. Sencillamente a Daniel, tan agnóstico y obstinado como siempre.

Ella miró a Seymour con ojos suplicantes, pero él no le hizo caso, colocó la mochila sobre la mesa y sacó los artículos que había llevado. Colocó las velas a medio metro de distancia y las encendió, luego puso el crucifijo entre ellas.

Ahora Daniel estaba llorando. ¿Por qué? Ella había visto su lado débil más veces de las que podía contar. Los compañeros de él lo veían como un buldog, pero ella había pasado muchas veladas animándolo cuando todo le era demasiado insoportable.

Heather no podía imaginar el horror que él debió soportar en estas dos semanas. Las muertes, las ráfagas inexplicables de miedo, intercambiarse por ella, sabiendo que Eva lo infectaría.

—Padre... —comenzó ella a protestar.

—Por favor, ¿es eso necesario? —inquirió Daniel, señalando las herramientas del oficio—. Dije que oraría con usted, y que confesaría sus mentiras. De modo que podamos salir de aquí... detener a Eva...

Se levantó y anduvo de lado a lado, ahora llorando abiertamente.

—No juegue al sacerdote con todas esas baratijas.

—Vamos a orar, Daniel. Si simplemente me tienes paciencia, ofreceremos nuestra lealtad a la supremacía de...

—Bueno, bueno, haremos su oracioncita —interrumpió Daniel respirando fuerte.

Su terrible experiencia lo había reducido a algo vacío.

Daniel miró a Heather, tenía arrugada la piel alrededor de los ojos de él.

—Tenemos que detenerlo, Heather. El nombre del asesino es Alex Price. Sé qué aspecto tiene. Me dijo que nos dejaría ir si te las arreglabas para salvarme. Que podíamos cazarlo.

El padre Seymour lo enfrentó, destapando una pequeña botella de agua bendita.

—Me amas, ¿no es así? —suplicó Daniel—. Él está afuera ahora mismo, Heather. Está allá...

—Me gustaría... —interrumpió el padre dando un paso adelante y salpicando agua con la mano.

—Voy a hacer esta oración y después debemos irnos. ¿Correcto, Heather?

—para bendecir...

—Ah, ¡basta ya! —gritó Daniel, golpeando la botella de agua bendita de la mano del sacerdote.

Heather vio la botella salir volando por el aire, rodar ruidosamente sobre la mesa y detenerse a un lado, derramando su contenido sobre la superficie de madera manchada de sangre.

Un fuerte silbido envió una sacudida de espanto a través de los nervios de Heather. El agua sobre la mesa comenzó a burbujear, luego se evaporó. Los tres miraron en un estado de ligero shock.

Cien preguntas chocaron en la mente de Heather a medida que el agua silbaba, pero por sobre todas surgió una: Si el padre había tenido razón en cuanto al agua, ¿podría también tener razón en cuanto a Daniel?

Giró hacia su esposo. Pero él se había movido de donde estaba.

Ahora se hallaba en la silla, los codos otra vez sobre las rodillas, la cabeza entre las manos. Llorando.

Susurrando. Heather no lograba entenderle las palabras. Apenas eran como un graznido.

De los ojos de ella brotaban lágrimas. El padre levantó una mano de advertencia.

Ahora la voz llegó audible.

—Libre... Por favor libéreme...

El padre Seymour miró a Heather. Luego otra vez a Daniel.

—Daniel, escúchame —le indicó, cayendo sobre una rodilla a su lado; tenía algo brillante en la mano—. No estoy aquí por mi cuenta, ¿me oyes?

Rápidamente deslizó un extremo de lo que Heather vio ahora que eran esposas alrededor de la muñeca de Daniel. Medio metro de cadena entre las argollas.

—Otro conoce y sufre tu dolor...

Seymour cerró el otro extremo de las esposas en una enorme rosca de acero incrustada en la viga detrás de la silla. Ahora ella comprendió por qué él había movido la silla.

Las manos de Daniel reposaban ahora sobre sus rodillas. No parecía consciente de la restricción que colgaba de su muñeca derecha.

—Otro fue atormentado por el pecado de Eva.

El llanto de Daniel cambió de tono. La cabeza se inclinó y los hombros le temblaron, pero el tono de sus sollozos se volvió más agudo, los temblores más rápidos.

¿Estaba llorando? ¿O riendo?

Una débil risita resonó a través de la bodega subterránea, luego se convirtió en una fuerte risa socarrona. Daniel levantó la cabeza y se volvió hacia el techo, los ojos cerrados. Estaba riendo, con la boca abierta, temblando con cada risotada... una risa de deleite con respiración entrecortada que parecía imposiblemente larga.

Mientras tanto el padre Seymour se dedicó indiferente a rescatar su crucifijo y el libro de oraciones.

La risotada se apagó en algunas risitas articuladas y Daniel bajó la cabeza, con los ojos aún cerrados, sonriendo como alguien que saboreaba un divertido recuerdo.

—Lo sé —manifestó—. Lo sé.

La sonrisa desapareció y su voz se convirtió en un susurro.

—Estuve allí.

Heather se hallaba tan desconcertada por el cambio total en él que no oyó las primeras palabras expresadas por el padre. Quiso salir. Abrirse paso hasta la puerta y lanzarse al aire despejado de afuera. Correr hacia el claro, meterse a los árboles, al auto, a cualquier lugar menos aquí.

Entonces ella recordó que le había suplicado al padre Seymour que viniera por esta misma razón.

El sacerdote estaba leyendo del libro de oraciones.

—No recuerdes, oh Señor, nuestros pecados...

—Demasiado tarde.

De repente los ojos de Daniel se abrieron de par en par. Negros como el alquitrán. Una sonrisa le curvaba los labios, una comisura arriba, la otra abajo. Giró la cabeza y miró al sacerdote a través de dos huecos que observaban desde el abismo más tenebroso.

—...ni los pecados de nuestros antepasados. No nos castigues por nuestras ofensas, y no nos dejes caer...

—En el sucio sacerdocio cuando nosotros mismos somos tan extravagantemente culpables de los mismísimos pecados de los que esperamos que nos absuelva la ramera.

Daniel recitaba las interrupciones como si supiera lo que el padre iba a leer. Seymour volvió a fijar los ojos en la página y continuó rápidamente.

—Y no nos dejes caer en tentación, sino líbranos del maligno. Salva a este hombre, tu siervo...

—Le estás ladrando al árbol equivocado, Seymour. Guau, guau, guau.

—No permitas que el enemigo tenga victoria sobre él. Y no permitas que el hijo de iniquidad logre lastimarlo...

—Porque su cuerpo es un templo y su mente ya es un basurero lleno de gusanos.

—Envíale ayuda desde el Lugar Santísimo, Señor. Y dale protección divina...

—Una caja llena de condones y un libro sobre cómo funciona todo esto de las convulsiones y los químicos.

—Señor, oye mi oración y deja que mis lamentos lleguen a ti.

Daniel giró su negra mirada hacia Heather. La temperatura había bajado veinte o treinta grados, de modo que su respiración salía en vapores.

—Hola, Heather.

El tono de la voz subió.

—¿Quieres ser mi amiga?

Ahora era la voz de un niño.

—¿Te quieres unir a Adán en la caja?

—Te mando en el nombre de Jesucristo de Nazaret —enunció tranquilamente el sacerdote—. ¿Cuál es tu nombre?

La sonrisa en el rostro de Daniel titubeó por un momento, luego se volvió a retorcer.

—¿Quieres a Eva en tu caja? Puerquita asquerosa.

Ella nunca había sabido que Daniel usara alguna clase de lenguaje soez, y ahora su uso la repelió casi tanto como la negrura en sus ojos. El olor a orina la sofocaba, y por primera vez ella volvió a ver que los dientes de él eran negros.

—¿Cuál es tu nombre, espíritu inmundo? Te lo ordeno en la autoridad de Je...

Daniel giró bruscamente la cabeza para enfrentar al sacerdote, y gruñó.

—¿Qué derecho tienes de obligarme a hacer algo?

Él se puso de pie; la cadena se tensó. Bajó la mirada, y luego siguió hablando, distraído solo momentáneamente.

—¿No aprendiste tu lección en Francia? ¿Cómo están tus costillas, padre?

Seymour se puso tenso.

—¿Le dijiste a ella por qué te convertiste en sacerdote? ¿El verdadero motivo?

La boca del sacerdote se abrió, pero no pareció poder hablar.

Daniel bajó la mirada a su muñeca, luego hacia atrás al hoyo de la tuerca. Cuando volvió a enfrentarlos tenía los ojos azules. Normales.

Una expresión de terrible angustia le contrajo el rostro y Heather supo que el Daniel de ella había salido a la superficie. Dio un paso involuntario al frente.

—Eso es, Daniel. Tú puedes lograrlo, eres fuerte. Te amo.

Él se paralizó. Levantó el rostro y gritó a las vigas grabadas con las palabras *Convento Sagrado de Eva.*

Ella no supo si esto venía del Daniel de ella o del Daniel de Eva hasta que él bajó la cabeza y la traspasó con ojos tan negros como la medianoche.

—¿Me amas? ¿Es eso lo que le dijiste a Mitch? —inquirió el Daniel de Eva arrastrando lentamente las palabras.

Heather retrocedió. Ella no le había hablado a nadie acerca de Mitch. Él apenas fue más que un experimento sugerido por su terapeuta nueve meses después del divorcio. La terapeuta le había insistido en que debía soltarse de Daniel. Le aconsejó tener algo íntimo con otro hombre. Heather había acogido el consejo con una pasión que duró un mes, luego renunció a él y se retiró a su sótano a reanudar su obsesión con Daniel. Con Eva.

—¿Qué pasa, arpía de Mitch? —gruñó Daniel—. ¿No quieres que se descubra el pastel?

Ella se llevó una mano temblorosa a la boca.

—La próxima vez que me mires con curiosidad voy a partir tu caja con un bate. A enseñarte a dejar que tu mente vague.

El padre Seymour se había recuperado.

—Tus distracciones de boca sucia no cambian el hecho de que estás derrotado por el poder de Cristo que es...

Un rugido por sobre la capacidad de la garganta humana atravesó el aire por un breve instante, luego paró. Daniel había abierto una bocaza por una décima de segundo, pero Heather no estaba segura de que el sonido hubiera salido de él.

Luego en voz baja, suplicante.

—No lo haga.

—¡Espíritu inmundo! —exclamó bruscamente el sacerdote, esta vez temblando—. Por los misterios de la encarnación, el sufrimiento, la muerte y la resurrección de nuestro Señor Jesús, te ordeno que me digas tu nombre. Tu naturaleza.

—Eva hizo esto —susurró Daniel—. Eva tomó a Adán.

Los ojos se le despejaron otra vez y parecieron normales.

Era el Daniel de ella, desgarrado por la angustia, implorando.

—Por favor, Heather, no le permitas que haga esto. Tú me conoces, sabes que yo no dejaría que él te lastimara. Vine por ti. Me entregué por ti —le recordó, y le salieron lágrimas de los ojos—. Yo no quería lastimarte. Tú conoces mi corazón...

—¡No respondas! —ordenó el sacerdote; luego se dirigió a Daniel, apurando las palabras—. Te estoy hablando espíritu inmundo. Eva, ¿qué te da derecho a esta alma que intenta ser libre?

—Por favor, Heather. ¿Me invitarás a entrar a tu corazón? Vendré y haré morada contigo y nunca te dejaré. Podemos olvidarnos de todo esto.

—¡No! —pronunció el padre Seymour dando un paso adelante.

Pero Heather apenas lo oyó. Las palabras de Daniel la jalaron con una cuerda que se hizo fuerte e inseparable debido a dos años de separación del hombre que ella amaba.

—Yo estaba equivocado, Heather. Morí y vi. Él me ayudó a ver la verdad. He sentido el miedo recorriendo por mis huesos y ahora sé que es real, es muy real.

—Eva, te ordeno que reveles...

—¡Cállese, padre! No es Eva. Sino Adán. Daniel —exclamó, luego se volvió a dirigir a Heather—. Estuvimos equivocados. Pero no es como el cura dice. Tú puedes ayudarme. Tu amor. De niño él no tuvo nada de amor. Tienes que salvarme. Pero solo tú puedes hacerlo. Ámame, tómame de vuelta, acéptame en tu corazón. ¡Rápido, antes de que regrese el muchacho!

Sus palabras la confundieron, pero la alcanzó un hilo de sensatez que corría entre esas palabras. El niño interior. El muchacho estaba ansiando amor. Se dice que el amor cubre multitud de pecados. A menudo Daniel había hablado del poder del amor sobre la fe.

Daniel estaba llorando, suplicándole su misericordia. Todo en ella deseaba consolarlo. Ella se dio cuenta de que lloraba tanto como él.

—¿Matas a quienes amas? —inquirió el padre Seymour.

Daniel parpadeó, confuso por un momento.

—Por favor, padre, esto no es con usted. ¡Usted va a hacer que me maten!

—¿Castiga Eva a aquellos que le brindan su amistad, burlándose de ese mismo amor? ¿Los mata como un sacrificio? ¿Fue Eva quien mató a dieciséis mujeres?

—Padre, padre, ¡por favor! Estoy tratando de que salgamos de aquí. Alex Price las mató, ¡idiota! Pero hay algo en mí, ahora lo sé. ¿No basta eso para usted?

—No, no basta.

Heather ya no estaba segura de qué creer. Quien hablaba era su Daniel, no el Daniel de Eva. Ella había aprendido a confiar en los juicios de él, en su inteligencia, en su capacidad de entender situaciones complejas como esta. Ahora, confrontado con la verdad acerca de sí mismo, ¿había hallado él un camino?

—Tonto. Usted es un tonto —expresó Daniel sentándose con fuerza—. Él va a matarnos a todos.

TREINTA Y OCHO

ERA DANIEL.

Pero a veces él no podía estar seguro de eso. Así había sido ahora por innumerables horas, casi hasta donde él podía recordar.

Cuando él *estaba* seguro, se rogaba a sí mismo no estar seguro, porque si Daniel aún estaba vivo, y esto no era solo otra pesadilla, entonces había ocurrido algo muy, pero muy malo.

De algún modo él se encontraba de vuelta en la caja negra. Esta vez había invitado al muchacho a ser su amigo. Lo que había ocurrido a continuación era tan confuso que se perdió con la pregunta de si realmente era o no era él.

Pero era él.

El temor que había sentido después de morir había regresado, pero más fuerte. A veces lo inmovilizaba totalmente. En ocasiones no podía ni siquiera mover los ojos.

Era como si el temor hubiera tomado verdadera forma física y se hubiera vuelto ondas negras hirvientes hechas de sangre, heces y bilis. Él se había derretido y se había vuelto parte de todo eso.

Y la confusión... Nada tenía sentido para él. Había escrito cientos de páginas acerca de cómo la mente fabricaba cosas como maldad, infierno y pecado y, sin embargo, si no estaba equivocado, lo cual podría ser, se estaba ahogando en la misma maldad que según él no existía.

El muchacho estaba allí, exactamente a su lado, gritándole iracundo al sacerdote, corriendo desnudo por su mente. Presentando argumentos que apenas tenían sentido.

En momentos de fugaz claridad, Daniel creía saber algunas cosas. Como el hecho de que esto no estaba solo en su cabeza; que la maldad era real y palpable; y que él había hallado la peor de su clase.

Que el muchacho era real. Eva era algo real. Una bestia hambrienta que se molestaba al ser interrumpida por este sacerdote.

De muchas formas, él amaba al muchacho y odiaba al cura. Odiaba a Heather. Odiaba a Dios, quien era real, y a Eva, quien al momento era aun más real.

Daniel sentía los ojos oscurecidos.

Él va a matarnos a todos, pequeña prostituta.

—Él va a matarnos a todos, pequeña prostituta.

Te odio, puerca enferma.

—Te odio, ¡puerca enferma!

EL PADRE SEYMOUR FUE hacia Heather, la alejó de Daniel y susurró.

—Él está diciendo medias verdades confusas. No supongas que es normal porque parezca serlo. ¿Comprendes que el enemigo aquí es Eva?

—Sí —concordó ella limpiándose las lágrimas con una mano temblorosa—. Él está en un sufrimiento muy grande.

—Te está seduciendo. Nada les aterra tanto como no tener un lugar donde vivir. Creo que la misma Eva que poseyó a Alice Brown en esta religión distorsionada, Convento Sagrado de Eva, está ahora con nosotros. Ella es una asesina, que no te engañe.

Los dos susurraban, con apremio.

—Creo que puedo ayudarlo, padre. Él está sufriendo...

—¡No puedes hacerlo en tus fuerzas! No creo que entiendas con qué estamos tratando aquí. Este espíritu podría alguna vez haber estado satisfecho con el tormento, pero ahora toma vida humana, burlándose de la muerte expiatoria de Cristo, celebrando la caída de Eva en el jardín. Matará a Daniel y luego te matará a ti.

Seymour respiraba con jadeos largos y firmes.

—Quizás deberías salir.

—¡No! No, él me necesita.

—¡No tienes ningún poder aquí!

Heather no entendía qué reglas o principios gobernaban este orden, y no estaba segura de querer entender. Pero se rebelaba a todo instinto que tenía respecto del orden adecuado de las cosas.

Ella cerró los ojos y asintió.

—Está bien. Le creo.

—Gracias.

Se dieron vuelta para enfrentar la silla y a Daniel.

Pero no era Daniel quien estaba sentado en la silla sino Alex Price.

Vestido con camisa negra y overoles, piernas cruzadas, manos en las rodillas. La cadena estaba en el suelo, las esposas habían saltado.

—¿Quiere quitar la mirada del premio, padre Seymour?

Heather buscó a Daniel, pero no había señales de él. ¿Cómo era eso posible? Pensó que Alex pudo haber salido de las sombras profundas desde donde tal vez estuvo observando.

Pero Daniel...

Entonces ella vio el rostro pálido del sacerdote. Él no miraba a Alex Price. Miraba al techo por encima de Alex Price.

La espalda sin camisa de Daniel estaba presionada contra una

gruesa viga alquitranada, y sus brazos extendidos como si estuviera crucificado en el techo. Pero no había clavos o cuerdas que lo sostuvieran
en el lugar.

Daniel miraba fijamente hacia abajo a la parte superior de la cabeza
de Alex con ojos como brasas, perfectamente tranquilo.

TREINTA Y NUEVE

EL PADRE SEYMOUR BAJÓ la mirada. Durante una docena de fuertes latidos el corazón de Heather bombeó sangre a través de estrechas venas. Nadie habló, nadie se movió.

Daniel estaba estirado en el techo, mirando hacia abajo sin expresión. Pálido y seco el desnudo pecho.

Alex estaba sentado directamente debajo de él, mirándolos sin ninguna preocupación aparente.

El padre Seymour mantuvo la mirada fija en el hombre que sin darse cuenta había dejado suelto en el mundo varios años atrás.

Heather observó a su esposo y pensó que en ese instante él no era ni su esposo ni Daniel. Recordó un pasaje del libro de Martin Malachi. El autor decía que muchos líderes en la Iglesia Católica se negaban a aceptar que una persona estaba realmente poseída a menos que se presentaran ciertos fenómenos físicos. En particular, piel estirada o una distorsión del rostro, choques violentos de muebles, portazos repetidos, tela que se desgarra... todo esto sin motivo aparente.

Además de levitación.

Cuando ella le había preguntado al padre por qué, si todo esto estaba sucediendo de veras en el mundo, no era comúnmente conocido, él simplemente contestó:

—Sí lo *es*, querida. Solo que no lo es para aquellos que tienen una venda en los ojos.

Ella lo presionó para que se explicara, diciendo que no era posible ocultar del público la presencia de tales fenómenos.

—Se puede, si el objetivo principal del diablo es mantener en gran parte ocultas esas demostraciones patentes de sí mismo.

Ahora Heather entendía con una claridad que le estremecía los huesos. Este era Daniel. Pero no era Daniel.

Él estaba vivo… ella podía ver el vapor que se extendía de sus fosas nasales mientras lentamente respiraba el aire helado.

—Hola Alex —saludó el sacerdote—. Qué bueno volverte a ver.

—¿De veras?

—No realmente, no.

—No creí que lo fuera.

Heather parecía no poder apartar la mirada del cuerpo de Daniel, suspendido inexplicablemente por encima de ellos. Un temor que no había conocido hasta ahora la presionó, le pasó por el pecho y se le enroscó alrededor del corazón y los pulmones. La abrumadora presencia del diablo no le venía de la imaginación, ella estaba totalmente consciente de eso.

El horror era una presencia física, unida al aire mismo, que le traspasaba la piel y los huesos para oprimirle esa parte de sí misma que nunca antes había reconocido.

—Lo he estado esperando —anunció Alex—. He esperado quince años.

—Sabes que Daniel no te pertenece.

—No, él no. Ahora es de Eva. Se han vuelto amigos.

—¿Es así como las matas?

—Yo no las mato —contestó Alex—. Ella lo hace.

—Si este es tu acto de expiación, ¿cuál es tu pecado?

—Usted debería saberlo —objetó Alex ladeando la cabeza, aunque muy levemente—. Fue usted quien me mostró mi pecado.

—Perder tu fe.

—Yo estaba equivocado. Usted tenía razón —asintió Alex; quitó las manos de las rodillas y extendió los brazos a los lados—. Y ahora estamos aquí.

—Si te ayudé a entender entonces, déjame ayudarte a entender algo más ahora. No te descartaron por no creer en lo sobrenatural —ahora fue el padre quien extendió *sus* brazos—. Fue tu profunda falta de fe en el orden adecuado de las cosas lo que llegó a convertirse en tu caída. Por eso ahora estamos aquí.

—Esa es su versión —respondió Alex, brindándole una irónica sonrisa.

—Esa es la única versión que te puede salvar, Alex.

Una gota de líquido cayó en la mano de Alex con un ligero sonido. Heather levantó la mirada y vio que otra lágrima estaba a punto de caer del rostro fijo de Daniel. Alex miró la lágrima en su mano. Por un instante ella creyó ver arrepentimiento.

Él se secó la gota de la mano, desdobló las piernas, y se puso de pie.

—En este santuario mi versión es la única que cuenta. Temo que voy a tener que pedirles que salgan. A los dos.

—¿O?

Alex encogió los hombros.

—O Eva se podría enojar y tomarla también a ella —respondió y miró a Heather—. Y sabemos que esto será fácil para Eva. Ella difícilmente es mejor que él. Incluso peor, ahora que ha visto y aún no cree.

—Yo sí creo —afirmó Heather en voz alta y poco firme.

—La pregunta es —manifestó el padre Seymour, volviéndose a la mesa en que estaban las dos velas encendidas—. ¿Creer qué? ¿Qué sucedió en esta bodega que te destruyó tanto el corazón, Alex?

Observó los muros y el techo, fijándose en las palabras grabadas allí. *Convento Sagrado de Eva.*

—¿Qué mundo te saca a golpes la verdad?

—Un mundo en que usted no puede sobrevivir —contestó Alex—. Créame.

—No sorprende. Muy pocos sobreviven a este mundo con su fe intacta.

—Exactamente, pero esa época quedó detrás de nosotros. Salgan por favor para que Eva pueda terminar lo que empezó.

—Alice te azotaba aquí, ¿verdad que sí? —enunció el sacerdote volviéndose otra vez a él.

Alex no respondió.

—Un chivo expiatorio como pago por la culpa de ella —continuó Seymour—. Cada luna nueva. Ahora estás haciendo lo mismo, tomando mujeres jóvenes que al menos representan inocencia, y ofreciéndolas como pago por tu propio pecado. Como Alice hizo contigo y con Jessica.

Alex permaneció en silencio. Al oír la teoría ahora en esta mazmorra, Heather supo que era cierta. El temor presionaba contra ella, implacable. Seguía mirando a Daniel en lo alto, pero él no se movía.

—Usted está desperdiciando su tiempo —expresó finalmente Alex.

Pero lo dijo con una voz llena de arrepentimiento. Y Heather supo entonces que Alex era tan víctima como Daniel. Al mirarlos a los dos ahora ella no estaba segura de quién era peor.

El sacerdote levantó el crucifijo y caminó hacia Alex.

—Sabes que tengo a alguien más grande, Alex. Que la luz disipa fácilmente las tinieblas si se la abraza. Has estado suficiente tiempo en este mundo de oscuridad para saber que le aterra la luz. ¿Te has preguntado por qué?

—Yo no soy de los que se conmueven con baratijas —contestó Alex mirando los ornamentados símbolos religiosos.

—Pero Eva sí.

—Ella no está conmigo ahora. Está en el techo.

Daniel aún seguía inmóvil.

—¿Y qué *es* lo que te conmueve, Alex?

—Ya nada. He conseguido mi paz.

—¿Has hecho todo esto por lograr una buena noche de sueño?

El rostro de Alex se contrajo bruscamente.

—Recién ayer supe que te arrebataron de tus padres y que te trajeron aquí para los propósitos morbosos de Alice —expresó el padre
Seymour—. Cuando Heather me lo contó se me partió el alma por ti.
No me puedo imaginar los horrores que te lanzaron pateando y gritando al mismo infierno.

—No tenemos tiempo para esto.

—Nunca has experimentado el verdadero amor, ¿verdad que no?
Alice te azotaba, y ahora estás haciendo lo mismo a otras mujeres. Se
trata de burlarse de la primera entre las mujeres, Eva. Y de todas las
hijas de Dios de quienes crees que no te pueden amar. Después de
todo, Alice no te amaba.

—El amor no existe.

—Tu hermana te amaba.

—Mi hermana me *abandonó* —exclamó con los labios aplanados.

El padre Seymour respiró profundamente.

—La primera vez que te vi en el refugio en Pasadena supe que eras
especial.

—Usted no conoce a Eva —enunció Alex en voz baja; esta era una
advertencia—. Ella necesita su hogar.

—Solo que yo no sabía cuán profundo era tu tormento. Aun entonces mi corazón se dolía por ti.

—Si usted trata de entretenerme para darle al FBI tiempo de llegar,
solo está consignando a Daniel a una muerte terrenal. No se equivoque.
Eva lo matará. No hay manera de que el FBI la detenga.

—No, el FBI no. Pero otro…

—Nadie puede salvarlo a menos que él crea.

—A todo el mundo se le da el derecho de creer —continuó el
padre Seymour, sin inmutarse—. Incluso yo. Fui a Francia dos años des-

pués de tu desaparición, y fue allí donde me fueron abiertos los ojos a tu mundo, Alex. Al infierno.

Una larga pausa.

—Usted no tiene idea de qué es el infierno —aseveró Alex, cuya respiración se había hecho más profunda.

El padre Seymour negó con la cabeza.

—Tú has sido torturado toda la vida, pero torturar a otros no te absuelve. Solo te libra ahora de un poco de dolor.

—Habla como el sacerdote perfecto. Quien no comprende cuán cerca está Eva para destruir mucho más que las meninges del cadáver que está sobre su cabeza.

—¿Qué pesadillas te manejaban, Alex? ¿Eran iguales a las de Daniel? ¿Te visitó el mismo muchachito de la caja?

La ira perceptible que había cambiado la conducta de Alex aumentó, enrojeciéndole la cara.

—Usted perdió su *derecho* de entrometerse en mi mundo cuando me echó del suyo —vociferó bruscamente.

—Tú nunca entraste a mi mundo —contestó el sacerdote.

Alex dio dos pasos largos hacia la puerta débilmente iluminada de la bodega subterránea, luego giró, con ambas manos empuñadas.

—¿Ha sido *usted* azotado con un látigo de nueve nudos? —rugió—. ¿Se ha despertado *usted* cada noche gritando dentro de una cinta?

Se agarró la camisa con fuerza y la desgarró en el hombro, dejando ver gruesas y horribles cicatrices.

—¿Anda *usted* por ahí con la piel destrozada?

Alex temblaba.

—¡Entonces aléjate de Eva! —gritó el padre Seymour.

Heather retrocedió instintivamente.

Daniel colgaba del techo.

La escena cambió de crudo horror a terror surrealista. Esta batalla de voluntades sobre la tierra mientras Daniel colgaba en el aire, crucificado por manos invisibles.

CUARENTA

LA CONFUSIÓN AUMENTABA en la mente de Daniel como marea en un océano negro, arremolinándose y sofocando las rocas de la razón ancladas en lo profundo de su psiquis. Y por encima de las negras olas rugientes, un grito de furia. No de él.

De Eva.

El muchacho estaba enojado.

Y con cada fibra de su cuerpo y su mente Daniel pudo sentir la frustración, el enojo y la irritación de Eva. Porque a él también le molestaba la sugerencia de que pudieran ser ciertas esas distantes palabras expresadas por el padre Seymour, el tonto cura.

Por eso cada vez que el sacerdote hablaba, el muchacho gruñía y se humillaba en su propio estado ansioso de autocompasión e ira.

¿Por qué odias al cura, Daniel?

Porque está hablando en esos tontos términos, como si su basura tuviera algún poder real en el mundo real.

¿Y estás tú en el mundo real, Daniel?

Sí. Siempre he estado.

¿Por qué estás en el techo?

TED DEKKER

¿Lo estoy?

¿Por qué sientes tanto dolor? ¿Y temor? ¿Tienes miedo de ese nombre?
Daniel no tuvo respuesta para esto. Solo una furia que hervía ante todo lo que se encerraba en ese nombre, ese simbolismo, esa antigua reliquia llamada la cruz.

¿Y si es más que solo un nombre? ¿Más que un simbolismo?
Las olas de tinieblas parecieron detenerse por un momento. Esa era la terrible pregunta. ¿Y si todo fuera cierto? ¿Y si él realmente hubiera estado equivocado?

Daniel sintió que sus nervios se asían de un nuevo temor, más bien nacido de la desesperación que de la pesadilla del muchacho. Su carne empezó a convulsionar en forma espástica.

Supo entonces por primera vez lo que debía hacer. Tenía que mirar al sacerdote. Por ridículas, ofensivas e ingenuas que fueran sus palabras, el cura sabía algo que hacía acobardar al muchacho.

Daniel debía saber lo que sabía el sacerdote.

De repente el rostro del muchacho estaba a centímetros del suyo, ojos negros penetrantes, dientes descubiertos, gruñendo.

—Cerdo, ¡despreciable montón de excremento! —exclamó; su fétido y vaporoso aliento sofocó a Daniel—. Eres mío, mi amigo. Y te voy a matar.

Daniel cerró los ojos y sollozó horrorizado.

—¡Dilo! Dime lo que eres, cerdo.

Él lo dijo, jadeando, anhelando morir.

—Eres un montón despreciable de excremento...

HEATHER HABÍA TRATADO DE hablar una docena de veces, pero sus pensamientos huían cada vez que levantaba la mirada y veía los ojos negros de Daniel mirando hacia abajo.

Él habló ahora, inmóvil excepto por la boca.

—Eres un montón de excremento. Una puerca asquerosa e inmunda.

372

De sus labios estirados salió saliva, formando un largo hilo. Mezclado con sangre.

El temor obligó a las palabras a atravesar la garganta de Heather.

—¡Basta!

Ninguno de ellos pareció haberla oído. El padre Seymour aún estaba convenciendo a Alex con palabras de sinceridad. Alex permanecía inmóvil, los puños apretados, enérgico.

Daniel simplemente miraba a Heather con ojos negros. Chorreando baba y sangre.

—Aléjate de Eva —volvió a decir el padre Seymour.

—Lo he intentado, mil veces lo he intentado —formuló Alex con voz temblorosa.

Se acercó al sacerdote, le agarró el crucifijo de las manos y lo besó. Luego lo hizo a un lado.

—¿Cree usted que esto me ayudará? ¿Cree que no odio cada minuto de mi vida?

—No, Alex. Es a este demonio, *Eva*, a quien debes odiar.

—Ella puede oírle —declaró Alex ventilando otra vez la advertencia—. Ella tiene sus necesidades.

Pero al sacerdote pareció no importarle.

—Alice te introdujo al mundo de Eva, e intentaste huir de ese mundo. Recurriste a Los Ángeles, a la misión, a mí, al seminario. Pero ella te volvió a arrastrar y te dejaste. ¡Ódiala! ¡Odia a Eva! —exclamó el padre, luego levantó la mano y señaló al techo—. ¡Odia a este asesino degenerado que ha matado a tantos!

Una suave risita burlona recorrió la bóveda, tragándose todos los demás sonidos. Heather levantó la mirada. Vio que el cuerpo de Daniel había cambiado.

Donde antes el torso estaba cubierto de carne pálida, ahora negras magulladuras y venas pronunciadas aparecían ante los ojos de Heather. Ella había visto miles de veces las fotos de las otras víctimas de Eva y supo que, fuera lo que fuese lo que las hubiera matado, atormentaba ahora el cuerpo de Daniel.

El rostro de su esposo estaba cambiando, la piel se le estiró tanto sobre la dentadura ennegrecida que ella creyó que sin duda se iba a rajar.

La risita burlona se convirtió en el sonido de suave silbido, pero en la lejana distancia detrás de esa ráfaga de aire, ella logro oír el eco de una risita tonta. Por primera vez la cabeza del agente giró desde que fuera levantado al techo.

Lentamente. Sin parpadear. La mirada de Daniel se clavó en ella. Observándola con esos ojos negros sin vida.

—Hola, Heather —profirió más un gruñido que una voz—. ¿Quieres que seamos amigos?

Heather chocó de espaldas contra la pared y comenzó a resbalarse. Apenas podía respirar, mucho menos levantarse.

—Se lo advertí —comentó Alex.

El padre Seymour retrocedió y empezó a recitar en voz alta del libro de oraciones.

—Palabra de Dios, Cristo Jesús, Dios de toda la creación, concédeme poder para pedirte por medio de Jesucristo, quien vendrá a juzgar a los vivos y a los muertos.

—Es demasiado tarde, padre —gruñó la voz, lentamente, resaltando cada palabra—. Su mente ha sido mía por mucho tiempo. Él no cree. Aunque nosotros creamos.

—Te echo fuera, Eva, espíritu inmundo, invadiendo el poder de las tinieblas —siguió leyendo el sacerdote en voz alta—. En el nombre de nuestro Señor Jesucristo, ¡sé desarraigado y expulsado de esta criatura de Dios!

Todo el cuerpo de Daniel se sacudió violentamente.

—¡Te advertí que no dijeras eso! —exclamó ahora con la propia voz de Daniel—. Tortúrame, cura despreciable, y despellejaré a Daniel y luego le cortaré en jirones la mujercita. Ninguno de ellos está protegido.

—¡Basta! —gritó Heather, encogiéndose de miedo en el piso—. Deténgase, por favor.

Pero Eva no se detuvo. De pronto se abrieron dos cortaduras en el centro de las palmas de Daniel. De los dos huecos salió sangre en un chorro continuo que salpicó en la tierra y empezó a encharcarse. Luego apareció lo mismo en sus desnudos pies montados uno sobre el otro. Tres chorros de sangre para dar cuerpo a la crucifixión.

Heather desvió la mirada de la horripilante escena y vio que Alex Price había bajado la cabeza y cerrado los ojos. Aunque él tuviera el poder de detener la situación, no tenía motivación.

El sacerdote seguía realizando los ritos del exorcismo, pero sus palabras parecían no hacer más que torturar a Eva, y por extensión a Daniel, cuya condición se deterioraba con rapidez.

—Libéralo. El poder de Cristo te obliga.

—No tengo que hacerlo, no estando vivo.

La piel de Daniel se rasgó repentinamente. Un estigma de la herida en el costado de Cristo. Salió un grueso chorro de sangre.

Alex permanecía perfectamente quieto, cabeza inclinada, ojos cerrados.

Heather lloraba, ahora a todo pulmón, incapaz de quitar la mirada.

—¡Libéralo! —gritaba el sacerdote—. ¡Libéralo!

Daniel comenzó a reír como un niño.

—¿Alex?

La voz venía detrás de ellos, expresándose claramente, oída justo por encima del ruidoso horror. Una voz de mujer.

Y con esa voz dejó de manar sangre de las heridas de Daniel. Como si hubieran cerrado el grifo. Se hizo silencio en la bodega subterránea.

Heather giró lentamente la cabeza. Una mujer estaba de pie en la entrada, los brazos a sus costados, mirando la espalda de Alex.

—Alex, soy Jessica.

Pero Heather no conocía a esta mujer como Jessica.

La conocía como Lori Ames.

EL SONIDO Y EL MOVIMIENTO se paralizaron. Lori miraba desde la entrada, vestía *jeans* y blusa blanca, tenía el cabello despeinado por el viento. Heather no supo cuánto tiempo ella había estado allí... suficiente para entrar en el lugar. Ella no estaba mirando a Daniel en el techo. Su mirada estaba fija en Alex.

En su hermano.

Y todos los demás la miraron. Excepto Alex, quien había abierto los ojos de par en par al sonido de la voz de ella, y se quedó paralizado con la cabeza aún agachada y de espaldas a su hermana.

Las últimas gotas de sangre de las heridas de Daniel salpicaron ruidosamente en el charco que se extendía en el suelo. Resonaron. Era como si el tiempo se hubiera detenido en ese instante, y con él cesara todo movimiento menos el bombeo, el derramamiento y la coagulación de la sangre.

—¿Alex?

Lori, quien era Jessica, avanzó un paso y se detuvo. Heather miró hacia arriba y vio a Daniel con los negros ojos fijos en Jessica. Curiosidad o preocupación, ella no podría decirlo. Pero el repentino ingreso de la hermana de Alex había trastornado alguna clase de equilibrio en el salón.

El padre Seymour miró a Jessica, la boca separada en una fascinada sonrisa. La mirada de él se dirigió hacia Alex.

—Es ella, Alex. Es Jessica.

Los ojos de Alex aún miraban hacia abajo, pero estaban totalmente abiertos.

—Ella está detrás de ti.

—Mi hermana está muerta —susurró él—. Eva la mató.

—¡Te advertí que no interfirieras, puerca! —exclamó una voz áspera que salió de Daniel—. Ahora los mataré a todos.

Jessica levantó el rostro y lo miró, magullado y ensangrentado, él la miraba hacia abajo. Por las mejillas de ella corrían lágrimas.

—La sangre de él está en tus manos —gruñó Daniel.

—Ya no puedo huir más —comentó ella suavemente; luego se dirigió a Alex—. Escúchame, Alex. Soy Jessica. Cuando volví al apartamento te habías ido. Yo estaba segura de que habías muerto.

Los ojos de ella revolotearon hacia Daniel.

—Estaba asustada debido a la amenaza... tú sabes... Pero nunca dejé de preocuparme y esperar.

Ahora ella temblaba, una mujer frágil sacudida por terribles emociones que se las había arreglado para ocultar debajo de años de lucha.

—Entonces oí hablar de Eva. Por mucho tiempo me negué a creer que podrías ser tú —le tembló la voz—. Pero cuando Heather me habló de la bodega subterránea fui consciente de lo que ya sabía.

—Jessica está muerta —manifestó Alex levantando lentamente la cabeza.

Una risa ahogada de Daniel.

—Date la vuelta, Alex —ordenó el sacerdote; parecía resuelto,

TED DEKKER

como si de algún modo la reunión de Alex y Jessica significara algo para todos ellos.

—Ella no es mejor que los demás —enunció Daniel con su propia voz—. Sin esperanza todos están completamente atrapados en sí mismos. Ninguno de ellos está protegido.

Pero había desaparecido la confianza en la voz de él, pensó Heather.

Los ojos de Alex se movieron, quizás sintiendo lo mismo.

Jessica avanzó ahora con cautela, los labios le temblaban, de los ojos le brotaban lágrimas transparentes, lágrimas de remordimiento y tristeza, nada más, pensó Heather.

—Alex... —ella pronunció su nombre como si este colgara de una hebra de cristal—. Alex, ¿qué has hecho?

Alex aún estaba paralizado, pero ahora miraba adelante con ojos que brillaban débilmente.

—Ella es una ramera, Alex —formuló Eva—. Tú llevaste su castigo y por eso Alice se volvió contra ti.

Jessica caminó hacia su hermano.

—Alex... —se detuvo a un metro de él—. ¿Te puedo ver el rostro?

Heather se puso de pie.

Jessica alargó la mano y tocó la piel de su hermano donde él había rasgado la camisa en el hombro. Ella siguió ligeramente el rastro de una de las cicatrices.

Entonces Alex se volvió, torpemente, cambiando de pie varias veces hasta conseguir un giro completo. Por primera vez en diecisiete años, hermano y hermana se veían.

—Jessica es una inmunda puerca, puerca, puerca —repitió Daniel—. Deberías azotarla, Alex. Dale una paliza ahora o tendré que hacerlo por ti.

DANIEL ERA EL MISMO MIEDO. Y el dolor de ese miedo había

tomado su cuerpo de tal forma que no lograba reaccionar. Estaba encima de todos, sangrando, pero ellos quizás no podían conocer el tormento que le rugía en la mente. Con mucho gusto habría ofrecido su piel, sus miembros, su sangre, su rostro... todo por aliviarse del horror.

Daniel tuvo todos esos pensamientos en un breve instante mientras los temores se reagrupaban para otro intercambio, como él había llegado a denominarlo.

Entonces regresó. Atormentándole los nervios como si los hubieran arrancado de su cuerpo y atado a la silla eléctrica para recibir los azotes repetitivos de la descarga.

Comenzó a gritar. Solo minutos después se hizo claro cómo su garganta podía seguir destruyéndose a medida que gritaba estridentemente con desesperación. Había estado gritando de este modo por horas, pero ellos no podían oírlo porque Eva había encontrado una manera de detenerle las cuerdas vocales. A ojos de ellos, él simplemente colgaba allí, mirándolos en silencio.

O peor, riendo.

Sin embargo, él no podía dejar de gritar. Este era el mundo de Eva, y Eva lo estaba matando.

No siempre había sido así. Se había sentido realmente como él mismo cuando despertó sobre la mesa. Desorientado, pero libre de todo dolor o pensamiento de maldad. Esto le hizo preguntarse más tarde, cuando comprendió que era cautivo de Eva, si se podía ser amigo de Eva por muchos años antes de sentir que lo agarraba el negro pegamento del temor.

El temor se iba momentáneamente siempre que el sacerdote comenzaba a hablar, pero cuando pronunciaba ese nombre, le llegaba el aluvión estrellándosele peor que antes.

Eva descargaba su ira sobre él de igual manera que la ola momentáneamente se hace más larga antes de que un tsunami arrase la playa, dándole una paliza a las playas de su mente con un tsunami de engrudo negro.

Había dos cosas a las que Eva tenía miedo: Temía no tener a alguien a quién matar. Temía que el sacerdote le impidiera matar a alguien.

Él no le tenía miedo al sacerdote, sino a las palabras que pronunciaba... Ese nombre, ese nombre que incluso ahora Daniel no lograba recordar. Un nombre que hacía que secretamente Eva se encogiera, y a veces no tan secretamente. Ninguna otra cosa de las presentes tenía un efecto parecido.

Entonces entró la muchacha. El salón quedó en silencio. Daniel sintió que su sangre dejaba de fluir. Por un instante hasta su griterío cesó.

Pero casi de inmediato empezó de nuevo. Eva estaba interesada en la hermana, pero eso no interrumpiría el sufrimiento de Daniel. Por tanto gritó a través del silencio de ellos, sin ser oído.

—ALEX —REPITIÓ JESSICA el nombre, como si ella misma no pudiera aceptar haberlo encontrado después de todos estos años.

El rostro de ella se contrajo con terrible tristeza. Estiró la mano más lentamente que nunca. Le tocó el rostro.

Él no reaccionó.

—Dile que se acueste sobre la mesa —ordenó Eva.

—¿Es eso lo que quieres, Daniel? —preguntó ella mirando a Daniel en lo alto.

El sacerdote extendió las manos y cerró los ojos. Su voz era fuerte.

—*Padre nuestro que estás en los cielos, santificado sea tu nombre.*

—¿Es eso lo que quieres, Eva? —ahora la voz de ella era un poco más fuerte.

—*Venga tu reino, hágase tu voluntad en la tierra como en el cielo.*

—¿Es eso lo que quieres, vieja ramera? ¿Matarme finalmente?

—Más de lo que te puedes imaginar —contestó Eva con un suave gruñido.

La voz del sacerdote retumbaba debajo de ellos.

—*Gloria al Padre, al Hijo y al Espíritu Santo. Como era en un principio, así sea para siempre.*

Alex parecía haber caído en un trance, observando a Jessica sin expresión. Ella le miró los ojos vidriosos y avanzó hacia adelante.

—¿Es eso lo que quieres, Alex? ¿Terminar lo que Eva empezó cuando éramos niños?

—*Alma de Cristo, santifícame. Cuerpo de Cristo, sálvame.*

—Te amo, Alex. Te amo —dijo Jessica inclinándose y besándolo en la mejilla.

—*A ti te clamamos, pobres hijos desterrados de Eva.*

Heather reconoció la oración de *El rehén del diablo...* era el «Salve Regina», refiriéndose a Eva del Génesis.

El rostro de Alex comenzó a temblar.

—*Libra de las tinieblas a esta pobre alma, Jesucristo nuestro Señor.*

—No se trata de ti, Alex. No fuiste tú quien mató a todas esas mujeres —enunció Jessica—. Fue Eva.

—¿Quieres ser mi amiga, Jessica?

—Eva es la prostituta —siguió diciendo Jessica, esta vez en voz más alta—. Ella fue quien nos azotó cuando éramos niños.

—*En tus heridas escóndeme.*

—Llévala a la mesa y átala, Alex.

—¿Es eso lo que quieres? —preguntó Jessica, retrocediendo con ojos furiosos—. ¿Me tomarás y los dejarás ir? ¿Es eso, cerdo enfermo? Entonces hazlo.

Ella giró y estiró las manos.

—¡Azótame!

El cuerpo de Daniel cayó del techo, golpeó la pared y quedó inmóvil a medio metro del suelo en la misma posición vertical crucificada.

—¡Azótala!

Las palabras retumbaron en la cavidad en un gruñido muy fuerte.

Alex comenzó a temblar de pies a cabeza.

—¡Azótame! —gritó Jessica.

La blusa se partió desde la nuca hasta la cintura, rasgada hasta abajo en el centro de la espalda por manos invisibles. Un látigo que colgaba en la pared detrás de la mesa atravesó volando la cavidad y fue a parar a la mano de Alex.

—¡Azótala! —gruñó Eva.

—*Mi Dios, mi Jesús, óyeme. En tus heridas escóndeme.*

Cicatrices largas y horribles cubrían la piel de la espalda de Jessica. La pieza final de la imagen entró a la mente de Heather. Como el padre Seymour había especulado, los dos habían sido azotados de forma sistemática cuando eran niños. Gravemente. Con frecuencia. Por Eva. Quien ahora se había graduado de simples golpizas a asesinato ritual.

Alex sostenía el látigo sin mirarlo. Sus ojos estaban fijos en las cicatrices de su hermana.

Alex empezó a temblar con violencia. El látigo se deslizó de su mano y cayó a tierra.

—Perdóname —susurró.

—Azótala —le gruñó Eva a Alex—. ¡Azótala, pequeño gusano!

—No —exclamó con el rostro contraído en angustia—. No, ¡no puedo!

Jessica se sacudió en sollozos, pero no bajó los brazos ni les volvió el rostro.

—¡Azótame, Alex! —gritó ella—. ¡Mátame! Mátame y nunca más volverás a matar...

—*Mi Dios, mi Jesús, óyeme. En tus heridas escóndeme.*

Alex comenzó a gemir. Se agarró la camisa y la rasgó por el medio, dejando al descubierto las mismas cicatrices largas y horribles que cubrían la espalda de Jessica. Agarró el látigo y regresó donde Daniel, quien aún estaba contra la pared, con el rostro contraído, sangrando otra vez por sus heridas.

—Soy yo —gritó Alex—. Yo soy a quien quieres. ¡Tómame!

Jessica giró rápidamente, el rostro pálido.

—¡Tómame! ¡Mátame! —le vociferó Alex otra vez a Daniel, un gemido terrible tan fuerte como el grito.

Tomó aire.

—¡Mátame! ¡Mátame!

—¡No! —exclamó Jessica—. Oh, Dios, ¡no!

Alex saltó sobre la mesa y empezó a darse azotes sobre el hombro.

—¡Tómame, tómame, tómame! —clamó mientras le brotaban lágrimas de los ojos.

Daniel movió bruscamente la cabeza hacia el techo y comenzó a gritar.

CUARENTA Y DOS

AÚN ERA DANIEL. Apenas existía. Apenas era él.

Y todo lo que era, era oscuridad. Un vacío tan profundo y tan insondable que lo que había quedado de su vida fue arrastrado dentro de este abismo de angustia.

Daniel no podía hacer nada más que gritar, prolongados y espeluznantes gritos de angustia, suplicando alivio, ayuda.

Ahora sabía algo que nunca antes había comprendido: Existía para ser y para pertenecer, y el oscuro foso que le había tragado la mente era enemigo de lo uno y lo otro, separándolo a una terrible soledad tan horripilante que le producía muchísimo dolor físico.

Por eso no podía dejar de gritar. En total silencio.

Tan grave era el dolor que se preguntó si habían derramado fuego líquido en sus huesos. Quizás le habían serruchado la parte superior del cráneo y le habían vertido un chorro de lava que le achicharraba los nervios.

Pero no había lava o fuego líquido. Solo una extrema oscuridad. Separación de la luz.

Y esta verdad definitiva y extraña era lo que ahora revoloteaba en su mente, haciendo girar la oscuridad alrededor.

Él no *debía* ser separado de la luz.

La luz. Todo lo que había rechazado por mucho tiempo era ahora su única esperanza. Y sin embargo estaba muy lejos, a demasiada distancia.

No quería ser apartado de la luz, como no quiere una uña ser apartada del dedo.

Y esa era la razón. Era él. Gritando.

Pero hasta los gritos se agotaban. Las fauces del silencio estaban abiertas desde la misma garganta de esta oscuridad. Quería gritar, solo para hacer algún sonido, porque el sonido mismo era algo a lo cual pertenecer.

Entonces se desvaneció el último de los sonidos y Daniel colgó sin fuerzas contra la pared. Lentamente aumentó un temblor, no a través de su carne sino en sus huesos.

Los demás no podían verle su temblor... solamente eso le habría ofrecido algún consuelo y le habría calmado el temblor. Para que al menos lo supieran, lo vieran y que por tanto reaccionaran ante este temblor suyo. Cualquier cosa menos esto... esta perfecta soledad en las tinieblas. Este vacío.

En realidad, era la profunda soledad lo que lo hacía temblar.

Él no debía estar solo. Ahora lo sabía, como un globo ocular que al mirar una hojilla de afeitar acercándosele sabe que no debe ser tajado por esta.

Si solo pudiera gritar, su voz lo acompañaría.

Si solo pudiera llorar, sus lágrimas serían una compañía bienvenida.

Si solo pudiera ser visto, visto de veras en esta oscuridad, lo entenderían, y tal vez él le importaría a alguien. Quizás a Heather, después de todo...

Una voz le atravesó la oscuridad de la mente. *¡Libéralo! Libéralo, libéralo, óyeme, ¡espíritu inmundo del infierno!*

De repente se desvaneció la oscuridad. Daniel lanzó un grito ahogado.

Fue difícilmente más que una ola negra que volvía a deslizarse en
el océano de temor en una medianoche sin estrellas, pero el sutil cambio de extrema oscuridad a una leve oscuridad menor también podría
haber sido un sol en el horizonte de su mente.

No había luz, pero este leve alivio hizo gritar otra vez a Daniel.
Ahora en viva desesperación. *Por favor, por favor, ¡encuéntrame por favor!
Encuéntrame, ¡aquí en la oscuridad! No me dejes, por favor.*

Pero las tinieblas se volvieron a instalar, tan densas como antes,
sofocándole sus gritos.

Daniel colgaba allí y temblaba totalmente, sin vida en los ojos,
como una cruz ennegrecida y magullada. Suplicó la muerte. Suplicó ser
tragado por...

La oscuridad se retiró de su mente como un mar vaciándose, revelando un fondo gris arenoso. El muchacho, Eva, iba y venía corriendo
en el horizonte, frenético. Girando y mirando por un instante o dos a
la vez, pero volviendo siempre la atención al horizonte.

Gritando obscenidades.

A Daniel se le atoró la respiración en la garganta. Pero no se atre-
vió a tener esperanza, no podía esperar, era demasiado doloroso.

Cerró los ojos y comenzó a gritar a quienquiera, a cualquier cosa,
jalándolo de vuelta a la oscuridad absoluta.

—¡Auxilio! ¡Auxilio!

Las palabras que quería usar, las palabras que explicarían sus funes-
tos apuros, no llegaron. Solo esa única palabra, en un bramido, ronco
y cortante.

—¡Libérameeeeeee! Oh, Dios, libérameeee...

Abrió bruscamente los ojos, y vio que la oscuridad se retiraba, retro-
cedía y se perdía por completo.

—Mírame, mírame, por favor, mírame. Libérame...

Brotaron lágrimas y los hombros se sacudieron en violentos sollozos.

—Por favor, por favor, por favor…

Oyó otra voz lejana sobre la suya y dejó de gritar.

—*Mi Dios, mi Jesús, óyeme. En tus heridas escóndeme.*

Era el sacerdote. Clamaba por Daniel, una voz en este oscuro desierto, tratando de hallarlo.

La voz volvió.

—¡Aquí! —gritó Daniel—. Aquí estoy, estoy aquí, sálvame, ¡sálvame!

Nadie parecía oírlo.

La oscuridad empezó a regresar, como una inmensa ola negra.

—¡Dios, no! ¡No me dejes! No me dejes…

Un rugido gutural desgarró el aire, se elevó hasta convertirse en un alarido y Daniel se estremeció hasta los huesos. Esta era, esta era la muerte.

Pero no era la muerte. El rugido gruñó y luego se desvaneció, dejando atrás solo un eco.

Y con él se fue la oscuridad, dejando un pálido horizonte.

Pero en la mente de Daniel este pálido vacío libre de las tinieblas de Eva podrían haber sido cien soles luminosos.

Entonces fueron cien soles brillantes, explotando en el horizonte con un calor que envolvió a Daniel; presionando contra su piel y soplándole el cabello hacia atrás con su furia salvaje.

La luz.

Él lanzó la cabeza hacia el cielo y gimoteó.

—¡TÓMAME!

—¡No! —gritó Jessica otra vez—. ¡No, Alex!

Una nueva voz sonó desde la pared. Daniel. La cabeza estirada hacia el techo, gimiendo con voz quebrada y jadeante.

—Libérame…

Todos quedaron inmóviles a la vez. Había algo monumental respecto de esas palabras vociferadas por Daniel en esta fosa de desesperación. El aire pareció haber sido succionado del salón.

—Dios, oh Dios, libérameeeeeeee...

— *Mi Dios, mi Jesús, óyeme. En tus heridas escóndeme.*

Un rugido desgarró el aire, pareció salido de las vigas. Del aire, del lugar, de la pared detrás de Daniel. De Daniel. Pero de su pecho, no de su garganta.

Su cuerpo, estirado en forma de crucifijo, se aflojó y cayó amontonado al suelo.

Manos invisibles lanzaron a Alex Price sobre la mesa, lo giraron de vientre, boca abajo. Su brazo izquierdo fue jalado con violencia hacia una esquina, y la antigua correa de cuero sujetada a la mesa se le encajó alrededor de la muñeca y se apretó de un tirón.

Luego pasó lo mismo con el brazo derecho. Y con cada pierna, un poder invisible movía y ajustaba frenéticamente los controles de cuero.

La camisa de Alex se le salió, dejando al descubierto una espalda fuerte y musculosa.

Todos observaban, asombrados ante lo repentino de todo esto.

Se abrió la carne sobre su columna vertebral, dejando un corte profundo como de medio metro de largo. Alex gritó de dolor. Pero no luchó.

Luego otro corte, y otro. Lo estaba azotando un látigo invisible de nueve nudos. Pero ahora más. Le aparecieron magulladuras en los brazos y le corrieron hinchazones sobre el torso, dejándole largas rayas azules.

Una risita tonta ondeó en el aire.

—¡No! —gritó otra vez Jessica y se lanzó al cuerpo de su hermano, sollozando—. ¡No!

Le cubrió la espalda con el torso, tendiéndose con los brazos para protegerlo del asalto invisible.

—No, oh, Dios no... —gritó al aire vacío por encima de ellos—. ¡Yo lo amo!

Un resoplido. Se le estiraron los tendones en la nuca.

—Lo amo, ¿me oyes? ¡*Yo* lo amo!

Un alarido ahogado y prolongado recorrió el aire y atravesó el salón, seguido por un largo corte que tajó la piel de la espalda de Jessica.

—¡Yo lo amo! —exclamó ella bruscamente.

Y luego nada. Silencio.

Alex Price estaba tendido inmóvil.

Está muerto, pensó Heather. *Eva lo mató*. Ella/él/eso había abandonado furioso a Daniel, había matado a Alex y había huido.

Pero entonces se le movió la cabeza, y Jessica se puso a besar la cabeza de su hermano.

—Lo siento, Alex. Perdóname, perdóname, lo siento muchísimo...

Heather volteó a mirar a Daniel, quien aún estaba sollozando. Temblando.

—¿Daniel?

Ella corrió hacia él. Sus heridas habían dejado de sangrar, pero en particular la de su costado parecía amenazarle la vida.

—Daniel, por favor, cariño, no te muevas.

Él giró la cabeza hacia el sonido de la voz, miró hacia arriba con ojos empañados y, al verla, la agarró de la manga. La jaló frenéticamente hacia sí.

—¡No me dejes! ¡No me abandones! —exclamó él con voz tan cortante, tan comprimida por la desesperación, que ella se preguntó si él todavía estaba atormentado. Sus ojos buscaron más allá de ella, hacia el techo. Ella comprendió que él le estuvo gritando a algo, a quienquiera que lo había rescatado. Sin querer volver a algún infierno que lo había mantenido en sus garras.

Heather le rodeó la cabeza con los brazos y lloró con él.

—No, no, está bien. Nunca te dejaré —le expresó, se inclinó y le besó la frente—. Shh, shh, solo descansa. Todo va a salir bien.

El sonido de los sollozos de Jessica inundó el salón.

—Se acabó —anunció el sacerdote.

VARÓN DE DOLORES:
UN VIAJE A LAS TINIEBLAS

por Anne Rudolph

La revista Crime Today *se complace en publicar la novena y última entrega del informe narrativo de Anne Rudolph sobre el asesino conocido ahora como Alex Price.*

2008

LAS OCHO entregas anteriores de «Varón de dolores: Un viaje a las tinieblas», escritas para la revista Crime Today, brindan un vistazo limitado pero satisfactorio de las fuerzas que determinaron que Alex Price se convirtiera en el asesino conocido como Eva.

La mayor parte de lo que sabemos respecto de los primeros veintiocho años de Alex vino de entrevistas con Jessica Price, también conocida como Lori Ames. Después de declararse culpable de los asesinatos de dieciséis mujeres atribuidos al asesino Eva, Alex Price fue sentenciado de por vida en una penitenciaría federal. Él aún se niega a hablar más de lo que se ha registrado en este relato.

No es difícil imaginar cómo pudo haber sido su vida entre la época en que desapareció de Pasadena y el tiempo en que volvió a emerger en el 2007 como el asesino en serie conocido simplemente como Eva.

¿Vivió en un apartamento en alguna parte, estudiando minuciosamente volúmenes de teología y filosofía? ¿Pasó mucho tiempo en la Internet, escudriñando indirectamente en las vidas de aquellos que sin ser conscientes se exponen a que todos los observen?

¿Mató a más de las dieciséis mujeres registradas en este libro?

Aunque sabemos bastante acerca de la senda que finalmente escogió Alex Price, quizás nunca sepamos mucho de las paradas que hizo a lo largo del camino. Algo es claro: el trato que le propinó Alice Brown cuando niño finalmente influyó en que él asesinara a muchas mujeres. Pero aun más que Alice, fue Eva quien lo llevó de manera implacable al borde de la demencia, exigiendo que para estar en su sano juicio él debía alimentar la lujuria de ella.

Al huir del sur de California en 1991, Jessica Price se dirigió a Dakota del Norte, donde se cambió el nombre a Lori Ames. Ansiosa por dejar atrás su pasado, estudió afanosamente. Después de pasar dos años en la Universidad de Dakota del Norte en Grand Forks con la intención de convertirse en maestra, decidió en vez de eso estudiar medicina. Obtuvo su título médico en la Facultad de Medicina de UCSD en el 2000 y posteriormente trabajó con el FBI en Phoenix.

Después de la admisión de culpa de su hermano, Jessica dejó el FBI y ahora dicta clases de medicina en la Universidad de California en Los Ángeles, donde desde entonces ha salido a la luz mucho de lo que sucedió durante sus años de formación.

Los verdaderos detalles de su propio trayecto están disponibles en una cantidad de artículos publicados a través de Hijos de Esperanza, su fundación con base en Los Ángeles, que ayuda a recuperarse a niños secuestrados y a sus padres.

Al preguntársele por qué no reveló antes su relación con Alex, Jessica responde apartando la mirada, quizás preguntándose si tomó la decisión correcta. Pero ella no estuvo absolutamente segura de que el asesino Eva era Alex hasta que Heather Clark fue liberada de la bodega subterránea y describió su lugar de cautiverio. Naturalmente, ella siempre tuvo sus sospechas, pero no una certeza. Era posible que Eva hubiera terminado finalmente con Alex y se hubiera mudado a otro ser vivo. En realidad ella estuvo impulsada a ayudar a Daniel a recuperar su recuerdo del asesino que había visto en Manitou Springs para saber con certeza, basada en la descripción, si el asesino Eva era Alex. Sin conocimiento preciso ella no podía actuar, y aun entonces solo de manera muy cuidadosa.

El temor de Jessica estaba principalmente motivado por las amenazas directas que Eva le había hecho, amenazas que ella pensaba que cumpliría. Si el asesino era Alex, Eva estaría observando si ella se acercaba demasiado. Jessica no tenía duda de que si confesaba sus sospechas al FBI, Eva lo sabría y haría mayor mal que el que Alex ya estaba haciendo.

Por otra parte, Jessica sabía que quizás ella era la única persona con capacidad de detener a Alex. Enfrentada con el dilema, razonó que debía acercarse mucho a Alex para detenerlo sin presentar una amenaza directa para Eva. Lo cual, al final, es justo lo que consiguió hacer.

No está exactamente claro cómo funcionaba el poder de Eva. ¿Lo poseían Alex y sus víctimas al mismo tiempo? El padre Seymour cree que es más probable que participara de más de una entidad. Aunque son previsibles ciertos aspectos de la conducta de los espíritus malignos, gran parte es un misterio.

Jessica afirma que varias veces estuvo a punto de confesarle todo a Heather. Pero concordaba con Heather en que Alex mataría a Daniel si el FBI intentaba ayudar. En vez de eso, Jessica ayudó a Heather a atar cabos y la dejó ir sola, esperando que pudiera salvar a Daniel.

Cuando Jessica tomó finalmente la decisión de hacer caso omiso de la amenaza de Eva e ir a Oklahoma tras Heather y Daniel, le aterraban las represalias de Eva. Tal era el persistente poder que el espíritu tenía sobre ella.

Al final, aunque poco ortodoxa, la decisión de Jessica de no dar a conocer sus sospechas al FBI demostró ser un factor invaluable para terminar el ciclo de terror de Alex Price.

Aunque he dado lo mejor de mí para caracterizar los acontecimientos que rodearon la vida de Alex y Jessica, no saco conclusiones definitivas acerca de cómo funcionan las fuerzas más allá de nuestros sentidos. Sin embargo, sí creo que la historia contada en las páginas anteriores debería hacer pensar más acerca de si es buena idea cerrar la puerta cada noche. Después de todo, las fuerzas que impulsaban a Alex no se preocupaban mucho por las cerraduras.

Pregunte a cualquier clérigo con experiencia, o pregúntele a un sacerdote llamado padre Seymour, y sabrá que las víctimas de posesión demoníaca siempre son participantes dispuestos, aunque casi nunca reconocen su buena disposición hasta mucho después.

Usted sabrá que el demonio tiende a enfocarse en quienes menos sospechan del poder del mal.

Conocerá que el diablo hará todo lo posible por permanecer oculto. La evidencia vista en este reportaje es únicamente la mismísima punta de un gigantesco iceberg oculto en las tenebrosas profundidades, donde en buena parte el diablo permanece día a día sin ser reconocido.

Ninguno de los acontecimientos de este reportaje es exclusivo a la serie particular de circunstancias expuestas aquí. Sucesos similares son menos extraños de lo que la mayor parte de personas supondría, y son asunto de registro público. Para los curiosos, el libro de Martin Malachi, El rehén del diablo, detalla varios ejemplos convincentes. Solamente los más acérrimos escépticos deberían preocuparse si no encuentran suficiente evidencia que les brinde un serio descanso. Para esos escépticos que quedan, quizás una experiencia cercana a la muerte les clarificaría el asunto. Funcionó para Daniel.

Los hechos de este reportaje no apoyan de ninguna manera, ni siquiera sugieren, un patrón verosímil de conducta criminal o trato discriminatorio relacionado con posesión demoníaca. Los psicólogos no son más candidatos a ser poseídos que los agentes del FBI.

No todos los asesinos en serie exhiben las características de Eva. No existe conexión entre ninguna especie de meningitis y la posesión.

Si usted se llama Daniel, Eva, Jessica o Heather no es más candidato que su vecino a enfrentar formas de maldad ocultas y perturbadoras.

Lo cual, a decir de todos, es sin duda probable.

Anne Rudolph, 2008

El ladrón no viene más que a robar, matar y destruir; yo he venido para que tengan vida . . .

Como lo citara el apóstol Juan
Juan 10.10

ACERCA DEL AUTOR

Ted Dekker es reconocido por novelas que conviene de historias llenas de adrenalina con giros inesperados en la trama, personajes inolvidables e increíbles confrontaciones entre el bien y el mal. Él es el autor de de la novela *Obsessed*, La Serie del Círculo (*Negro, Rojo, Blanco*), *Tr3s, En un instante*, The Martyr's Song series (*Heaven's Wager, When Heaven Weeps* y *Thunder of Heaven*). También es coautor de *Blessed Child, A Man Called Blessed* y *La casa*. Criado en las junglas de Indonesia, Ted vive actualmente con su familia en Austin, Texas. Visite su sitio en www.teddekker.com.